EN TOUTE DISCRÉTION

Du même auteur au Fleuve Noir

Confidentialité assurée, 2009.

JESSICA BRODY

EN TOUTE DISCRÉTION

Traduit de l'anglais (États-Unis)
par Christine Barbaste

Fleuve Noir

Titre original :
Love under cover
St. Martin's Griffin (New York)

ISBN : 978-2-265-08680-7

Pour Charlie,
Un des rares hommes au monde
Qui a la patience
De vivre avec un écrivain

Je t'aime

1

Témoin mis à nu

La fille tout de noir vêtue, en robe moulante et escarpins, était perchée sur un tabouret, les fesses au bord du siège, tout au bout du comptoir. Elle faisait de son mieux pour se fondre dans la clientèle du jeudi soir mais, manque de chance, la nature l'avait dotée de certains avantages qui lui compliquaient singulièrement la tâche.

Et sa robe, il va de soi, n'arrangeait rien.

D'une main, elle triturait la chaînette métallique de son élégante pochette noire tandis que, de l'autre, elle jouait avec sa somptueuse chevelure blonde, dont elle enroulait d'un air distrait les pointes autour de son doigt, comme si elle se livrait à l'habile démonstration d'un point de crochet peu connu. C'était le tic nerveux symptomatique d'une fille qui s'était épanouie tard dans la vie, et n'avait jamais développé la confiance en soi de celles qui ont depuis toujours conscience de leur beauté.

Qu'elle fût ou non vraiment cette fille n'avait guère d'importance. Elle jouait le rôle à la perfection.

Avec un soupir de découragement, elle sortit de son sac un téléphone portable chromé. Main crispée sur le petit appareil sans défense, elle l'étouffait sans pitié en rassemblant assez de courage pour en regarder l'écran. L'idée que son dernier, son unique espoir se résumait à un icone en forme d'enveloppe lui paraissait ridicule, et triste, mais à ce stade, peu lui importait que ses attentes fussent naïves.

Il n'y avait pas d'enveloppe sur l'écran.

Comme cinq minutes plus tôt, ou cinq minutes encore avant ça. Et l'absence de cet icone semblait la narguer : elle l'obligeait à regarder en face ce qu'elle redoutait le plus.

La fille promena un dernier regard d'espoir dans le bar de l'hôtel puis reposa son téléphone sur le comptoir, résignée, bien malgré elle, à l'idée que la personne qui aurait dû occuper le tabouret voisin ne viendrait pas. La jeune femme soupira et trempa enfin les lèvres dans son verre de pinot noir, auquel elle n'avait pas touché avant de prendre conscience de sa défaite. À chaque minute écoulée, il devenait de plus en plus évident que, ce soir-là, elle boirait seule. Mais en aucun cas par choix.

À l'autre extrémité du bar, un homme n'avait pas perdu une miette de ce spectacle. Cette fille l'intriguait au plus haut point. Parce qu'elle était d'une beauté saisissante, bien sûr, et... blonde (il avait toujours eu un faible pour les blondes), mais aussi parce qu'elle semblait accablée. Tant de fragilité et d'impuissance était attachant. Cela faisait longtemps qu'il n'avait pas rencontré une créature d'une telle beauté qui laissait transparaître autant de vulnérabilité.

Et ça, c'était vraiment... rafraîchissant.

Son regard se posa sur le tabouret de bar libre à côté d'elle et il sentit naître en lui un brusque élan de confiance. N'était-ce pas étonnant qu'un objet inanimé puisse soudain apparaître aussi accueillant ? Si engageant ?

N'aurait-on pas dit qu'il le suppliait quasiment d'aller l'occuper ?

Tout le monde, dans la salle d'audience, attendait que je prenne la parole.

C'est à cette seule fin qu'on m'avait convoquée en ces lieux : pour m'entendre donner ma version des faits. J'étais devenue la messagère d'une parole salvatrice, un titre auquel j'avais fini par m'accoutumer au cours des derniers mois.

L'air était lourd, moite. Et la climatisation avait semble-t-il renoncé depuis plusieurs heures à lutter contre cette touffeur inhabituelle à New York pour un mois d'octobre. Cela étant, la transpiration qui perlait sur mon front ne devait peut-être rien à la température ni à l'humidité ambiantes, et tout au fardeau que représentait la raison de ma présence dans ce tribunal.

Si j'avais été entièrement impartiale, et prête à accepter l'issue, quelle qu'elle soit, de cette audience, tout aurait été plus simple pour moi. Mais ça, c'était au-dessus de mes forces. J'avais beau le vouloir, je ne pouvais pas rester indifférente.

L'huissier posté à ma gauche a enfin pris la parole :

— Jurez-vous de dire la vérité, toute la vérité et rien que la vérité ?

— Je le jure, ai-je répondu, le regard rivé sur une statue qui se dressait au fond de la salle.

De toute l'assistance, ce visage de marbre était le seul à afficher de la neutralité. La moitié de l'assemblée me dévisageait en n'attendant qu'une seule chose : que j'échoue. Que je me disloque, me décompose, que je bafouille. L'autre moitié comptait sur moi pour son salut. D'un côté comme de l'autre, ça n'avait rien de réconfortant.

Mais naturellement, ce n'étaient pas les attentes des uns et des autres qui m'inquiétaient.

— Vous pouvez vous asseoir, m'a informée l'huissier.

J'ai obtempéré, m'efforçant de faire abstraction de l'inconfort du siège en bois à l'assise dure et fendillée. Un bref silence a suivi. J'ai veillé à ne croiser aucun regard. Surtout pas le sien. Celui de cet homme en costume gris perle assis à ma gauche, en diagonale, et dont les yeux me mitraillaient de lasers invisibles.

J'étais habituée à ça. Ce n'était pas la première fois que je me retrouvais la cible directe de ce genre de regard, surtout de la part de quelqu'un occupant une place telle que la sienne.

La grande femme rousse vêtue d'une jupe crayon et d'une blouse en soie, installée à la table qui me faisait face, s'est levée et avancée vers moi. Elle tenait à la main un bloc-notes auquel elle s'est un bref instant reportée avant de s'adresser à moi :

— Pouvez-vous, s'il vous plaît, nous dire en quoi consiste votre activité professionnelle ?

Avec l'assurance que confère l'expérience, j'ai hoché la tête et dit d'une voix posée, égale :

— Je dirige une agence.

Ma réponse était délibérément succincte : quand on est déjà passé par là quatre ou cinq fois, l'art de la concision commence à devenir une seconde nature.

— Et dans quel domaine cette agence est-elle spécialisée ?

Je me suis éclairci la voix.

— Nous proposons un service baptisé « inspection de fidélité ».

Un grognement s'est élevé de l'autre côté de la salle d'audience ; dans ma vision périphérique, j'ai surpris l'homme en costume gris en train de lever les yeux au ciel. Son avocat s'est empressé de lui jeter, discrètement, un regard d'avertissement.

— Une « inspection de fidélité », a répété l'avocate. Pourriez-vous expliquer à la cour ce dont il s'agit ?

J'ai pris une profonde inspiration et j'ai prononcé les mêmes mots que je répétais presque chaque jour. À chaque personne qui pénétrait dans mon bureau, en quête de réponses.

— Il s'agit d'un test confidentiel destiné à déterminer si oui ou non, le sujet en question est capable d'infidélité.

— Donc, en gros, vous envoyez un leurre, ou un *appât* – en l'occurrence, une belle femme – pour voir si un homme va tromper sa femme ? a explicité l'avocate en ponctuant ses explications de grands mouvements circulaires de la main.

— Oui, en gros, c'est ça.

Elle a hoché la tête, comme si elle entendait cette information pour la première fois et avait besoin de temps pour l'assimiler. Et ce, en dépit du fait que je lui avais déjà expliqué le processus d'innombrables fois au cours de la semaine écoulée.

— Je vois, a-t-elle poursuivi. Et pouvez-vous me dire si ma cliente, Mme Langley... (Elle s'est interrompue pour désigner la femme mince à l'air sévère, assise derrière elle.) ... était une cliente de votre agence ?

J'ai coulé un bref regard en direction de ce doigt tendu. Mme Langley conservait un visage impassible ; sa peau tirée à outrance et ses sourcils à l'arche très haute ne trahissaient aucune émotion. Sa physionomie évoquait celle, inflexible, d'une directrice de pensionnat réputé pour sa stricte discipline, et je me suis demandé si la chirurgie esthétique avait été pratiquée dans ce sens. Était-ce son rang de P-DG d'une entreprise répertoriée dans *Fortunes 500* qui exigeait cette apparence de sévérité ? Peut-être avait-elle découvert que, dans un monde dominé par les hommes, une beauté dure et ingrate permet de faire plus de chemin que celle qui se pare de douceur.

Mme Langley me fixait d'un regard sombre et sérieux qui ne trahissait aucune attente. Elle n'était pas de ces femmes enclines volontiers à compter sur les autres. Ou si elle le faisait, elle répugnait à ce que ça se sache. De ce point de vue, c'était bien la même femme, maîtresse d'elle-même et pleine d'assurance, que celle qui s'était présentée à mon bureau quelques mois plus tôt.

J'ai ouvert le dossier en carton rouge écarlate posé sur mes genoux et fait référence aux notes qu'il renfermait.

— Oui. Joy Langley est venue à notre agence pour nous demander de tester son mari, Todd Langley, le 24 juin de cette année.

— Pourquoi ? a demandé sobrement l'avocate.

— D'après les notes de notre premier rendez-vous, ai-je répondu en consultant mon dossier, Mme Langley, dont la carrière connaît une évolution significative, s'inquiétait de la capacité de son mari à accepter ses succès professionnels. Elle craignait qu'un sentiment d'infériorité ne le conduise à s'égarer du droit chemin.

M. Langley a reniflé sans discrétion pour manifester sa désapprobation puis a marmotté quelques mots. J'ai cru discerner un « sale garce ! », mais franchement je n'étais pas assez près pour le confirmer. L'avocate de Mme Langley, soit parce qu'elle n'avait pas entendu ce commentaire sournois, soit parce qu'elle préférait l'ignorer, a enchaîné :

— Donc, vous avez mandaté une de vos *associées* pour confirmer ou infirmer ses soupçons ?

Je veillais à rester droite comme un i sur ma chaise et à limiter mes mouvements au strict minimum. L'avocat de la partie adverse, je le savais, était en train de disséquer mon langage corporel en espérant déceler une marque d'hésitation, si ténue soit-elle. Un motif – n'importe lequel – pour trouver des failles dans mon témoignage ou remettre en cause ma crédibilité. Il était hors de question que je laisse un innocent affaissement d'épaules influer sur l'issue de ce procès.

— Oui, ai-je répondu.

La fille en robe noire vida d'un trait les dernières gouttes de son verre de vin et le reposa en le faisant volontairement tinter sur le comptoir. L'homme qui s'était glissé nonchalamment sur le tabouret à côté d'elle l'observait, du coin de l'œil, et il sentit un jet d'adrénaline déferler dans ses veines.

— Encore une petite soif ?

Dans ce genre de situation, il ne parvenait jamais à montrer autant de douceur qu'il l'aurait souhaité. En cet instant, par exemple, il était loin d'incarner ce personnage de séducteur à la James Bond dans la peau duquel il se glissait lorsqu'il imaginait des scénarios de ce type. Dans la vie réelle, ce personnage-là était bien moins impressionnant.

La fille tourna la tête vers l'inconnu et lui sourit, l'air abattu.

— Oui, j'imagine.

— Puis-je vous offrir un autre verre ?

— Avec plaisir, répondit-elle avec un hochement de tête reconnaissant. C'était un pinot Estancia.

Le visage de l'homme s'illumina aussitôt.

— Estancia ? C'est mon domaine préféré !

— Je ne bois que celui-là, renchérit la fille en opinant avec enthousiasme – ou, du moins, avec autant d'enthousiasme qu'elle pouvait en rassembler après la séance d'autoapitoiement à laquelle elle venait de s'abandonner.

L'homme se tourna vers le barman.

— Deux verres d'Estancia, annonça-t-il, ravi de voir que cette conversation démarrait en douceur.

Il se retourna vers la fille et, sans un mot, il observa sa chevelure dorée qui retombait en ondulations souples sur ses épaules. Presque comme si elle avait été créée *spécialement* pour correspondre à ses goûts.

La fille remarqua aussitôt cette attention scrutatrice, et un sourire embarrassé s'esquissa sur ses lèvres.

L'homme se sentit fondre.

On leur servit leurs verres. Ils trinquèrent – en portant un toast, sans grande originalité, à la santé de l'autre, à la chance, aux nouvelles rencontres – et sitôt bue la première gorgée, le silence s'installa. Un silence bruissant de plaisirs anticipés et de crainte d'une rebuffade. Mais c'était dans l'ordre des choses. La fille aurait aisément pu aborder des dizaines de sujets pour engager la conversation et apaiser ainsi les craintes de l'homme, mais son rôle n'était pas d'initier des conversations : elle se bornait à les suivre. Parfois, le plus difficile dans ce genre de situation, c'est justement de ne pas parler. Le calme avant la tempête. *L'attente.* Mais la fille savait que le processus avait été conçu intentionnellement.

Tout comme elle savait qu'il ne faudrait que sept secondes avant qu'il...

— Vous attendez quelqu'un ? demanda-t-il enfin en penchant la tête de droite à gauche pour observer la salle avec une curiosité qui n'était qu'à moitié feinte.

La fille soupira. Tout en jouant nerveusement avec le pied de son verre, elle plissa les yeux et fit glisser sur son visage un masque de vaincue.

— J'atten*dais* quelqu'un, oui. Mon petit ami. Mais j'imagine qu'il ne viendra pas... Qu'il ne viendra plus. Jamais.

— Oh, excusez-moi. Je ne voulais pas..., protesta l'homme dans une faible tentative de sincérité.

— Non, non, ce n'est pas grave. C'est sans doute mieux ainsi. Il n'était pas fait pour moi, de toute façon. (Elle lâcha un lourd soupir.) C'est du moins ce que j'essaie de me dire.

— Vous étiez ensemble depuis longtemps ?

Il faut croire que la fille trouva cette question plutôt amusante car elle se mit à rire doucement, comme pour elle-même.

— Non à vrai dire, pas vraiment. Presque un mois. Ce qui est assez typique de toutes mes relations sentimentales. J'imagine que ça ne fait même pas assez longtemps pour pouvoir l'appeler mon « petit ami ». C'est du moins ce que mes copines essayaient de m'expliquer. Ça m'aura servi de leçon, n'est-ce pas ?

Tandis qu'elle portait le verre à ses lèvres, l'homme, qui grillait d'impatience de se présenter, songea qu'il n'y avait pas meilleure occasion pour le faire.

— Todd, annonça-t-il en tendant sa main. Todd Langley.

Elle la serra en esquissant un petit sourire.

— Keira Summers. C'est un plaisir de vous rencontrer.

— Donc, toute la soirée n'est qu'un piège ? (Tout en s'adressant à moi, l'avocate faisait les cent pas dans le prétoire, aussi fébrile que si elle participait à un Téléthon en faveur de la recherche contre le cancer.) Rien n'est vrai, ni l'histoire que la jeune femme raconte ni la façon dont elle la raconte. Pas même son nom.

J'ai hoché la tête et même si je me sentais d'une certaine façon agressée par la question, je l'ai bien caché. Car c'est ainsi que ça marche et tous les avocats procèdent ainsi : ils interrogent mes méthodes comme pour chercher à discréditer mon témoignage et, lorsque leur tentative échoue, ils ont coupé l'herbe sous le pied au conseil de la partie adverse.

Il n'empêche : cette stratégie avait beau m'être familière, elle me hérissait toujours autant.

— Oui, ai-je confirmé en essuyant du bout des doigts un voile de sueur sur mon front. L'associée se présente au sujet sous un faux nom, et l'histoire ou les informations concernant sa vie relèvent d'un scénario préécrit, qui prend en compte ce à quoi il est susceptible de répondre. Tout est conçu pour faciliter la conversation.

L'avocate s'est immobilisée devant moi.

— Vous avez donc plusieurs associés qui travaillent pour vous ?

À la différence de la plupart des questions précédentes, celle-ci était purement rhétorique. Mais j'y ai répondu.

— Oui. Des femmes et des hommes.

— *Et* des hommes ? a-t-elle répété, l'air amusé.

J'ai hoché la tête. En vérité, *un seul* homme travaillait pour moi. Pour l'instant, en tout cas, car si la demande augmentait, je devrais sans doute en engager d'autres. Je préférais néanmoins rester évasive quant au fonctionnement interne de mon entreprise. Mon fonds de commerce reposait, après tout, sur la discrétion. Raison pour laquelle l'avocate avait accepté de ne pas divulguer le nom de l'agence.

— Vraiment ? a-t-elle repris. Des maris s'adressent aussi à vous pour demander des inspections de fidélité ?

Le conseil de la partie adverse a levé aussitôt la main avec un regard exaspéré.

— Objection, Votre Honneur ! En quoi ce détail est-il pertinent ?

L'avocate de Mme Langley s'est tournée vers le juge, une femme aux cheveux gris, assise à ma droite.

— J'essaie juste d'établir l'impartialité du témoin dont la société propose son aide aux hommes comme aux femmes, sans discrimination.

La magistrate a hoché la tête.

— Objection rejetée. Veuillez poursuivre, maître.

— Merci, Votre Honneur.

L'avocate s'est retournée vers moi, sans prendre la peine de répéter sa question, attendant juste que j'y réponde.

— Oui, ai-je confirmé. Il est arrivé à plusieurs reprises qu'un mari nous embauche pour tester son épouse.

— Et si mes renseignements sont exacts, vous avez également témoigné lors de certaines procédures de divorce qui en ont résulté ?

Je désapprouvais sa formulation – « procédures de divorce qui en ont résulté » – car elle semblait désigner mon agence comme seule responsable du taux de divorce dans ce pays. Certes, la plupart de ces couples seraient toujours unis si le mari ou l'épouse n'avait pas échoué à l'inspection mais, plutôt que de les pousser sur la voie du divorce, je préférais penser que j'éveillais les gens à la vérité. Bien sûr, je me suis gardée de tout commentaire et j'ai sobrement répondu :

— Oui.

— Et en quoi consiste votre rôle dans ces inspections ?

— Je rencontre la cliente, ou le client, je rassemble toutes les informations pertinentes, puis j'assigne la mission à celui ou celle de mes associés que j'estime le plus apte à la mener à bien.

L'avocate de Mme Langley a reposé son bloc-notes sur la table, comme s'il lui fallait avoir les deux mains libres pour mimer la complexité de sa question suivante :

— En d'autres termes, vous attribuez à chaque sujet – et dans le cas qui nous occupe il s'agit de M. Langley – son fantasme idéal ?

— Oui, j'imagine qu'on peut le formuler ainsi, ai-je acquiescé avec un léger haussement d'épaules.

— Oui ou non ? m'a-t-elle pressée en retour.

Je n'ai pas répondu tout de suite. Mon regard a papillonné dans la salle d'audience et s'est arrêté sur le box vide destiné au jury. Qu'est-ce que douze de mes soi-disant « pairs » auraient pensé de ce que je m'apprêtais à déclarer ? me suis-je demandé. M'auraient-ils jugée avec sévérité ? Ou aurais-je, au contraire, gagné leur respect parce que je cherchais sincèrement à aider mon prochain ? De même que j'essayais ce jour-là d'aider Mme Langley, dans cette salle d'audience humide et privée d'air conditionné du comté de Westchester.

— Oui

— Hum hum... Donc, a commencé l'avocate, s'emparant de son stylo comme pour scander l'énumération qui allait suivre, Mme Langley se présente à votre agence ; elle vous confie qu'elle nourrit quelques inquiétudes quant à la *conduite* de son mari lors de ses voyages d'affaires ; vous choisissez parmi vos collaboratrices celle qui, d'après vous, incarne l'idéal féminin dudit mari ; cette jeune femme le rencontre dans le bar d'un hôtel de Seattle ; elle lui donne un faux nom, engage la conversation – une conversation basée sur des informations entièrement fictives et toutes susceptibles de le faire réagir – puis elle attend de voir si cet homme va tromper son épouse avec elle.

— En fait, nous testons uniquement *l'intention* de tromper...

L'avocate m'a décoché un regard qui m'intimait de répondre par un simple oui afin de pouvoir enchaîner.

— Pardon. Oui.

Avec une grimace de dégoût, elle a lâché un petit ricanement.

— Il s'agit donc d'un piège ?

— Objection, Votre Honneur ! a lancé l'avocat de M. Langley. Ma consœur influence le témoin. Elle essaie de discréditer mon argumentation.

— Je me pose simplement une question dont *tout le monde* dans cette salle meurt d'envie de connaître la réponse, a riposté posément l'avocate de Mme Langley.

J'ai coulé un regard inquiet en direction de la juge, qui semblait passionnée par cet interrogatoire.

— Objection rejetée, a-t-elle tranché après une brève délibération. Veuillez répondre à la question, a-t-elle ajouté en se tournant vers moi.

J'ai relâché lentement mon souffle, soulagée que cette question-là en particulier ne soit pas laissée en suspens dans les limbes judiciaires.

— Ce n'est pas un piège, ai-je affirmé d'une voix ferme.

C'était un aspect de la procédure que je prenais très au sérieux. Entre tester quelqu'un et le piéger, la frontière est mince. Je multipliais donc toutes les précautions pour veiller à ce que mon activité professionnelle demeure irréprochable.

— Mes associés reçoivent des instructions claires, ai-je poursuivi. Leur mission consiste à suivre les initiatives du sujet, jamais à en prendre. Comme dans le cas qui nous occupe ici. Toute suggestion d'une intimité future était laissée à la discrétion de M. Langley, uniquement.

Lorsque je me suis tue, j'ai réalisé que ma voix s'était teintée d'une tonalité un brin défensive. J'ai pris une vive inspiration en me rappelant que je ne devais pas m'énerver – une réaction dont j'étais coutumière lorsque quelqu'un introduisait le mot « piège » dans la conversation. Disons, pour faire court, que c'était un point douloureux.

— En d'autres termes, ai-je repris en m'efforçant de conserver mon calme, M. Langley a *choisi* consciemment de tromper sa femme. Il n'est pas tombé dans un piège. Il n'est pas une victime.

Deux heures avaient passé depuis que Todd Langley avait pris place sur le tabouret à côté de la belle et délicate Keira Summers. Ils avaient abordé un vaste éventail de sujets de conversation, depuis la religion jusqu'à la politique, en passant par les icônes de la culture populaire. À présent, il était assis suffisamment près d'elle pour effleurer comme par inadvertance la peau nue de son bras ou de son épaule. Et il ne s'en privait pas. Depuis une heure, chaque plaisanterie, chaque opinion partagée, chaque nouveau terrain d'entente justifiait, selon lui, un contact éphémère avec cette peau douce et exempte de défauts. La tentation était à vrai dire plus forte que lui, et le fait que Keira n'y trouvait, semblait-il, rien à redire n'avait fait que nourrir son désir de la toucher encore et encore.

Todd héla le barman et commanda deux autres verres de pinot noir, mais Keira s'empressa de l'interrompre d'un gloussement légèrement ivre.

— Je crois que j'ai assez bu, protesta-t-elle avant de consulter sa montre. En plus, il commence à se faire tard.

En réalité, elle aurait sans problème pu boire deux fois plus et néanmoins convaincre un policier qu'elle n'avait consommé que de l'eau gazeuse toute la soirée. Une haute tolérance à l'alcool était une condition *sine qua non* pour son travail. La fille que deux verres de vin suffisent à griser, désinhiber et faire glousser n'était qu'une illusion. Une incarnation physique de tout ce que son épouse n'était pas.

— Pourquoi ? Quelle heure est-il ? s'enquit Todd.

— Minuit moins le quart, répondit-elle en rassemblant ses affaires et en se laissant glisser du tabouret. Je ferais mieux de rentrer. N'avez-vous pas dit que vous aviez un vol très tôt demain matin pour rentrer à New York ?

Il ne répondit pas. À ce stade, il avait le plus grand mal à construire une phrase cohérente. Même si la phrase en question se résumait à un mot de trois lettres : oui. Parce que son cerveau était concentré sur une seule et unique question : *Pouvait-il vraiment laisser une telle femme lui filer entre les doigts ?*

La réponse s'imposa aussitôt à lui, évidente. Même si les photos aux couleurs délavées de sa femme et de ses enfants semblaient en cet instant même, telles des braises, dévorer le cuir de son portefeuille et l'étoffe de sa jambe de pantalon. Cette incandescence qui menaçait de ronger sa peau ne fit, à vrai dire, que le pousser à agir plus vite. Avant qu'elle n'imprime des traces permanentes. Et cette fois, il renonça à user de finesse, à s'essayer à la subtilité.

— Et si nous montions dans ma chambre ? lâcha-t-il précipitamment.

Keira accueillit l'invitation avec un gloussement embarrassé. C'était la réaction parfaite : la délicatesse de la situation lui interdisait d'y répondre avec aplomb. Surtout face à un homme tel que Todd Langley qui, dans sa propre maison, n'était que trop accoutumé à subir la confiance en soi d'une épouse dominatrice. Non. L'embarras de l'un devait susciter l'embarras de l'autre.

Un embarras du genre le plus attachant qui soit.

— Écoutez, je suis désolé, bafouilla-t-il. Ne vous méprenez pas... Ce n'est pas ce que je voulais dire, c'est juste que...

— D'accord, souffla Keira en regardant obstinément ses pieds.

— D'accord ?

Elle esquissa un hochement de tête timide et glissa une mèche derrière son oreille.

— Je crois que ce serait une distraction bienvenue, ce soir.

Todd lâcha un soupir de soulagement tandis qu'un immense sourire illuminait son visage.

— Bien.

Il posa une main délicate sur les reins de la jeune femme pour la guider jusque dans le hall de l'hôtel, puis dans la cabine de l'ascenseur qui n'attendait qu'eux pour monter.

Un sourire rusé venait d'apparaître sur le visage de l'avocate de Mme Langley.

— Êtes-vous en train de dire que M. Langley a échoué à son inspection de fidélité ?

J'ai consulté les notes que j'avais sous les yeux. Une précaution tout à fait superflue puisque je me préparais à cette audience depuis quinze jours. Quelque chose, pourtant, me poussait à le faire. Ces notes me donnaient-elles le sentiment d'être plus crédible ? Mieux préparée ? Car le fait est que la réponse tenait en trois lettres : un petit mot de rien du tout, et qui était la raison de ma présence ici.

— Oui.

— Je n'ai pas d'autres questions, Votre Honneur, a conclu l'avocate avant de se rasseoir à côté de sa cliente.

L'avocat du mari s'est levé. Il a boutonné sa veste puis s'est avancé avec nonchalance jusqu'à mon box.

Mon intuition m'a avertie qu'il serait impitoyable. Je le voyais sur son visage, je le devinais dans ses pensées et à la façon dont il s'approchait de moi, sans hâte. Dans la vie, l'intimidation était son mot d'ordre : c'était ainsi qu'il élevait ses enfants, s'adressait à ses secrétaires, renvoyait les plats en cuisine au restaurant... Et surtout, qu'il menait les contre-interrogatoires des témoins. Cela n'aurait pas dû me toucher, je le savais. J'avais été confrontée à des hommes intimidants un nombre incalculable de fois. Et j'avais survécu pour le raconter. Mais il n'empêche, je ne pouvais réprimer ma nervosité, mon anxiété même. À cause de cette maudite partialité, qui une fois de plus sortait sa monstrueuse tête. Si seulement tout cela m'avait été indifférent ! Si seulement je n'avais pas eu le sentiment d'avoir besoin de cette victoire tout autant que Mme Langley.

Si seulement...

— Comment avez-vous dit vous appeler ? a demandé l'avocat en se plantant devant moi.

— Ashlyn.

Il m'a souri avec condescendance.

— Je voulais dire : quel est votre *vrai* nom ?

Avant même que j'aie eu le temps de réagir, l'avocate de Mme Langley s'est levée comme mue par un ressort.

— Objection, Votre Honneur ! Le témoin a accepté de témoigner sous couvert d'anonymat dans la mesure où la confidentialité constitue une part nécessaire de son activité professionnelle et participe de la sécurité de ses collaborateurs et collaboratrices. (Elle a tapoté un tas de paperasse sur la table.) J'ai ici cinq cas précédents qui indiquent que la cour a permis au témoin de témoigner anonymement sous des conditions similaires. Elle ne devrait pas être pressée de divulguer des détails personnels la concernant dans la mesure où ils ne sont pas pertinents dans ce dossier.

L'avocat de la partie adverse a levé les mains au ciel avec une mimique de frustration.

— J'essaie juste d'établir la crédibilité du témoin ! Si celui-ci refuse de décliner sa véritable identité, quelle foi pouvons-nous prêter à ses dires ? Comment savoir avec certitude que les faits ont réellement existé ?

— Objection retenue, a décidé la juge. La vraie identité du témoin n'a aucun rapport avec son témoignage. Question suivante.

L'avocate de Mme Langley s'est rassise, satisfaite, et m'a encouragée d'un hochement de tête discret.

— Très bien. *Ashlyn*, a repris l'avocat d'un ton goguenard, étiez-vous présente lorsque mon client a été soumis à ce truc de fidélité ?

— Inspection de fidélité, ai-je rectifié en luttant pour ne rien laisser transparaître de mon agacement. La réponse est non : je n'assiste pas aux inspections.

— Et pourquoi ça ?

— Parce que j'ai une confiance absolue en mes associés. Par conséquent, je ne vois aucune utilité à traverser la moitié du pays à chaque mission. En plus, leur nombre m'empêcherait d'être présente à chacune d'entre elles. Il faudrait qu'on me clone… En de multiples exemplaires.

L'avocat du mari a hoché la tête puis il a pincé les lèvres et pris l'air profondément songeur.

— Hum… La suspicion court donc les rues, c'est ça ?

J'ai répondu d'un haussement d'épaules évasif.

— Dans ce cas, comment pouvez-vous savoir ce qui se passe lors de ces inspections ?

J'ai croisé les mains sur mes genoux.

— Mes associés sont tenus de me fournir, au terme de chaque mission, un compte rendu détaillé sous forme de notes et d'un rapport. En plus, lors de la réunion d'équipe hebdomadaire, chacun récapitule de vive voix les résultats de sa mission. Je peux ainsi sans problème vous exposer, en détail et exhaustivement, les éléments du dossier de votre client.

L'avocat s'est tapoté la lèvre du doigt, l'air songeur.

— Si j'ai bien compris, vous suggérez que nous basions le partage des biens de M. et Mme Langley sur la bonne foi de votre parole, qui est elle-même fondée sur la parole d'une *tierce personne* ?

— Objection ! a protesté l'avocate de Mme Langley en bondissant de sa chaise. Est-ce seulement nécessaire que je fasse objection à ça ?

Le juge a hoché la tête.

— Veuillez reformuler votre question, maître.

L'avocat s'est tourné vers le juge avec, dans le regard, une contrariété fabriquée de toutes pièces.

— Je vous prie de m'excuser, Votre Honneur. Simplement, nous sommes ici pour décider si mon client, qui est un père et un mari aimant et dévoué, peut prétendre ou non à la moitié des revenus de son épouse. Nous parlons ici d'une somme de près de cinq millions de dollars. Et tout ce dont nous disposons pour trancher, ce sont les *notes* de cette femme ? En toute sincérité, je ne sais pas trop pourquoi nous sommes encore ici.

— Merci de nous faire part de votre opinion, maître, a répondu posément le juge. Mais c'est à moi qu'il revient de décider si la déposition du témoin est recevable. Contentez-vous de l'interroger.

L'homme de loi a esquissé un hochement de tête, dans un signe discret de subordination.

— Naturellement, Votre Honneur. Mais en me fondant sur ma forte opinion que ce témoin ne peut se targuer d'aucune crédibilité, je n'ai pas d'autre question.

La juge a opiné et s'est tournée vers moi.

— Vous pouvez disposer.

Ça ne s'est pas trop mal passé, ai-je songé tout en rangeant mes notes dans ma mallette. J'étais quelque peu surprise. Je m'étais attendue à davantage de mordant de la part de ce type. Et à en croire l'air dérouté de Todd Langley, je n'étais pas la seule.

J'étais satisfaite de mon témoignage. J'étais aussi rassurée, et pleine d'espoir – un sentiment auquel je n'étais pourtant guère accoutumée dans le cadre de ma vie professionnelle, voire que j'évitais avec soin de nourrir dès lors qu'il s'agissait des relations de couple des autres. Tout simplement parce qu'il y a trop de facteurs extérieurs qui échappent à votre contrôle. Mais depuis quelque temps – et j'aurais eu bien du mal à expliquer comment –, l'espoir avait réussi à se faufiler sous mon radar. Et le temps que je réalise sa présence, il était trop difficile de ne pas s'y accrocher.

En deux mots : je voulais que la juge prenne fait et cause pour ma cliente.

Je me suis levée, prête à quitter le box et retrouver la liberté. Mes cuisses meurtries par l'inconfort du siège en bois se réjouissaient déjà quand l'avocat de Todd Langley a lancé :

— En fait, si, j'ai une dernière question.

Voyant la juge hocher la tête, j'ai étouffé un grognement de dépit et me suis rassise.

L'avocat a pris appui contre sa table. Paumes jointes sous son menton, il feignait d'être absorbé dans ses réflexions.

— Dans votre témoignage, vous avez mentionné quelque chose au sujet d'une « intention » de tromper. Qu'est-ce que cela signifie exactement ?

Il détacha un bref instant ses lèvres de celles qu'il dévorait avec avidité pour contempler la femme étendue sur son lit d'hôtel, puis il se jeta à nouveau sur elle. Elles avaient le goût du paradis, avec un doux parfum de pinot noir.

La jeune femme exhala un petit gémissement, et cela lui insuffla de l'audace. Il commença à faufiler sa main sous l'ourlet de la robe. Mais n'eut pas le loisir de la laisser s'aventurer bien loin.

— Attends, souffla Keira en repoussant doucement son bras. Tu es sûr de vouloir faire ça ?

Todd lâcha un soupir lascif.

— Tu n'imagines pas à quel point.

— Dans ce cas, chuchota-t-elle, je reviens tout de suite.

Elle s'assit et se déporta vers le bord du lit d'un mouvement si fluide, si *professionnel*, que l'homme s'en alarma presque. Presque. La jouissance qu'il anticipait l'aveuglait, assez puissante pour museler toute pensée alarmante. La lumière s'alluma dans la salle de bains et projeta un rai terne en travers de la chambre. Il entendit l'eau couler du robinet et roula sur le dos pour fixer le plafond, le visage gagné par un sourire béat et puéril tandis qu'il attendait impatiemment le retour de Keira Summers.

Ou plutôt, et surtout, la promesse contenue dans son retour.

Ce qu'il ignorait... c'est que la jeune femme était déjà partie.

La lumière de la salle de bains resterait allumée et l'eau continuerait à couler pendant au moins cinq minutes avant qu'il ne se décide à aller voir ce qu'elle faisait. Mais à ce moment-là, la fille en robe noire et tout ce qu'elle représentait se serait évaporé. Même le sillage de son parfum aurait commencé à se dissiper. Et après avoir fermé le robinet, il resterait perplexe, planté au milieu de la salle de bains en contemplant fixement le carrelage blanc et froid, et il commencerait à se demander si elle n'avait pas été que le fruit de son imagination. Une apparition, née de l'ivresse et du désespoir.

Les véritables implications de cette soudaine disparition, il ne les comprendrait que quelques jours plus tard (lorsqu'il découvrirait, en rentrant chez lui, que sa clé refuse de glisser dans la serrure). Mais une alarme discrète bourdonne déjà dans ses oreilles. Elle lui signale que quelque chose cloche. Que les belles blondes en robe noire moulante n'apparaissent et ne disparaissent pas ainsi sans raison.

— En fin de compte, vous ne détenez aucune preuve concrète que mon client, M. Langley, aurait effectivement eu un rapport sexuel ?

J'étais sur la défensive, je le sentais, et je savais que je n'allais pas pouvoir empêcher ce sentiment de transparaître dans ma voix.

— L'inspection de fidélité est conçue pour apporter la certitude absolue que l'intention de tromper est...

— Une réponse par oui ou par non suffira, m'a interrompue l'avocat avec un sourire suffisant.

J'ai soupiré et arrondi imperceptiblement les épaules.

— Non. Je n'en ai pas.

— Donc, en théorie, si votre collaboratrice ne s'était pas défilée avant ce prétendu passage à l'acte, mon client aurait aisément pu tout arrêter de lui-même.

— En théorie, oui, mais...

— Je vous remercie, m'a-t-il interrompue à nouveau. (À l'évidence, la courtoisie ne lui semblait plus de mise à ce stade.) La seule question qui reste à poser est donc : sur quoi le témoin se fonde-t-il pour établir une équivalence entre « *intention* de tromper » et « tromper » ? Une *tendance* à l'infidélité n'est pas un acte adultère. Cela relève d'une simple appréciation du caractère d'une personne. Une appréciation certainement erronée de surcroît.

J'ai pris une profonde inspiration et j'ai répliqué, avec autant de conviction que possible :

— Mes associés ne s'engagent dans aucune activité sexuelle. Sinon, ce serait de la prostitution. Je dirige une entreprise tout à fait légale. Et c'est pourquoi mes employés ne testent chez les sujets que l'intention de tromper. Mais j'affirme sans crainte d'erreur que si ma collaboratrice n'avait pas quitté la chambre d'hôtel de Todd Langley ce soir-là, il aurait couché avec elle.

— Merci de nous communiquer votre opinion, a déclaré avec condescendance l'avocat après une courte pause. Cependant, si le témoin ne peut produire aucune preuve concrète de l'infidélité, alors je ne vois pas d'autres questions à lui poser, Votre Honneur.

La juge a hoché la tête.

— Vous pouvez vous retirer, m'a-t-elle informée pour la seconde fois, avant de reporter son attention sur le prétoire. L'audience reprendra demain matin. Je vous ferai part de ma décision à ce moment-là.

Elle a rassemblé ses dossiers et repoussé sa chaise, prête à se lever.

— Pourrais-je ajouter une dernière chose ? ai-je lancé en levant une main timide.

L'avocate de Mme Langley m'a décoché un regard qui signifiait « Vous vous croyez où ? », mais je l'ai ignorée et je me suis tournée vers la juge : à ce stade, elle était la seule personne, dans cette salle, qui comptait à mes yeux. Et c'était elle qui contrôlait tous ces facteurs extérieurs qui, d'ordinaire, me permettaient de rester émotionnellement à distance dans des situations pareilles à celle-ci.

— Poursuivez, a-t-elle répondu.

J'ignorais si ce que je m'apprêtais à dire pouvait aider en quoi que ce soit. Mais ça ne pouvait pas nuire, j'en étais à peu près sûre. Ça valait donc le coup d'essayer.

— Au cours de ma vie, j'ai appris qu'« infidélité » est un terme subjectif. Le sexe n'a souvent rien à voir là-dedans. M. Langley n'a peut-être pas trompé sa femme physiquement – du moins pas avec ma collaboratrice –, mais la trahison existait bien avant que cette dernière ne pénètre dans sa chambre d'hôtel.

Un long silence a suivi. Et ce n'est qu'à ce moment-là que j'ai osé regarder Todd Langley dans les yeux. L'homme qui avait séduit une de mes associées, qui l'avait invitée dans sa chambre d'hôtel, qui l'avait caressée, embrassée. Tout, dans son comportement, prouvait sa résolution de faire ce qu'il avait promis de ne jamais faire. À mes yeux, ses pensées étaient aussi limpides que du cristal. Son comportement, il le trouvait légitime. Justifié. Et cette ébauche de sourire fat qui flottait sur ses lèvres prouvait qu'il ne regrettait pas ce qui s'était passé ; il était simplement navré de s'être fait prendre.

Et puis j'ai reporté mon attention sur Mme Langley. Ses traits endurcis n'avaient rien révélé lors de son témoignage. Ce n'était sans doute pas maintenant qu'ils allaient trahir quoi que ce soit. Cette femme s'était battue pour atteindre le sommet, elle avait surmonté tous les obstacles dressés sur sa route, elle avait enduré les tensions que la supériorité de son salaire avait provoquées dans son foyer. Et maintenant, celui qui serait bientôt son ex-mari tentait de s'approprier la moitié du fruit de son labeur. Quand seules ses exactions les avaient conduits dans cette salle de tribunal. Je n'avais pas besoin de voir la douleur tordre ses traits pour savoir qu'elle existait. Une femme qui ne laisse rien transparaître à l'extérieur ressent toujours avec deux fois plus d'intensité les choses à l'intérieur.

La juge a enfin répondu à ma déclaration par un vague signe de tête. Un signe qui indiquait juste qu'elle m'avait écoutée, mais pas nécessairement entendue. J'ai scruté son visage pour y déceler quelque indice susceptible de me révéler que je l'avais persuadée, mais en vain. Autant contempler une toile abstraite, un aplat rouge ponctué d'un unique point blanc imperceptiblement décentré, dont l'interprétation serait laissée à la discrétion du spectateur.

Selon toute probabilité, j'allais devoir attendre jusqu'au lendemain pour découvrir si, en exprimant ce que me dictaient mes émotions, j'avais parié sur le bon cheval. Il ne me restait plus qu'à espérer que j'en avais assez dit, à quitter le box des témoins et à franchir cette porte.

C'est donc ce que j'ai fait.

2

Le virus de la relation de couple

Le lendemain matin, j'étais de retour chez moi à Los Angeles et, comme assez souvent ces derniers temps, j'étais déjà pendue au téléphone avec Sophie, ma meilleure amie. Je m'efforçais d'écourter la conversation sans la blesser. Sophie devait se marier dans moins d'un mois et, fidèle à sa personnalité névrotique, elle s'était glissée dans la peau d'une future mariée perfectionniste et anxieuse, sujette à des crises à répétition. J'aurais volontiers proposé à une émission de téléréalité de la filmer en caméra cachée, mais je me doutais que cela aurait constitué une infraction à mon contrat tacite de demoiselle d'honneur.

— ... et là, le traiteur me sort, avec son accent british arrogant : « Si notre sélection de poissons et crustacés vous déplaît à ce point, peut-être devriez-vous vous contenter de bâtonnets de poisson pané. » Alors je lui ai répondu : « Hé bien... »

Téléphone coincé entre l'oreille et l'épaule, j'essayais de faire abstraction de la voix de mon amie pour mieux me concentrer sur la fermeture Éclair de ma jupe qui me donnait du fil à retordre.

— Jen ! Tu te rends compte ? a piaillé Sophie d'une voix aiguë qui m'a aussitôt fait regretter d'avoir calé le combiné contre l'oreille.

Je l'ai logé contre mon autre oreille pour masser mon tympan endolori, puis je me suis lancée dans le petit laïus que je répétais à mon amie depuis six bons mois.

— Soph, détends-toi, ai-je commencé avec une véhémence teintée d'indulgence. Laisse donc les gens faire ce pour quoi tu les as embauchés. Si tu t'obstines à ne pas vouloir déléguer, il ne te restera plus assez de temps ni d'énergie pour faire ton travail qui, à ce stade, consiste en une seule chose : te transformer en cette belle mariée rougissante que tous tes amis et ta famille vont voir. Moi incluse.

Par chance, je connaissais mon petit discours par cœur. Au sortir d'une salle de tribunal où j'avais observé un couple se déchirer, par avocats interposés, la dernière chose dont j'avais envie, c'était d'inventer un discours motivant pour unir deux autres personnes pour l'éternité.

Non pas que je redoute que ma meilleure amie connaisse elle aussi des déboires conjugaux. Je savais avec certitude que le fiancé de Sophie, Éric, ne ressemblait en rien à Todd Langley. Disons que j'avais une « preuve ».

— Tu as sans doute raison, a concédé Sophie.

J'étais sidérée : c'était la cinquième fois au moins, en quinze jours, qu'elle réagissait ainsi. À chaque fois que je débitais mes arguments, toujours les mêmes, Sophie semblait les entendre pour la première fois. Comme s'ils lui apportaient un bol d'air frais quand, en réalité, ils puaient autant que l'air confiné et humide d'un sous-sol, ayant été recyclés à plusieurs reprises depuis le coup d'envoi des préparatifs de mariage. N'allez pas croire que je m'en plaignais. L'amnésie sélective de Sophie avait un très gros avantage : elle m'épargnait d'inventer au pied levé des petits discours de motivation inédits.

— Tu comprends, Jen, quelle importance que le poisson soit du tilapia au lieu du thon ahi ? Peut-être qu'elle a raison lorsqu'elle dit qu'il s'accordera mieux avec le vin…

Un coup d'œil au réveil sur ma table de nuit m'a appris qu'il était déjà 10 heures moins le quart. *Merde ! Je suis en retard !*

Téléphone toujours calé entre l'oreille et l'épaule, et en équilibre sur un pied, j'ai tenté une manœuvre assez acrobatique : glisser mon pied gauche dans une sandale à talon.

— Elle a absolument raison, lui ai-je assuré en passant la bride derrière le talon. Et il se trouve que *j'adore* le tilapia.

L'emphase avec laquelle j'avais lancé ce « j'adore » était peut-être un peu excessive. Sitôt qu'il est tombé de ma bouche, j'ai songé qu'il évoquait plus une gamine de quinze ans se pâmant devant le dernier *bad boy* à la mode qu'une jeune femme de vingt-neuf ans parlant d'un poisson.

— C'est vrai ? a demandé Sophie, que mon enthousiasme rendait sans nul doute soupçonneuse.

— Bien sûr. D'ailleurs, je viens de lire dans un magazine gastronomique que le thon ahi est archivu et revu. Complètement galvaudé. Aujourd'hui, il n'y en a que pour le tilapia.

— Ah..., a fait Sophie, l'air satisfait.

C'était le moment idéal pour me défiler, avant que mon amie ne puisse allumer un autre incendie qu'il me faudrait éteindre.

— Écoute, Soph, je dois te laisser. Je suis en retard. À plus !

— Ah... d'accord. On se voit toujours demain soir pour terminer les cartes de placement, n'est-ce pas ? J'ai dit à Zoé qu'on pourrait se retrouver chez toi et commander des pizzas, ou autre chose. Pour ma part, ce sera sans doute juste une salade parce que j'aimerais bien éviter de faire reprendre ma robe... une fois de plus. Cette part de cheese-cake, la semaine dernière à l'anniversaire d'Éric, était une énorme connerie ! J'avais l'impression de ressembler à...

Je me suis empressée de l'interrompre tout en vérifiant mon reflet dans le miroir et en essayant de lisser mes longs cheveux châtains.

— Ça tient toujours. 8 heures, c'est bien ça ?

— Oui. Au fait, j'ai aussi invité John. Enfin... disons plutôt que j'ai cédé à ses supplications. Il affirme être doué en calligraphie, ce dont je doute fort. Mais tu sais comment il est quand il s'y met ? Ça ne t'embête pas, n'est-ce pas ?

— Non, non, pas du tout. Écoute, je suis vraiment en retard. On se voit demain et on bavardera davantage.

— D'accord. Désolée. Bon, travaille bien ! Attrape beaucoup d'infidèles !

J'ai rigolé et j'ai raccroché. Je n'étais pas entièrement habituée au fait que mes amis sachent comment je gagnais ma vie. Un an plus tôt, ils croyaient tous encore que je travaillais dans une banque d'affaires. Mais suite à l'apparition d'un malheureux site Web qui diffusait ma photo à tout va, dévoilait mes véritables motivations et mettait en garde la population masculine contre mes agissements, peu à peu, les mensonges avaient commencé à s'effilocher.

Autrefois, je bossais seule. Je rencontrais les clientes, j'acceptais la mission qu'elles me confiaient et je la menais à bien. En d'autres termes, je mettais à l'épreuve la fidélité du mari, ou du fiancé, de ces femmes. Et personne ne se doutait de rien : ni mes amis, ni ma famille, ni même des inconnus rencontrés dans des avions. Tous étaient convaincus que je passais quatorze heures par jour, assise dans un box, à décrypter des lignes de chiffres défilant par milliers sur un écran. Ce n'était pas exactement un mensonge éhonté puisque tel était en fait ce à quoi j'occupais mon temps avant de devenir inspectrice de fidélité.

Cependant, à la suite de la débandade occasionnée par ce site Web (qui, avais-je découvert, avait été monté par l'ex-mari très mécontent d'une ancienne cliente), j'avais fini par tout avouer. À mes amis, pas à ma famille. Vous imaginez raconter à votre mère que vous gagnez votre vie en couchant *presque* avec des hommes mariés ? Impossible. À présent que je dirige cette agence et que j'ai recruté quatre collaboratrices et un collaborateur à plein temps pour mener les inspections à ma place, ma vie a gagné en simplicité. Cependant, ma famille ignore toujours tout du pot aux roses. Pour eux, je dirige une agence de services à la personne spécialisée dans le placement de femmes de ménage, de nounous, et de profs particuliers auprès de riches familles du sud de la Californie. Bon, le descriptif « services à la personne » n'est pas entièrement faux...

Après avoir raccroché avec Sophie, j'ai entrepris de consulter mes e-mails sur mon iPhone et, tout en guidant d'une main mon pied droit dans sa chaussure, j'ai rédigé de l'autre un message affolé à l'intention de mon assistante pour la prévenir de mon retard et lui demander d'en informer l'équipe. N'étant hélas guère douée pour les exercices de contorsionniste, à l'instant même où je réussissais à glisser la bride derrière le talon, j'ai complètement perdu l'équilibre.

J'ai tendu la main pour me rattraper à quelque chose, et ce quelque chose s'est avéré couvert d'un épiderme. La peau douce d'un bras musclé.

Le bras de Jamie. Mon petit ami. Qui, posté dans l'embrasure de la porte, bras tendus de part et d'autre de ma taille, se préparait à amortir ma chute.

— Hou la, miss Turbo ! On fait encore plusieurs choses en même temps ? a-t-il lancé avec son petit sourire irrésistible.

Parfois, je me demandais s'il m'aimait vraiment pour moi, ou surtout parce que j'offrais souvent un spectacle distrayant.

Jamie et moi sortions ensemble depuis plus d'un an et nous vivions désormais pour ainsi dire sous le même toit. Il avait conservé son appartement à Century City, à deux pas de son bureau, mais, la plupart du temps, il était chez moi. Les fenêtres de son loft donnaient directement sur les locaux de la société qui venait de le promouvoir au rang d'associé et, à mon avis, cela ne lui déplaisait pas de s'échapper, en fin de journée, du paysage bureaucratique de ce quartier. Et croyez-moi, jamais, en un million d'années, je n'aurais imaginé me retrouver dans cette situation de quasi-cohabitation avec un représentant du sexe opposé.

Avant de rencontrer Jamie, l'amour n'avait jamais été inscrit à mon ordre du jour. J'avais toujours pensé avec désinvolture que je ferais une impasse sur ce chapitre de ma vie, et continuerais comme si de rien n'était. Certaines personnes ne vont pas à l'université ; d'autres trouvent la compagnie des chiens plus enrichissante que celle des enfants. Eh bien moi, je serais celle qui n'aurait pas de vie sentimentale.

Franchement, je ne voyais pas l'intérêt de tomber amoureuse. Comment aurait-on pu m'en blâmer ? En tant qu'inspectrice de fidélité, les seules relations de couple qu'il m'était donné d'observer se décousaient. Quant à mes parents, eux non plus n'avaient pas excellé dans leur rôle de modèle. Je peux donc avancer sans risque que rencontrer Jamie avait été une surprise. Il n'était pas du tout prévu à mon programme. Je m'étais toujours crue immunisée contre l'amour, réfractaire à la relation de couple et aux histoires à l'eau de rose. Je pensais que j'étais née avec des anticorps qui me protégeaient du coup de foudre, me rendaient invulnérable et m'empêchaient d'accorder une confiance aveugle à un autre être humain.

Mais j'imagine que ces anticorps n'ont aucune réalité. Ou que les scientifiques n'ont pas encore trouvé le moyen de les booster efficacement.

C'est donc comme ça que j'ai contracté le virus de la relation de couple. Ce virus qui vous fait commencer des phrases par « nous » et les terminer par « n'est-ce pas, chéri ? ». Qui vous donne des crampes d'anxiété quand le téléphone ne sonne pas au moment où il est supposé sonner. C'est une maladie qui s'accompagne de vertiges, de fièvres, de nausées, de sueurs froides et provoque même, de temps à autre, des hallucinations.

Pourtant, une fois contaminée, je ne voulais plus guérir. Je n'avais plus qu'un désir : être avec Jamie. Et c'est pour lui, principalement, que je n'acceptais plus de mission moi-même. En fait, je lui avais fait la promesse solennelle de ne jamais plus en accepter. Il est évident qu'on ne peut pas être engagé dans une relation de couple sincère et fiable et être en même temps une inspectrice de fidélité en exercice. Dans ce genre de situation, un choix s'impose. Aussi, lorsque m'est venue l'idée de cette agence, j'ai convaincu Jamie que je pourrais diriger tout le processus depuis un bureau. Depuis *mon* bureau, au dernier étage d'un immeuble face à l'océan, à Santa Monica.

C'était le poste idéal pour un agent de terrain à la retraite.

Après avoir assuré mon équilibre et enfin réussi à enfiler mon autre chaussure, Jamie m'a tendu une tasse métallique à couvercle d'où pendait la ficelle d'un sachet de thé.

— English Breakfast avec un nuage de lait et du sucre, comme d'habitude.

J'ai accepté la tasse avec un sourire de gratitude.

— Merci, mon cœur. (J'ai repoussé le couvercle du mug pour boire une gorgée puis j'ai regardé l'ensemble caleçon-tee-shirt-cheveux humides de mon homme.) Que fais-tu encore ici ?

— J'ai une conférence téléphonique avec notre bureau de Londres dans dix minutes. Je me suis dit que je ferais aussi bien de la prendre ici.

J'ai haussé les sourcils d'un air taquin.

— Tu vas squatter chez moi et grever ma note de téléphone, c'est ça ? Classique.

Il m'a enlacée d'un bras pour m'attirer contre lui. Mes narines ont effleuré son menton rasé de frais et j'ai humé le parfum vert de son after-shave.

— Ce sont eux qui m'appellent, a-t-il précisé avant de m'embrasser et d'asséner une petite tape sur ma fesse gauche. Hum... j'aime bien ce chemisier...

— Je dois y aller, l'ai-je coupé en levant les yeux au ciel.

Je l'ai repoussé et me suis sauvée le long du couloir pour gagner le salon.

— Mais j'ai encore dix minutes devant moi ! a-t-il protesté en tassant les épaules.

— Eh bien pas moi, ai-je rigolé en glissant mon iPhone dans la poche extérieure de la sacoche Vuitton qui m'attendait sur une des chaises de la salle à manger. Et nous savons l'un comme l'autre que dix minutes, ça ne suffirait pas... Loin s'en faut, ai-je ajouté avec un sourire séducteur.

Jamie était un bel homme, grand, avec une allure distinguée et un air de maturité qui me faisait complètement craquer. D'où vient la séduction des hommes qui ont de l'expérience ? Ils sont tout à fait irrésistibles. À mes yeux, Jamie rivalisait avec George Clooney dans *Ocean's 11*. Un peu plus âgé, avec un sourire faussement timide et un regard plein de douceur, quoique viril. Ses cheveux bruns grisonnaient discrètement sur les tempes et vous pouvez me croire, il était l'un des hommes les plus sexy que j'avais jamais vus. Mais, tempes grisonnantes ou pas, je n'en étais pas moins très, très en retard.

Avant même que j'atteigne la porte d'entrée, mon téléphone a sonné. J'ai lâché un grognement exaspéré à l'idée que c'était peut-être Sophie qui rappelait et j'ai maudit le jour où j'avais renoncé à ma paire de portables au profit d'un seul et unique iPhone. Autrefois, je ne me déplaçais jamais sans un téléphone dédié à ma vie privée, et un autre réservé à un usage exclusivement professionnel. Cela me permettait d'identifier la nature de chaque appel que je recevais. Mais depuis que j'avais pignon sur rue, ce double jeu de téléphone n'avait plus de raison d'être : les clients ne connaissaient que le numéro de l'agence, où mon assistante gérait tous les appels. Pour ce qui était de séparer ma vie privée de ma vie professionnelle, on ne pouvait mieux faire.

J'ai reposé la sacoche sur le canapé et j'en ai extrait l'iPhone. Le numéro qui s'affichait sur l'écran ne me disait rien du tout.

— C'est quoi, comme indicatif, 914 ?

— Aucune idée, a répondu Jamie en émergeant du couloir.

Ma curiosité prenant le dessus, j'ai répondu.

— Allô ?

— Ashlyn ? s'est enquise une voix féminine vaguement familière.

Au moins, le prénom m'indiquait d'emblée qu'il s'agissait d'un appel professionnel. Sinon, mon interlocutrice m'aurait appelée Jennifer. Jamais je n'utilisais mon vrai prénom dans le cadre de ma vie professionnelle.

— Oui, elle-même.

Jamie s'est approché pour déposer un baiser silencieux sur ma joue.

— N'oublie pas nos projets pour ce soir, a-t-il chuchoté avant de disparaître dans la cuisine.

J'ai dressé un doigt et hoché la tête.

— Ici Paula Porter. L'avocate de Mme Langley.

Évidemment, ai-je songé avec un haut-le-corps. 914, c'était l'indicatif du comté de Westchester. Où je me trouvais moins de vingt-quatre heures plus tôt.

C'était le coup de fil que je redoutais depuis que, la veille, j'avais quitté le tribunal. Une part de moi ne souhaitait même pas connaître la décision du juge. Voulait simplement avancer dans sa vie, et tout oublier de ce divorce. Peut-être s'agissait-il d'un de ces événements qu'il vaut mieux laisser disparaître au fin fond de sa mémoire. Une interrogation incandescente qui, passé quelques semaines, se consumerait en grésillant, jusqu'à n'être plus qu'un faible rougeoiement ne valant même pas la peine d'être mentionné.

Mais l'autre part de moi savait fort bien que je n'arriverais jamais à lâcher l'affaire. J'avais beau détester le reconnaître, je m'étais investie émotionnellement dans l'issue de ce divorce. Dès lors que j'avais renoncé aux missions de terrain pour me consacrer à des tâches bureaucratiques, ces témoignages au tribunal étaient devenus la seule façon pour moi de m'impliquer directement dans la vie de mes clientes. Certes, à l'agence, c'était moi qui les accueillais, qui montais leur dossier et préparais les missions. Et encore moi, qui, quand la messe était dite, leur faisais un compte rendu. Il y avait cependant un manque inhérent à ce processus : j'étais les serre-livres, jamais le livre. À première vue, je savais que je continuais à aider les gens, mais je me sentais comme tenue à l'écart. Désormais, je n'étais plus *personnellement* impliquée. Et je dois admettre que, parfois, ça me manquait – l'implication personnelle, et non le fait de presque coucher avec des hommes mariés, bien sûr.

Ces témoignages m'avaient semblé offrir un bon compromis. Ils me permettaient d'avoir un impact sur la vie de mes clientes sans pour autant trahir ma promesse à Jamie de ne plus jamais conduire de test de fidélité moi-même. Malheureusement, mes cinq derniers témoignages n'avaient pas servi à grand-chose. Tous s'étaient soldés par des jugements prononcés en faveur de l'infidèle, et non de celle qui avait été bafouée. J'espérais que le cas de Mme Langley sonnerait le glas de cette période de déveine et me conforterait dans l'idée que mon témoignage faisait une réelle différence. Je n'ignorais pas que ça revenait à investir bien des attentes en un seul coup de fil.

— Bonjour, maître, ai-je répondu avec douceur en me laissant glisser sur une chaise.

— Je voulais vous remercier d'avoir traversé le pays pour témoigner en faveur de Joy. C'est un long voyage, et nous vous sommes toutes les deux très reconnaissantes.

— Je vous en prie.

— J'ai pensé que vous aimeriez peut-être connaître la décision du juge.

J'ai tenté de déceler des traces d'émotion dans sa voix. Semblait-elle contente ? Triste ? Déçue ? Euphorique ? Rien ne me permettait de trancher. J'imagine que c'est ce qui faisait d'elle un bon avocat.

— Oh, ai-je lâché avec désinvolture comme si je n'avais pas envisagé une seule seconde que cette conversation téléphonique puisse avoir lieu. Oui, si vous voulez... Puisque vous m'avez au bout du fil.

— Tout à fait. Eh bien, comme vous l'avez dit à l'audience, l'infidélité est un concept très subjectif. Il est difficile de déterminer ce qui la définit réellement.

— Hum hum...

Tout en observant Jamie mettre à sac les placards de la cuisine pour trouver quelque chose à grignoter, j'ai commencé à décrire des petits moulinets d'impatience de la main, comme pour encourager mon interlocutrice à faire l'économie du bavardage pour en arriver au fait : le jugement.

— Or, pour débattre de problèmes de subjectivité, le système juridique s'appuie d'ordinaire énormément sur le langage...

Mais qu'est-ce qu'elle me raconte ? Qu'elle me dise juste si le juge lui a accordé l'argent qu'il réclamait !

— ... et le fait est que, dans l'État de New York, le langage relatif à l'adultère est très rigide, a continué Me Porter d'une voix qui ne laissait toujours rien deviner, ce qui était on ne peut plus frustrant. Il définit spécifiquement l'infidélité comme un rapport sexuel avec quelqu'un d'autre que le conjoint.

— Et ? ai-je lancé, sans réussir à masquer mon impatience.

J'étais convaincue qu'elle n'allait pas en rester là. Elle ne pouvait pas juste m'appeler pour me débiter son charabia juridique d'un ton monocorde sans qu'un « mais » ne tombe à un moment donné. Cet instant, par exemple, serait le moment idéal pour qu'elle sorte un truc du genre : « Mais en dépit de tout cela, le juge pense que... »

Elle n'a pourtant pas dit ça. En fait, elle n'a pas dit grand-chose. Elle s'est contentée de me renvoyer ma question en écho.

— Et quoi ?

Aussitôt, j'ai senti mon cœur sombrer. Psychologiquement, je m'étais préparée à cette issue. Pour éviter d'être prise au dépourvu, je l'avais tournée et retournée dans tous les sens dans ma tête tout au long du vol de retour jusqu'à Los Angeles. Pourtant j'étais là, assommée. Et totalement désespérée.

J'ai entendu Jamie qui fourrageait à présent dans le placard à provisions et secouait mon assortiment de boîtes de céréales presque vides pour déterminer si ce qu'il en restait réussirait à remplir un bol.

— Donc, c'est fichu ? ai-je lancé d'une voix plus aiguë que je ne l'aurais souhaité. La juge n'a rien pu faire ? Elle ne pouvait pas faire une exception ? ai-je repris d'une voix plus contenue.

— Hélas non. Elle n'avait guère de marge de manœuvre. L'État de New York reconnaît le divorce pour faute, mais la terminologie est juste trop rigide.

— C'est dégueulasse !

J'ai aussitôt regretté cet éclat de voix car Jamie s'est éloigné du placard et m'a lancé un regard inquiet. Je lui ai tourné le dos tandis que ma main se crispait sur le combiné. Je ne savais plus trop quoi ajouter après ça. Alors je me suis contentée de bouillir en silence.

— Écoutez, a repris Me Porter en brisant enfin le lourd silence. Nous savons tous qu'il a été infidèle, quelque définition qu'en donnent les textes de loi de l'État. Et Mme Langley vous sera à jamais reconnaissante. L'information que lui a fournie votre agence sur son couple n'a pas de prix. Sans cela, elle serait sûrement encore mariée avec lui.

— C'est vrai, ai-je convenu avec diplomatie. Eh bien, merci de votre appel, maître.

Il me fallait mettre un terme à cette conversation, le plus vite possible, afin d'attaquer ma journée. Tout ce dont j'avais besoin maintenant, c'était de me changer les idées. Et pour ce qui était des distractions, je savais que je n'en manquerais pas, une fois arrivée au bureau.

— C'était qui ? a demandé Jamie à tue-tête depuis la cuisine sitôt que j'ai eu raccroché.

J'ai balayé la question d'un geste tout en glissant l'iPhone dans ma sacoche.

— Rien. Personne. Juste l'avocate de Mme Langley.

— Aaah…, a rétorqué Jamie, comme si cette information éclairait la conversation qu'il venait de surprendre. Mauvaise nouvelle, c'est ça ?

J'ai haussé les épaules avec détachement.

— Pff… une kyrielle de détails légaux et techniques. Ça me passe par-dessus la tête.

Jamie m'a décoché un regard sceptique.

— Elle t'a parlé du jugement de divorce ? Le juge a pris une décision concernant le partage des biens ?

J'ai refermé ma sacoche avec un nouveau haussement d'épaules.

— J'imagine qu'elle est en train de s'exciter sur un détail technique.

Jamie, l'air soudain grave, s'est avancé et a glissé les bras autour de ma taille.

— Je suis désolé, bébé. C'est vraiment contrariant.

J'ai froncé le nez, déroutée, comme si je ne voyais pas pourquoi il se figurait que cette histoire, en particulier, pouvait me contrarier.

— Je ne suis pas contrariée. Ce n'est pas mon problème.

Je me suis forcée à lâcher un petit rire.

— Oui, mais je sais que tu comptais beaucoup sur ce résultat. Après les cinq derniers...

— Je ne comptais pas dessus, ai-je insisté, essayant d'insuffler de la crédibilité à chacun de mes mots. Évidemment, ç'aurait été sympa pour Mme Langley de ne pas être obligée de partager tout ce qu'elle a gagné du temps où elle était mariée avec ce type déloyal, mais en toute franchise ce n'est pas très important.

À la façon dont il me dévisageait, il était évident que Jamie ne me croyait pas. Ce regard scrutateur m'a mise mal à l'aise.

— Écoute, je suis très, très en retard. On reparlera de tout ça ce soir, OK ?

J'ai attrapé la sacoche, ma tasse de thé et planté un baiser rapide sur ses lèvres. Mais Jamie m'a enlacée et attirée tout contre lui. Nos visages se touchaient presque.

— N'oublie pas que tu n'as pas monté cette agence pour protéger les biens des clientes, ni pour creuser des trous dans les contrats de mariage, mais pour offrir aux gens la vérité. Et c'est exactement ce que tu as fait pour Mme Langley.

Je me suis tortillée pour échapper à son étreinte et j'ai bu une gorgée de thé pour camoufler ma fuite.

— Je sais.

— Elle est bien mieux comme ça, maintenant, quoi qu'il se soit passé au tribunal.

— *Je sais*, ai-je répété avec, cette fois, une pointe d'agacement.

Jamie s'est penché pour m'embrasser sur le front.

— Très bien. Je voulais juste m'en assurer. Je n'aime pas te voir contrariée.

— Je viens de te dire que je ne suis pas contrariée.

Encore une autre vérité ambiguë.

— Parfait. Alors, à ce soir.

— Où allons-nous, déjà ?

À mon immense soulagement, il a souri, comme s'il avait déjà tout oublié des Langley et de leur divorce.

— C'est une surprise.

— Ah oui, c'est vrai, me suis-je souvenue en ouvrant la porte d'entrée. Quel cinéma ! l'ai-je taquiné en levant les yeux au ciel.

Jamie a secoué la tête et regagné la cuisine.

— Contente-toi de me retrouver ici à 7 heures et demie. Et ne sois pas en retard.

— Sans faute ! ai-je lancé par-dessus mon épaule en refermant la porte.

3

Les Cinq Fantastiques

Dans ma vie professionnelle, je n'avais eu qu'une seule vraie carrière : inspectrice de fidélité. Naturellement, plus jeune, j'avais fait des petits boulots. Lycéenne, je vendais des sous-vêtements masculins pour une boutique Hanes, dans un centre commercial. Étudiante, j'avais bossé dans une chaîne de sandwicheries à la mode, et j'étais passée maître dans l'assemblage des viandes et des fromages. Puis, à vingt-deux ans, une fois diplômée, j'ai décroché un poste – prestigieux et très convoité – d'analyste financier chez Stanley Morgan, une banque d'affaires, et ma vie s'est transformée en une succession étourdissante de tableaux Excel, de planches PowerPoint et de week-ends studieux.

Toutefois, je considérais ce job comme temporaire : il n'avait rien à voir avec une carrière. Selon moi, une carrière suppose d'avoir la foi. Une carrière, on y croit, on se démène pour y exceller, et elle vous définit.

Et je pense pouvoir affirmer sans trop m'avancer que je ne me suis jamais sentie définie par les sous-vêtements masculins, les sandwichs au rosbif, si sophistiqués soient-ils, ou les tableaux de chiffres. Ce n'étaient là que des obstacles jetés en travers de ma route, destinés à remplir mes journées en attendant de rentrer chez moi et de consacrer mon temps à quelque chose d'utile.

Et puis, le hasard m'a amenée à découvrir un métier qui ne ressemblait à rien de connu. Je pense même que la plupart des gens n'appelleraient pas ça un « métier ». Cette profession n'est certainement pas répertoriée dans les offres d'emploi de Monster.com. Jamais vous ne la trouverez proposée dans les brochures d'un centre d'orientation scolaire, ni mentionnée sur un formulaire administratif vous demandant de cocher la case correspondant à votre profession. En fait, je ne savais même pas que ce métier existait avant de l'exercer moi-même et j'ignorais si d'autres que moi l'exerçaient. Je pouvais fort bien être seule, telle une vigie solitaire sur une frontière nouvellement tracée, à paver la route pour toute personne qui déciderait de l'emprunter après moi.

Je me voyais comme une sorte de mini-superhéroïne.

Je sais, ça peut paraître ridicule. Mais je possédais bel et bien toutes les caractéristiques d'une superhéroïne. Un costume (ou plutôt, une garde-robe) sensas qui, en fonction de la mission, mettait efficacement en valeur mes jambes, mes seins ou mes fesses. J'avais une identité secrète que tout le monde ignorait – mes amis, tout comme ma famille, ne me connaissaient que sous mon vrai nom : Jennifer Hunter. Comme utiliser mon nom dans mon cadre professionnel était trop risqué – j'étais amenée à rencontrer des gens instables et peu dignes de confiance –, j'ai choisi un nom de code : « Ashlyn ». Et c'était le prénom que je donnais à tous ces hommes qui ne se doutaient de rien et que je rencontrais chaque semaine.

Je détenais même un « superpouvoir ». Techniquement parlant, je l'ai toujours. Ce n'est pas le genre de talent qui se perd. Je ne peux bien sûr pas enjamber des immeubles d'un seul bond, mais ce dont je suis capable présente probablement un intérêt bien plus grand pour la population féminine entre dix-huit et trente-cinq ans : je devine ce qui se passe dans la tête de n'importe quel homme qui se trouve en face de moi... en moins de trente secondes. J'arrive à lire en lui comme dans un livre ouvert. J'ignore comment et quand j'ai acquis ce talent particulier ; c'est comme si je l'avais toujours eu.

Bien sûr, dans mon précédent créneau professionnel, ce talent s'avérait précieux. Il l'est demeuré tout autant lorsqu'il s'est agi de préparer une mission pour l'une ou l'autre de mes associées. Je devinais à quoi un homme allait se montrer sensible rien qu'en discutant avec son épouse. Bien entendu, ce n'était pas tout à fait comme de l'avoir en face et de parvenir à anticiper ses réactions, mais ça demeurait une bonne exploitation de ma prétendue faculté de pénétration.

Les résultats étaient d'ailleurs moins probants quand la mission que je préparais consistait à soumettre une épouse à un test de fidélité, mais je faisais de mon mieux.

Le trajet en voiture entre mon appartement et le bureau pouvait prendre de huit à quinze minutes, selon la densité de la circulation et le nombre de feux rouges rencontrés en chemin. Ce jour-là, je l'ai fait en sept minutes.

J'ai la réputation d'avoir réussi à éviter quelques contraventions pour excès de vitesse grâce à mon baratin mais, ce jour-là, si un flic m'avait arrêtée en train de rouler à 120 km/h le long de Wilshire Boulevard, je suis à peu près sûre que c'est pour m'extraire d'une cellule que j'aurais dû baratiner.

J'avais déjà un quart d'heure de retard pour la réunion d'équipe, et je déteste être en retard, à moins d'avoir une bonne raison. Or, à mes yeux, les atermoiements de Sophie à propos du tilapia ou les propositions malhonnêtes de mon petit ami ne constituaient en aucun cas une bonne excuse.

Une fois que l'ascenseur s'est arrêté au dernier étage de l'immeuble, je me suis élancée dans le couloir jusqu'aux doubles portes vitrées, tout au bout. Ces mêmes portes que je franchissais tous les matins depuis un an. Bureau 1207.

Hadley – l'assistante de vingt-deux ans que je venais tout juste d'engager – était à son poste, derrière le comptoir de la réception, sous la grande plaque chromée qui indiquait « The Hawthorne Agency ».

Hadley n'était pas, a priori, le genre de fille sur laquelle on se retourne. Ses cheveux blonds cendrés auraient supporté un balayage et ses grands yeux noisette auraient gagné à être un peu plus maquillés. À mon avis, cette fille avait passé la majeure partie de sa vie à compter davantage sur sa cervelle que sur son physique. Toute jeune diplômée, elle m'avait été recommandée par une de mes associées : « Une bosseuse, digne de confiance », m'avait-elle assurée. Cette dernière qualité, on s'en doute, est essentielle dans ce travail, compte tenu de la nature secrète de notre activité.

Hadley n'étant là que depuis quelques semaines, elle apprenait encore les ficelles du métier mais elle était volontaire, bien organisée et elle comprenait vite. Je ne pouvais donc pas me plaindre. Je l'avais embauchée lorsque ma précédente assistante, Marta, m'avait annoncé son départ. Cette démission m'avait quelque peu surprise car Marta était à mes côtés depuis le tout début de l'aventure. Lorsque j'avais tenté de la faire revenir sur sa décision, elle m'avait juste répondu, avec un de ses sourires maternels pleins de sous-entendus :

— Je vous ai aidée à aller là où vous deviez aller. Maintenant, il est temps que j'aide quelqu'un d'autre à faire de même.

Qu'aurais-je pu répondre à ça ?

Sitôt que j'ai franchi la porte, Hadley a bondi de son siège comme pour accueillir quelque dignitaire étranger.

— Bonjour, Ashlyn ! a-t-elle lancé d'une voix pétillante d'enthousiasme. Le costume que vous avez demandé a été livré ce matin. Je l'ai rangé dans le placard aux accessoires. Et vous trouverez tous les messages sur votre bureau. Ah ! s'est-elle exclamée en baissant les yeux sur le gobelet en carton qui trônait sur le comptoir, rempli d'un liquide fumant. Je vous ai fait du café.

Je lui ai souri avec reconnaissance tout en acceptant le gobelet qu'elle me tendait.

— Merci, Hadley. En fait, le matin, je ne bois que du thé. Je réserve le café à l'après-midi quand j'ai besoin d'un coup de fouet.

En la voyant me dévisager de ses grands yeux de biche et battre des paupières, comme si elle assimilait cette nouvelle information, j'ai craint qu'elle ne se mette à pleurer. Mais non. Elle a reposé le gobelet sur son bureau pour s'emparer de son bloc-notes à spirale.

— Thé le matin. Café l'après-midi, a-t-elle marmonné tout en griffonnant. Désolée, a-t-elle ajouté avec un sourire en relevant le nez. Je vous promets que, la prochaine fois, tout sera comme vous voulez.

Je n'ai pas pu me retenir de rire face à tant d'ardeur.

— Pas de problème, ne vous inquiétez pas. Tout le monde est là ? ai-je demandé en indiquant d'un mouvement de tête la porte située à ma droite.

Hadley a opiné du chef et j'ai gagné la salle de réunion. À mon entrée, les conversations se sont interrompues tandis que cinq paires d'yeux reportaient progressivement leur attention sur moi. Je me suis assise et j'ai sorti plusieurs chemises en carton écarlate et brillant de ma sacoche.

Depuis quelques mois, l'agence rencontrait un succès exponentiel. Rarissimes étaient les semaines où je n'avais pas au moins une mission à confier à chacun de mes associés. Et quand on sait que notre publicité reposait entièrement sur le bouche à oreille, on peut en conclure que les recommandations à notre égard allaient bon train. J'imagine que la nouvelle d'un service de cette nature se répand vite.

— Bonjour tout le monde ! ai-je lancé en approchant ma chaise de la table. Désolée d'être aussi en retard. Commençons sans attendre afin de pouvoir finir à l'heure.

Sur ma gauche se trouvait Lauren Ireland, une brune grande et mince que j'avais appris à bien connaître au cours de l'année écoulée. Lauren a été ma toute première associée et c'est elle qui m'avait inspiré l'idée d'ouvrir cette agence. Plus d'un an auparavant, elle avait bénéficié de mes services, et en avait retiré la conviction qu'elle voulait consacrer sa vie à aider d'autres femmes à trouver les réponses qu'elles cherchaient. Elle était donc venue me trouver pour me dire qu'elle souhaitait devenir inspectrice de fidélité. Il ne m'avait pas fallu bien longtemps pour comprendre que d'autres femmes pouvaient nourrir les mêmes aspirations. Alors j'ai commencé à les recruter.

Lauren est aussi la spécialiste ès technologies de l'agence. Elle est incollable sur tout ce qui concerne le travail en réseau, les bases de données, les gadgets... Une fois sur le terrain, ces compétences se révèlent infiniment précieuses. Peu d'hommes résistent à une femme à la beauté saisissante qui sait pirater un serveur Linux. Dans les fantasmes de tous les Bill Gates du monde, Lauren incarne la femme idéale.

Je me suis d'ailleurs appuyée sur l'étendue de ses compétences en nouvelles technologies pour monter The Hawthorne Agency. Un peu moins d'un an plus tôt, lorsque je faisais ce travail entièrement en solo, je consacrais une grosse partie de mon temps libre à mener des recherches et à prendre des cours en formation accélérée dans toutes sortes de domaines – de la création de sites Web à la mécanique automobile, en passant par le poker – afin de pouvoir incarner des centaines de fantasmes masculins différents. Je me démenais pour devenir quasiment experte, en une semaine à peine, en n'importe quel domaine. Pour en finir avec cette course permanente, j'ai veillé, en fondant l'agence, à ce que chacun de mes cinq talentueux associés possède son propre domaine de compétences. Ainsi, quel que soit le sujet susceptible de capter l'attention du conjoint testé, il y avait des chances pour que quelqu'un le maîtrise dans cette pièce.

Prenez Katie Morgan, par exemple, qui était assise en face de moi, les genoux remontés et calés contre le bord de la table. C'était une petite jeune fille d'environ vingt-cinq ans, avec des cheveux blonds mi-longs qu'elle attachait souvent en queue de cheval, et une frange destructurée. Quand elle entrait dans une pièce, je le savais à tous les coups, parce qu'elle laissait dans son sillage un parfum de chewing-gum à la fraise et le son du punk-rock qui hurlait dans les écouteurs de son iPod.

Katie était notre spécialiste en médecine. Elle avait un tempérament fougueux, insolent et elle adorait la bière. C'était une jolie fille pas intimidante pour deux sous, mais sitôt qu'elle ouvrait la bouche, c'était une autre histoire. Avec son esprit acéré, elle trouvait toujours la repartie qui faisait mouche et, qu'importe le débat, elle avait toujours le dernier mot. Elle faisait partie de ces personnes qui peuvent vous persuader que vous avez tort et qui ensuite, comme par magie, vous convaincront qu'en prime vous devriez lui savoir gré de vous avoir ouvert les yeux. C'est ni plus ni moins de la manipulation psychologique, digne d'un Jedi. Je l'avais engagée parce qu'elle réussissait à battre les hommes à leur propre jeu : poker, fléchettes, billard, baby-foot, et même la course automobile.

Avant de rejoindre The Hawthorne Agency, Katie avait fait ce que font beaucoup de jolies blondes de moins de trente ans dans cette ville : elle avait été comédienne. Mais les petits rôles épisodiques qui se cantonnent à une seule réplique n'aident guère à payer les factures. Et lorsque Katie avait appris que ce boulot rapportait autant qu'un premier rôle dans une série vedette, elle n'avait pas hésité une seule seconde. Sans compter que ce travail lui offrait la possibilité d'exploiter très souvent ses talents de comédienne. Parce que mes règles basées sur « l'intention de tromper » établissaient clairement que toute intimité physique avec un sujet se limite à ce que le FFC[1] tolérera sur une chaîne publique, j'imagine qu'elle menait le même genre de vie que si elle avait décroché un rôle récurrent dans une série sentimentale populaire.

À côté de Katie se trouvait Shawna Miller, une jeune femme d'une beauté à couper le souffle. Toutes mes associées étaient irrésistibles chacune à sa façon, mais Shawna possédait cette beauté classique et universelle qui ne manque jamais de faire retourner des têtes. À la seconde où je l'avais rencontrée, j'avais su qu'elle était faite pour ce métier. Elle avait cette allure qui plaît aux hommes. Todd Langley en était la preuve vivante. Avec ses longs cheveux blonds ondulés, son sourire ensorceleur, d'une blancheur éclatante, elle semait inévitablement dans son sillage étonnement et admiration.

1. The Federal Communications Commission : équivalent du CSA.

Shawna était aussi incroyablement polyvalente, ce qui m'offrait d'innombrables possibilités lorsque je lui assignais une mission. Elle pouvait incarner un soir Keira Summers, une fille vulnérable au cœur brisé, et le lendemain se glisser dans la peau d'une fêtarde enragée. D'ailleurs, avec son physique stupéfiant, ses courbes avenantes et une tolérance à l'alcool qui crevait le plafond, elle était en général partante pour la plupart des enterrements de vie de garçon. J'ai souvent entendu les autres membres de l'équipe la surnommer affectueusement « Mademoiselle Dernière Incartade ». Et vu le comportement des futurs mariés qu'elle rencontrait lors de ses missions, c'était un surnom plutôt bien choisi.

En face d'elle siégeait Cameron Kelly, le seul homme de l'équipe. Il ressemblait à s'y méprendre à Josh Duhamel. Si bien que, sitôt qu'il mettait un pied dans un centre commercial, il était assailli par des gamines de quinze ans qui lui réclamaient un autographe. Je l'avais recruté pour une simple et bonne raison : l'infidélité n'est pas un travers réservé à la gent masculine. Certes, statistiquement, l'infidélité masculine est bien plus fréquente ; mais il faut savoir que les femmes ne sont pas en reste. Et le taux élevé d'échecs que rencontrait Cameron lors de ses inspections en est la preuve irréfutable.

En dépit de ses protestations, Cameron se voyait souvent contraint d'endosser un uniforme : Navy, Marines, American Airlines, UPS – j'avais constitué un vaste stock afférent à des secteurs très variés. Une fois, j'ai même commandé l'uniforme d'une célèbre chaîne de supermarchés : le client était convaincu que sa femme trouvait irrésistibles ces beaux gaillards qui transportent les bonbonnes d'eau minérale sur leurs épaules. Il faut croire que les clichés n'existent pas par hasard car je peux affirmer aujourd'hui, d'expérience, que les femmes mariées aiment les hommes en uniforme.

Enfin, au bout de la table, comme à son habitude, se trouvait Teresa Song, la sensuelle sirène asiatique. C'est du moins le surnom que lui avaient donné les autres associés. Et qui, j'avoue, lui allait comme un gant.

Teresa était une énigme. Elle était froide, mystérieuse, distante. Mais c'était exactement pour ça que je l'avais embauchée : nombreux sont les hommes qui aiment ce genre de contraste – une très belle femme dotée de traits doux et féminins, mais qui ne dégage pas une once de sympathie et de chaleur humaine. En sa présence, les hommes étaient comme frappés d'effroi et d'admiration. Elle les ferrait d'un seul regard. Et j'imagine qu'il s'agit d'un talent fort utile dans ce métier qui suppose de suivre le mouvement, jamais de l'initier.

À l'agence, Teresa ne se montrait pas très liante non plus. Pour ce que j'en savais, elle n'avait jamais rien tenté pour faire plus ample connaissance avec ses collègues. Mais elle était ponctuelle aux réunions d'équipe, ses rapports de missions étaient remarquablement précis et détaillés, et elle se montrait très professionnelle en toutes circonstances. Je n'avais donc aucun motif de me plaindre.

Elle avait en outre un inexplicable tour de main pour tout ce qui relevait du secteur de l'immobilier.

— Teresa ? Comment ça s'est passé avec Larry Klein, l'agent immobilier que tu as testé la semaine dernière ? ai-je demandé en cherchant une page vierge sur mon bloc-notes.

— Il a échoué, a indiqué Teresa avec son détachement habituel.

— Si tu pouvais développer un peu..., l'ai-je taquinée.

Elle a haussé mollement les épaules.

— J'avais précisé, en prenant rendez-vous, que je voulais visiter la maison seule et, sitôt que nous sommes arrivés dans la chambre, il m'a sauté dessus. Tout est dans mon rapport. Tu l'auras d'ici ce soir 5 heures.

— Super, ai-je dit en prenant note. Je n'ai qu'une seule mission pour toi cette semaine.

J'ai extrait un dossier rouge du haut de la pile, vérifié une dernière fois que le nom de Teresa était bien mentionné sur la première page, avant de le faire glisser vers sa destinataire qui, sans broncher, l'a ramené adroitement vers elle du bout de l'index.

— Un homme d'affaires de Chicago, ai-je expliqué tandis qu'elle le feuilletait. Il est descendu au Four Seasons, à Beverly Hills. Il aime bien louer les services d'une masseuse quand il est en ville et sa femme craint que la prestation ne dépasse le cadre d'un simple massage. J'ai tout arrangé avec la boîte de massages orientaux, tu prendras la place de leur employée. Découvre – ou du moins, essaie – ce qu'il fait derrière ses portes closes. Hadley t'a dégoté un costume de geisha. Il est rangé dans le placard aux accessoires.

Teresa a hoché la tête, imperceptiblement, avant de refermer le dossier.

— Marché conclu.

Je me suis tournée vers Cameron.

— Comment ça s'est passé, hier, avec Jocelyn Sandover, la femme au foyer de Santa Monica ?

— Ça n'a pas été très difficile, franchement. On s'est rencontré devant l'école de son gamin, on a bavardé un petit moment, puis elle m'a proposé de boire un café et, pour finir, elle m'a invité à la suivre chez elle. Cela lui a pris un certain temps pour être à l'aise mais ensuite, l'affaire a été réglée assez vite.

— Et comment t'es-tu défilé ? ai-je demandé en prenant quelques notes.

Cameron a bu une gorgée de café avant de répondre :

— Je lui ai dit que j'avais oublié d'éteindre les veilleuses de ma voiture.

Katie a levé les yeux au ciel en faisant claquer son chewing-gum.

— Quelle imagination ! a-t-elle marmonné.

— Tant que ça marche, ai-je répliqué, diplomate.

À l'époque où je faisais cavalier seul, la plupart du temps, je révélais au sujet, les yeux dans les yeux, que toute la soirée résultait d'une machination, que sa femme, ou sa petite amie, m'avait embauchée pour mettre sa fidélité à l'épreuve, et qu'il avait échoué au test. En partant, je lui laissais une carte de visite sur laquelle était indiqué un numéro vert qu'il pouvait appeler s'il souhaitait de plus amples informations. Mais parce que cette approche m'avait parfois créé des problèmes – et qu'elle avait même, en de rares occasions, mis ma sécurité en danger –, j'avais décidé d'y renoncer en fondant l'agence. Désormais, mes associés avaient pour instructions de « faire une sortie » définitive sans donner d'explication, ni laisser de preuves de leur présence. C'était plus sûr pour eux, et cela leur laissait le temps de me communiquer les résultats. Si le sujet avait eu connaissance de ce qui venait de se passer, il aurait pu tenter d'interférer avant que j'aie eu l'occasion de délivrer mes conclusions à ma cliente.

Les dossiers et ordres de missions que je distribuais lors des réunions d'équipe renfermaient tous peu ou prou les mêmes documents. La première page traçait toujours dans les grandes lignes la biographie de la cliente ou du client, et celle du sujet à tester. Elle renseignait sur le contexte de leur relation et donnait toute information pertinente les concernant. Venait ensuite l'ordre de mission proprement dit, qui mentionnait les détails pratiques que l'associé devait connaître pour mener à bien l'inspection : lieu, instructions vestimentaires, personnage à incarner, sujets de conversation à aborder... ou tout autre élément spécifique que je jugeais pertinent.

J'ai tendu à Cameron le dossier qui se trouvait à présent sur le haut de la pile.

— Encore une femme au foyer. Le client a peur qu'elle ne « s'ennuie » dans la journée quand il est au bureau et il se demande jusqu'où elle ira pour y remédier.

Cameron a pris le dossier en étouffant un grognement.

— Ne me dis pas que je vais devoir renfiler ce satané uniforme d'UPS.

— Ah non, pas d'uniforme, cette semaine, l'ai-je taquiné affectueusement. En revanche, il va falloir que tu enlèves ta chemise. Tu vas te faire passer pour le petit nouveau du service d'entretien de la piscine.

L'information a suscité des gloussements et Katie a manqué d'en avaler son chewing-gum.

— Tu plaisantes ? a lâché Cameron en ouvrant le dossier pour y jeter un œil.

J'ai secoué la tête.

— Tu n'imagines pas ce dont est capable une femme au foyer rongée par l'ennui quand un homme torse nu se présente pour nettoyer sa piscine.

J'ai délivré quelques détails supplémentaires à Cameron puis j'ai continué mon tour de table.

Katie et Lauren ont fait part de deux échecs supplémentaires qui iraient grossir ma base de données d'infidélité, puis je leur ai tendu à chacune le dossier de leur mission hebdomadaire. Un développeur de logiciels fiancé depuis peu et, pour Lauren, un type qui, aux dires de sa compagne, passait bien trop de temps sur les champs de courses.

Restait Shawna. J'ai feuilleté mon bloc pour retrouver mes notes concernant sa dernière opération. Le mardi précédent, Shawna s'était rendue à Des Moines pour assister à une collecte de fonds électorale en faveur d'un sénateur républicain très populaire. Le sujet, Richard Patterson, se trouvait être l'un des plus généreux donateurs de la campagne et Michelle, son épouse depuis douze ans et irréductible démocrate, craignait que leurs divergences politiques ne commencent à poser un problème dans leur couple. Afin de déterminer si ses inquiétudes étaient fondées, j'avais chargé Shawna de jouer le rôle d'une jeune, belle et fervente Républicaine qui partageait toutes les vues politiques du sujet.

— Shawna, ai-je commencé d'un ton neutre en parcourant mes notes. Tu étais à Des Moines, la semaine dernière, avec Richard Patterson...

— Oui, c'est ça, a-t-elle répondu en hochant la tête.

— Et que s'est-il passé ?

— Il a réussi, en fait.

J'ai relevé les yeux et l'ai dévisagée, sidérée.

— Vraiment ?

— Oui. Il n'avait pas l'air le moins du monde intéressé.

— Ah bon ?

J'avais du mal à cacher mon scepticisme. Je savais que ce résultat aurait dû me réjouir. Ce n'était pas tous les jours que l'occasion d'annoncer une bonne nouvelle à une cliente se présentait. Mais dès le départ, j'avais eu une forte intuition quant à l'issue de cette mission. Or mes instincts me trompaient rarement.

Shawna a pourtant hoché la tête à nouveau.

— Nous étions placés à la même table. Nous avons un peu bavardé, et c'est tout. Il a fini par me dire qu'il devait se lever très tôt le lendemain pour une réunion, et il est parti.

— Vous avez parlé de la Proposition 31 ? ai-je demandé en consultant mes notes.

— Oui.

— Et de la peine de mort ? Et de la politique d'immigration ?

Shawna a laissé son regard errer dans la salle, l'air mal à l'aise.

— Oui, a-t-elle répété. Nous avons abordé tous ces sujets.

— Tu t'étais bien renseignée auparavant sur toutes les initiatives proposées concernant le futur scrutin de l'Iowa ? Parce que, si tu n'as pas semblé au point sur ces sujets, il a pu penser que tu avais une autre idée derrière la tête.

Un silence pesant s'est abattu sur la salle. Tout le monde me regardait, bouche bée, se demandant à quoi était due une telle insistance de ma part. Shawna, sur la sellette, s'est tortillée sur sa chaise en se passant les doigts dans les cheveux.

— Je... euh... Oui, je crois. J'ai consacré la semaine à me préparer. C'est juste que... Il ne semblait pas intéressé par... Tu vois. À part la politique, il n'accrochait sur rien.

J'ai hoché la tête, sans être pour autant tout à fait convaincue. Et si Shawna avait laissé passer quelque chose ?

La part de moi qui s'en remettait à la logique me soufflait de laisser tomber. Lorsque j'insistais de la sorte, je rendais tout le monde nerveux. Mais il y avait cette autre part de moi qui paraissait incapable de se satisfaire de cette conclusion. Michelle Patterson allait utiliser cette information pour décider de la façon dont elle vivrait le restant de sa vie. Si celle-ci n'était pas véridique à cent pour cent, elle pourrait faire une énorme erreur.

Et puis, une autre pensée a fusé dans ma tête – qui m'a presque coupé le souffle. *L'inspection aurait-elle eu une autre issue si tu t'étais rendue personnellement à cette levée de fonds ?*

Je me suis empressée d'écarter cette hypothèse. Elle était on ne peut plus ridicule. J'avais embauché Shawna parce que je savais qu'elle était parfaitement qualifiée et capable, et j'étais persuadée qu'elle avait honoré sa mission au mieux, comme toujours.

Alors d'où venait ce brusque accès de paranoïa ? Se pouvait-il qu'il découle, tel un effet secondaire, du coup de fil que j'avais reçu plus tôt dans la matinée ? Ah non ! L'issue de la procédure de divorce d'une précédente cliente n'allait pas affecter ma capacité à faire mon travail. C'était hors de question. Michelle Patterson serait aux anges d'apprendre que son mari était d'une loyauté sans faille, comme au premier jour de leur mariage. Tout comme moi de le lui révéler. Fin de l'histoire.

— Bon, très bien, ai-je conclu en forçant l'optimisme de ma voix. Voici un enterrement de vie de garçon pour toi, ai-je ajouté en lui tendant le dernier dossier de la pile. Les témoins emmènent le sujet dans un club pour messieurs de Los Angeles. La cliente n'a accepté de lâcher la bride à son fiancé qu'en échange de sa promesse : pas de strip-teaseuses. Il n'y a qu'un seul moyen de découvrir s'il tient parole : tu vas te faire passer pour une des entraîneuses du club. Hadley t'a inscrite à un cours privé de danse, ici, à Santa Monica. Deux ou trois séances d'entraînement, et ce week-end tu devrais être au point.

Shawna a tendu une main hésitante vers le dossier. Elle semblait toujours désarçonnée et j'ai senti qu'elle me scrutait pour trouver la clé de mon étrange comportement. Je me suis empressée de m'abriter derrière un grand sourire avant de tourner mon attention vers l'ensemble de l'équipe.

— Ce sera tout pour aujourd'hui. On se revoit mardi prochain. N'oubliez pas de m'envoyer vos comptes rendus de missions avant 5 heures ce soir. Et si vous avez des questions, n'hésitez pas à m'appeler ou à m'envoyer un e-mail.

J'ai donné congé à mes associés puis j'ai rassemblé mes affaires et je me suis engouffrée dans le couloir, pressée de regagner mon bureau pour me préparer à recevoir une nouvelle cliente. D'après ce qui était indiqué sur mon agenda, j'avais rendez-vous avec une certaine Melissa Stanton – sans aucun doute parce qu'elle nourrissait quelques inquiétudes au sujet d'un M. Stanton.

Juste avant de pénétrer dans mon bureau, je me suis retournée. Mes associés étaient en train de quitter la salle de réunion, l'un après l'autre, pour disparaître, chacun, dans leur vie privée. Une fois qu'ils avaient passé la porte de l'agence, j'ignorais tout de leur destination et, pour être franche, elle m'indifférait. Enfin... disons que j'avais choisi de m'en ficher. Tant qu'ils faisaient leur boulot et respectaient la réputation et la politique de confidentialité de l'agence, leur vie privée ne regardait qu'eux.

Et j'essayais d'observer la même discrétion en ce qui concernait la mienne. Aucun de mes employés ne connaissait mon vrai nom. Et ils ne savaient absolument rien de ma vie. Ils ignoraient tout du mariage de Sophie et de mes vicissitudes de future demoiselle d'honneur. Ils ne savaient pas que ma mère n'était toujours pas au courant de la nature de mon gagne-pain – et ne le serait sans doute jamais. Ni que, jusqu'à l'année précédente, j'avais entièrement coupé les ponts avec mon père.

Et, bien sûr, ils ignoraient jusqu'à l'existence même de Jamie.

Je ne vois aucun intérêt à mélanger vie professionnelle et vie privée. Voilà pourquoi je fichais la paix à mes associés et j'avais décidé de ne pas m'occuper de ce qu'ils fabriquaient en dehors de l'agence. Le processus de sélection auquel chacun avait été soumis avant de se voir embaucher était long, et complet : j'avais passé leur vie au peigne fin, je les avais soumis à des tests antidrogue et, précaution obligatoire, je les avais fait suivre pendant quinze jours par un détective privé. Au final, je savais qu'ils étaient dignes de confiance.

Alors à quoi bon chercher plus loin ?

J'avais regagné mon bureau depuis quelques minutes à peine quand Hadley, par l'interphone, m'a annoncé que mon rendez-vous était arrivé.

À en croire son physique, Melissa Stanton devait approcher de la quarantaine. Je lui aurais donné trente-sept ans. Mais pas plus de quarante. Elle avait de longs cheveux bruns dont une partie était ramenée en arrière pour dégager son visage. Ni grande ni petite, elle était mince, avec une peau lisse, presque entièrement dépourvue de rides.

Je l'ai accueillie main tendue.

— Bonjour. Ashlyn. Je suis la directrice de The Hawthorne Agency. Enchantée de faire votre connaissance.

— Enchantée. Enfin, si on peut dire..., s'est-elle reprise avec un petit rire sans joie.

— Asseyez-vous, je vous en prie.

Je lui ai indiqué le canapé en velours blanc qui occupait un coin de mon bureau et j'ai pris place en face d'elle, sur un fauteuil assorti. Bloc-notes posé sur les genoux, j'ai attendu que ma visiteuse s'installe.

Elle a balayé la pièce des yeux, de toute évidence gênée. J'avais fait de mon mieux pour rendre cette pièce accueillante et chaleureuse, mais je savais fort bien que mettre quelqu'un à l'aise dans une telle situation relevait quasiment de l'impossible. Voyant qu'elle ne se décidait pas à parler, j'ai pris la liberté d'entamer la conversation.

— Et si vous commenciez par me dire pourquoi vous êtes ici ?

Mme Stanton a pris une profonde inspiration et s'est forcée à faire un grand sourire.

— Eh bien... voilà : je cherche une nounou.

Mon sourire a pâli d'un coup, obscurci par une confusion que j'ai essayé de cacher.

— Hum hum..., ai-je fait avec circonspection.

Le fait est que sur le registre de commerce de la ville, nous étions répertoriés à la rubrique « Services à la personne » et censés pourvoir en nounous qualifiées, personnel de maison, professeurs particuliers. Mais il ne s'agissait que d'une couverture inventée pour des raisons fiscales... et familiales. Ce n'était qu'une façade – à l'intention de mes parents, en l'occurrence – qui dissimulait la vraie nature des services que nous proposions.

J'ai décidé de procéder en douceur. Si cette femme était convaincue que je pouvais l'aider à recruter une nounou, j'allais devoir l'orienter poliment dans une autre direction, sans lui révéler aucune information superflue.

— Puis-je vous demander comment vous avez entendu parler de nous ?

Mme Stanton s'est dandinée.

— Vous m'avez été recommandée par une amie. Je lui ai parlé de mon... (Elle a hésité, visiblement embarrassée.) ... de mon problème de nounou, et elle m'a conseillé de vous contacter. Elle a dit que vous pourriez m'aider.

Oui, cette femme frappait sans aucun doute à la mauvaise porte. Mais qui était cette amie qui nous l'avait adressée ? Jamais nous n'avions aidé personne à recruter une nounou... ou une femme de ménage. Comment avait-elle atterri ici ? Il devait y avoir un quiproquo.

J'ai posé mon bloc-notes sur la table basse et dit d'un ton résolu :

— Je crains, hélas, que nous n'ayons aucune nounou disponible en ce moment, et il semblerait que nous n'en aurons pas davantage dans un proche avenir. Mais dans le cas contraire, je me ferai un plaisir de vous rappeler. En attendant, puis-je vous conseiller de vous adresser à une autre agence afin de ne pas faire attendre vos enfants ?

Mme Stanton m'a dévisagée avec confusion, comme si elle ne comprenait pas un traître mot de mon petit laïus. Pour ce qui était de la confusion, croyez-moi, c'était un sentiment partagé.

Elle a secoué la tête.

— Non, non, ce n'est pas pour mes enfants. C'est pour mon mari.

Je l'ai dévisagée à mon tour, interloquée.

— Vous cherchez une nounou pour votre mari ?

Cette fois, elle a opiné, lentement et comme à contrecœur, puis son regard s'est voilé d'humidité.

— Oui. (Elle a pris une profonde inspiration et s'est éclairci la voix.) J'ai des raisons de croire qu'il a couché avec les *trois* dernières nounous. Mais j'ai besoin d'en avoir la certitude.

Peu à peu, le nuage de confusion a commencé à se dissiper et j'ai enfin compris ce que cette femme cherchait exactement. J'ai repris mon bloc-notes.

— Vous souhaitez qu'une de nos associées se fasse passer pour la nouvelle nounou ? C'est bien ça ?

Elle a semblé soulagée que j'aie enfin pigé et que cela la dispense d'expliquer de vive voix le plan qu'elle avait concocté.

— Oui, a-t-elle soupiré. Je me suis dit que c'était le seul moyen de confirmer mes doutes. En embauchant une fausse nouvelle nounou.

4

Une petite partie de golf ?

Lorsque je suis arrivée à la maison plus tard ce soir-là, Jamie m'attendait sur le canapé, pieds calés sur la table basse. La télé était allumée, le son baissé. À l'instant même où j'ai refermé la porte, il s'est levé et a accouru pour me serrer longuement dans ses bras. C'était un accueil inhabituel.

— Bonsoir ! Tu es à l'heure !

J'ai rigolé tout en me délestant de ma sacoche sur une des chaises de la salle à manger.

— Tu t'attendais à ce que je sois en retard ?

— Plus ou moins, a-t-il répondu en haussant les épaules.

— Je suis ravie de te décevoir.

Par-dessus son épaule, j'ai jeté un œil à l'écran plat fixé au mur.

— Tu regardes des documentaires commerciaux ? me suis-je étonnée.

D'un geste vif, il s'est emparé de la télécommande pour éteindre la télé.

— Je ne regardais pas vraiment. Je rêvassais.

— Comment s'est passée ta conférence téléphonique, ce matin ? ai-je demandé tout en m'enfonçant dans le couloir pour gagner la chambre.

Pendant que je retirais mes sandales et les rangeais au bas de mon dressing, Jamie m'a rejointe et s'est laissé tomber sur le lit contre les piles d'oreillers.

— Bien. Je suis presque sûr de les avoir convaincus de signer. Et comme c'est une mission à un quart de million de dollars, les associés seniors vont être aux anges.

— C'est génial ! ai-je lancé depuis les profondeurs du dressing en essayant de prendre une voix pétillante – un exercice dans lequel, très franchement, je n'excellais pas.

D'ailleurs, Jamie a rigolé et aussitôt changé de sujet.

— Et toi ? La journée a été bonne ?

J'ai haussé les épaules.

— Le boulot, c'est le boulot, ai-je répondu tout en retirant mon chemisier. Cela dit, aujourd'hui, on m'a chargée d'une mission qui sort vraiment de l'ordinaire.

— Ah bon ?

Je suis allée m'appuyer contre le chambranle de la porte.

— La cliente veut qu'une des associées se fasse passer pour la nounou.

Jamie a éclaté de rire.

— Tu veux dire qu'elle cherche une domestique à demeure ?

— Oui. Elle pense que son mari la trompe avec les nounous.

— *Les* nounous ?

— Ils habitent à Hollywood, dans les collines. Le mari est un ponte des studios. D'après ce qu'elle m'a dit, ils en sont à leur troisième nounou en six mois.

— Dans ce cas, j'imagine qu'elle a raison de s'inquiéter, a observé Jamie. Tu acceptes la mission ?

— Oui, ai-je lancé à tue-tête en replongeant dans le dressing pour passer en revue ma garde-robe. Il ne me reste plus qu'à choisir la plus compétente pour une telle mission...

J'ai décroché une robe de Diane de Furstenberg couleur cassis pour la plaquer contre moi.

— Pourquoi pas toi ? a suggéré Jamie après un long silence.

Le cintre et la robe ont glissé à hauteur de ma taille et je me suis retournée, intriguée.

— Tu disais ? ai-je demandé en passant la tête dans l'embrasure de la porte.

Mais Jamie n'a pas tourné la sienne. Il a continué à fixer un point, droit devant lui, et quand j'ai suivi son regard, je n'ai rien découvert d'autre que cette scène de Paris dans les années 1920 ; un tableau qu'il avait déjà vu un million de fois.

— Je disais que c'est une mission très inhabituelle, a-t-il enfin répondu d'un ton limite glacial. Une mission inédite pour l'agence. Peut-être devrait-elle être confiée à une professionnelle.

Cette fois, je suis venue me planter au pied du lit.

— Toutes mes associées sont professionnelles, ai-je répliqué, l'air vexé.

— Oui, mais aucune n'a ton expérience, a-t-il insisté en croisant les mains derrière la tête.

Où voulait-il en venir ? Je n'en avais pas la moindre idée. En revanche, j'avais une certitude : cette conversation prenait une tournure déplaisante. Je me suis assise sur le lit, doigts crispés autour du cintre matelassé.

— Tu sais bien que j'ai pris ma retraite. Depuis un an.

Comme Jamie s'obstinait à éviter mon regard, j'ai fini par craquer et j'ai attrapé son menton pour l'obliger à me faire face.

— Hé, que se passe-t-il ? ai-je demandé d'un ton résolu.

Une fois de plus, il a haussé les épaules, l'air évasif.

— Rien. Je dis juste que, si jamais tu attendais le moment opportun pour mettre un terme à ta retraite, une mission comme celle-là serait tentante.

J'ai commencé à balbutier des protestations à la fois désemparées et indignées. Jamie ne s'était jamais conduit de la sorte. Il avait toujours affirmé que mon travail de bureau ne lui posait aucun problème. Et jamais rien, dans son comportement, n'avait suggéré le contraire. Mais pour une raison qui m'échappait, cette mission-là en particulier le contrariait. Et j'étais bien en peine de comprendre pourquoi.

— Tu es en train de dire que tu veux que j'aille m'installer chez des inconnus ? ai-je demandé en bafouillant à moitié. Tu veux que je me fasse passer pour une nounou pendant trois semaines pour voir si un quinqua aux mains baladeuses va me faire des avances ? C'est ça que tu veux ?

— Est-ce que c'est ça que *toi* tu veux ? a-t-il riposté du tac au tac.

Je n'ai pu réprimer un léger mouvement de recul, tant sa réaction me surprenait. Par sa véhémence, et par son hostilité à peine voilée.

— Non ! me suis-je écriée en bondissant du lit. Qu'est-ce que tu vas chercher là ? Pourquoi penses-tu à ça ? Je n'ai aucune envie de renouer avec cet aspect de mon boulot !

Jamie m'a fixée avec intensité, d'un regard si pénétrant que j'ai soudain regretté le moment où il se contentait de contempler le mur.

— Même après ce qui s'est passé ce matin ? a-t-il lancé d'un ton de défi.

Mes doigts se sont enfoncés dans le rembourrage du cintre et j'ai eu du mal à déglutir.

— Que s'est-il passé ce matin ?

Je savais parfaitement où il voulait en venir, mais je n'allais pas lui donner la satisfaction de lui montrer que j'avais compris. S'il tenait à m'entraîner sur cette voie, ce serait à lui de mener la danse.

— C'est le sixième divorce d'affilée prononcé en défaveur d'une de tes clientes, a-t-il observé avec autant désinvolture que s'il énonçait le score d'un match de hockey dont il n'avait rien à fiche.

— Et alors ?

— Et alors je me dis que ça te donne peut-être un sentiment... que sais-je ? D'impuissance. D'incomplétude. De vide.

— De vide..., ai-je répété en écho, comme si j'entendais ce mot pour la première fois, en me demandant quel sens, au juste, Jamie lui conférait ici.

— Oui, de *vide*. Tu as consacré deux années de ta vie à cette quête folle qui est la tienne : démasquer les infidèles, faire éclater la vérité, dessiller le regard des femmes bafouées, et puis d'un seul coup, tu as dû te contenter du banc de touche, et depuis tu regardes les autres agir à ta place. Évidemment, au début, c'était satisfaisant. Tu avais l'impression de prendre encore une part active au processus. Et puis au bout d'un an, tu as commencé à chercher un moyen de t'impliquer d'une autre manière, et ça ne donne pas les résultats espérés. Donc, voilà ma question : où en es-tu ? Et comment vas-tu y remédier, à ce *vide* ?

J'étais sans voix. Son petit laïus avait fait vibrer une corde sensible. Il n'avait peut-être pas tapé en plein dans le mille, mais pas bien loin. Cependant, je n'avais aucune intention d'aller m'installer chez des inconnus pour m'occuper de leurs marmots en attendant que le mari me fasse des propositions malhonnêtes. Et ça, Jamie devait le comprendre. Et dans le cas contraire, j'allais devoir tout mettre en œuvre pour qu'il le comprenne.

J'ai inspiré profondément et j'ai mis la main dans la sienne.

— Jamie, ai-je commencé avec douceur, cet épisode de ma vie est révolu. C'est vrai, parfois, ça me déprime un peu d'être cantonnée au rôle de témoin. Mais cela ne signifie pas que ça me démange de recommencer à jouer les tentatrices auprès d'hommes mariés. Je t'ai fait une promesse et j'entends bien la tenir. (Je me suis interrompue et j'ai jugé plus prudent de reformuler cette dernière phrase.) Je *veux* la tenir. Ce pourquoi j'ai embauché cinq associés parfaitement capables de me remplacer.

Il a soutenu mon regard mais j'ai perçu comme un vacillement dans le sien.

— Et si la cliente ne veut pas d'une de tes associés ? Si c'est *toi* qu'elle veut ?

Je l'ai dévisagé, quelque peu abasourdie.

— Je refuserai !

Il a haussé les sourcils.

— C'est vrai ?

— Bien sûr que c'est vrai, ai-je chuchoté d'une voix que j'espérais rassurante.

Mais Jamie a conservé une expression extrêmement grave. Jamais je ne lui avais vu l'air sérieux à ce point. Et puis, aussi soudainement que si on avait actionné un interrupteur, ses traits se sont radoucis, l'intensité de son regard s'est apaisée, ses lèvres se sont décrispées puis entrouvertes. Tous les muscles de son visage se sont détendus. Il a hoché la tête et ébauché un sourire tendre.

— Bon, d'accord, a-t-il chuchoté à son tour. Pardonne-moi. Je crois que, parfois, j'ai juste besoin de m'assurer que tu ne regrettes pas ton choix. Que je ne t'empêche pas de faire ce que tu veux.

Je me suis retenue de rire.

— M'empêcher de faire ce que je veux ? ai-je répété d'une voix hachée. Tu plaisantes ? Sans toi, en cet instant même, je serais sans doute en train de faire le pied de grue dans un bar d'hôtel minable de Milwaukee. Crois-moi, bébé, tu m'as surtout incitée à aller de l'avant.

Cette réponse a semblé lui donner entière satisfaction. Un grand sourire s'est épanoui sur son visage.

— Je suis heureux de te l'entendre dire.

Je me suis penchée pour l'embrasser avec fougue et passion, bien résolue à extraire à la force de mes lèvres le moindre doute dans son esprit.

— Bon, ai-je repris d'un ton ferme indiquant que, pour moi, la discussion était close. Où allons-nous ce soir ?

Il s'est contenté de secouer la tête, sans se départir de son sourire de contentement.

— Tu verras...

J'ai levé ma main libre au ciel.

— Comment vais-je choisir ma tenue alors ? (J'ai brandi la robe de Diane de Furstenberg devant ses yeux.) Que penses-tu de ça ?

— Beaucoup trop habillé ! s'est-il empressé de protester.

J'ai fait pivoter le cintre en contemplant ma robe – une nouvelle acquisition – avec regret.

— Elle n'est pas si habillée que ça. Elle est même censée être décontractée.

— Contente-toi d'enfiler un truc confortable.

— Bon, si tu le dis, ai-je marmonné en disparaissant à nouveau dans le dressing.

— Hé, Jen ! a lancé Jamie à tue-tête quelques secondes plus tard.

— Ouais ? ai-je fait en revenant sur mes pas.

— Que dirais-tu de renoncer à tes inspections pendant un petit moment ?

La question était sérieuse mais le ton était celui, enjoué et désinvolte, d'une bonne blague.

Blague ou pas, cependant, je n'avais aucun doute quant à la teneur de la réponse à donner.

— C'est une excellente idée.

Une demi-heure plus tard, Jamie avait déjà écarté catégoriquement quatre autres tenues (au prétexte qu'aucune d'entre elles n'était « assez confortable ») et j'étais à deux doigts de lui demander si je devais me contenter d'un pantalon de survêtement et d'un masque à l'avoine sur le visage quand un pantalon en toile taille basse et un pull en V noir, près du corps, ont enfin trouvé grâce à ses yeux. J'ai attaché mes cheveux en queue de cheval afin que nous puissions rouler capote baissée, et nous avons gagné le garage, où la voiture de Jamie était garée à côté de la mienne. Il avait acheté cette Jaguar décapotable avant notre rencontre et je n'arrêtais pas de le taquiner sur le fait de posséder une voiture aussi prestigieuse, dont le nom nécessitait à lui seul un guide de prononciation. *Jag-ouuu-âr.* Cela dit, je suppose que j'étais mal placée pour me moquer de lui puisque je conduisais une Lexus. Mais au moins, c'était un hybride. Dont le nom, dans les publicités, n'était pas prononcé avec un accent british et snob.

— Bon, tu vas enfin me dire où nous allons ? me suis-je impatientée lorsque nous avons émergé du parking.

Jamie a rigolé, puis il a secoué la tête et bifurqué sur Wilshire Boulevard.

— Qu'est-il arrivé à ton superpouvoir magique ? Il n'est pas capable de pénétrer la muraille d'acier que j'ai dressée autour de mon cerveau ?

— Ha, ha, ha.

Sarcasme mis à part, je me mordais les doigts de lui avoir divulgué ce secret-là en particulier. Plus d'un an plus tard, il continuait à en faire des gorges chaudes.

D'autant que les deux hommes qui semblaient totalement hermétiques à ma faculté de pénétration étaient Jamie... et mon père. Soit – non sans ironie – les deux seuls hommes au monde dont j'aurais voulu, à n'importe quel prix, percer l'opacité. Comme en ce moment, par exemple.

— Très drôle, ai-je repris d'un ton railleur. Il se trouve que ma science infuse des hommes ne fonctionne pas en voiture. C'est un problème lié au revêtement des routes. Je te fais grâce du pourquoi et du comment. C'est assez technique.

— Je n'en doute pas..., a répondu Jamie avec le sourire radieux de celui qui vient de marquer un point.

Tandis qu'il naviguait en conducteur aguerri dans les rues des quartiers ouest de Los Angeles, je m'acharnais à découvrir le lieu où nous nous rendions en éliminant, à chaque nouvelle bifurcation, de possibles destinations. Par exemple, sitôt que nous avons dépassé Barrington Avenue, j'ai su que nous n'allions pas dans notre restaurant japonais préféré. Et quand il a ensuite tourné à droite sur Sepulveda, j'ai compris que nous n'irions pas non plus dans ce club de jazz de West Hollywood que nous aimions tant. Une fois sur Pico, lorsqu'il a tourné à gauche, j'étais complètement perdue – et convaincue qu'il prenait de mystérieux chemins de traverse pour enfumer mon sens très sûr de l'orientation. Cependant, au croisement de Pico et d'Overland, tout s'est soudain éclairé. Un sourire entendu s'est faufilé sur mes lèvres, et j'ai regardé Jamie, incrédule.

— Non ! Tu n'es pas sérieux ? Tu ne vas pas me refaire le coup ?

— Ah, tout de même ! Tu as enfin compris, a-t-il répondu avec un grand sourire tout en accélérant après le croisement.

— Oui. Mais ce que je ne comprends pas trop, c'est *pourquoi* nous allons là-bas, ai-je dit en regardant défiler les repères familiers du paysage.

Jamie a ralenti pour s'engager sur un parking. Un parking sur lequel je n'avais pas remis les pieds depuis plus d'un an. Non pas parce qu'il était associé à de mauvais souvenirs, bien au contraire : il avait été le cadre d'un des plus beaux moments de ma vie.

C'était là que Jamie m'avait embrassée pour la première fois.

Le terrain de golf contigu avait été le lieu de notre premier rencard. Je dois reconnaître que ce choix m'avait surprise. Un terrain de golf, c'était amusant, décalé – et quelque peu téméraire. Je crois que la raison première de ce choix, c'est que Jamie pensait m'impressionner avec ses talents de golfeur. Or les circonstances en avaient décidé autrement.

Ce rencard n'avait ressemblé à aucun autre dans ma vie. Cela étant, ça n'avait rien d'un exploit puisque je n'avais pas eu beaucoup de rencards au cours de ma vie d'adulte. Surtout après m'être lancée dans ma carrière d'inspectrice de fidélité. Mais je n'aurais pu imaginer rendez-vous plus délicieux.

Je me souviens que notre conversation était incroyablement fluide, naturelle. Comme si elle durait depuis toujours. Certes, veiller à ce que les discussions soient fluides constituait mon gagne-pain à l'époque mais, avec Jamie, je n'avais pas à faire d'efforts. La conversation allait de soi, point.

Je n'oublierai jamais le dîner qu'il m'avait offert à la buvette du terrain de golf : des hot dogs et un Coca. Non sans ironie, c'était un des meilleurs dîners que j'avais faits depuis bien longtemps. Et puis, il m'avait embrassée. Là, sur ce parking, et toutes mes terminaisons nerveuses avaient tout simplement explosé. Bien entendu, sur le moment, je n'avais pas compris que cette soirée allait changer ma vie mais, a posteriori, c'était assez évident.

— On est *là* parce que nous ne sommes pas revenus depuis le soir de notre premier rendez-vous, a expliqué Jamie en garant la voiture sur un emplacement de parking et en tirant le frein à main.

— Oui, et si je me souviens bien, ç'a été une soirée plutôt douloureuse pour toi. Je crois bien que je t'ai battu en treize coups. J'aurais pensé que c'était le dernier endroit où tu aurais envie de revenir.

Jamie a baissé la tête, la mine piteuse.

— Ce n'est pas un de mes moments les plus glorieux, je l'avoue. Mais lorsque je repense à cette soirée, mon score médiocre n'est pas mon souvenir le plus prégnant.

Il m'a souri tendrement et je me suis sentie rougir. Je n'en revenais toujours pas qu'il me fasse cet effet-là. Que d'un seul regard, il puisse me faire monter le rouge aux joues. Jour après jour, depuis *un an*. On aurait pu croire que mon corps, depuis le temps, avait épuisé son stock de molécules responsables du rougissement – mais non.

Jamie est descendu de voiture et a ouvert le hayon en actionnant la télécommande.

— Mais cette fois, a-t-il repris, je suis venu équipé.

Effectivement, j'ai vu qu'il avait apporté nos deux sacs de golf et des chaussures, pour lui *et* pour moi.

Je n'ai pu contenir un éclat de rire tumultueux en découvrant cette paire de chaussures, celle-là même qu'il m'avait achetée le soir de notre premier rendez-vous, quand il s'était avéré que jouer au golf en espadrilles à semelles compensées relevait de l'impossible. Je ne les avais jamais remises depuis.

— Quelle prévoyance ! Combien de temps as-tu dû farfouiller dans mon placard pour les dénicher ?

— Une petite heure, a-t-il répondu en haussant les épaules.

Tout était exactement comme dans mon souvenir. J'avais l'impression de remonter dans le temps, un an en arrière, et de revivre toute la soirée. Les piètres scores de Jamie ont réussi à nous arracher de nouveaux fous rires, la conversation coulait toujours de source, sans temps mort, et je retrouvais en moi des traces de cette euphorie qui m'habitait lors de notre premier rendez-vous. Cet intense bonheur qui accompagne tout ce qui est nouveau et inconnu. Mais l'énorme différence, c'est que ce soir-là, je pouvais être moi-même. Il n'y avait plus de secret entre Jamie et moi. C'en était fini de mon travail bidon, des faux noms, des faux alibis.

Nous étions nous-mêmes. Et grâce à cela, cette nouvelle soirée s'avérait encore plus délicieuse que celle dont je me souvenais.

Au quatrième trou du parcours qui en comptait neuf, quand Jamie a garé la voiturette devant le snack, je n'ai pas pu m'empêcher de me moquer de lui, même si je me régalais de cette rediffusion d'un épisode de notre vie.

— Laisse-moi deviner le menu, ai-je dit. Hot dogs et Coca ?

Jamie a souri et m'a tendu la main pour m'aider à descendre de la voiturette.

— Tu as retrouvé ta faculté de pénétration ?

— Bonne pioche.

Pendant que Jamie commandait notre dîner, je me suis assise sur le banc en bois, le même que celui de notre premier rendez-vous. C'était la sensation de déjà-vu la plus étrange que j'avais jamais connue. Tout en attendant qu'il revienne avec nos sandwichs, j'ai essayé de me souvenir de ce que j'éprouvais dans ces mêmes circonstances, un an plus tôt, lorsque j'étais obsédée par l'idée que je devais tout faire pour qu'il ne découvre jamais la vérité.

À mon immense soulagement, je n'ai pas réussi à me remettre dans l'esprit de la fille que j'étais à l'époque. Cette fille qui ne faisait confiance à personne et se méfiait de l'amour comme de la peste. Parce que, d'après son expérience, les histoires d'amour se terminaient toujours dans la douleur. C'est là que j'ai compris combien je m'étais éloignée de cette fille.

Cette pensée m'a arraché un sourire. Jamie est revenu avec les hot dogs et les Coca et s'est assis à côté de moi.

— Hot dog ketchup, sans moutarde, a-t-il annoncé en me tendant la barquette en carton.

— Oui, c'est le seul détail qui a changé, ai-je remarqué.

— Comment ça ?

J'ai retiré mes gants en cuir pour mordre dans le sandwich.

— La dernière fois, ai-je expliqué, la bouche pleine, tu ne savais pas que je mange les hot dogs sans moutarde, alors que maintenant, tu le sais. Mais à part ça, la soirée se déroule exactement pareil. Rien n'a changé.

— Mais qu'est-ce que tu racontes ! a protesté Jamie en secouant énergiquement la tête. Tout a changé ! Tout est différent !

— Oui, bien sûr, *nous*, nous sommes différents, ai-je concédé en décapsulant ma canette de soda. On se voit tous les jours. On habite quasiment ensemble. Je parlais de *ça*..., ai-je expliqué en balayant le terrain d'un grand geste. Tout est resté pareil. Ne te méprends pas sur ce que je dis. C'est génial ! J'adore ça, que rien n'ait changé. On croirait avoir remonté le temps. Ce qui est dingue !

J'ai mordu dans mon sandwich et, quand j'ai relevé la tête, j'ai remarqué que Jamie n'avait pas encore touché au sien. Il me dévisageait d'un regard pensif et lointain, son « dîner » posé, intact, à côté de lui, sur le banc.

— Qu'y a-t-il ? ai-je demandé en essuyant d'un geste machinal les coins de ma bouche pour chasser des miettes ou des traces de ketchup disgracieuses.

Jamie a secoué la tête lentement, sans me lâcher des yeux, sans rien répondre. Qu'est-ce qui pouvait bien le préoccuper ? J'espérais qu'il n'était pas en train de ressasser ce dont nous avions parlé plus tôt, dans ma chambre. Il m'a semblé qu'une éternité s'écoulait avant qu'il ne se décide à parler.

— Quelque chose risque d'être différent ce soir, a-t-il fini par lâcher.

J'ai mordu dans mon sandwich.

— Quoi donc ? ai-je marmotté, la bouche pleine de pain et de bœuf casher. On est passé au Pepsi ?

C'est à ce moment-là que Jamie s'est levé puis agenouillé sur le sentier cimenté. Lentement, il a plongé la main dans sa poche et j'ai vu apparaître un petit écrin en velours bleu marine. Quand il a ouvert le couvercle et dévoilé un scintillement de diamants, tout est soudain devenu flou autour de moi et j'ai senti ma main qui cherchait appui sur le banc fendillé.

— Ça, a dit Jamie.

5

La poisse du chiffre 7

Le morceau de hot dog dans ma bouche était loin d'être assez mâché, mais je me suis forcée à l'avaler en grimaçant.

Naturellement, j'avais déjà envisagé de me marier. Souvent. Peut-être pas autant que d'autres filles de mon âge, mais quand même. Il est impossible de vivre en couple une année durant sans que cette pensée vous *traverse* au moins l'esprit.

En ce qui me concerne, cette pensée avait toujours un caractère éphémère. Elle se formait, j'en prenais bonne note et la congédiais aussitôt au motif qu'elle était encore à des années-lumière de se transformer en réalité. À mes yeux, elle relevait même d'un concept futuriste. Au même titre que les voitures volantes ou l'invention d'une pilule capable d'enrayer le processus du vieillissement. À ce stade de ma vie, je ne l'avais encore jamais considérée avec sérieux.

Et pourtant elle était là, dressée devant moi – ou plutôt, agenouillée – et j'étais bien, pour le coup, obligée de la considérer.

Je savais, sans l'ombre d'un doute, que je voulais passer le restant de ma vie avec Jamie. Je ne pouvais pas imaginer qu'il en soit autrement. Mais qui se marie un an seulement après s'être rencontré ?

J'ai songé à Sophie. Éric et elle s'étaient fiancés au bout de huit mois à peine. Mais il s'agissait de Sophie. Le mariage, c'était son dada. Je crois bien qu'elle a vu *Le Père de la mariée* cinquante-deux fois. Et je n'aurais pas été surprise qu'elle soit en train de le regarder une fois de plus en cet instant même. En prenant consciencieusement des notes.

— Je sais que tu as vu beaucoup de mariages se défaire, a commencé Jamie. Y compris celui de tes parents. Je sais que ton métier n'est pas ce qu'on peut appeler un vecteur d'optimisme en matière de relations sentimentales. Et que c'est difficile pour toi de croire à des *happy ends* qui durent toute une vie. Mais je sais aussi que je t'aime comme je n'ai jamais aimé personne. Et que si tu m'en laisses la possibilité, je veux être celui qui te montrera ce qu'est une relation d'amour basée sur la confiance et la loyauté.

J'ai senti des larmes enfler dans mes yeux. J'ignore d'où elles sortaient, mais elles étaient là, et je n'ai rien tenté pour les retenir parce que je me suis dit que c'était une réaction normale en de telles circonstances. Et que, au cours de l'année écoulée, j'avais bataillé de toutes mes forces pour justement être... normale.

— Alors ? a repris Jamie en tenant la petite boîte en velours devant moi.

Le magnifique diamant taille princesse reflétait à la perfection la lueur des réverbères du terrain.

— Acceptez-vous de m'épouser, Jennifer H. ?

J'ai éclaté de rire en entendant ce surnom dont il m'avait affublée aux tout premiers temps de notre relation, parce que le jour où nous nous étions rencontrés, à bord de ce vol fatidique en provenance de Las Vegas, j'avais refusé de lui révéler mon nom de famille. Je ne lui avais indiqué que la première lettre.

Dans un moment tel que celui-ci, on n'est pas censé hésiter. C'est l'une des décisions les plus importantes de votre vie et, pourtant, c'est la seule que vous êtes supposée prendre sans réfléchir. Vous êtes sommée de baser le restant de votre vie sur une simple réaction instinctive. Parce que, lorsqu'un homme est agenouillé devant vous, qu'il vous présente un bijou qui doit coûter plus cher que votre première voiture et qu'il vous déclare son amour éternel, il serait malvenu de le laisser mariner le temps d'avoir soupesé le pour et le contre.

Alors j'ai fermé les yeux et j'ai fait confiance à mon instinct. Je me suis interdit de penser. Je sentais mon cœur battre à tout rompre, bien plus vite que je l'en pensais capable sans redouter une crise cardiaque. Mais je savais que c'était un signe. Mon cœur voulait m'obliger à franchir le pas. M'empêcher de vivre dans le passé. Alors j'ai répondu en me jurant de ne jamais remettre ma décision en question.

— Oui ! me suis-je écriée en jetant mes bras autour du cou de Jamie pour l'obliger à se relever.

Il rayonnait d'un sourire que je ne lui avais encore jamais vu. Un sourire qui m'a remplie d'une sensation douce, tiède, réconfortante. Comme si on avait perfusé toute une tasse de chocolat chaud dans les veines.

En le regardant glisser l'énorme diamant à mon doigt, je n'en revenais pas de constater que je tremblais. J'avais même un mal fou à stabiliser assez ma main pour qu'il puisse pousser l'anneau de platine le long du doigt. C'est drôle : après tout ce que j'avais fait et connu dans ma vie, après avoir vu tant d'hommes escamoter leur alliance, jamais je n'aurais imaginé céder à la nervosité en pareille situation. Mais encore une fois, c'était la situation *en elle-même* que je n'avais en fait jamais imaginée.

— À croire que tu es presque aussi nerveuse que moi, a plaisanté Jamie.

— Tu n'as pas du tout l'air nerveux !

C'est là que je me suis souvenue de son empressement, plus tôt dans la soirée, quand j'essayais de deviner comment m'habiller. Alors soudain tout s'est éclairé.

— Attends une minute ! C'est pour ça que tu me persécutais à propos de cette mission de nounou ?

Jamie a acquiescé avec un haussement d'épaules penaud.

— J'imagine que j'avais besoin de m'assurer qu'entre ton précédent boulot et moi, ce serait encore moi que tu choisirais.

— Eh bien, j'espère que tu as ta réponse, ai-je rétorqué en contemplant ma main gauche.

Jamie s'est relevé. Il a pris mes mains dans les siennes et a plongé son regard tout au fond de mes yeux.

— Oui, a-t-il dit en se penchant vers moi.

Il m'a embrassée et franchement, si des feux d'artifice avaient embrasé le ciel à cet instant, je n'aurais été qu'à moitié surprise. Mais j'imagine qu'il n'y a guère que dans les dénouements de comédies sentimentales ringardes que les baisers s'accompagnent de feux d'artifice. Et de toute façon, ils ne me manquaient pas plus que ça. Les feux d'artifice, je veux dire. Parce que j'avais l'impression que le 4 juillet battait son plein dans mon estomac.

De retour chez moi, à la minute où nous avons passé la porte, nous nous sommes arraché nos vêtements, aussi fébriles et empressés que deux adolescents qui rentrent du bal de fin d'année. Nous avons titubé à travers le salon, moi lui retirant sa chemise, lui descendant la fermeture Éclair de mon pantalon, tout en nous dévorant la bouche. Encore sous le choc de la demande en mariage, mon esprit continuait à bourdonner. Je venais d'accepter d'épouser un homme. Moi, Jennifer Hunter ! L'inspectrice de fidélité avait accepté de marcher jusqu'à l'autel, de dire « Oui je le veux », de s'engager en présence de sa famille, de tous ses amis. Et ensuite ? Des bébés ? Le choix de la maternelle, puis le bac, puis un appartement en Floride, dans un quartier résidentiel sécurisé, avec terrain de golf privé ? Une sensation de vertige a commencé à s'emparer de moi et je me suis donné l'ordre de me calmer. Une chose après l'autre. Personne ne m'obligeait à partir m'installer en Floride. C'était juste une demande en mariage. Rien n'avait changé entre nous.

Nous sommes tombés sur le lit et les mains de Jamie ont commencé à s'attaquer à l'agrafe de mon soutien-gorge. Il couvrait mon corps de baisers et j'ai essayé de balayer tous mes doutes et mon anxiété pour profiter de l'instant. Me concentrer sur la délicieuse sensation de son corps sur le mien. C'était de ça dont il s'agissait. Juste lui et moi. Tout le reste n'avait aucune importance.

Sitôt que nous avons été soudés dans une étroite étreinte, le reste du monde s'est effacé. Comme par magie. Je ne sentais plus que lui. Chaque part de lui. Les mouvements de son corps, son odeur, la douceur de ses cheveux entre mes doigts. Si c'était à ça que j'avais acquiescé pour l'éternité, alors qu'on me revête de blanc et qu'on me tende un bouquet.

— Je pense qu'on devrait partir fêter ça quelque part, a dit Jamie, bien plus tard.

Nous étions étendus sur le lit. Son bras était glissé sous ma nuque et, de la main, il me caressait doucement l'épaule. Je me suis blottie tout contre lui pour mieux me prélasser dans la félicité de ces ébats postfiançailles.

— Tu voudrais aller où ?

— Je ne sais pas. Cabo San Lucas, Santa Catalina, Hawaii...

— Hum hum..., ai-je roucoulé à son oreille. Ça me plaît bien. Rien que toi et moi, seuls, sur une île.

— Et si je réservais pour le week-end prochain ?

J'ai lâché un soupir de pure béatitude.

— Ce serait parfait.

— Alors, à qui vas-tu l'annoncer en premier ?

— Qu'on part en week-end ?

— Mais non, cruche ! a rigolé Jamie. Qu'on est fiancés.

— Ah oui... Je ne sais pas, ai-je répondu d'un ton rêveur, en me pelotonnant plus étroitement contre son flanc. D'abord à ma mère, j'imagine, puis à ma demi-sœur et à ma nièce, et ensuite à mes amies.

Jamie était en train de me caresser les cheveux. Je sentais la chaleur de son corps m'envahir. Mes paupières devenaient lourdes. À l'instant où elles allaient se fermer, la question a fusé :

— Et ton père ?

J'ai rouvert les yeux d'un coup. Mon père. Il m'était sorti de la tête. Bien sûr que j'allais le mettre au courant. Mais cette seule pensée me donnait tout d'un coup envie de changer de nom et de déménager dans un autre pays.

J'ai dégluti péniblement.

— Quoi, mon père ?

— Eh bien..., je me disais que ce serait peut-être pour moi l'occasion de faire sa connaissance, a avancé Jamie d'un ton circonspect. (On aurait dit qu'il appréhendait cet instant avec un soin d'ordinaire réservé à la manipulation des tubes à essais renfermant des cultures présentant un danger biologique.) Et pour *toi* de rencontrer sa nouvelle épouse.

J'ai été prise de nausées. Il m'a semblé que mon estomac venait de faire trois loopings à bord d'un avion de chasse alors que moi, j'étais toujours au sol, allongée sur mon lit, à m'efforcer de savourer la beauté de l'instant.

J'avais renoué avec mon père un an plus tôt. Nous nous retrouvions en général pour déjeuner, ou pour dîner, et de temps à autre, le dimanche après-midi, nous allions au cinéma. Notre relation n'avait pas encore atteint le stade d'une réelle intimité père-fille. Mon père connaissait l'existence de Jamie comme moi celle de sa nouvelle femme mais, entre nous, nous parlions rarement d'eux. Alors pour ce qui était des présentations officielles... Je me voyais assez mal appeler mon père pour m'épancher sur un quelconque aspect de ma vie sentimentale. Et ce, d'autant plus que c'était à cause de *sa* vie sentimentale que j'avais coupé les ponts avec lui pendant un certain temps. La seule idée de courir vers lui pour vanter les mérites de mon couple fondé sur la loyauté, la confiance et l'honnêteté me semblait presque risible.

Mon père venait de se remarier, quelque neuf mois plus tôt, avec sa troisième épouse. En dépit de son insistance, j'avais poliment décliné son invitation à la noce. Je m'imaginais mal l'écouter jurer fidélité, au pied de l'autel, à une nouvelle femme, après avoir si cruellement trahi ma mère. Lorsqu'on assiste à un mariage, c'est pour souhaiter le meilleur au jeune couple, pour le soutenir dans cet engagement mutuel, pour le féliciter sincèrement de s'être enfin posé. Autant de choses impossibles dès lors que mon père figurait dans l'équation.

Néanmoins, au cours des douze derniers mois, nous avions réussi à construire une sorte de rapport père-fille. Nous évitions certains sujets et nous étendions longuement sur d'autres. On aurait dit que nos conversations obéissaient à une règle tacite : éviter de parler des relations sentimentales. Ne jamais évoquer l'infidélité. Et encore moins le passé. Et puis, il y avait cette autre loi passée sous silence, et que j'étais la seule à connaître : taire la nature de mes activités professionnelles. La plupart du temps, nous nous contentions d'aborder des sujets génériques : le temps, l'actualité, les résultats sportifs, la politique... Et c'est bien pourquoi je n'avais toujours pas rencontré sa nouvelle épouse et qu'il ne connaissait pas Jamie. Ce n'était pas faute, de sa part (ni de celle de Jamie, d'ailleurs), d'avoir suggéré des présentations en bonne et due forme. Mais j'avais en fait l'impression que nous n'avions pas encore atteint ce stade-là.

Jamie m'avait toujours soutenue dans mon désir de ne rien précipiter dans mes relations avec mon père. Mon petit doigt me soufflait néanmoins que je n'allais plus pouvoir me défiler bien longtemps.

— Oui, ai-je répondu après un nouveau haut-le-cœur. Tu as sans doute raison. Ce serait l'occasion idéale pour faire les présentations.

Le lendemain matin, avant de partir travailler, j'ai appelé ma mère, ma demi-sœur Julia et ma nièce Hannah pour leur apprendre la grande nouvelle. Chacune a réagi exactement comme je l'avais prévu. Ma mère a poussé des exclamations haut perchées, lâché quelques larmes, et même loué Dieu, comme si je venais de lui annoncer une immaculée conception.

Ma demi-sœur Julia, une véritable handicapée côté émotions, m'a félicitée poliment et sans effusion d'enthousiasme (sans doute pour éviter de se faire du mal). Quant à sa fille

Hannah, ma nièce de quatorze ans, elle a égrené, le souffle court, un chapelet entier de « Ô mon Dieu ! » avant de me faire part de trois requêtes distinctes – et non négociables : 1) je devais absolument choisir la robe avec elle ; 2) je devais absolument la prendre comme demoiselle d'honneur ; 3) je devais absolument faire appel à une maquilleuse professionnelle.

Lorsque j'ai raccroché, je savais bien que la personne suivante sur ma liste d'appels était mon père. Même s'il avait longtemps été exclu de ma vie, il en faisait aujourd'hui partie et, par conséquent, je me devais de lui annoncer la nouvelle.

D'ailleurs, Jamie avait raison. C'était un excellent prétexte pour procéder aux présentations. Il fallait qu'elles aient lieu un jour ou l'autre de toute façon, et l'idée de les repousser jusqu'au jour du mariage semblait pire que tout.

Donc j'ai à nouveau décroché le téléphone, j'ai pris une profonde inspiration. Mes doigts tremblaient un peu tandis que je pressais lentement et douloureusement les touches pour composer le numéro que j'avais appris par cœur. Je crois que je n'aurais pas pu être plus lente avec un vieux téléphone à cadran.

3-1-0... 5-5-5... 2... 1... 2...

Le dernier chiffre était un 7. Je le savais. Je n'avais pas le moindre doute à ce sujet. Pourtant, mon doigt effleurait le clavier, sans pouvoir se résoudre à appuyer sur la touche.

Ma respiration était de plus en plus faible mais je n'y ai pas pris garde, concentrée que j'étais sur cette maudite touche 7. Comment pouvait-elle soudain me sembler aussi menaçante ? Ce n'était jamais qu'un simple chiffre sur un clavier de téléphone ! Un chiffre parmi neuf autres, sauf qu'il s'était débrouillé, sans que je sache comment, pour prendre une toute nouvelle signification.

J'ai raccroché précipitamment.

C'est ridicule ! me suis-je chapitrée. *Tu as vingt-neuf ans. Tu es tout à fait capable de décrocher ce satané téléphone pour composer ce maudit numéro.*

J'ai repris le combiné, je l'ai tenu devant mes yeux en fixant intensément son clavier, tel un alpiniste amateur contemplant l'Everest.

— Qui appelles-tu ?

La voix de Jamie, filtrant depuis la cuisine, m'a fait sursauter. Je me suis empressée de reposer le combiné et me suis retournée.

— Personne, ai-je répondu avec enjouement. Je viens d'annoncer nos fiançailles à Hannah.

Jamie a souri et s'est approché pour m'enlacer, vêtu en tout et pour tout d'une serviette de toilette nouée autour de la taille. Sa peau propre et humide sentait incroyablement bon et je l'ai respirée à pleins poumons.

— Et ? Ça s'est passé comment ?

— Elle m'a mise en garde contre les dangers d'un maquillage maison.

Jamie a rigolé.

— Hannah tout craché. Et maintenant ? Tu vas appeler tes amies ?

J'ai planté un baiser sur sa joue et j'ai filé dans le couloir.

— Non, ai-je répondu avec désinvolture. Elles viennent ce soir. On doit faire les cartes de placement pour le mariage de Sophie. Je me suis dit que ce serait l'occasion de le leur annoncer.

— Bonne idée.

— Je file sous la douche ! ai-je crié à tue-tête.

Sitôt entrée dans la salle de bains, je n'avais plus qu'une envie : me précipiter sous la douche. J'ai ouvert le robinet, j'ai retiré ma chemise, mon pantalon de survêtement et mes sous-vêtements en un rien de temps, puis j'ai foncé dans la cabine.

Ce n'était pas que l'idée de prendre une douche me transportait d'excitation. J'essayais juste de mettre la plus grande distance possible entre moi et ce téléphone.

Jamie était parti travailler et je n'allais pas tarder à en faire autant. Je me suis plantée devant le miroir de ma chambre et le reflet qu'il m'a renvoyé était sans aucun doute celui d'une femme d'affaires : tailleur-pantalon gris sombre et chemisier blanc, cheveux tirés en chignon sur la nuque, maquillage discret, rang de perles et sacoche Vuitton.

Ce jour-là, comme tous les autres, ma tenue se composait de plusieurs éléments sélectionnés avec soin pour offrir, ensemble, l'image – méticuleusement pensée – de moi-même que je choisissais de montrer à mes employés et à mes clientes.

Et pourtant, ce jour-là, je ne voyais qu'une chose : cet énorme diamant qui étincelait à mon doigt, aussi immédiatement repérable qu'une balise. Tout le monde allait le remarquer, c'était inévitable. Comme si j'avais eu un spot braqué sur ma main gauche.

J'ai essayé d'imaginer mon arrivée au bureau, précédée par l'éclatant faisceau lumineux de cet accessoire flambant neuf. Non seulement il ne passerait pas inaperçu, mais en plus il allait, de toute évidence, susciter de l'admiration, des compliments et, surtout... des questions.

En effet, à ce jour, je demeurais un mystère pour mon entourage professionnel. Ma vie en dehors de l'agence n'existait même pas. Chaque soir, quand j'en franchissais les portes, je laissais derrière moi tout ce qui avait trait à mon personnage professionnel. Or la veille, quand j'avais quitté le bureau à 6 heures, je n'étais toujours et encore aux yeux de mes collaborateurs qu'« Ashlyn », une jeune femme à laquelle on ne connaissait ni petit copain, ni amies, ni famille, ni fiancé.

J'ai contemplé la bague à mon doigt par miroir interposé. Son reflet était si intense qu'il me brûlait presque les yeux. Et soudain, une pensée a fusé.

Cette bague fait de moi quelqu'un d'autre.

D'où venait-elle ? Je n'en savais rien, et peu importait, de toute façon. Car sitôt qu'elle s'est logée dans ma tête, j'ai su qu'elle disait vrai : cette bague faisait bel et bien de moi une autre femme. Non pas parce que la porter au doigt changeait quoi que ce soit à mon identité, mais parce qu'à l'instant où les gens la remarqueraient, cela modifierait la perception qu'ils avaient de moi.

J'ai songé au rendez-vous que j'aurais, dans la matinée, avec Camille Klein, la femme de l'agent immobilier que Teresa avait testé la semaine précédente. Comment réagirait-elle en découvrant cette bague à mon doigt ? Lui jetterait-elle des regards subreptices tout en s'efforçant de l'ignorer, pendant qu'elle m'écouterait lui faire part des résultats de la mission auprès de son mari ? Me jugerait-elle pour l'arborer au doigt dans le même temps que je lui apprenais la pire nouvelle de sa vie ?

À sa place, je l'aurais fait.

Car tout le monde sait qu'un diamant à la main gauche n'est pas juste un diamant. C'est une promesse remplie d'espoir. Ou, dans mon cas, une proclamation hardie. Qui déclarait à la face du monde que je refusais de finir comme la majorité de mes clientes.

Même si je ne m'acquittais plus personnellement des missions, j'étais à peu près certaine que le statut de femme mariée, ou même simplement fiancée, quand on dirigeait une agence d'inspection de fidélité relevait d'une sorte de conflit d'intérêts. J'imagine que c'est l'un de ces rares secteurs professionnels où vous inspirez plus de confiance en étant célibataire.

D'un geste souple et fluide, j'ai retiré la bague de mon doigt et je l'ai rangée dans la pochette intérieure de ma mallette. Mieux valait cacher mon nouveau statut dans cette luxueuse enveloppe de cuir. C'était plus sûr.

6

Un diamant princesse serti d'incertitudes

— Qu'on en finisse et que ça saute ! a décrété Zoé plus tard ce soir-là, à la minute où elle a franchi ma porte. Sors les bâtons de colle et apporte les paillettes.

Sophie est entrée sur ses talons, chargée de trois gros sacs de fournitures et, au grognement qu'elle a lâché, il était clair qu'elle n'appréciait pas l'humour de notre amie.

— Pour la dernière fois, Zoé, il n'y a pas de paillettes ! C'est mon mariage, pas ma première boum.

— C'est du pareil au même, a tranché Zoé en s'affalant sur le canapé. Où sont les pizzas ?

— Je les ai commandées il y a une vingtaine de minutes. Elles ne devraient plus tarder, ai-je répondu. (Avant de refermer la porte d'entrée, j'ai inspecté le couloir, avec curiosité.) Où est John ?

Zoé a levé les yeux au ciel.

— Il avait rencard avec son nouveau mec. Il a dit qu'il passerait plus tard.

J'ai étouffé un soupir de frustration. Toute la journée, j'avais attendu le moment d'annoncer mes fiançailles à mes amis. Et ç'avait été une journée pénible, démoralisante : Camille Klein avait pleuré dix bonnes minutes sur mon épaule en apprenant que son mari avait séduit Teresa dans l'une des maisons qu'il proposait à la vente et Neal Carter avait boxé le mur lorsque je lui avais annoncé que sa femme avait invité Cameron à boire un café pendant que leurs gosses étaient à l'école (ensuite, j'avais dû appeler un plâtrier pour réparer l'encoche dans le mur).

Il me tardait donc, pour changer, d'annoncer une *bonne* nouvelle et je n'étais pas certaine de pouvoir tenir ma langue beaucoup plus longtemps. D'ailleurs, j'avais même prévu de l'annoncer à la seconde où mes amis franchiraient le seuil, mais apparemment, c'était loupé. Si je ne l'attendais pas, John allait me tuer.

Mes épaules se sont un peu tassées et j'ai refermé la porte derrière Sophie, qui était déjà en train d'étaler du papier journal sur ma table basse. Puis elle a entrepris de vider ses sacs en disposant les fournitures par catégories, et elle a annoncé :

— J'ai mis au point un système qui devrait nous faire gagner du temps dans le processus d'assemblage.

Zoé m'a décoché un regard avant de reporter son attention vers notre future mariée.

— Sophie, ce sont des cartes de placement, pas des circuits imprimés, a-t-elle observé, du même ton que lorsqu'elle lançait « Me fais pas chier ! » – une de ses formules favorites.

Sophie a ignoré la remarque et s'est mise en devoir de nous exposer les subtilités de son plan soigneusement élaboré.

Une demi-heure plus tard, j'étais à cran. John n'était toujours pas arrivé, et je ne parvenais pas à me résoudre à mordre dans ma pizza parce que j'étais certaine que j'allais vomir aussitôt. En plus, à cause de mes mains qui tremblaient, j'avais déjà gâché quatre cartes de placement, au grand dam de Sophie ; je signale au passage que les pistolets thermiques à colle et les nerfs à fleur de peau ne font pas bon ménage.

Sophie avait réparti le travail : elle écrivait au feutre argenté le nom de l'invité sur la carte, sur laquelle je collais ensuite les fleurs séchées, puis c'était au tour de Zoé d'y ajouter un liseré de feuilles d'argent.

— C'est quoi, ton problème, Jen ? m'a grondée Sophie pour la dixième fois.

Elle s'est emparée avec autorité du pistolet thermique pour me montrer comment fixer correctement une fleur. Et par « correctement », elle entendait « sans étaler de la colle sur toute la carte ».

— Désolée, ai-je marmonné en disposant une poignée de marguerites séchées sur la nappe en papier journal. Je crois que je ne suis pas très douée pour les travaux manuels.

— Ça, c'est un euphémisme, a renchéri Sophie.

La vérité, c'est que mon cerveau était incapable, pour l'heure, de se concentrer sur des histoires de fleurs, de bristol et de colle. Il était obnubilé par une seule pensée : ma bague de fiançailles, maintenant rangée dans le tiroir de ma commode ; l'idée de la remettre me rendait nerveuse, comme si je redoutais que la pierre, par un séjour prolongé dans le tiroir, ne perde de son éclat.

— Tu comptes la manger ? s'est enquise Zoé en désignant ma part de pizza froide et intacte.

J'ai secoué la tête et fait glisser mon assiette vers elle.

— Non, vas-y.

Zoé a aussitôt enfourné une énorme bouchée de pizza, sans se faire prier davantage.

— Ô mon Dieu ! s'est-elle exclamée, les lèvres aussi luisantes que si elle venait de retoucher son gloss Chanel. Il faut que je vous raconte ce qui m'est arrivé cet après-midi, au parking de la promenade...

Elle a commencé à nous décrire la crise de rage spectaculaire qu'elle avait piquée au volant. Je ne l'ai écoutée que d'une oreille distraite. Je brûlais d'impatience d'entendre frapper à la porte et mon regard ne cessait d'aller et venir entre celle-ci et la carte de placement posée devant moi. John se faisait vraiment désirer ! Mon cœur battait si fort que j'avais peur que Zoé et Sophie ne l'entendent et ne me demandent quel était mon problème.

— ... alors que ça crevait les yeux que j'attendais la place, puisque j'avais mis mon clignotant. Donc, j'ai baissé la vitre au maximum et j'ai engueulé la femme...

À plusieurs reprises, parce que Zoé gesticulait tout en tenant le pistolet thermique, j'ai dû rentrer la tête dans les épaules et m'écarter précipitamment de sa trajectoire pour éviter des brûlures au second degré.

— ... Et la bonne femme qui me sort : « J'en ai rien à foutre que vous attendiez cette putain de place ! Je suis pressée. »

Je connaissais assez bien Zoé pour savoir que, dans sa version originale, cet échange avait été émaillé de moins de grossièretés. Zoé aime bien enjoliver ses récits de gros mots, tout comme Sophie adore décorer des bristols avec des fleurs artificielles. Mais je suis restée bouche cousue et le regard rivé sur la carte de « Jackson Henry », histoire de ne pas la massacrer. Je ne connaissais pas du tout ce monsieur, mais j'étais convaincue qu'il n'aurait pas apprécié de voir son nom orné d'une fleur difforme.

— ... et au moment où j'étais sur le point de lui répondre sur le même ton, voilà qu'elle trébuche sur le trottoir et s'étale la tête la première. Je me tenais les côtes pour ne pas éclater de rire, parce que c'était flagrant que la femme s'était pris un retour de bâton de karma, et je savais que, si je riais, j'allais moi-même engranger du mauvais karma...

— Zoé, l'a interrompue Sophie avec sévérité en hochant la tête vers la carte de placement posée devant elle, concentre-toi sur ce que tu fais. Tu ralentis la chaîne d'assemblage.

Zoé a baissé les yeux et découvert un petit tas de cartes qui attendaient leur liseré.

— Désolée, a-t-elle grommelé en se penchant sur son ouvrage. Mais pourquoi ne colles-tu pas toi-même ces fichus trucs argentés ? Puisque tu as l'air si efficace...

Sophie a froncé les sourcils.

— Mais... ça détruirait la logique de la chaîne.

Sentant que Zoé n'attendait que ce prétexte pour remettre Sophie à sa place, je lui ai décoché un regard dissuasif, tout en secouant la tête. Depuis quelques mois, Zoé, John et moi, par respect pour « le plus beau jour de sa vie », faisions tout un tas de concessions pour Sophie. Et nous n'endurions cela que parce que nous savions que, ce grand jour passé, nous pourrions recommencer à nous moquer de sa personnalité obsessionnelle.

— Si tu le dis, a marmonné Zoé.

— Ton histoire était drôle, suis-je intervenue à titre de consolation.

Zoé a relevé la tête et m'a gratifiée d'un demi-sourire reconnaissant.

À 10 heures moins le quart, John n'était toujours pas là. J'entendais presque ma bague de fiançailles m'appeler à tue-tête depuis le tiroir de la commode. Me supplier de la libérer de sa cellule tapissée de velours. Et tout en regardant la fin d'un épisode de *Weeds* avec Zoé, vautrée sur le canapé (Sophie, excédée par notre maladresse dans le maniement du pistolet à colle, avait finalement préféré assurer à elle seule l'ensemble de la chaîne d'assemblage), je rongeais mon frein, incapable de me concentrer sur les dialogues.

Quand on a enfin sonné, à 10 heures, j'ai bondi du canapé en hurlant :

— Le voilà ! John est là ! Enfin.

Zoé et Sophie m'ont regardée d'un air franchement interloqué.

— Booooon..., a lâché Zoé avant de reporter son attention sur l'écran.

Je me suis précipitée pour ouvrir la porte et j'ai quasiment sauté au cou de John, le serrant contre moi avec exubérance.

— Enfin ! Te voilà !

John est resté un instant les bras ballants avant de se décider à me tapoter le dos d'un geste emprunté.

— Ben... euh... oui. Content de te voir, Jen.

Il s'est dégagé et a filé s'affaler sur le canapé.

— Qu'est-ce qu'elle a ? a-t-il demandé en me montrant du doigt.

— Apparemment, elle est encore plus allergique que moi aux cartes de placement, a diagnostiqué Zoé en haussant les épaules.

Sophie lui a asséné une tape sur la cuisse du dos de la main.

— Alors, Jen, quoi de neuf ? s'est enquis John en chipant une croûte de pizza dans l'assiette de Zoé.

— Eh bien..., ai-je commencé d'une voix hésitante, toujours plantée devant la porte. En fait, j'ai une nouvelle assez excitante à vous annoncer. L'autre jour...

— Attends ! m'a coupée John, l'œil brillant de gourmandise. Ne dis rien ! Laisse-moi deviner... Une de tes associées a accepté un pot-de-vin pour garder le silence. Non ! Je sais ! La cliente s'est pointée au beau milieu d'une inspection pour tout annuler.

J'ai lâché un gros soupir exaspéré. Comme d'habitude, John s'intéressait à la vie d'Ashlyn, et non à la mienne. J'aurais dû m'en douter. Un an plus tôt, par le plus grand des hasards, il avait découvert en quoi consistait réellement mon gagne-pain et, depuis, il ne me lâchait plus. On pouvait le voir, j'imagine, comme mon plus fervent supporter. Si j'avais été chanteuse dans un groupe, John aurait été mon premier fan. Il voulait toujours savoir dans les moindres détails ce qui se passait à l'agence. Je pense qu'à ses yeux, mon travail était l'équivalent d'une émission de télé-réalité. On aurait dit qu'il attendait de découvrir, en retenant son souffle, qui serait le dernier candidat désigné pour quitter l'île – ou, dans le cas qui nous occupait, quel conjoint infidèle serait répudié.

— À vrai dire...

Cette fois, c'est Sophie qui ne m'a pas laissée aller plus loin.

— Ah non ! On ne parle pas d'infidélité si peu de temps avant mon mariage. Ça va imprégner les cartes de placement d'ondes néfastes et jeter un mauvais sort à mon couple.

— Oh arrête ! a protesté Zoé. Laisse-nous parler d'autre chose que de ton mariage. Ça fait six mois qu'on ne parle que de ça !

J'ai aussitôt baissé les yeux en dansant d'un pied sur l'autre.

— Oui, parce que je me *marie*, a expliqué Sophie à notre amie, comme si elle lui apprenait la nouvelle.

— Ça, on en sait quelque chose, a raillé Zoé en désignant le matériel de papeterie étalé sur ma table basse. Mais sommes-nous obligés d'en parler 24 heures sur 24 et 7 jours sur 7 ? Ces temps-ci, je n'entends parler que de mariage, de cérémonie, de réception, de cartes de placement, de robes, de demoiselles d'honneur, de fleuriste, de traiteur. Putain ! C'est usant !

— Vous m'excuserez de me préoccuper du jour le plus important de ma vie, a riposté Sophie. Vous m'excuserez de...

— Je vais me marier ! ai-je lâché précipitamment.

Je n'avais pas pu tenir ma langue plus longtemps, d'autant que mes amis semblaient déjà avoir oublié que j'avais quelque chose à leur dire.

Tout le monde s'est tu et m'a dévisagée.

Le premier à retrouver l'usage de ses cordes vocales a été John. Mais l'usage qu'il en a fait n'était pas tout à fait celui auquel je m'attendais. J'imaginais qu'il allait réagir exactement de la même façon qu'à l'annonce des fiançailles de Sophie, l'année précédente : en poussant un cri aigu d'adolescente. Un de ces cris que seul un homo vivant à West Hollywood était capable d'extraire de sa gorge. Mais je me trompais du tout au tout.

Il a éclaté de rire, ou plutôt, il a gloussé.

— Ouais, c'est ça, a ajouté Zoé en pouffant à son tour. Imaginez le tableau. Mademoiselle l'inspectrice de fidélité marchant vers l'autel...

— Jen, ce n'est pas marrant, a décrété Sophie avec sérieux. Je ne trouve pas ça amusant *du tout*. Je sais que je ne suis pas très facile, ces derniers temps, mais je suis désolée. C'est mon mariage. J'ai le droit de me montrer insupportable jusqu'au jour J. Vous n'imaginez pas à quel point c'est stressant d'organiser un mariage...

Je suis restée plantée au milieu de mon salon, sans voix. Et totalement incrédule. J'avais attendu toute la journée le moment d'annoncer la nouvelle à mes amis et maintenant que c'était fait, ils croyaient à une plaisanterie ! Ils ne pouvaient semble-t-il pas se résoudre à accoler la notion de mariage à mon nom – avec ou sans l'aide d'un pistolet à colle.

— ... pas moins de trois DJ m'ont plantée, continuait à rager Sophie. Je commence à trouver ça vraiment vexant et ensuite...

— C'est vrai ! me suis-je écriée en interrompant la diatribe de Sophie. Je vais me marier. C'est ce que j'essaie de vous dire depuis que John est arrivé. Jamie a fait sa demande hier soir. Nous sommes fiancés !

Cette fois, personne n'a ri. Mes trois amis m'ont simplement scrutée plus attentivement, avant d'échanger entre eux des regards pour tenter d'évaluer si quelqu'un d'autre, dans la pièce, prêtait foi à cette nouvelle.

Sophie a croisé les bras et m'a toisée d'un air de défi. Elle n'était de toute évidence pas d'humeur à s'amuser d'un poisson d'avril en octobre.

— Ah ouais ? a-t-elle fait. Dans ce cas, où est la bague ?

J'ai regardé ma main gauche et, sans rien répondre, j'ai détalé dans le couloir. En moins de temps qu'il n'en faut pour le dire, j'ai extrait l'écrin en velours du tiroir et la bague de l'écrin, puis l'ai glissée à mon doigt. J'ai rejoint mes amis.

— Tu veux parler de cette bague ? ai-je demandé avec indignation en brandissant ma main devant leurs yeux.

Jamais, de toute ma vie, je n'avais vu la stupeur se peindre avec une si parfaite simultanéité sur trois visages à la fois.

Il y a eu un très long silence. Sophie a tendu la main pour effleurer le diamant, comme si elle voulait s'assurer qu'il était vrai, qu'il ne s'agissait pas d'un hologramme.

Depuis des années qu'ils me charriaient tous avec mon prétendu « problème d'intimité », on aurait pu penser que la nouvelle remporterait un accueil plus chaleureux.

Quelqu'un a enfin pris la parole. Sophie. Mais le moins qu'on puisse dire, c'est qu'elle manquait d'éloquence :

— Jen ? Pou-pou-pour... quoi tu n'as pas... Je veux dire, comment... Quand est-ce arrivé ? Je suis désolée. Je suis un peu sous le choc.

Zoé et John ont opiné du chef.

— Ouais, je vois ça, ai-je dit en riant.

Je me suis laissée tomber sur le canapé et j'ai étreint un coussin contre ma poitrine.

— Moi-même je suis encore sous le choc. Ça s'est passé hier soir. Il m'a emmenée sur le terrain de golf où nous avions été pour notre premier rencard et il m'a demandé ma main devant la buvette.

Zoé s'est enfin décidée à intervenir.

— Putain, c'est superchou !

J'ai hoché la tête.

— Oui. Et le week-end prochain, il m'emmène à Cabo San Lucas pour fêter ça.

— Mais samedi, tu as ton dernier essayage pour la robe ! a protesté Sophie sans réfléchir, avant de se ratatiner sur sa chaise. Enfin bon, évidemment, on peut toujours le déplacer.

J'ai rigolé.

— Ne t'inquiète pas, l'ai-je rassurée d'un ton affectueux. Je me charge d'appeler la couturière pour reporter l'essayage.

— Évite juste de te gaver de tacos, m'a-t-elle avertie. La robe peut être rétrécie, mais le contraire ne sera pas possible.

J'ai posé la main tendrement sur son épaule.

— Sois sans crainte.

Sophie a pris ma main pour la contempler.

— C'est une bague magnifique, a-t-elle enfin concédé.

J'ai attendu les exclamations, les sautillements, les hoquets d'admiration… Mais en vain. Mes amis se contentaient de me dévisager, l'air éberlué.

— Je n'arrive pas à y croire, a dit John d'une voix tout étourdie. Maintenant que vous allez toutes les deux partir vivre à Coupleville, il ne restera plus que Zoé et moi.

Il a voulu glisser un bras autour de son cou mais celle-ci s'est vivement écartée, la minc horrifiée.

— Génial, a-t-elle grommele. Vous deux, vous convolez, et moi je reste en plan avec cet énergumène qui ne tient pas en place.

— Je proteste ! s'est récrié John en croisant les bras. Je me suis beaucoup calmé. Si tu veux le savoir, mon nouveau petit ami, Danny, m'apporte beaucoup. Et il est si – oh là là…

— C'est bon, on a pigé, s'est empressée de l'interrompre Zoé. Tu t'envoies en l'air. Félicitations.

— Ouais, a riposté John en la dévisageant, la mine suspicieuse. Et on dirait que ce n'est pas le cas de tout le monde ici.

— Tout va bien pour moi, merci, s'est défendue Zoé.

En deux temps trois mouvements, la conversation avait changé de cap. Mais je n'ai pas protesté. Je me sentais en fait plutôt soulagée.

— Ah bon ? Et qui est l'heureux élu ? a insisté John d'un ton lourd de défi.

— Quelqu'un.

Le visage de Sophie s'est aussitôt éclairé.

— C'est génial ! s'est-elle exclamée, d'un ton un peu trop enthousiaste.

Tandis que John et moi lui lancions des regards interrogateurs, Zoé a froncé les sourcils, l'air réprobateur.

— Bon sang, à t'entendre, on croirait que je sors de trois ans d'abstinence.

— Mais non ! a gloussé Sophie. C'est pas ça. C'est que si tu... tu couches avec un mec, ça veut dire que tu auras un cavalier pour mon mariage. Tu l'as enfin trouvé !

Zoé a réfléchi une seconde. L'observation de Sophie semblait la plonger dans un abîme de perplexité, et la placer devant un dilemme inconfortable.

— Je t'ai déjà répondu que je viendrais seule.

Sophie a balayé la réponse d'un geste.

— Je sais, mais j'ai tout de même compté un cavalier pour toi. Je savais que tu finirais par en trouver un. Comment s'appelle-t-il ? On va lui fabriquer sa carte tout de suite !

Aussitôt dit, aussitôt fait, elle a pris un carton vierge et retiré le capuchon de son feutre argenté avec une agilité qui évoquait le geste d'un bandit de western armant son pistolet, puis elle a attendu.

Tous les regards étaient à présent braqués sur Zoé qui, pour la première fois de sa vie, semblait mal à l'aise. Depuis des années que je la connaissais, jamais je n'avais vu un tel affolement dans son regard. Zoé avait l'esprit vif, la repartie alerte et tranchante, et elle semblait naturellement immunisée contre les drames typiquement féminins. Elle n'était jamais prise au dépourvu et n'avait jamais la langue dans sa poche. Or là, on aurait dit qu'elle venait d'arriver à une surprise-partie donnée par erreur trois mois et demi avant la date de son anniversaire.

— Que se passe-t-il, Zo ? On le connaît ? C'est l'ex de quelqu'un ?

Le regard de John s'est allumé.

— Je le savais ! C'est ce mec avec qui je suis sorti l'an dernier ! Ce Byron quelque chose. Je savais qu'il était hétéro ! Je. Le. Savais.

Zoé a secoué la tête et bafouillé :

— Non... Ce n'est pas ça. C'est juste...

Sophie a gesticulé sans lâcher son feutre, l'air exaspéré.

— Je te demande juste son nom.

— Il ne m'accompagnera pas au mariage.

— Mais pourquoi ? s'est indignée Sophie.

— Je... Euh... Je pense qu'on n'est pas prêts pour ça, a tranché Zoé avant de mordre à pleines dents dans ce qu'il restait de ma part de pizza froide.

Je l'ai observée, intriguée. Je ne reconnaissais pas notre Zoé. Il se tramait quelque chose. Zoé n'était pas du genre à suivre les règles de bienséance édictées par la société. Sophie, oui. Mais Zoé, quand elle voulait coucher avec un mec, elle couchait avec lui. Lorsqu'elle avait envie de lui dire « je t'aime », elle le lui disait. Et si elle voulait l'amener à un mariage, elle le faisait. Dans l'univers de Zoé, atermoiements et faux-semblants n'avaient pas cours ; ce n'était tout simplement pas son style.

— Tu as tout de même pigé que c'était *elle* qui se mariait, est intervenu John, index braqué avec ostentation vers la tête de Sophie. Tout ce que tu auras à faire avec le mec, c'est danser et partager un morceau de gâteau. On ne te parle pas d'un engagement à long terme.

Zoé a haussé les épaules et avalé sa bouchée de pizza.

— Oui, je sais. Mais je n'ai pas envie de l'amener, d'accord ? On peut changer de sujet ?

Sophie a froncé les sourcils, déroutée, et a rebouché son feutre.

— D'accord, comme tu veux, a-t-elle concédé en le rangeant dans son sac. Mais si tu changes d'avis, tu peux toujours...

— Je ne changerai pas d'avis.

Le ton indiquait clairement que nous, en revanche, nous devions changer de sujet.

La soirée a fini par toucher à sa fin. Un par un, mes amis m'ont serrée dans leurs bras en me renouvelant leurs félicitations hébétées, puis ils sont partis : Sophie a remballé ses cent soixante cartes de placement parfaitement (du moins *presque* parfaitement) décorées, et John, ses commentaires sur les mensurations exceptionnelles de son nouveau mec. Quant à Zoé, elle a embarqué le dernier morceau de pizza – même si quelque chose semblait lui être resté sur l'estomac. Je me suis retrouvée seule, seule avec mon énorme diamant étincelant.

Je l'ai contemplé fixement en essayant d'imaginer à quoi, dans un futur proche, allait ressembler ma vie. Et tout ça à cause d'un bijou. Jamie passait la soirée chez lui et cet instant de solitude contemplative me semblait presque surréel.

Je l'ai admiré un long moment, assise sur le canapé. C'était la première fois que je l'examinais aussi attentivement. J'étais incapable d'estimer le nombre de carats (en toute honnêteté, je n'y connais rien), mais je savais que c'était une très belle pierre. Non, je suis injuste : c'était une pierre d'une beauté spectaculaire, avec une taille carrée, montée sur un mince anneau de platine. Rien qu'à la regarder, j'avais envie de courir chez la manucure.

J'ai soupiré et j'ai commencé à ranger le salon. J'ai jeté les boîtes à pizzas dans le vide-ordures, j'ai froissé en boule les journaux pour les jeter dans la poubelle du recyclage. Puis je me suis brossé les dents, je me suis démaquillée, j'ai éteint toutes les lumières et je me suis mise au lit. Je ne sais pas pourquoi, je m'étais à moitié attendue à ce que ces rituels quotidiens et triviaux me paraissent différents. Inédits, peut-être même, puisque je les accomplissais maintenant au titre de fiancée. De future mariée. Mais non : ils me procuraient exactement les mêmes sensations. Se brosser les dents restait se brosser les dents. Même avec le gros diamant qui brillait de mille feux dans le miroir à chaque mouvement.

Malgré tout ce qui s'était passé au cours de la journée, j'avais l'impression d'être dans un rêve. Comme si je vivais la vie d'une autre. D'une fille qui, à en croire la merveilleuse bague à son doigt, était fiancée à un homme tout aussi merveilleux. Sans doute avais-je besoin d'un peu plus de temps pour m'adapter à la situation. Le changement était de taille. Des années durant, je m'étais persuadée que le mariage n'était pas fait pour moi. On ne renonce pas à une telle conviction aussi facilement qu'on éteint la lumière. Cette révolution allait devoir se faire en douceur.

Voilà pourquoi je ne tenais pas vraiment rigueur à mes amis de ne pas m'avoir crue. Si quelqu'un m'avait dit, un an plus tôt, qu'à ce jour je serais fiancée, moi aussi j'aurais sans doute éclaté de rire.

Je suppose que bien des choses peuvent changer, en un an.

7

Adultères

J'ai tapoté du doigt les dossiers écarlates empilés sur la table de la salle pour ouvrir la réunion d'équipe hebdomadaire.

— Bonjour, tout le monde. Nous avons du pain sur la planche cette semaine. Alors ne perdons pas de temps.

Cela faisait pile sept jours que j'étais fiancée et cela me semblait toujours aussi irréel. Toute la semaine, j'avais joué à cache-cache avec ma bague de fiançailles. Je la portais quand j'étais avec Jamie, chez moi ou lorsque nous sortions dîner, et le matin, sitôt que j'arrivais à moins d'un pâté de maisons du bureau, je la retirais et la planquais dans la poche intérieure de ma sacoche, où elle passait la journée, en attendant de retrouver sa place sur mon doigt sitôt de retour chez moi.

Oui, d'une certaine façon, cette bague me causait du tracas. Dans la journée, je faisais semblant d'être quelqu'un et, le soir venu, je devenais une autre. Mais avais-je le choix ? Je n'étais pas prête à annoncer aux cinq personnes qui se trouvaient dans cette salle que j'étais fiancée, et que j'allais me marier.

Je me suis tournée vers ma spécialiste ès technologies.

— Lauren ? Comment ça s'est passé la semaine dernière, à Minneapolis, avec le développeur de logiciels qui vient de se fiancer ?

Lauren a détourné son attention de l'agenda électronique en pièces détachées étalé devant elle.

— Bien. L'inspection s'est déroulée sans heurts. Je l'ai abordé pendant le cocktail qui a suivi la réunion de vente, et je l'ai complimenté sur son intervention. Au début, mon attention a semblé l'inquiéter mais ensuite il a pris les rênes de la conversation et, plus il buvait de bière, moins il était inquiet. Il m'a invitée à dîner, puis il m'a proposé de me montrer la version bêta de son nouveau projet. J'ai accepté, et je l'ai suivi dans sa chambre. Il n'était pas très hardi, ni sûr de lui. À mon avis, il attendait d'être certain que je répondrais à ses avances avant de se lancer. Il m'a expliqué les bases du logiciel sur son ordinateur portable et, plus je m'intéressais à la programmation, plus ça l'excitait. Et il a fini par me demander s'il pouvait m'embrasser.

— C'est intéressant qu'il ait demandé la permission, ai-je observé tout en prenant des notes. À quelle heure as-tu quitté sa chambre ?

À la vitesse de la lumière, Lauren a réassemblé l'appareil électronique et, après avoir pianoté un instant sur l'écran, elle a annoncé :

— Une heure du matin. Vu que je l'ai rencontré au centre de conférences à 6 heures et demie, c'était une soirée assez longue.

— Je suis sûre que sa fiancée trouvera l'information intéressante car elle s'apprêtait à effectuer un important versement à titre d'arrhes pour la location de la salle pour le mariage, ai-je conclu en ouvrant le premier dossier de la pile. Tu connais un jeu de rôle en ligne qui s'appelle… Intergalactic Battle Quest ?

Lauren a haussé les épaules avec indifférence.

— Oui, c'est pas mal. Le graphisme aurait besoin d'un petit lifting et l'interface bugue assez souvent, mais il a beaucoup de succès chez les vingt/vingt-cinq ans.

— Et chez les trente/trente-cinq ans aussi, apparemment. (Je lui ai tendu le dossier.) Jarod Cunning. C'est un joueur effréné. Son avatar s'appelle Commandant Quelth. D'après sa copine – ils sont ensemble depuis cinq ans –, il est complètement accro.

Lauren a hoché la tête avec compréhension.

— On le devient vite. Surtout si on s'ennuie dans sa vie.

— Trouve-le en ligne, lui ai-je indiqué, et noue un rapport suivi. Veille à te fabriquer un profil de joueuse avertie, avec ta photo et une adresse à Seattle. Il doit croire que tu habites dans le coin. Ensuite, attends qu'il demande à te rencontrer.

— Pas de problème, a assuré Lauren en feuilletant le dossier. Je vais même me créer d'autres pages avec ma photo sur quelques sites et les référencer sur Google. Juste au cas où il me chercherait sur la Toile.

Je l'ai remerciée d'un sourire approbateur.

— C'est pour ça que je t'ai embauchée.

Elle m'a souri à son tour et a recommencé à torturer son agenda.

— Tu es vraiment insensée ! s'est ébahie Katie en se mordillant l'ongle. Je ne suis même pas fichue de comprendre comment rendre un peu plus attrayante ma page MySpace.

— Eh bien, par chance pour toi, ai-je enchaîné en me tournant vers elle, ta prochaine mission ne nécessite aucune connaissance informatique. Cela dit, je dois te demander si tu as l'expérience des enfants ?

Katie m'a lancé un regard quelque peu éberlué.

— Euh..., non pas vraiment. Pourquoi ?

— J'ai besoin de toi pour une mission clandestine à long terme... En tant que nounou.

Après quelques secondes, tout le monde dans la salle (sauf Teresa, qui était plongée dans le dernier numéro de *Vogue*) a éclaté de rire et j'ai dû lutter pour garder mon sérieux. C'est vrai qu'imaginer Katie courir après deux petits diables était plutôt comique. Mais de toute l'équipe, elle était la mieux armée pour cette mission. Elle avait à son actif son expérience de comédienne et, si quelqu'un pouvait gérer une clandestinité sur plusieurs semaines, c'était bien elle. Le seul hic, c'est que j'ignorais tout de la durée de cette mission. Si M. Stanton couchait bel et bien avec les nounous, comment savoir combien de temps il laissait en général s'écouler avant de passer à l'action ? Apprenait-il d'abord à connaître la jeune femme ? Prenait-il la peine de bâtir une relation, de flirter innocemment pendant quelques semaines ? Ou bien lui faisait-il des avances bille en tête dès les premiers jours ? Par ailleurs, en l'absence de signes d'une conduite déplacée, combien de temps Mme Stanton était-elle prête à patienter (et à payer) avant d'être convaincue de la loyauté de son mari ? Ça non plus, je n'en savais rien.

— Tu veux que je fasse quoi, au juste ? a demandé Katie, abasourdie.

— Je me doute bien que les enfants, ce n'est pas ton truc, ai-je commencé avec un sourire empreint de patience. Mais compte tenu de ton bagage de comédienne, tu es l'associée la plus apte à remplir cette mission. Il se pourrait qu'elle dure un certain temps, et j'ai besoin de quelqu'un qui soit capable de gérer la clandestinité sur le long terme.

Ma flatterie a semblé la toucher, sans toutefois venir à bout de son hésitation.

— Tu n'aurais pas plutôt une petite partie de poker ou une course automobile sous le coude ?

Je me suis levée pour déposer le dossier devant elle, et je l'ai rassurée d'une tape sur l'épaule.

— Ne t'inquiète pas. La cliente sait que ta tâche numéro un ne consiste pas à t'occuper des enfants. Elle a promis de ne jamais te laisser seule avec eux.

Katie a ouvert le dossier sans enthousiasme et a examiné la photo agrafée à l'intérieur. C'était un cliché de la famille Stanton fourni par la cliente : Monsieur, Madame et leurs jumeaux. Katie a froncé le nez, comme si elle venait de renifler un fromage aux effluves pestilentiels.

— Quel âge ont-ils ?

— Neuf ans, ai-je indiqué en consultant mes notes. C'est un âge rigolo, ai-je ajouté pour faire bonne mesure – non pas que je connaisse quoi que ce soit au sujet. Ne te concentre pas sur les gamins, ai-je poursuivi pour la rassurer. Mais sur le mari. C'est pour ça que tu vas là-bas. Tu te feras passer pour une étudiante de vingt-deux ans qui s'accorde une pause dans son cursus pour réfléchir à son orientation. Dean

Stanton, le mari, est un ponte d'Hollywood. Il dirige New Edge Cinema. Une très grosse boîte. Fais comme si tu avais été embauchée pour jouer le rôle de la nounou dans une sitcom. Tu n'auras pas à t'occuper vraiment des enfants. Juste à faire semblant d'en être capable.

Katie a réfléchi un instant, puis a capitulé avec un petit haussement d'épaules.

— D'accord. Si tu le dis. J'attends de voir si le diable sort de la boîte.

— C'est l'idée, ai-je répondu avec un sourire amical. Il me faudra deux comptes rendus par semaine. Par sécurité, nous ne communiquerons que par e-mails. Mais garde ton téléphone, au cas où.

— Pas de problème, a-t-elle marmonné.

Après que Teresa et Cameron ont eu rapporté que leurs sujets respectifs avaient bel et bien espéré un heureux dénouement (l'un avec la masseuse asiatique et l'autre avec le jeune homme venu entretenir la piscine), je leur ai assigné leurs nouvelles missions pour la semaine et j'en suis arrivée finalement à Shawna Miller, la belle blonde sculpturale assise à ma droite.

— Shawna, comment ça s'est passé dans le club de strip-tease ce week-end ?

Shawna a secoué la tête.

— Il n'a pas tenu sa promesse.

— Il a demandé un strip-tease privé ?

— Oui. Quand je suis passée devant leur table, ses amis ont proposé de lui en offrir un, et il n'a pas hésité une seule seconde. Et il n'avait pas très envie non plus que ça s'arrête à un simple effeuillage.

J'ai noté cette information.

— Je vois. Comment as-tu opéré ta sortie ?

— Quand je lui ai dit que le règlement du club m'interdisait de coucher avec les clients, il m'a répondu avec un petit sourire narquois : « Dans ce cas, à quelle heure termines-tu ? » C'était assez glauque, en fait.

— Eh bien, ai-je fait en relâchant longuement mon souffle. Je pense que la cliente trouvera cette information intéressante.

J'ai bien peur d'être dans l'obligation de te confier une double mission, samedi soir, ai-je ajouté en lui tendant les deux derniers dossiers. Comme Katie sera indisponible pour une semaine au moins, on va devoir se débrouiller comme on peut. Heureusement, tes deux missions ont lieu à Las Vegas, ça ne devrait te poser aucun problème de timing. La première, c'est un enterrement de vie de garçon au MGM Grand. Ken Littrell est censé se marier dans quelques semaines et, bon… Tu connais la chanson. Ils vont aller à une soirée Halloween au Tabu. Hadley te cherche un costume.

— C'est pas juste ! a protesté Katie en faisant une moue boudeuse. Moi aussi, je veux me déguiser.

— Mais tu vas te déguiser, s'est moqué Cameron. En Mary Poppins. Je suis sûr qu'un grand parapluie t'attend dans le placard aux accessoires.

— Très drôle, monsieur le ramasseur de feuilles, a-t-elle riposté avec hargne.

Je me suis éclairci la voix.

— La seconde inspection, c'est auprès de Benjamin Connors, qui se rend souvent seul à Las Vegas pour jouer au black-jack. Il descendra au Palazzo.

Tout en m'écoutant, Shawna a pris diligemment des notes.

— J'aurais volontiers repoussé la date de cette inspection, mais c'est une situation un peu inhabituelle. La cliente est venue me voir hier. Son mari et elle essaient d'adopter un bébé. Cela fait presque deux ans qu'ils sont sur liste d'attente et, la semaine prochaine, ils vont enfin rencontrer l'enfant qu'ils sont censés accueillir. Mais la sœur de la cliente prétend que, lors d'une soirée entre voisins, elle a surpris son beau-frère en train de faire, après quelques verres en trop, des avances à une femme. L'histoire a semé le doute dans l'esprit de la cliente. Elle ne sait plus si elle peut lui faire confiance. Et elle ne veut pas adopter de bébé tant que la situation n'est pas clarifiée.

— Waouh ! a lâché Lauren. C'est une situation plutôt intense.

— Oui, ai-je confirmé en hochant la tête. Et nous travaillons ici pour une excellente cause. Shawna, je vais te réserver une chambre au Palazzo. Tu pourras t'y changer avant de te rendre au MGM pour rencontrer Ken Littrell entre 9 heures et 9 heures et demie, puis y revenir pour jouer au black-jack avec Benjamin Connors. Sa femme m'a dit que, lors de ses virées à Vegas, il jouait souvent jusqu'à 4 ou 5 heures du matin. Ça devrait te donner tout le temps dont tu as besoin. Tu le repères aux tables et tu le laisses t'apprendre à jouer. Appelle-moi si tu as des questions.

Vingt minutes plus tard, j'étais assise à mon bureau quand j'ai entendu frapper à la porte.

— Entrez ! ai-je crié sans lever les yeux de ma montagne de paperasse.

J'ai entendu la porte s'entrebâiller, puis, plus rien. Intriguée, j'ai relevé la tête. Hadley se tenait timidement sur le seuil, l'air perturbé.

— Oui ?

Elle a hésité, en battant des paupières – drôlement vite, m'a-t-il semblé.

— Euh... Votre rendez-vous est arrivé. Lexi Garrett...

J'ai regardé mon assistante avec circonspection.

— Elle va bien ?

Le visage d'Hadley s'est détendu.

— Oh oui. Enfin, non. Je veux dire, si, si, elle va bien.

— OK. Faites-la entrer, alors.

Normalement, Hadley aurait hoché la tête, souri et filé se replonger dans ce qui l'occupait avant d'être interrompue. Mais elle n'a pas bougé. Elle est restée à danser d'un pied sur l'autre sur le seuil de mon bureau, tout en me fixant avec une expression indéchiffrable.

— Qu'y a-t-il ?

— La... la cliente, a bafouillé Hadley en évitant mon regard. Elle est... jeune.

Tant de naïveté était si touchante que ça m'a arraché un petit rire.

— Ça va aller, Hadley. Ça nous arrive de recevoir des jeunes filles. Il y a quelques mois à peine, par exemple, Lauren s'est occupée d'une mission pour une cliente qui était encore étudiante. Je crois qu'elle avait à peine vingt ans.

Hadley a secoué la tête avec véhémence.

— Non, non, a-t-elle insisté d'une voix où il m'a semblé déceler comme un frisson. Elle, c'est une *petite fille*.

8

Spectacle pour jeune public

J'ai vu beaucoup de choses dans mon métier. Mais rien ne m'avait préparée à *ça*.

La gamine qui est entrée dans mon bureau n'avait pas plus de douze ans. Treize, à la rigueur. Mais ses yeux reflétaient l'expérience d'une femme de quarante. Elle était petite en taille, menue, et l'énorme sac à dos rouge et noir suspendu à ses épaules semblait peser le double de son poids. Son visage était constellé d'égratignures – ce genre d'égratignures qu'on récolte en grimpant aux arbres, en escaladant des murs interdits ou en jouant au foot avec les garçons pendant la récré. En toute autre circonstance, je l'aurais trouvée touchante. Une préado, livrée à elle-même dans la jungle de la grande ville, avec son sac à dos et ses cicatrices de garçon manqué. Mais lorsque je l'ai vue entrer dans mon bureau, elle ne m'a inspiré qu'une seule pensée : *Qu'est-ce qu'elle fabrique ici ?*

Comme j'étais sans voix, je n'ai pas pu l'inviter à prendre un siège, mais il s'est avéré qu'elle n'avait nul besoin d'invitation. Elle a franchi la porte d'une démarche souple, calme et assurée, et elle est allée s'asseoir sur le canapé. Elle s'est délestée de son sac à dos, l'a posé à ses pieds puis elle m'a regardée. Son visage ne trahissait aucune détresse, aucune anxiété, ces émotions que j'étais habituée à observer sur les visages de celles et ceux qui occupaient d'ordinaire ce canapé. Cela dit, il était d'emblée évident que ce rendez-vous n'avait rien d'ordinaire. Et j'ai soupçonné que les complications n'allaient pas tarder à montrer le bout de leur nez.

Au début, j'étais persuadée qu'elle avait frappé à la mauvaise porte. Composé un faux numéro de téléphone, noté une adresse erronée.

Aussi ai-je décidé de jouer l'innocente. C'était la seule façon de l'amener à m'expliquer ce qu'elle venait faire à l'agence, sans être obligée de lui divulguer des informations sur la vraie nature de nos activités.

Je lui ai souri poliment, j'ai attrapé mon bloc-notes et je me suis installée sur le fauteuil, en face d'elle.

— Bonjour ! ai-je lancé avec enjouement. Que puis-je pour toi ?

Son visage ne laissait rien transparaître. Elle ne m'a pas souri en retour. Elle s'est contentée de me regarder droit dans les yeux, sans la moindre trace d'appréhension, et elle a dit, d'un ton décidé :

— Je sais ce que vous pensez mais, croyez-moi, j'ai une bonne raison d'être ici.

J'ai dégluti péniblement et lutté pour conserver mon sourire factice.

— Je t'écoute...

Mon seul réconfort, c'était de savoir que sa bonne raison n'aurait aucun lien avec l'infidélité.

Mais apparemment, je me trompais.

— Il faut que vous prouviez que mon père trompe ma mère.

Incrédule, j'ai toussé, sans retenue, pour éviter de m'étouffer.

— Je te demande pardon ? ai-je réussi à coasser après avoir fait passer l'os de poulet virtuel coincé en travers de ma gorge. Qu'est-ce que tu viens de dire ?

— Inutile de me raconter des contes à dormir debout, m'a-t-elle répondu avec un sérieux imperturbable. Je sais exactement ce que vous faites ici.

J'ai consulté mes notes avec nervosité.

— Tu es Lexi Garrett ?

La fillette a hoché la tête avec aplomb.

— Oui. C'est bien moi.

Je n'arrivais toujours pas à croire à la réalité de cette scène. En général, ce canapé était réservé aux fiancées suspicieuses, aux femmes et aux maris méfiants. À l'occasion, il accueillait une petite amie de longue date qui commençait à nourrir de sérieux doutes sur son compagnon. Mais cette cliente-là... C'était du jamais vu.

— Quel âge as-tu ?

J'étais en train d'essayer de comprendre comment cette gamine s'était débrouillée pour obtenir un rendez-vous. Certes, Hadley avait pour instructions de ne jamais demander de détails précis par téléphone mais, à la voix, il n'avait pas pu lui échapper que son interlocutrice était très jeune.

— Bientôt treize ans, a-t-elle répondu en se rengorgeant, comme si c'était là quelque accomplissement majeur dans la vie.

Et je ne doutais pas une seconde que, pour elle, ça l'était. Quand, pour moi, cet âge avait été celui où on m'avait enfoncé un pieu dans le cœur.

— Hum hum..., ai-je fait en la dévisageant avec des yeux ronds, comme si je voyais une gamine de douze ans pour la première fois de ma vie.

En tout état de cause, c'était bel et bien la première fois. Dans ce bureau, sans aucun doute. Même ma nièce Hannah, qui venait de fêter ses quatorze ans, n'avait jamais été autorisée à mettre un pied ici, et encore moins à savoir ce que nous y faisions réellement.

— Et pourquoi n'es-tu pas à l'école ?

Lexi a haussé les épaules.

— J'ai fabriqué un certificat médical bidon.

J'ai toussé à nouveau, en me tenant la gorge comme si j'étais en train de suffoquer.

— Hou la la... je crois que l'air est très sec dans ce bureau. Il faut que je boive. Voudrais-tu un verre d'eau ?

La fillette a secoué la tête, et moi, j'ai bondi vers mon bureau pour enfoncer le bouton de l'interphone.

— Hadley, pourriez-vous nous apporter quelques bouteilles d'eau, s'il vous plaît ?

— Tout de suite, a-t-elle répondu avec obligeance.

Je me suis rassise dans le fauteuil en me dandinant d'une fesse sur l'autre pour trouver une position confortable – tout en sachant que mes efforts resteraient vains : où et comment aurais-je pu trouver un quelconque confort dans des circonstances pareilles ?

— Donc, euh... (Je cherchais les mots justes. Mais existaient-ils, seulement ? J'en doutais.) Comment as-tu entendu parler de... euh...

— The Hawthorne Agency ? a-t-elle achevé à ma place.

Un frisson m'a parcouru l'échine.

— Par ma meilleure amie, Élisa, a-t-elle repris d'un ton neutre. Sa mère vous a embauchés il y a six mois environ, et Élisa a surpris une conversation entre elle et sa tante. Elle lui racontait que vous aviez complètement changé sa vie. Il faut que vous fassiez la même chose pour ma maman.

— Donc, ta mère est au courant de ta présence ici ? ai-je demandé, sans plus savoir s'il valait mieux espérer, ou redouter une réponse affirmative.

Je préférais croire que cette gamine n'était pas venue ici de sa propre initiative pour interférer dans la vie de couple de ses parents, mais je n'étais pas exactement ravie à l'idée que sa mère ait envoyé sa môme engager une inspectrice de fidélité.

— Y a pas de risque ! s'est exclamée Lexi. Jamais elle ferait un truc pareil. Et c'est bien ça le problème. Ils se sont mariés à dix-huit ans. Ma mère n'a jamais connu que lui. Et elle lui fait une confiance aveugle. Elle est d'une naïveté ! Elle traverse la vie les yeux fermés. Elle passe à côté de tous les signes.

— Quels signes ? ai-je demandé d'un ton voilé de réprimande et de condescendance.

Lexi a levé les yeux au ciel. Apparemment, je commençais à l'agacer.

— Les signes qu'il la trompe !

J'ai hoché la tête lentement en essayant de digérer les mots qui venaient de sortir de la bouche de cette fillette.

— Mais toi, tu les as vus ? ai-je repris, dubitative. Ces... signes ?

— Oui ! Ils crèvent les yeux. Mon père passe son temps à bosser. À ce qu'il dit, du moins. Un soir, il est rentré à la maison genre à 11 heures et demie, et ça se *sentait* qu'il avait traîné dans les bars. À mon avis, il rôde en ville pour lever des nanas avec son ami Rob qui vient de divorcer. Et, a-t-elle poursuivi en agitant devant moi son doigt d'un geste théâtral, il est vissé à son BlackBerry, il passe son temps à envoyer des SMS. Mais alors genre tout le temps. Et je l'ai déjà entendu téléphoner à 2 heures du matin quand ma mère dort. Il parle à une fille. Je le sais.

Hadley est apparue, des bouteilles d'eau minérale et des verres remplis de glaçons en équilibre sur un plateau. J'ai fait l'impasse sur le verre et je me suis emparée d'une bouteille, dont j'ai vidé la moitié, au goulot.

— Merci, ai-je soufflé juste avant qu'Hadley ne referme la porte. Bien, Lexi, ai-je ajouté en essuyant grossièrement mes lèvres d'un revers de main. Les relations de couple sont compliquées et, parfois, certains comportements peuvent paraître déplacés aux yeux des enf... je veux dire de personnes plus jeunes, mais...

— Croyez-moi, a-t-elle insisté. Il y a anguille sous roche. Je le sens.

— Je ne mets pas en doute ton intuition, ai-je poursuivi avec circonspection. (C'était plutôt bizarre et très dérangeant d'avoir cette conversation avec une enfant qui n'était pas la mienne.) Mais n'y a-t-il pas une petite chance pour que ton père travaille réellement tard le soir, et qu'il utilise son BlackBerry à des fins professionnelles ?

— Aucune, a-t-elle tranché d'une voix blasée. S'il avait l'occasion de la tromper, il n'hésiterait pas. Si ce n'est pas déjà fait. Ça fait trop longtemps qu'ils sont ensemble, et il s'ennuie avec elle. Il y a des choses qui se sentent.

Entendre tant de certitudes vibrer dans la voix d'une petite fille m'a arraché un tressaillement. Je me suis surprise à inspirer profondément pour recouvrer un peu de ma patience qui s'amenuisait à vue d'œil.

— As-tu fait part de tes inquiétudes à ta mère ?

Une fois encore, Lexi a levé les yeux au ciel.

— Des centaines de fois. Elle ne veut rien entendre. Elle le prend pour un saint. Elle ne me croit même pas quand je lui parle des coups de fil qu'il passe en pleine nuit. Elle me dit que je regarde trop *Gossip Girl.*

— Elle n'a peut-être pas tort. (J'ai reposé bloc-notes et stylo sur la table basse puis j'ai croisé les mains sur mes genoux.) Les séries télévisées ont tendance à laisser croire que l'infidélité est plus répandue qu'elle ne l'est en réalité.

Mais qu'est-ce que je racontais ? N'aurait-il pas été plus juste de dire que la fiction était bien loin de la réalité ? Mais ça, évidemment, je ne pouvais pas le reconnaître devant elle.

— Ne me prenez pas pour une idiote, a lancé la gamine en plissant les yeux. Mes parents s'en chargent déjà très bien. Je suis venue vous voir parce que vous aidez les gens, et que j'ai besoin d'aide. Enfin, ma mère, du moins. Je ne supporte plus de la voir vivre dans son rêve. Il faut que quelqu'un lui ouvre les yeux, lui montre qui il est en réalité. Il faut que quelqu'un la réveille.

— Il y a des gens qui ne veulent pas être réveillés.

J'ai aussitôt senti le poids de mon hypocrisie peser sur ma conscience. La vérité, c'est que je m'étais lancée dans ce métier pour une raison, et une seule : réveiller les gens. Parce que j'avais acquis la conviction que la vérité est toujours préférable au mensonge. Même si nombreux sont ceux qui essaient de se persuader du contraire.

La gamine m'a fixée intensément pendant cinq bonnes secondes, puis elle s'est penchée pour ouvrir la pochette extérieure de son sac. Elle en a sorti une enveloppe blanche qu'elle a abattue sur la table basse.

— Voici vos honoraires. En liquide.

J'ai contemplé l'enveloppe, sourcils arqués. Mais avais-je vraiment envie de savoir comment une gamine qui n'avait même pas treize ans pouvait réunir une telle somme ?

— Écoutez, a-t-elle repris en interrompant mes pensées. Si je me suis trompée, personne ne sera blessé pour autant. Vous n'avez même pas besoin de dire à ma mère que je suis venue vous voir. Mais si j'ai raison et s'il... s'il mord à l'hameçon... (Sa voix a déraillé et elle a marqué une pause.) ... alors vous aurez sauvé ma mère d'une vie d'illusions.

Elle s'est appuyée contre le dossier du canapé, elle a croisé les bras, l'air content d'elle, et m'a observée. J'ai continué à fixer la mystérieuse enveloppe blanche puis un silence long et pesant s'est installé, tandis qu'une bataille faisait rage dans ma tête.

Pour finir, j'ai soulevé l'enveloppe qui, m'a-t-il semblé, pesait une tonne au creux de ma main, et je la lui ai tendue.

— Je suis navrée, ai-je dit avec douceur. Je ne peux pas accepter ce dossier. Si tu venais ici avec ta mère, nous pourrions lui parler de ce qu'il est possible de faire, et peut-être la convaincre de faire elle-même appel à nos services. Je ne peux pas accepter d'argent de ta part. Ce ne serait pas moral.

Lexi m'a décroché un de ces regards teigneux dont seule une gamine de douze ans au visage égratigné a le secret, puis elle s'est levée.

— Très bien, a-t-elle dit en gagnant la porte d'un pas martial. Mais on n'en restera pas là. Vous finirez par changer d'avis. Et la prochaine fois, je reviendrai avec des preuves irréfutables.

J'ai hoché poliment la tête, mais je n'ai rien répondu.

— Tous ceux qu'on aime méritent d'être réveillés, a-t-elle ajouté d'une voix où la colère avait tout d'un coup cédé le pas à la sagesse et au calme d'un chaman.

9

Recalée à l'examen d'entrée

1) Décrivez le cadre idéal de votre cérémonie de mariage (plage, parc, Spa dans le désert, chalet de montagne, lieu de culte, yacht, résidence privée, jardin privé, terrain de golf, etc.).

2) Décrivez votre gâteau de mariage idéal (forme, couleur, parfum, glaçage, garniture, nombre d'étages, style contemporain ou traditionnel, décoration). Veuillez joindre toutes les photographies ou coupures de magazines que vous jugerez pertinentes.

Le lendemain, j'étais assise dans la salle d'attente aux couleurs pastel de Willa Cruz, une organisatrice de mariages réputée hors pair. Une collègue de Jamie qui venait de se marier avait fait appel à Willa et la lui avait chaudement recommandée. Apparemment, il était « impossible de réussir un mariage sans elle ». Donc, nous étions là. Je trouvais pour ma part cette démarche un peu prématurée – j'essayais encore de m'habituer à mon nouveau statut de fiancée – mais, selon la collègue de Jamie, on ne s'y prenait jamais assez tôt pour organiser un mariage. Ce qui me faisait me demander si je n'aurais pas dû prendre ce rendez-vous dès l'âge de seize ans.

J'ai tapoté l'anneau de ma bague contre le bloc-notes posé depuis dix minutes sur mes genoux et contemplé l'intimidant questionnaire que je n'avais accepté de remplir qu'à contrecœur. Il s'intitulait « Questions pour la mariée » et, jusque-là, je n'avais réussi à répondre qu'à une seule d'entre elles : « Depuis combien de temps êtes-vous fiancée ? » Et ce, uniquement parce que sitôt que j'avais lu cette question, j'avais pensé : *Je suis fiancée depuis à peine plus d'une semaine, comment pourrais-je savoir quel gâteau je veux ?*

J'étais encore ébranlée par ma rencontre avec Lexi Garrett qui, du haut de ses douze ans, se posait en dalaï-lama des relations de couple. Elle m'avait prise au dépourvu. Et de bien des façons : l'argument qu'elle avait avancé pour m'inciter à tester son père était pertinent, et perturbant.

Et le plus perturbant de tout, c'est que quelque chose me disait qu'elle avait raison. Qu'à douze ans, cette petite fille avait réussi à déceler, dans le couple de ses parents, la faille qui avait échappé à sa mère. Parfois, il faut un regard impartial pour distinguer les subtils changements qui affectent une relation, mais c'était justement là l'aspect le plus déroutant : Lexi ne pouvait pas se prévaloir d'un regard impartial. Elle était leur *fille*, et si quelqu'un avait quelque chose à perdre dans l'issue de cette mission, c'était elle.

Cependant, le détail qui me hantait le plus, c'était la similitude de la situation. Lexi avait douze ans. *Douze.* Soit exactement l'âge que j'avais lorsque j'ai découvert que mon père avait des liaisons. Et décidé de ne pas intervenir. Et voilà que dix-sept ans plus tard, comme par magie, Lexi Garrett entrait dans mon bureau. Résolue à ne pas laisser son père s'en tirer à si bon compte.

L'univers m'envoyait-il un signe ? M'offrait-il une chance de me racheter ? Ou bien était-ce juste une coïncidence agaçante ?

J'ai soupiré et essayé de chasser cette idée de ma tête. Je devais me concentrer sur ce qui m'occupait de façon plus urgente : ce maudit questionnaire de mariage. Le moment était mal choisi pour penser à des gamines de douze ans qui suspectaient leur père de tromper leur mère.

3) Décrivez le thème idéal de votre mariage (fête traditionnelle hawaiienne, forêt enchantée, conte de fées, jardin de papillons, la Belle au bois dormant...).

Si j'avais su que je me rendais à un examen, j'aurais bûché avant de venir. J'ai coulé un regard vers le bloc-notes que tenait Jamie. Sous l'intitulé « Questions pour le marié », j'ai lu :

1) Quelle est votre couleur préférée ?

2) Quel est votre genre musical préféré ?

3) Combien de membres compte votre famille proche ?

Voilà des questions auxquelles j'aurais su répondre ! J'ai examiné mon questionnaire pour y dénicher une question concernant ma couleur préférée. Peine perdue. Jamie devait décider s'il préférait le rock au punk, moi on me demandait si je voulais une forêt enchantée ou un décor de conte de fées ? N'est-ce pas injuste ?

À quoi avais-je donc occupé ma vie du temps où, apparemment, j'étais censée réfléchir à ce genre de choses, et profiter de mon temps libre pour classer des photos de gâteaux de mariage découpées dans des magazines.

Génial, ai-je songé. *On est fiancés depuis une semaine et ça m'emmerde déjà.*

J'ai lu sans enthousiasme la question suivante.

4) Décrivez votre robe de mariée idéale.

« Blanche », ai-je écrit, ravie d'être enfin capable de répondre à une question.

J'ai parcouru des yeux les suivantes – dix en tout. Mais quand j'ai tourné la page, j'ai découvert que le questionnaire ne s'arrêtait pas là. Il se poursuivait sur une deuxième, puis sur une troisième, et sur une quatrième page… J'avais l'impression de feuilleter un contrat. Où cela s'arrêterait-il ?

J'ai eu ma réponse en page 5, lorsque j'ai lu la dernière question.

47) Veuillez indiquer, le cas échéant, le nom du ou des vignobles au(x)quel(s) vous souhaiteriez passer commande.

C'était sans conteste le questionnaire le plus ardu qui m'avait jamais été soumis. Pire que celui de l'examen d'entrée à l'université. Bien pire. C'était l'examen d'entrée au *mariage*. Dans six à huit semaines, allais-je trouver dans ma boîte un courrier m'informant que je n'étais en fin de compte pas apte au mariage ? Ce que, soit dit en passant, je commençais à soupçonner sans devoir compléter un questionnaire.

Jamie a reposé bruyamment son stylo sur le bloc-notes et j'ai sursauté.

— Fini ! a-t-il annoncé avec fierté, comme si nous étions deux concurrents engagés dans une course.

Évidemment qu'il avait terminé ! On lui posait cinq questions niveau maternelle quand moi j'en avais quarante-sept, qui appelaient chacune l'équivalent d'un mémoire de thèse.

— Super ! me suis-je exclamée avec enjouement. (J'ai feuilleté les quatre pages restées vierges de mon propre questionnaire et j'ai reposé mon stylo, en signe de défaite.) Moi aussi, je pense.

Jamie s'est penché pour essayer de regarder la première page.

— Comment t'en es-tu sortie ?

J'ai plaqué le bloc-notes contre ma poitrine pour lui dissimuler les quarante-cinq espaces demeurés vierges.

— Plutôt pas mal, je crois.

— Qu'as-tu répondu à la question sur ta cuisine préférée ?

— Euh..., ai-je fait en pianotant du bout des ongles sur le dos du bloc-notes. Je ne me rappelle pas avoir lu cette question.

J'ai eu peur qu'il n'insiste pour jeter un œil à mes réponses mais, par chance, une porte s'est ouverte à cet instant, livrant passage à Willa en personne. Avec ses cheveux blonds impeccablement brushés et laqués, son tailleur bleu lavande et ses escarpins assortis, on aurait cru Barbie Organisatrice de Mariages en personne.

— Jennifer ! Jamie ! s'est-elle écriée avec exubérance en ouvrant grand les bras. (J'ai d'abord cru qu'elle nous invitait à une étreinte collective, mais non : elle a aussitôt replié ses griffes laquées pour nous inviter à la suivre dans son bureau.) Entrez, entrez ! Nous avons tant de choses captivantes à nous raconter !

Elle a froncé imperceptiblement le nez et m'a lancé un clin d'œil minaudier, comme si nous partagions un secret intime auquel Jamie n'avait pas accès.

Ce dernier a serré ma main et nous sommes entrés dans une pièce elle aussi entièrement décorée dans des tons pastel. Tandis que nous nous installions dans une paire de fauteuils jaune mimosa et que Willa prenait la pose sur une chaise de bureau pivotante, j'ai examiné, non sans méfiance, cet environnement.

— Bien, parlons un peu du grand jour, a commencé Willa. Avez-vous déjà pensé à une date ? Ou à une saison ?

Jamie m'a regardée mais moi, j'ai gardé le regard rivé droit devant. Peut-être était-il encore trop tôt pour contacter une organisatrice de mariages. J'avais échoué à remplir mon questionnaire, et aucune date n'avait été encore évoquée.

— Je me disais que l'été prochain, ça serait pas mal, a commencé Jamie. Cela nous laisserait-il assez de temps pour tout planifier ?

Je l'ai dévisagé, ébahie. *L'été prochain ?* En avions-nous déjà discuté ? M'étais-je endormie pendant cette conversation ? Sans doute Jamie a-t-il senti que j'étais déroutée car il s'est tourné vers moi.

— Qu'en penses-tu, chérie ?

En même temps, comment aurais-je pu protester ? Je n'étais même pas capable de décider si je voulais un jardin de papillons ou une féerie hivernale. J'étais nulle !

— Hum... oui ! me suis-je écriée en essayant de prendre un ton enthousiaste. L'été, ça me semble parfait.

En voyant Willa griffonner quelques notes sur un carnet bleu lavande, je me suis demandé si elle avait une collection de carnets assortis à chaque tailleur pastel de son dressing ou si nous avions eu la chance de tomber sur un jour particulièrement bien coordonné.

— *J'adore* les mariages d'été, a-t-elle approuvé avec emphase. Et à quel lieu pensiez-vous pour ce bienheureux événement ?

Jamie m'a à nouveau consultée du regard, mais j'ai juste haussé les épaules.

— Nous n'en avons pas vraiment discuté, a-t-il répondu d'un ton cordial.

Voilà qui me soulageait : je n'avais pas non plus dormi pendant la conversation sur les lieux susceptibles d'accueillir notre mariage.

— Oh, ce n'est *aaaaabsolument* pas un problème ! s'est récriée Willa. Nous avons tout le temps pour trouver le cadre idéal. Avez-vous complété vos questionnaires ?

Tandis que Jamie lui tendait le sien avec un sourire rayonnant, j'ai continué à serrer mon bloc-notes contre ma poitrine.

— Euh… Le mien n'est pas tout à fait complété. J'ai tellement d'idées que je n'arrive pas à les faire entrer dans les espaces prévus pour les réponses.

Aussitôt, j'ai su que je me condamnais moi-même. D'où ces mots sortaient-ils ? Ils s'étaient débrouillés pour échapper à mon radar à conneries, fuser dans ce bureau et s'y ébattre tels des mioches turbulents auxquels on avait donné trop de sucreries. Et maintenant, il m'était impossible de les rattraper.

— Formidable ! s'est exclamée Willa. Plus on a d'idées, mieux c'est. Prenez votre temps, vous me le faxerez quand vous aurez terminé.

Une demi-heure plus tard, après que la dame en bleu lavande nous a eu expliqué en détail les mérites de sa formule « Mariage de Rêve Sans Stress Compris », Jamie et moi avons quitté les bureaux de Willa Cruz avec un assortiment de brochures, un portfolio d'échantillons de cartons d'invitation garantissant l'admiration générale et un second rendez-vous programmé deux semaines plus tard.

— J'ai discuté avec l'agent immobilier hier, a annoncé Jamie en se mettant au volant.

— À quel sujet ? ai-je demandé tout en consultant sur mon iPhone les mails qui s'étaient accumulés depuis une heure.

Hadley avait pris rendez-vous, pour la seule semaine en cours, avec trois nouvelles clientes. Était-ce une illusion ou bien les inspections de fidélité jouissaient-elles d'une popularité galopante ?

— La vente de mon loft.

D'un coup d'un seul, mes nouveaux e-mails ont perdu tout intérêt.

— Vendre ton loft ? Mais pourquoi ?

Jamie a posé tendrement la main sur mon genou.

— Tu vois, maintenant que nous sommes fiancés et que, de toute façon, j'habite déjà quasiment chez toi...

— Tu veux qu'on vive ensemble ? l'ai-je coupé en comprenant soudain.

— Pas toi ?

Étrangement, le ton évoquait moins une question qu'une accusation.

— Euh... je... si, bien sûr, ai-je bafouillé.

La vérité, c'est que je n'avais pas vraiment réfléchi au sujet. Mais maintenant qu'il en parlait, j'imagine que ça faisait sens. N'étions-nous pas fiancés ? Les fiancés n'étaient-ils pas censés vivre sous le même toit ? À ma décharge, il faut bien dire que les seuls fiancés que je connaissais (à part Sophie et Éric) rompaient en général leurs engagements peu après m'avoir rencontrée.

— Évidemment, nous pourrions vendre ton appart, mais je me suis dit que puisque le mien est beaucoup plus petit, ce sera plus facile de...

— Non, non, tu as raison, l'ai-je interrompu précipitamment. Il va de soi que c'est mieux d'habiter chez moi.

— Et ensuite, je me disais que dans un an ou deux, a-t-il repris avec un soudain pic d'enthousiasme, on pourrait peut-être se lancer et acheter une maison.

J'ai été prise de vertiges. Comment, en moins de cinq minutes, étions-nous passés de l'organisation d'un mariage à l'acquisition d'une maison ? Qu'allait-il m'annoncer ensuite ? Que j'étais enceinte ?

Voyant que je ne répondais rien, Jamie a poursuivi :

— Donc j'ai proposé à l'agent immobilier de faire visiter mon appartement à d'éventuels acquéreurs pendant que nous serons à Cabo San Lucas ce week-end.

J'ai hoché la tête, l'esprit ailleurs.

— Bien. Parfait. C'est une bonne idée.

— Et à notre retour, je commencerai à déménager mes affaires.

— Génial !

Mon enjouement était forcé et ma réponse manquait de sincérité. *Pourquoi ?* me suis-je aussitôt demandé. Bien sûr que je voulais que Jamie s'installe chez moi... Un jour. Mais sans doute n'avais-je pas imaginé que ce moment arriverait si vite. Il faut dire que, depuis quelque temps, j'étais accaparée par mes préoccupations professionnelles : organiser la mission clandestine inhabituellement longue de Katie chez les Stanton, programmer, pour le week-end, la double mission de Shawna à Las Vegas... Sans compter le cri de détresse d'une préado venue solliciter mon aide. C'était un travail accaparant qui mobilisait la majeure partie de mon temps et de mon énergie. Et qui expliquait très certainement mon manque de disponibilité pour tout autre sujet au cours de la semaine écoulée. Sans doute était-ce une bonne chose que Jamie ait pris les rênes de tout le reste : l'organisatrice de mariages, la date de la réception, vendre son loft pour emménager chez moi. Oui, c'était un soulagement de constater qu'il avait si bien la situation en main. Car au vu de mes résultats à l'examen d'entrée du mariage, cela crevait les yeux que j'étais bien meilleure pour les briser que pour les organiser.

10

Interruption intempestive

Le vendredi soir, lorsque nous sommes arrivés à Cabo San Lucas pour notre escapade de jeunes fiancés, j'avais le plus grand besoin de ce break. Après deux jours passés à enchaîner les rendez-vous avec des clientes, rien ne pouvait me faire plus de bien que ces deux nuits au Mexique. Loin de tout, et de tout le monde. Loin des époux adultères. Et des organisatrices de mariages. Rien que Jamie et moi, et une chambre dans un hôtel paradisiaque. Tout était devenu si compliqué depuis dix jours que c'était agréable de se détendre et de renouer avec ce qui importait vraiment. À savoir, Jamie. À Cabo San Lucas, nous nous fichions bien de savoir si notre gâteau de mariage serait fourré à la crème ou aux fruits. Tout ce qui comptait, c'est qu'on était ensemble.

Le samedi à midi, ma peau avait déjà pris un joli hâle. Nous avions jeté l'ancre dans un bungalow de plage où on nous avait servi le petit déjeuner, le déjeuner, et également un certain nombre de piñas coladas et de Corona.

Le soleil tapait fort. L'océan était d'un bleu turquoise étincelant. Le personnel aux petits soins. C'était le paradis.

Jusqu'à ce que mon téléphone sonne.

Je l'ai sorti du sac en maugréant.

— Allô !

— Écoute, je sais que tu es en pré-lune de miel, ou lune de miel post-fiançailles, appelle ça comme tu veux, mais je dois absolument te parler et ça ne peut pas attendre.

Zoé avait un débit considérablement plus rapide que d'habitude. Ce qui n'est pas peu dire.

— De quoi s'agit-il ?

— Sophie a pété les plombs. Si tu veux mon avis, elle est à deux doigts de la crise cardiaque, tout part en vrille, et je ne sais pas quoi faire.

J'ai pris une profonde inspiration et je me suis retournée sur le ventre.

— Quel est le problème ? ai-je demandé avec diplomatie.

La voix perçante de Zoé a continué à me maltraiter les tympans.

— La sœur d'Éric, celle qui est demoiselle d'honneur, s'est pointée à l'essayage de sa robe avec les cheveux teints d'une couleur hideuse, et Sophie affirme qu'elle jure avec la robe. Mais la sœur refuse de revenir à sa couleur d'origine.

J'ai froncé les sourcils, incrédule.

— Elle lui a vraiment *demandé* de changer de couleur de cheveux ?

— Ouais. Elles se sont disputées et, maintenant, elles sont à couteaux tirés et la sœur menace de ne pas venir au mariage.

Je me suis dressée sur les coudes.

— Tu as essayé de la raisonner ? De lui dire très gentiment qu'elle dramatisait ?

— Oui ! s'est écriée Zoé, exaspérée. Mais elle ne veut rien entendre. Elle voulait t'appeler mais j'ai insisté pour qu'elle ne te gâche pas le week-end. Je lui ai dit qu'il valait beaucoup mieux que ce soit moi qui t'appelle. Tu comprends, je suis plus calme, c'est moins stressant.

Ça, ça restait à voir...

— Hum hum... (J'ai roulé sur le dos et abrité mes yeux du soleil.) Bon, de quelle couleur sont-ils, ces cheveux ?

— Pffff, quelle importance ? a soufflé Zoé.

Pour le coup, c'est moi qui commençais à m'impatienter.

— Dis-moi !

— OK, a soupiré Zoé. C'est un genre de roux. Mais pas blond-roux. Quand je dis roux, c'est plutôt... *rouge.*

J'ai réfléchi un instant.

— Bon, voilà ce que tu vas faire : tu rappelles Sophie, tu lui dis que tu m'as exposé le problème, et ensuite que *je* t'ai dit que j'avais vu un mannequin dans un magazine spécial mariage qui portait la même robe de demoiselle d'honneur et qui avait exactement la même teinte de cheveux.

— Aaaah ! a lâché Zoé qui commençait à comprendre. J'ai pigé. On va l'entourlouper.

— Exactement.

J'ai entendu un soupir de soulagement.

— Merci, Jen. Tu es la meilleure. Repars au paradis.

J'ai raccroché et rangé le téléphone dans mon sac de plage, puis j'ai renversé la tête sur la serviette et fermé les yeux.

— Qu'est-ce qui se passe ? s'est enquis Jamie, allongé sur le transat voisin.

— Rien qui mérite d'être répété.

J'étais en train de m'assoupir et de glisser dans une bienheureuse torpeur quand mon téléphone a sonné à nouveau. Je me suis assise à contrecœur et j'ai plongé la main dans le sac.

— J'aurais dû m'en douter, ai-je pesté en lisant le nom qui s'affichait sur l'écran. Salut, Soph !

— C'était dans quel magazine ? J'ai acheté tous les magazines spécial mariage disponibles en kiosque et je n'ai jamais vu de fille avec des cheveux rouges portant la même robe que mes demoiselles d'honneur !

J'ai fermé les yeux pour essayer de garder mon sang-froid.

— Je ne sais plus, ai-je répondu avec désinvolture. C'était à l'aéroport. Quelqu'un avait dû l'oublier sur un siège.

Il faut croire que ce n'était pas la bonne réponse.

— Personne n'abandonne des magazines de mariage dans une salle d'embarquement !

— Bien sûr que si.

Ma protestation manquait de conviction mais, à ce stade, je m'en fichais comme d'une guigne.

— Tu mens.

— Mais non.

— Si !

Je me suis rassise d'un coup. Mon exaspération – malgré mes efforts pour la cacher et la réduire à un imperceptible frémissement – venait soudain d'atteindre son point d'ébullition.

— Écoute, Sophie, je suis en vacances, et je n'ai pas envie de jouer à ces enfantillages. Je me fiche de la couleur de cheveux de ta demoiselle d'honneur et tu devrais t'en ficher tout autant. Tu ferais mieux de te concentrer sur...

— Sur moi ! Je sais ! *Je sais !* Ça fait six mois que tu me le serines.

Et moi qui pensais m'égosiller dans le vide.

— C'est facile, pour toi, de dire que la couleur de ses cheveux ne te pose pas de problème, a poursuivi Sophie. C'est parce que tu ne l'as pas vue !

J'ai pris une profonde inspiration et me suis forcée à me souvenir qu'il ne me faudrait endurer ce cirque que pendant quinze jours de plus. Ensuite, ce serait terminé. Du moins jusqu'à ce que Sophie tombe enceinte. Encore que, pour préserver ma santé mentale, j'étais à deux doigts de me précipiter dans une église du coin pour mander en haut lieu qu'Éric fût stérile.

J'ai décidé d'essayer une approche différente.

— Dis-toi plutôt qu'à côté de la sœur d'Éric avec ses affreux cheveux roux, tu auras l'air d'une déesse.

Je n'étais pas loin d'entendre les rouages tourner dans la tête de Sophie.

— Hum hum..., a-t-elle fait, intriguée. Je n'y aurais pas pensé, mais c'est une façon de voir les choses... Et j'admets que ça me rassure *un peu.*

Je me suis rallongée en soupirant de soulagement.

— Parfait. Dans ce cas, je vais raccrocher.

Aussitôt dit, aussitôt fait.

Quand le soleil a commencé à sombrer derrière la ligne d'horizon en offrant un spectacle magnifique, nous avons rassemblé nos affaires pour regagner notre chambre et nous préparer pour le dîner. Comme j'avais enduré entre-temps quatre autres rounds de coups de fil entre Zoé et Sophie puis une éprouvante conférence à trois, Jamie a suggéré que je laisse mon téléphone dans la chambre pendant le repas. C'était une excellente idée.

La salle de restaurant était petite et intime. Elle ne comptait que vingt tables au total. Les éclairages tamisés, le linge couleur taupe et les candélabres m'évoquaient le faste des vieilles demeures hollywoodiennes. Nous avons commandé le poisson du jour, qui était exquis. Je devais reconnaître à Jamie une qualité : qu'il s'agisse de hot dogs et de Coca sur un terrain de golf ou d'un repas gastronomique dans un palace, cet homme savait décidément comment dîner.

Et entre les cocktails, les entrées, le vin, les plats, les desserts, un autre vin et une conversation intarissable, le dîner qui, dans mon esprit, ne durerait pas plus d'une heure et demie s'était transformé en une expérience gastronomique de trois heures et demie.

Lorsque nous avons quitté le restaurant, il était déjà 11 heures moins le quart et nous étions l'un comme l'autre sérieusement éméchés. Encore que ce terme trivial ne convienne pas du tout pour décrire notre état au terme d'une soirée aussi élégante et prodigue en douceurs. Disons plutôt que nous étions voluptueusement ivres.

Il était un temps, pas si lointain, où j'aurais été obligée de feindre cette ébriété. C'était à l'époque où passer en quelques heures de la sobriété à l'ivresse n'était jamais qu'un autre aspect de mon travail insolite. Mais depuis que j'avais renoncé aux feux du glamour, aux robes noires à fines bretelles et à la compagnie des hommes mariés, un différent chaque soir, ma tolérance à l'alcool était retombée à un niveau plus normal.

Nous avons regagné notre chambre en titubant, dans une chorégraphie maladroite et spontanée de baisers, de rires et de gestes gentiment lubriques. Sitôt rendus dans le huis clos de notre chambre, Jamie m'a acculée contre le lit puis il s'est laissé tomber sur moi et il a commencé à égrener des baisers sur mes tempes, puis sur mon menton et jusque dans le creux de ma nuque.

Je gloussais de plaisir tout en déboutonnant sa chemise et en faisant glisser sa veste des épaules.

Quand sa main s'est posée sur mon genou avant de s'égarer à l'intérieur de mes cuisses et sous l'ourlet de ma robe, j'ai frissonné de plaisir. Le vin que nous avions bu exacerbait la sensibilité de ma peau qui était parcourue de picotements de désir. De son autre main, il a fait glisser les bretelles de ma robe avant de déposer un baiser sur ma clavicule. J'ai tourné la tête de côté et enroulé mes bras autour de sa nuque pour l'attirer plus près de moi.

J'ai ouvert les yeux l'espace d'une seconde à peine, et c'est à ce moment-là que j'ai remarqué mon iPhone posé sur la table de nuit. L'écran était allumé pour me signaler qu'un message vocal m'attendait. J'ai soupiré et refermé les yeux en essayant d'effacer le monde extérieur de ma conscience et de me concentrer sur cet instant incroyable.

Dont j'ai été hélas tirée sans tarder par le bruit d'une sonnerie. Une sonnerie stridente, aiguë, qui n'avait rien de familier et qui évoquait celle d'un vieux téléphone à cadran.

Jamie a grogné et tourné la tête vers la table de nuit.

— C'est encore ton portable.

— Non, ai-je marmonné d'une voix sourde. Ce n'est pas le mien. Ma sonnerie ne ressemble pas à ça.

Jamie a relevé la tête.

— Si, c'est le tien. L'écran est allumé.

Et c'est là que je me suis souvenue. La brume alcoolisée s'est lentement dissipée dans ma tête.

— Ah oui, ai-je marmonné avec agacement. C'est la sonnerie que j'ai programmée pour les numéros masqués.

— Tu veux répondre ?

J'ai glissé mes deux mains derrière sa tête et je l'ai attiré contre moi.

— Non, ai-je roucoulé. C'est sûrement un faux numéro. Personne susceptible de m'appeler à cette heure-ci ne le ferait en numéro masqué.

Jamie s'est fait un plaisir de ne pas me contredire et il s'est penché pour reprendre nos baisers. J'ai gémi quand il a pressé ses lèvres plus intensément contre les miennes. J'ai commencé à déboutonner sa chemise...

... Et le téléphone a sonné à nouveau. Avec plus d'insistance, cette fois, m'a-t-il semblé – peut-être parce que mon exaspération venait de monter d'un cran.

— Bon, ai-je décrété en m'asseyant et en repoussant Jamie. Je vais éteindre ce maudit engin.

D'un doigt rageur, j'ai renvoyé l'appel sur la messagerie et, lorsque la sonnerie s'est enfin tue, jamais mes oreilles n'avaient éprouvé autant de reconnaissance.

— Je vais devoir changer cette sonnerie, me suis-je promis tout en m'apprêtant à éteindre l'appareil.

C'est là que j'ai vu apparaître la liste des appels en absence. Dix au total, au cours des quinze dernières minutes. Et tous émanant d'un numéro masqué.

— C'est bizarre, ai-je marmonné en contemplant l'écran.

— Quoi donc ? a demandé Jamie en roulant sur le dos avec un soupir de mécontentement.

— J'ai dix appels en absence. (J'ai fait apparaître la page de la messagerie vocale : j'avais cinq messages qui tous émanaient d'un numéro masqué.) J'espère que ce n'est pas Sophie qui a masqué son numéro, ai-je pesté.

À l'instant où j'allais activer l'écoute du premier message, le téléphone a sonné à nouveau. J'ai sursauté et j'ai bien failli lâcher l'appareil, puis, d'un doigt engourdi par l'alcool (et sans doute aussi par l'anxiété), j'ai pris l'appel.

— Allô ?

Un déluge verbal s'est aussitôt déversé dans mon oreille. La voix était hystérique, et son débit si rapide que je ne comprenais pas un traître mot de cet amphigouri :

— Et je ne sais pas comment ils... Je suis sûre que c'était un de... Je te jure que ce n'est pas... Pas à y croire... Tout à fait flippant... sale... Froid... pue.

Au bout de quelques secondes, j'ai enfin reconnu la voix de mon interlocutrice. Et ce n'était pas celle de Sophie en train d'énumérer les diverses nuances de roux.

— Shawna, parle plus lentement. Je n'arrive pas à te comprendre.

En me souvenant que ce soir-là, à Las Vegas, Shawna devait jongler avec *deux* missions, la panique m'a étreinte et ma respiration s'est accélérée. Le réveil sur la table de nuit indiquait 11 heures. Shawna était donc en plein milieu de sa première mission – une fête d'Halloween au MGM Grand avec le sujet numéro un, Ken Littrell – et n'allait pas tarder à mettre le cap vers le Palazzo pour sa mission auprès du sujet numéro deux, Benjamin Connors. Lorsqu'une soirée comporte deux missions, bien des choses peuvent mal tourner et un raz-de-marée des pires scénarios possibles a aussitôt déferlé dans ma tête. Je m'en voulais à mort d'avoir laissé le téléphone dans la chambre. Dans ma hâte d'échapper aux drames prénuptiaux de Sophie, j'avais complètement oublié que d'autres personnes pouvaient vraiment avoir besoin de moi.

— ... Avec le futur marié... Soudain je... Voulait rien entendre... Pris mon téléphone... Affreusement désolée...

Pendant que Shawna continuait à bafouiller, j'ai allumé la lampe de chevet. Comme si la lumière allait m'aider à mieux entendre. Jamie s'était assis sur le lit et se tenait la tête pour stabiliser la pièce qui, sans aucun doute, à cause de tout l'alcool que nous avions bu, devait tourner. La mienne valsait tout autant, mais j'étais bien trop contrariée pour le remarquer.

— Que se passe-t-il ? a-t-il demandé.

J'ai secoué la tête et écarté le téléphone de ma bouche.

— Je ne sais pas. Je ne saisis pas un traître mot de ce qu'elle raconte. Elle était chargée de deux missions ce soir. Quelque chose a dû mal tourner. Shawna, ai-je repris, d'une voix un peu moins calme cette fois. Respire profondément et lentement.

Shawna s'est tue d'un coup et j'ai entendu une longue inspiration. Pour être honnête, c'était la première chose que je comprenais depuis le début de cette conversation.

— Bien. Maintenant, explique-moi ce qui se passe.

— Je suis désolée de te déranger, Ashlyn. (La voix tremblait toujours, mais le débit était plus posé et les phrases enfin compréhensibles.) Je ne savais pas qui appeler d'autre.

En dépit de la brise tiède qui soufflait par la fenêtre ouverte de notre chambre, je me suis sentie glacée jusqu'aux os en percevant dans sa voix une terreur palpable.

— Tu ne me déranges pas, ai-je affirmé, hébétée et paralysée d'angoisse. Que se passe-t-il ?

Tout en l'écoutant parler, j'aurais pu jurer entendre des larmes s'écraser contre le téléphone. Sa voix, d'ordinaire douce et enjouée, était réduite à un filet étranglé par la peur, comme celle d'une petite fille. J'ai résisté de toutes mes forces à la panique qui cherchait à m'assaillir. Je devais rester calme, garder mon sang-froid. Je savais que toute émotion superflue de ma part ne ferait que déclencher chez Shawna une autre salve d'hystérie.

J'ai écouté patiemment le récit entrecoupé de sanglots des événements de sa soirée. Et puis, avant même d'avoir bien assimilé ce que je venais d'apprendre, j'étais debout en train de fouiller la chambre pour retrouver les chaussures et le sweat à capuche que j'avais portés la veille au soir dans l'avion. Ensuite, j'ai commencé à remplir mon sac avec ce qui me tombait sous la main, au hasard, tout en ignorant les regards inquisiteurs de Jamie.

Pour l'instant, je n'étais préoccupée que par une seule idée : quitter au plus vite cette chambre d'hôtel.

— Ne t'inquiète pas, ai-je dit à Shawna avant de raccrocher. J'arrive.

11

Vegas, sur les chapeaux de roues

Le dernier vol reliant Cabo San Lucas à Las Vegas décollait trente-trois minutes plus tard et l'aéroport se trouvait à dix-sept minutes en voiture de l'hôtel. Sitôt dans le taxi, j'avais appelé les compagnies aériennes et acheté un aller simple à 1 576 dollars avec l'American Express de la société. C'était une chance que Shawna soit, ce soir-là, en mission à Las Vegas, la ville qui ne dort jamais. Si j'avais dû la rejoindre à Saint Paul (Minnesota), ç'aurait été une tout autre histoire.

Avec mon sweat à capuche jaune et délavé enfilé à la va-vite par-dessus ma minirobe dos nu à rayures blanches et noires, et les sandales Jimmy Choo à talons rouges que j'avais gardées aux pieds, je ne risquais pas de remporter un concours d'élégance ce soir-là.

Je suis arrivée à l'aéroport quinze minutes avant le départ du vol et j'ai traversé le terminal en courant aussi vite que le permettaient mes chaussures – très belles et handicapantes. Mon ébriété s'était dissipée à la seconde où j'avais raccroché le téléphone pour passer à l'action.

Pendant que je rassemblais mes affaires, Jamie m'avait tourné autour comme un chiot affolé :

— Quel est le problème ? Qu'est-ce que tu fais ? Que se passe-t-il ?

Comme mon cerveau ne fonctionnait pas à plein régime, je ne pouvais pas à la fois répondre à ses questions et réfléchir à la façon dont j'allais me rendre à Las Vegas. Il avait fini par perdre patience et s'était mis à hurler :

— Tu veux bien m'accorder une seconde pour m'expliquer enfin ce qui se passe ?

J'ai inspiré profondément et je me suis plantée en face de lui.

— Shawna est en prison.

— Comment ça, « en prison » ? a-t-il répété en plissant les yeux, dérouté.

— En prison ! ai-je répété en levant les yeux au ciel avant de recommencer à fouiller pour trouver mes chaussures. Elle a été arrêtée pour racolage.

— Qu-qu-quoi ? a bégayé Jamie.

— Ils ont bien vu qu'elle n'était pas vraiment une prostituée, mais un des copains du futur marié a deviné qui elle était, et ce qu'elle fabriquait là. Il est allé prévenir la sécurité du club qu'elle faisait du racolage. Elle est en cellule et je dois la faire sortir.

À son tour, Jamie est passé à l'action.

— Je viens avec toi, a-t-il dit en renfilant sa veste et en attrapant ses chaussures.

— Non, ai-je protesté en le poussant doucement de la main pour l'obliger à se rasseoir sur le lit. C'est adorable de ta part, mais c'est un problème d'ordre professionnel. Et tu sais très bien que je ne mélange jamais le travail et ma vie privée.

— Tu veux dire que tu vas partir seule à Las Vegas au milieu de la nuit ? a-t-il dit en m'implorant du regard.

Je me suis penchée pour récupérer ma seconde chaussure que je venais enfin de localiser.

— Détends-toi. C'est à peine deux heures de vol. Et je suis allée plein de fois à Las Vegas. Je t'ai rencontré dans un avion au retour de Las Vegas, tu te souviens ?

Ses épaules se sont affaissées.

— Oui, mais c'est juste que...

Je me suis empressée de déposer un baiser sur le haut de son crâne et j'ai glissé mon sac sur l'épaule.

— Je n'ai pas le temps de discuter. On se retrouve demain à Los Angeles. Je suis horriblement navrée d'écourter notre week-end. Je me rattraperai, c'est promis.

Et sur ce, j'ai filé.

J'avoue que je culpabilisais de l'abandonner, seul, à Cabo San Lucas, mais que je n'avais guère le loisir de m'appesantir là-dessus, trop occupée que j'étais à foncer en dérapage contrôlé sur le carrelage du terminal.

Le commandant de bord a eu beau nous informer que le temps de vol jusqu'à Las Vegas serait bref (deux heures et quart à peine), je n'ai eu de cesse de consulter ma montre pour en avoir confirmation tant il m'a semblé durer une éternité. Était-ce parce que je voyageais en éco pour la première fois en trois ans, ou parce que je pensais à Shawna, bouclée dans une cellule de prison, dans la ville du péché, sans personne à ses côtés pour la réconforter ? Toujours est-il que, lorsque nous avons enfin atterri, il me semblait avoir volé jusqu'en Irak.

J'ai sauté dans le premier taxi libre qui s'est présenté et je suis arrivée à la prison du comté de Clark, dans le centre-ville, à 2 heures et demie du matin. Bien que n'ayant pas fermé l'œil dans l'avion, j'étais on ne peut mieux réveillée : l'appel de Shawna, trois heures plus tôt, m'avait électrisée et l'effet de cette dose d'adrénaline, bien plus puissante qu'un double expresso, durait deux fois plus longtemps.

— Shawna Miller, ai-je annoncé d'une voix essoufflée au policier en faction à l'accueil du commissariat. Je suis ici pour faire sortir Shawna Miller. Elle a été interpellée il y a quelques heures pour... suspicion de prostitution, ai-je achevé en frissonnant.

Le gros type en uniforme a détourné les yeux de son écran de télé de 10 pouces assez longtemps pour m'accorder un regard de derrière ses lunettes aux verres sales.

— Pas de cautionnement après minuit.

La panique s'est emparée de mon corps. J'ai senti mes genoux se dérober et je me suis cramponnée au bord du comptoir.

— Non ! ai-je plaidé. Je dois à tout prix la faire sortir ce soir ! Vous pouvez forcément faire quelque chose.

Le policier a continué à fixer sa télé et c'est à ce moment-là que j'ai remarqué qu'il regardait une rediffusion d'un épisode des *Craquantes*.

— Vous voulez dire qu'elle va devoir passer la *nuit* ici ? me suis-je récriée, horrifiée.

Sans prendre la peine de détacher les yeux de l'écran, le type a tendu la main vers un écriteau en plastique bleu posé sur le comptoir. Le message gravé en lettres blanches à moitié effacées indiquait : « Pas de libération sous caution après minuit. »

— Vous plaisantez ! Elle n'a rien fait de mal. Tout ça n'est qu'un énorme malentendu.

Mon interlocuteur s'est contenté de me décocher un regard qui semblait dire « Économisez votre salive ».

— À partir de quelle heure puis-je revenir déposer sa caution demain ?

— 9 heures.

Je me suis appuyée contre le comptoir avec un soupir d'accablement. Je venais de planter mon fiancé dans un hôtel mexicain, de rentrer en pleine nuit d'un pays étranger en déboursant 1 576 dollars pour un billet d'avion, et tout ça pour rien ? Shawna allait tout de même devoir passer la nuit en prison ? J'ai senti la frustration qui commençait à bouillonner dans mes veines mais j'ai bataillé pour garder mon self-control. Quelque chose me disait que si je ne voulais pas finir la nuit en cellule avec Shawna, mieux valait m'abstenir de chercher des poux à ce policier.

— Puis-je au moins lui parler ? ai-je insisté, totalement désespérée. Lui dire que je suis ici.

— Signez là, a répondu machinalement le type en indiquant d'un mouvement de tête le bloc-notes devant moi.

J'ai griffonné mon vrai nom d'une écriture illisible et j'ai reposé le stylo bruyamment. Si je n'avais à ma disposition que des mouvements inutilement bruyants pour protester contre ce système inepte, alors je comptais bien en tirer le meilleur parti.

Le policier a jeté un coup d'œil à mon paraphe avant de reporter son attention vers sa télé.

— Et maintenant ? ai-je demandé en tapotant impatiemment du pied sur le plancher.

Il n'a pas bougé. J'ai tendu le cou pour voir ce qui, sur cet écran de la télé, primait manifestement sur ma requête. Blanche était en train de raconter qu'elle avait séduit un des nouveaux voisins, et la nouvelle a déclenché une salve de rires préenregistrés auxquels ont fait écho ceux du policier obèse. Encore que, de sa part, ça ressemblait davantage à un grognement d'hilarité.

J'ai levé les yeux au ciel. Ma pauvre associée, innocente des faits qu'on lui reprochait, était enfermée dans une cellule en se demandant si j'allais finir par me montrer, alors que ce type était en train de regarder quatre vieilles femmes raconter leurs aventures sexuelles.

Finalement, une page de publicité est venue interrompre le feuilleton et ce n'est qu'alors que M. le Téléphage a daigné bouger son gros derrière et glisser une carte à bande magnétique dans la serrure pour déverrouiller la grille derrière son comptoir. Il l'a ouverte et me l'a tenue en me faisant signe d'avancer.

— Dernière cellule à gauche, a-t-il grommelé. Vous avez cinq minutes.

Il a surveillé ma progression le long du couloir – sans doute pour s'assurer que je n'en profitais pas pour glisser une pince-monseigneur à un détenu. Tout en marchant, j'ai évité de croiser les regards des individus de toutes sortes qui occupaient les cellules de la ville de Las Vegas un samedi soir. Et quand je suis enfin arrivée à la hauteur de la dernière cellule sur la gauche, j'ai découvert Shawna, assise sur une paillasse, seule, la tête dans les mains, et vêtue de son petit haut violet décoré de coquillages et sa minijupe en tissu vert chatoyant et pailleté.

Il m'a fallu une bonne minute pour me souvenir que sa mission, ce soir-là, avait pour cadre une fête d'Halloween. Qui avait très, très mal tourné. Et transformé Shawna en une sirène perdue, esseulée dans une cellule de prison sale et glaciale, loin, très loin de sa grotte marine.

Sentant ma présence, elle a relevé la tête et son visage s'est aussitôt illuminé. Elle s'est levée et précipitée vers moi, ne s'arrêtant qu'à quelques centimètres des barreaux rouillés.

— Ashlyn ! Dieu merci, tu es là ! Cet endroit est répugnant.

J'ai regardé autour de moi et j'ai hoché la tête.

— C'est le moins qu'on puisse dire.

J'ai glissé le bras entre les barreaux pour lui toucher l'épaule doucement. C'est à ce moment-là que je me suis aperçue que j'avais toujours la bague de fiançailles. J'ai tressailli et vivement retiré ma main, pour la cacher, sans grande discrétion, derrière mon dos. Avec le pouce, je me suis démenée pour la faire glisser le long du doigt et la faire tomber dans mon sac. Par chance, Shawna n'a pas semblé remarquer la manœuvre.

— C'est réglé ? Je peux sortir ?

Mon cœur s'est brisé quand j'ai plongé le regard dans ses grands yeux bleus. J'ai secoué tristement la tête.

— Je suis désolée, Shawna. J'ai fait tout ce que j'ai pu pour venir le plus vite possible, mais les libérations sous caution s'arrêtent à minuit et le garde ne peut faire aucune exception.

Elle s'est recroquevillée instantanément puis elle a reculé d'un pas chancelant jusque sur la paillasse.

— Tu veux dire que je vais dormir ici ?

J'ai lâché un soupir douloureux.

— J'en ai peur. Mais je te promets de revenir demain à la première heure pour te tirer de là.

Elle s'est repris la tête dans les mains et n'a plus rien dit pendant quelques instants. Ne sachant quels mots trouver pour la réconforter, j'ai demandé :

— Tu veux me raconter ce qui s'est passé ?

Elle a relevé la tête et haussé les épaules.

— Un de ses copains, j'ignore comment, a compris ce que je faisais là et ça l'a... énervé.

— Comment a-t-il deviné ? Quelque chose t'a échappé ?

Elle a secoué la tête pour retenir un autre afflux de larmes.

— Non, je n'ai rien dit, je te le jure. Je ne vois pas du tout ce qui a pu me griller. J'étais en train de danser avec le futur marié et, tout d'un coup, un de ses copains s'est mis à me hurler dessus. Il disait qu'il savait qui j'étais et ce que je manigançais. Et que j'allais le regretter. J'ai même cru qu'il allait me tabasser et que j'allais devoir faire une démonstration de kung-fu dans ce costume ridicule.

Sa tentative d'humour m'a arraché un pâle sourire.

— Mais avant que j'aie eu le temps de réagir, un molosse de la sécurité m'a poussée sans trop de ménagement vers la sortie en m'accusant d'importuner ces types avec mes avances et en me conseillant de ne pas remettre les pieds dans la boîte. Tout s'est passé si vite que je ne comprenais plus rien. Jusqu'à ce que les flics m'embarquent en m'annonçant qu'ils m'arrêtaient pour racolage actif. (Elle a soupiré et passé la main dans ses cheveux blonds emmêlés.) Mais même à ce moment-là, je ne comprenais pas ce qu'ils me disaient. Je ne pouvais même pas me défendre, j'étais trop hébétée. Je ne comprends même pas comment une telle chose a pu arriver. Tu peux te retrouver sous les verrous sur de simples allégations ?

J'ai secoué la tête. Je n'en savais rien, mais c'était précisément la question qui m'avait trotté dans la tête pendant tout le voyage. Moi aussi j'étais perplexe et j'avais espéré que Shawna serait capable de m'éclairer. Mais elle semblait tout aussi perdue que moi.

— C'est évident qu'il y a ici un gros malentendu, l'ai-je rassurée. Ne t'inquiète pas, nous éclaircirons tout ça demain matin.

Elle a fermé les yeux et, à voir la crispation de ses traits, j'ai compris qu'elle cherchait à rassembler le peu de forces intérieures qu'il lui restait. Pourvu que ça l'aide à supporter le reste de la nuit. Quand elle a rouvert les yeux, elle a murmuré d'un filet de voix enfantin :

— Je suis désolée.

Je me suis forcée à rire.

— Tu n'as aucune raison de l'être. Rien de tout ça n'est de ta faute.

— Non. Je voulais parler de Benjamin Connors.

Ce nom m'était familier mais, sur l'instant, il ne me disait absolument rien.

— Qui ça ?

Shawna m'a décoché un regard intrigué.

— La seconde inspection de la soirée.

J'ai cligné des paupières, plusieurs fois de suite, et tout m'est revenu d'un coup. Dès l'instant où j'avais décroché le téléphone, trois heures plus tôt, tout ce qui n'avait pas de rapport direct avec la détention de Shawna avait été relégué au fond de ma tête en une masse confuse. J'avais complètement oublié qu'à l'heure qu'il était mon associée était censée se trouver à une table de casino et prendre une leçon de black-jack auprès de Benjamin Connors. Qui, en raison de ce petit contretemps, était en ce moment en train de jouer seul.

— C'est bon, l'ai-je rassurée en essayant de masquer mon inquiétude sous un faux air d'assurance. Ne t'en fais pas pour ça.

La vérité, cependant, c'est que je ne pouvais pas m'empêcher de m'inquiéter. Depuis trois ans que j'étais dans ce business, jamais une mission n'avait été laissée en plan. Toutes les inspections commandées, programmées et réglées avaient été menées à bien. Mais j'imagine qu'il y a une première fois à tout.

— Je suis sûre que nous pourrons la reprogrammer, l'ai-je rassurée avec enjouement.

— Non, c'est impossible, m'a-t-elle rétorqué d'un ton catégorique en me dévisageant à travers les barreaux rouillés. Souviens-toi : sa femme et lui ont rendez-vous la semaine prochaine avec la mère biologique de l'enfant qu'ils souhaitent adopter. Il est spécifié dans le dossier qu'elle veut s'assurer que son mari est fidèle avant d'accueillir cet enfant dans son foyer. Ça ne te rappelle rien ?

J'ai hoché la tête, l'esprit ailleurs. Si, si, ça me rappelait quelque chose. Beaucoup trop de choses, même. Un maelström de pensées s'est déchaîné dans ma tête et j'ai appuyé une paume contre mon front pour essayer de calmer le jeu – en vain.

Puis, soudain, cette masse confuse et embrouillée de pensées s'est dissoute et a laissé place à une image, une seule : j'ai revu Darcie Connors lors de notre rendez-vous plus tôt dans la semaine. J'ai revu les vêtements qu'elle portait, ce regard qu'elle avait eu quand elle était entrée dans mon bureau, je l'ai même entendue déglutir tandis qu'elle essayait de rassembler tout son courage pour me demander mon aide. Et pas n'importe quelle aide. Une aide qui n'avait rien d'orthodoxe. Quelque chose que, jamais en un million d'années, elle ne se serait imaginé demander de son plein gré.

— J'ai toujours eu confiance en mon mari, m'avait-elle dit. En cinq ans de mariage, il ne m'a jamais donné aucune raison de douter de lui. (Elle avait soupiré et s'était caressé les genoux.) Mais depuis que ma sœur m'a appris ce qu'elle avait vu à cette soirée, la semaine dernière, après mon départ, ça m'obsède. Le doute me consume. Cela fait si longtemps que je désire un enfant. Lorsque nous avons découvert que je ne pouvais pas en concevoir, j'ai été anéantie.

Ses yeux s'étaient emplis de larmes et j'avais patiemment attendu qu'elle les éponge.

— Passé le choc initial, nous avons commencé à parler d'adoption. Je craignais que mon mari ne s'oppose à cette idée. Moi aussi je l'étais, au début. C'est impossible de s'imaginer élever un enfant qui n'est pas la chair de votre chair, avant d'apprendre que vous n'avez pas le choix. Quand Ben m'a dit qu'il serait tout aussi heureux d'adopter, j'étais submergée de soulagement. Extatique. Il me semblait que j'allais enfin avoir ce que je voulais depuis toujours.

Elle avait marqué une pause, puis son regard s'était à nouveau voilé et était allé se perdre au-delà de la fenêtre.

— Mais maintenant, je ne sais plus. (Elle s'était retournée vers moi.) Je ne peux pas accueillir un bébé si mon couple n'est pas solide à cent pour cent. Je ne peux pas faire une chose pareille.

J'avais hoché la tête ; j'éprouvais pour elle de plus en plus de compassion et d'empathie. C'était le genre de mission qui me rassérénait quant au bien-fondé de mon activité professionnelle. Non pas que je n'étais pas heureuse d'aider toute personne à trouver les réponses qu'elle cherchait. Mais ce genre de mission en particulier m'insufflait une nouvelle énergie, me rappelait quel était mon but, me comblait.

J'ai senti sous mes doigts un contact froid et crasseux. Je me suis aperçue que j'agrippais les barreaux de la cellule. Je me suis empressée de les lâcher et d'essuyer mes paumes sur mon sweat-shirt.

— Ashlyn ? (Shawna me dévisageait avec curiosité.) Ça va ?

Je me suis arrachée à ma rêverie.

— Hein ? Oui, oui, ça va. Quelles autres informations y a-t-il dans le dossier de Benjamin Connors ? Pourquoi est-il ici, à Las Vegas ? Qu'y fait-il ?

Les questions fusaient, réduites à leur plus simple expression. Je connaissais déjà les réponses, j'avais juste besoin d'entendre des confirmations. Pour m'assurer que ma mémoire ne me trahissait pas.

Tout en réfléchissant, Shawna s'est tortillée dans son costume inconfortable puis elle a remis en place les coquillages qui décoraient son petit haut.

— Dans le dossier, il est juste indiqué qu'il aime bien se faire des virées à Vegas, en solo, pour jouer au black-jack. Et comme il sait qu'il n'en aura plus l'occasion lorsque le bébé sera là, il en profite au maximum.

Cette dernière observation m'a rappelé un détail de ma conversation avec Darcie Connors et, dans ma tête, avec un effet d'écho presque surréaliste, j'ai réentendu la jeune femme :

— Ça ne m'étonnerait pas qu'il passe toute la nuit au casino. Ou du moins jusqu'à ce qu'il soit à court d'argent.

J'ai regardé l'heure sur mon téléphone portable. Il était 3 heures du matin. Avec un peu de chance, tout n'était peut-être pas perdu.

Un odieux raclement de gorge venu du bout du couloir m'a fait tourner la tête. Le gracieux cerbère, bras croisés, me signifiait que mes cinq minutes étaient écoulées. Je me suis retournée vers mon associée.

— Shawna, je dois y aller, mais je te promets que je reviens demain à la première heure. (J'ai jeté un coup d'œil à sa tenue légère et j'ai retiré mon sweat-shirt.) Au cas où tu aurais froid dans la nuit, ai-je dit en le lui tendant à travers les barreaux.

Au moment où je tournais les talons, elle a passé la main entre les barreaux et a touché mon épaule nue.

— Attends ! s'est-elle écriée. Que vas-tu faire pour Benjamin Connors ?

Elle me scrutait intensément en quête d'indices. Je n'ai pas répondu tout de suite. Des images de Jamie ont défilé devant mes yeux, mais je me suis efforcée de les tenir à distance.

Parfois, dans la vie, il arrive qu'on doive faire des exceptions, des entorses aux règles. Parce que rien n'est jamais ni tout blanc ni tout noir. Et que tout ne se passe pas toujours comme on l'avait prévu. Parce que les gens sont imprévisibles. Parce que les choses tournent mal. Parce qu'il y a des ratés.

Et que personne, à part vous, n'est là pour réparer les dégâts.

— Je vais m'en occuper.

12

Remonter en selle

À la seconde où j'ai pénétré dans le casino de l'hôtel Palazzo, j'ai éprouvé une écrasante impression de déjà-vu.

Il m'a semblé que ma dernière mission clandestine remontait à des lustres. Qu'elle avait eu lieu dans une autre vie.

À l'époque où j'étais quelqu'un d'autre.

Néanmoins, j'étais bel et bien là, exactement comme au bon vieux temps, dans ma petite robe sexy, perchée sur des chaussures de créateur, armée en tout et pour tout d'un faux nom, et d'un dessein caché.

La robe était un peu froissée à cause du voyage et ma coiffure était loin d'être impeccable. J'avais déniché du mascara et un tube de gloss dans mon sac, ce qui m'avait permis de retoucher rapidement mon maquillage dans le taxi, mais j'étais loin du degré de glamour qui allait en général de pair avec une soirée comme celle-ci.

Tout en essayant de lisser ma chevelure, je me suis dirigée vers les tables de black-jack. Discrètement, j'ai passé au crible la clientèle.

En dépit de l'heure avancée, la salle était étonnamment animée. Peut-être n'y avait-il rien de surprenant à cela compte tenu de la nature de cette ville. Huit tables de black-jack étaient en activité, et toutes affichaient complet. Je n'avais vu qu'une seule fois le visage de Benjamin Connors, lorsque sa femme m'avait tendu sa photographie, que j'avais rangée dans le dossier destiné à Shawna. Dossier qui, en cet instant, se trouvait dans une chambre, trente étages au-dessus de moi. Comme la carte magnétique qui m'aurait permis de déverrouiller la porte était retenue en otage avec le reste des effets personnels de Shawna à la prison du comté de Clark et que je n'avais ni le temps ni les moyens de trouver un autre moyen d'accéder à sa chambre, j'allais devoir compter uniquement sur ma mémoire et mon intuition.

J'ai contourné les huit tables sans me presser et, tout en feignant d'être captivée par les jeux, j'ai scruté à la dérobée le visage de tous les joueurs. Aucun d'eux ne me semblait le moins du monde familier. J'ai réitéré mon petit manège par deux fois avant de commencer à me faire à l'idée que Benjamin Connors – parce qu'il en avait eu marre, ou que ses fonds étaient arrivés à épuisement, ou pour ces deux raisons conjuguées – était peut-être parti se coucher depuis plusieurs heures.

— Ce sont les seules tables de black-jack du casino ? ai-je demandé à un des croupiers tandis que j'achevais mon troisième tour.

L'homme a opiné du chef sans desserrer les mâchoires, comme si sourire pendant son travail était un motif de licenciement.

— Mais il y en a d'autres au Venetian, a-t-il dit.

J'ai haussé les sourcils. Se pouvait-il que Benjamin Connors, lassé par les tables du Palazzo, soit allé voir ailleurs ? Dans ce cas, à l'heure qu'il était, mon sujet pouvait se trouver n'importe où. Compte tenu du nombre de casinos présents sur le site, il m'aurait fallu six heures pour tous les explorer. Or je n'en avais ni l'énergie ni, surtout, le temps. Il était près de 3 heures et demie et, dans moins de cinq heures, je devais retourner à la prison pour libérer Shawna.

Voilà bien une phrase que, jamais de ma vie, je n'aurais cru formuler un jour.

— Le Venetian se trouve près d'ici ? ai-je demandé.

L'homme a hoché la tête et m'a désigné, à quelque distance de là, un vaste patio.

— Il est relié directement au Palazzo.

J'ai remercié mon informateur et je me suis dirigée dans la direction indiquée. Darcie Connors était presque certaine que son mari avait une préférence pour le Palazzo tout comme elle avait été également presque certaine que jamais il ne la tromperait, et regardez où on en était. La probabilité que Benjamin Connors ait décidé de tenter sa chance dans le casino contigu était assez forte pour justifier une inspection dans les règles de ses tables de black-jack. Et si je ne l'avais toujours pas trouvé d'ici une demi-heure, alors devrais-je sans doute admettre ma défaite.

À l'instant où j'allais m'engager dans le passage qui conduisait au patio, une puissante clameur de félicitations s'est élevée dans mon dos. Je me suis retournée pour en localiser l'origine, et mon regard s'est posé sur une table de craps. J'étais très souvent venue à Vegas au cours de ma carrière, mais je n'avais jamais bien compris ce jeu, qui semblait déchaîner systématiquement enthousiasme et passions. Chaque fois que j'étais passée à côté d'une table où se disputait une partie de craps, j'avais toujours eu l'impression d'assister aux quinze dernières secondes des prolongations d'un match au score très serré du Super Bowl.

Autour de celle-ci, tout le monde s'était levé pour mieux se congratuler à grand renfort d'accolades, de claquements de mains, le tout accompagné d'exclamations de joie puériles. Je me suis arrêtée un instant pour observer les spectateurs retenir leur souffle tandis qu'un joueur, debout, en bout de table, soufflait sur une paire de dés, avant de les lancer sur le tapis.

Une autre éruption de cris joyeux a fusé et s'est réverbérée contre les murs. Ce spectacle m'a presque arraché un éclat de rire. Jusqu'à ce que mon regard se pose sur l'homme en polo bleu et pantalon de toile, debout à trois places du centre de la table. Et là, je n'avais plus du tout envie de rire.

J'avais cru que j'aurais peut-être du mal à le reconnaître. Que mon souvenir de la photo aux couleurs fanées m'aurait laissé un doute. Mais non. Toutes les fibres de mon corps me disaient que cet homme était Benjamin Connors.

Et apparemment, j'avais raison : il avait fini par s'ennuyer aux tables de black-jack du Palazzo. Mais plutôt que de changer de casino, il s'était contenté de changer de jeu.

Mon corps s'est raidi tandis que je l'observais, postée à quelques pas de lui, sans qu'il puisse me voir. Il était bien trop absorbé par ce qui se passait à la table pour me remarquer.

Sitôt que j'ai posé les yeux sur lui, j'ai senti toutes mes vieilles intuitions se mettre en branle. Mon petit gadget interne qui me permettait de lire dans la tête des hommes savait exactement ce qui se tramait et il s'est aussitôt enclenché.

Darcie Connors m'avait dit que son mari venait de fêter ses trente ans en juillet, et qu'ils étaient mariés depuis cinq ans. Elle m'avait raconté leur combat pour concevoir un enfant, et leur décision d'en adopter un. Elle m'avait même raconté comment tout avait commencé entre eux, à l'époque où ils étaient étudiants.

Mais elle s'était contentée de relater des faits. Des chiffres, des dates, des événements. Il y avait bien d'autres choses qu'elle m'avait cachées. Non pas parce qu'elle ne voulait pas me les dire, mais parce qu'elle ne le pouvait pas. Parce qu'elle ne les connaissait même pas elle-même.

Alors que moi, je les ai repérées d'emblée. Comme par magie.

À vingt ans, la vie de Benjamin Connors était une vie de rêve. On la lui avait offerte sur un plateau, et il l'avait acceptée sans se poser de questions ni ressentir de remords. Un an plus tard, il s'était marié, et dans la corbeille de cette union, il avait trouvé le remboursement des mensualités de crédit pour la maison, un barbecue dans l'arrière-cour et la promesse d'enfants à naître.

C'était ça, la vie. Et il ne voyait rien à y redire. Après tout, si ses deux frères aînés qui s'étaient casés avant lui y avaient trouvé leur compte, cela lui convenait aussi.

Et puis il avait abordé le cap de la trentaine.

Et là, quelque chose avait changé. Au début, il avait eu du mal à identifier le problème. C'était une sensation. Un bourdonnement permanent en arrière-plan, tolérable, mais impossible à réduire au silence. Et puis, de semaine en semaine, ce bourdonnement avait gagné en puissance, lentement mais sûrement, et pour finir, il l'avait empêché de se concentrer quand il travaillait, qu'il regardait la télé, et même quand il faisait l'amour. Et les conversations à propos des bébés, de l'adoption ou du choix d'un berceau pour la chambre d'enfant n'avaient fait que jeter de l'huile sur le feu.

Souvent, au milieu de la nuit, il s'était réveillé en proie à la panique, le front couvert de sueur, le souffle court. Il ne comprenait pas ce qui lui arrivait. Il avait envisagé de consulter un médecin. Un psy, peut-être même.

Et puis une nuit, réveillé par cette angoisse à laquelle il était désormais habitué, alors qu'il essayait de reprendre son souffle, il avait regardé la femme endormie à ses côtés, la seule femme qu'il avait jamais aimée. C'est à ce moment-là qu'il avait compris la nature de ce bourdonnement. C'était une question. Une question qui exigeait une réponse.

Est-ce vraiment là ce que tu attends de la vie ?

Il s'était dit que cette sensation finirait par se dissiper. Que c'était là un de ces étranges rites de passage auxquels sont confrontés tous les hommes à l'aube de la trentième année de leur vie.

Et il avait raison.

Il n'était assurément pas le seul homme qui, en franchissant le cap de la trentaine, ressentait le désir soudain impérieux de dresser un bilan de sa vie. Le monde grouille de types comme Benjamin Connors qui se sont demandé, à un moment ou à un autre, si la vie ne leur réservait pas peut-être autre chose.

Cette chose, certains hommes se sont résolus à la trouver. D'autres continueront juste à s'interroger.

Toujours est-il que, ce soir-là, c'était à moi de déterminer à quelle catégorie appartenait Benjamin Connors.

J'ai regardé dans mon sac pour faire le point sur ma situation financière. Il me restait environ trois cents dollars sur la somme que j'avais retirée à un distributeur avant de m'envoler pour Cabo San Lucas. Je n'avais plus qu'à espérer que cela me permettrait de rester à la table de jeu assez longtemps pour pouvoir trancher.

J'ai inspiré profondément, et j'ai avancé d'un pas. Une autre inspiration, un autre pas. Et ainsi de suite, jusqu'à ce que je me retrouve pile derrière Benjamin Connors à la table de craps.

Juste cette fois, me répétais-je en boucle. *Juste cette fois.*

Et voilà. Un an de retraite et j'étais de retour. Officieusement, bien sûr. Et juste par nécessité. J'ai fourni un effort surhumain pour me souvenir de ce que j'étais censée faire. Comment j'étais supposée me comporter. Au tréfonds de mon esprit, j'étais inquiète à l'idée d'être rouillée après presque une année passée sur le banc de touche. Mais ce qui m'inquiétait le plus, c'est que cela soit flagrant, et que je sois démasquée.

J'ai muselé ces craintes et je me suis faufilée jusque devant la table, dans l'espace libre à la droite de mon tout premier sujet en un an.

À la seconde où il a remarqué ma présence, tout m'est revenu d'un coup : les tactiques de flirt, les déploiements de charme, la façon dont je devais évaluer quelles cartes jouer et quelles autres garder dans mon jeu pour la suite. On aurait dit que je n'avais jamais arrêté.

C'était comme faire du vélo. J'ai tout de suite compris que mon savoir-faire n'était pas de ceux qui s'oublient aisément. J'imagine qu'il y a dans le fait d'être une inspectrice de fidélité clandestine quelque chose qui vous reste à jamais.

Et très franchement, je n'aurais su dire si c'était une bonne ou une mauvaise chose.

J'ai regardé avec décontraction dans sa direction, j'ai croisé son regard et lui ai décoché un sourire rusé.

— Bienvenue à la table, a-t-il lancé en me toisant brièvement mais sans grande discrétion.

— Il semblerait que ce soit une table chanceuse, ai-je remarqué d'un ton léger et amusé.

La seule directive que j'avais donnée à Shawna pour cette mission était de prendre place à côté du sujet à la table de black-jack et de feindre d'être une néophyte à ce jeu. Certes, le jeu avait changé, mais l'approche demeurait valable. Et ce d'autant plus que j'ignorais tout des règles du craps. Je n'allais avoir aucun mal à faire semblant.

Benjamin Connors a hoché la tête.

— Oui, ça chauffe depuis dix minutes. Vous avez fait le bon choix.

J'ai égrené un rire et, tout en glissant une mèche derrière l'oreille, je me suis penchée par-dessus la table pour embrasser du regard l'étendue du terrain de jeu. Et en découvrant des centaines de cases, de formes variées, dans lesquelles étaient imprimés des mots qui, à mes yeux de néophyte, évoquaient un langage secret – « Pass », « Field », « Hard Way » –, je m'étonnais que ce long tapis semble raconter ma vie : à presque 4 heures du matin, tout juste sortie de ma retraite, j'étais de retour sur le « terrain »[1] pour déterminer si cet homme allait « réussir »[2] ou échouer à cette inspection menée à mon corps défendant et je pouvais dire, sans m'avancer beaucoup, que j'avais choisi la voie la plus ardue[3].

— Et il semblerait que vous arriviez à point nommé, a observé Benjamin en me désignant le tapis.

En effet, depuis l'autre côté de la table, le croupier venait de pousser, à l'aide de sa longue baguette, six dés rouges devant moi. Tous les regards ont convergé vers moi et mon estomac s'est noué. Apparemment, j'étais bien partie pour être crédible dans le rôle de la joueuse novice.

J'ai regardé mon voisin, en quête d'une explication. Mon regard perplexe lui a arraché un petit gloussement.

— Vous devez en choisir deux. C'est à vous de lancer.

— Oh non ! ai-je protesté avec un geste de dénégation. Je ne sais pas jouer. Je voulais juste observer un petit moment et voir si je pouvais apprendre.

— Impossible, a tranché Benjamin en me désignant les dés. Le craps ne s'apprend pas en regardant. Mais uniquement en jouant. Et ne vous inquiétez pas, je vais vous aider.

1. Soit « the field ».
2. Soit « to pass ».
3. Soit « hard way ».

Je me suis mordillé la lèvre et j'ai sorti la liasse de billets de mon sac. Je l'ai posée devant moi et, en quelques secondes, mon argent s'est, comme par magie, transformé en trois piles égales de jetons rouges gravés du logo du Palazzo.

Benjamin s'est penché vers moi – assez près pour que je puisse sentir l'eau de toilette qu'il avait mise plus tôt dans la soirée – et m'a dit de placer quatre jetons sur la « Pass Line ». Je me suis aussitôt exécutée. Ensuite, il m'a indiqué de lancer les dés vers l'autre extrémité de la table. Là encore, j'ai obtempéré. J'ai regardé les points blancs sur les cubes de plastique rouge virevolter gracieusement dans les airs.

— 11 gagnant, a annoncé le croupier sitôt que les dés se sont immobilisés.

Une salve d'applaudissements et des cris de joie ont fusé autour de la table et, lorsque j'ai demandé à quoi rimaient ces explosions exubérantes, je n'ai pas eu besoin de feindre la perplexité.

Mon voisin a éclaté de rire.

— Vous avez gagné ! Nous avons tous gagné !

— Vous voulez dire que j'ai gagné pour tout le monde ? ai-je demandé avec un sourire rayonnant.

— Exactement ! Avec un 7 ou un 11 au premier lancer, c'est toute la table qui est gagnante.

J'ai hoché la tête, en appréciant la situation.

— Finalement, c'est assez simple.

À quatre reprises et coup sur coup, j'ai sorti un 11. Autour de la table, tout le monde était délirant d'enthousiasme et je commençais à comprendre pourquoi ce jeu avait autant de succès.

Mais la seule réaction qui m'intéressait vraiment était celle de Benjamin Connors. Même si c'était amusant de voir mes piles de jetons de cinq dollars croître de manière exponentielle, je me trouvais là dans un but précis… que j'étais bien résolue à ne pas perdre de vue.

Au lancer suivant, j'ai sorti un 9. Benjamin a frappé dans ses mains avant de les frotter l'une contre l'autre avec férocité.

— Pas de panique, ma belle. 9, c'est bon. Un 9, rien n'est perdu.

— Et maintenant ? ai-je demandé en observant les joueurs déposer des piles de jetons sur diverses cases de la table. Je n'ai pas sorti un 11.

— Maintenant, vous devez sortir un autre 9, *sans* sortir un 7, a expliqué Benjamin, qui de toute évidence se régalait dans son rôle de maître de craps. Vous pensez pouvoir y arriver ?

— Pas de problème, l'ai-je rassuré avec un sourire rusé.

— Je l'adore ! a exulté Benjamin en me montrant du doigt. C'est mon porte-bonheur ! Ma Lady Luck. Ce soir, elle va faire de moi un homme riche.

J'ai souri et feint de rougir de tant d'attention, puis, d'un mouvement énergique, j'ai secoué les dés et je les ai lancés. J'ai sorti un 4 et un 5.

— 9 gagnant ! a claironné l'homme à la baguette.

Cette fois, Benjamin m'a carrément soulevée dans ses bras pour me faire tourbillonner.

— Qu'est-ce que je vous disais ? a-t-il lancé avec exultation à la cantonade. Lady Luck en personne !

J'ai gloussé comme une gamine. Nos deux visages se touchaient presque et j'ai senti son haleine alcoolisée. Lorsqu'il m'a reposée, ses mains se sont attardées un instant autour de ma taille.

Mon estomac s'est soulevé aussitôt. Non, ce n'était pas un rêve. J'étais bel et bien en train de faire ça, de laisser les mains de Benjamin Connors me toucher. Parce que j'étais là pour ça. Pour le laisser me toucher.

Après vingt minutes de chance ininterrompue et plusieurs effusions de joie assez intimes pour fêter ma chance aux dés, Benjamin m'a invitée à quitter la table pour aller boire un verre.

— Grâce à vous, je viens de gagner 5 000 dollars. Je crois qu'il est sage d'arrêter avant que le vent tourne.

À l'instant où je me suis posée sur le tabouret de bar, j'ai senti la fatigue me rattraper. Discrètement, j'ai consulté ma montre. Il n'était pas loin de 5 heures du matin. J'étais debout depuis presque vingt-quatre heures et carburais uniquement à l'adrénaline depuis les sept dernières heures. Je redoutais l'effet que pourrait avoir un verre d'alcool. Mais l'alcool est un incontournable dans ce boulot. Quand ils boivent, vous buvez aussi. S'ils veulent une autre tournée, vous suivez, et si jamais l'alcool détériore leur jugement, vous leur rendez leur baiser.

— Ma Lady Luck aurait-elle un prénom ? s'est enquis Benjamin sitôt que nos Martini ont été servis.

J'ai pêché l'olive pour la glisser dans ma bouche et la faire rouler sur ma langue.

— Oui, ai-je répondu avec un sourire aguicheur.

— Et on peut le connaître ?

J'ai grignoté l'olive, puis j'ai bu une gorgée de Martini.

— Ashlyn, ai-je répondu d'un ton évasif.

Entendre ce prénom s'échapper d'entre mes lèvres m'a emplie d'une nostalgie stupéfiante. Elle était de retour, ressuscitée dans toute sa gloire. Et à la seconde où j'ai senti sa présence, j'ai eu l'impression qu'elle ne s'était jamais absentée.

Et Jennifer, sachant tous les ennuis qu'Ashlyn lui avait causés au cours des trois dernières années, avait beau vouloir lutter pour empêcher son retour, elle était déjà en train de capituler peu à peu face à son pouvoir. Ashlyn avait toujours su s'imposer, prendre le volant et le contrôle de la situation. N'avait-ce pas toujours été là, justement, son domaine ?

— *Ashlyn*, a-t-il répété. C'est beau.

J'ai senti des frissons d'appréhension remonter le long de mon dos. J'ai haussé les épaules, comme si j'avais entendu ce commentaire un million de fois.

— Et qu'est-ce qui vous amène à Vegas ? a-t-il repris.

Nous arrivions à la partie que je n'avais pas préparée. J'allais devoir inventer quelque chose. Ou plutôt, *Ashlyn* allait devoir faire ce qu'elle faisait de mieux... improviser.

— Je suis venue avec des amis, ai-je répondu avec nonchalance.

Il a bu une gorgée de Martini.

— Et ils sont où, vos amis ?

— Oh, à 3 heures, ils n'étaient déjà plus bons à rien, ai-je soupiré. Pitoyable. Comme je n'étais pas fatiguée et que j'ai toujours voulu jouer au craps, je me suis dit que j'allais descendre au casino pour apprendre.

— Eh bien, vous êtes douée.

J'ai souri et bu une autre gorgée d'alcool.

— J'avais un bon professeur.

Il n'a guère fallu de temps avant que la main de Benjamin se pose sur ma jambe, avec autant de désinvolture que s'il replaçait un verre vide sur la serviette en papier. Et le plus surprenant, c'est que ce geste ne m'a pas paru étrange. Tout en sachant pertinemment que j'aurais dû le trouver coupable, immoral, il avait par ailleurs un air de familiarité. La sensation d'anesthésie dans tout mon corps était de retour. Cette même sensation qui m'avait réconfortée et permis, pendant mes deux ans de carrière, de supporter que des hommes comme Benjamin Connors me touchent.

— Et vous ? ai-je demandé en caressant le bord de mon verre du bout du doigt. Que faites-vous à Vegas ?

Il a haussé les épaules.

— J'aime bien jouer, a-t-il répondu en évitant mon regard. Et boire, a-t-il ajouté en désignant d'un mouvement de tête le verre qu'il tenait.

J'ai éclaté de rire.

— Oui, Vegas est toujours une bonne excuse pour boire plus que de raison.

— Vegas est une bonne excuse pour faire *des tas* de choses qu'on ne devrait pas faire. (Il m'a regardée droit dans les yeux, avec détermination.) Vous ne croyez pas ?

Je savais que cette repartie marquait le point de bascule de la conversation. Il en existe un dans tout échange de cette nature. C'est l'instant où la soirée, d'innocente, vire vers quelque chose d'autre. Un moment que toute bonne inspectrice de fidélité sait repérer aussi aisément qu'un point noir sur une page blanche.

— Si, ai-je chuchoté en ne sachant que trop combien l'observation était vraie... pour lui comme pour moi.

D'un geste souple, Benjamin Connors a vidé son verre d'un trait, puis il a glissé la main sur ma nuque pour m'attirer vers lui. Lorsque nos lèvres se sont touchées, j'ai essayé de vider mon esprit. De faire de mon cerveau un espace vacant. C'était ma vieille astuce pour supporter l'épreuve du baiser.

Malheureusement, en dépit de mes efforts, je n'y suis pas arrivée. Il faut croire que la maîtrise de l'art de ne penser à rien s'émousse avec le temps car mon esprit était focalisé sur une seule pensée : Jamie. Je voyais son visage, ses yeux, ses mains. Le fait qu'en cet instant même il dormait seul, dans un autre pays, sans se douter une seconde qu'en une seule nuit je m'étais débrouillée pour redevenir celle que, de mon plein gré, j'avais renoncé à être un an plus tôt.

À moins qu'il n'y ait jamais eu renoncement ? Peut-être Ashlyn était-elle seulement assoupie quelque part en moi. N'attendant que la caresse d'un inconnu, d'un homme marié, pour se réveiller.

Pendant que la langue de Benjamin fouillait ma bouche, je me démenais pour congédier l'image de Jamie et lui substituer celle de Darcie Connors. L'épouse de Benjamin depuis cinq ans. C'était pour elle que j'étais ici. Ce que je faisais, je le faisais pour elle. Elle voulait des réponses à ses questions, et j'étais allée au casino pour les lui donner. Qu'importaient les moyens à mettre en œuvre pour les obtenir. C'était la promesse que je m'étais faite en fondant The Hawthorne Agency, et celle que je faisais à tous ceux, hommes ou femmes, sans exception, qui en poussaient les portes.

Darcie Connors était venue me demander la vérité. Me demander si cet homme était vraiment celui avec lequel elle voulait fonder une famille. La réponse à sa question est tombée sans se faire attendre :

— Vous voulez qu'on monte dans ma chambre ?

J'ai hoché la tête. Je savais que j'étais incapable de dire « oui ». Que le mot resterait coincé dans ma gorge, prisonnier de la bataille d'émotions qui faisaient rage en moi.

Mais Benjamin s'est pleinement satisfait de cet assentiment muet.

Nous avons traversé le casino et gagné les ascenseurs puis, tandis que la cabine nous emportait jusqu'au dixième étage, Benjamin m'a dévorée de baisers. Dans le cou, sur les tempes. Posant ses lèvres exactement là où Jamie avait posé les siennes moins de sept heures plus tôt, quand cette folle soirée n'en était qu'à son prélude.

Je me suis empressée de repousser cette pensée pour me concentrer sur mon jeu, faire semblant d'apprécier cet instant, au lieu d'être coincée dans le souvenir d'un autre. La dernière chose dont j'avais besoin ce soir-là, c'était que le sujet commence à devenir suspicieux. Si jamais il se tirait d'affaire à ce stade, tout ce que j'avais fait jusque-là aurait été vain.

Et ça, c'était hors de question.

Sitôt dans la chambre, Benjamin m'a entraînée vers le lit, sans perdre une seconde. Et croyez-le ou pas, je lui étais reconnaissante de sa hâte. Tout ce qui pouvait précipiter le dénouement de cette nuit était bon à prendre.

Lorsque nous sommes tombés sur le lit, lorsque les lèvres de Benjamin ont à nouveau trouvé les miennes et que ses mains se sont mises à s'égarer et à se faufiler sous ma robe, mon esprit a quitté mon corps. Son baiser était intense et parfumé à la vodka. C'était celui d'un homme qui sait ses jours comptés. Celui que donnent des hommes mariés à des femmes qui ne sont pas la leur. Si on proposait à ceux qui arrivent au bout du couloir de la mort d'échanger leur dernier repas contre un dernier baiser, c'est celui-là qu'ils donneraient.

J'ai fermé les yeux et, à contrecœur, j'ai répondu à son ardeur.

Une intention d'adultère. C'est là tout ce que j'avais à prouver. Que Benjamin Connors était déterminé à coucher avec une autre femme que la sienne. Et sitôt que ses mains ont commencé à se faufiler sous l'ourlet de ma robe, j'ai considéré que cette intention était confirmée.

Je savais que, par professionnalisme, j'aurais pu pousser l'inspection plus loin. Jusqu'à cette scène, interdite aux moins de treize ans, où il m'enlèverait ma robe. Mais je savais aussi que, psychologiquement, j'étais incapable d'en arriver là. Sans vomir, je veux dire.

Doucement, j'ai posé une main sur son torse pour l'écarter de moi.

— Je reviens tout de suite, ai-je soufflé avec un clin d'œil aguicheur. Je dois aller à la salle de bains.

Il a souri et roulé sur le dos pendant que je me levais et rajustais ma robe.

— C'est la porte à côté de celle de l'entrée.

— Parfait, ai-je répondu d'un ton gentil.

J'ai ouvert la porte de la salle de bains, allumé la lumière et mis en route la ventilation puis, discrètement, j'ai jeté un coup d'œil dans la chambre. Benjamin était en train de déboucler sa ceinture et de descendre sa braguette. J'ai refermé la porte de la salle de bains, sans y pénétrer, et j'ai pivoté sur mes talons pour me mettre pile dans l'axe de ma fuite. Celle qui sonnerait le glas de cette nuit sans fin.

Le plus silencieusement possible, j'ai tourné la poignée et entrebâillé la porte. Le Palazzo Tower était un hôtel flambant neuf, un des plus récents sur le site. N'ayant pas encore été durement éprouvés par toute une saison touristique, les gonds, par chance pour moi, ne permettraient pas d'alerter l'occupant de cette chambre de ma fuite. J'ai entrouvert un peu plus la porte, qui s'est laissé faire sans protester, je me suis faufilée dans l'interstice et j'ai refermé le battant avec maintes précautions en retenant la poignée jusqu'au dernier moment pour éviter que le mouvement du loquet ne fasse du bruit.

Une fois dans le couloir, j'ai inspiré profondément et je me suis dirigée vers les ascenseurs en me délectant de n'avoir pas agi en vain.

À la réception, personne n'a semblé surpris de me voir réclamer une chambre à 5 heures du matin. À en juger par la réaction du personnel, ce devait même être une requête commune. Une fois munie de ma clé magnétique, j'ai gagné le dix-septième étage où ma chambre m'attendait.

Je ne disposais que de quatre heures avant de devoir retourner à la prison, mais rien n'aurait pu gâcher ma joie lorsque je me suis glissée entre les draps immaculés de l'immense lit.

Enfin j'allais pouvoir dormir ! Enfin j'allais pouvoir fermer les yeux ! Cette nuit était enfin terminée.

Mais je savais, sans l'ombre d'un doute, que mon esprit, lui, serait incapable de trouver le repos.

13

La culpabilité incarnée

— Une pince à cheveux en étoile de mer. Un collier en perles. Bleu. Un boa en fausses algues. Vert.

Je regardais la policière de service ce matin-là extraire d'une boîte les accessoires du déguisement de Shawna confisqués la nuit précédente et les aligner sur le comptoir devant nous.

— Un sac en coquillages. Une paire de boucles d'oreilles en corail. Un téléphone portable.

Elle a placé ce dernier objet sur le comptoir à côté des autres.

Shawna, affublée de mon sweat-shirt jaune et de sa jupe de sirène à paillettes, a rassemblé ses effets, a décoché un regard mauvais à la femme puis s'est tournée vers moi.

— S'il te plaît, allons-nous-en.

J'ai tendu tous les papiers dûment signés et je lui ai tenu la porte. Un taxi nous attendait.

Nous avons marqué un bref arrêt au Palazzo pour que Shawna puisse récupérer le reste de ses affaires et se débarrasser enfin de son costume de sirène. Pour ma part, plus tôt le matin, j'avais acheté un jean et un tee-shirt hors de prix dans les boutiques de l'hôtel.

En nous rendant à l'aéroport pour attraper le vol de 11 heures à destination de Los Angeles, j'ai promis à Shawna de consulter des avocats dès mon retour afin de régler tous les détails relatifs à son arrestation et lui éviter de devoir revenir à Vegas pour une comparution. Ensuite, je lui ai donné quartier libre pour la semaine en lui conseillant de se reposer, mais elle m'a soutenu que renouer le plus tôt possible avec sa routine serait pour elle le seul moyen de rester saine d'esprit.

Jamie m'avait appelée sur mon portable aux alentours de 8 heures et demie pour m'annoncer qu'il s'était mis en liste d'attente sur le premier vol à destination de L.A., et que, si je lui communiquais par SMS le numéro et l'heure de mon vol, il pourrait venir me chercher à l'aéroport.

Une fois à bord, j'ai passé la première partie du voyage à me convaincre que raconter à Jamie toute la vérité sur ce qui venait de se passer était le mieux à faire, et la seconde moitié, à me persuader qu'il me pardonnerait.

Mais à la seconde où j'ai vu son visage lorsqu'il est descendu de voiture pour m'accueillir le long du trottoir, tous les arguments convaincants dont je m'étais bercée à une altitude de 35 000 pieds se sont évanouis dans un trou noir au fin fond de mon esprit.

Il y avait tant de confiance dans son regard ! Son rire était tellement sincère ! Et son visage exprimait une telle joie de me revoir ! À quoi aurait servi l'honnêteté dans le cas présent ? Elle n'aurait fait que le blesser.

Et ça, rien ne pouvait me convaincre de m'y résoudre.

D'autant qu'il était hors de question que cela se reproduise. Alors, à quoi bon lui raconter ce qui s'était passé ? Une urgence, dictée par des circonstances indépendantes de ma volonté : voilà à quoi cela se résumait. J'avais dû résoudre une crise. Éteindre un incendie que personne n'aurait pu prévoir. J'avais agi comme tout P-DG d'une entreprise prospère. Et plus j'en ferais toute une histoire, plus cela le deviendrait.

Alors j'ai menti.

— Tout est rentré dans l'ordre ? s'est enquis Jamie en m'étreignant étroitement contre lui.

J'ai hoché la tête, le visage enfoui contre sa poitrine tiède.

— Oui, Shawna va bien. Un peu choquée, mais elle va s'en remettre.

Il a planté un baiser sur mes lèvres et m'a ouvert la portière. Je me suis laissée choir sur le siège avec un lourd soupir.

— Alors, que s'est-il passé, une fois que tu as été là-bas ?

J'ai haussé les épaules, comme si ce geste désinvolte pouvait me soulager un peu du poids de ma culpabilité. Cela n'a pas marché.

— Pas grand-chose. Enfin... Je suis allée à la prison, mais il était trop tard pour la faire sortir, donc j'ai juste bavardé avec elle un petit moment. Puis le gardien m'a mise à la porte, alors j'ai pris une chambre au Palazzo et j'ai dormi.

J'ai renversé la nuque contre le repose-tête moelleux et j'ai fermé les yeux. Plus pour éviter de croiser le regard de Jamie que par fatigue, je l'avoue.

— Et comment ça s'est passé, alors, pour la seconde inspection ?

J'ai rouvert les yeux d'un coup et mon pouls s'est accéléré. *Il sait. Il sait forcément. Sinon, pourquoi poserait-il la question ?*

— Quelle seconde inspection ? ai-je demandé avec circonspection.

Il me fallait déterminer jusqu'à quel point il savait, et à quoi, précisément, il faisait référence. C'est une erreur très répandue, quand on ment, de se trahir soi-même en supposant que l'autre en sait plus que ce n'est le cas. Les amateurs tombent systématiquement dans le piège. Par chance pour moi, je n'avais rien d'un amateur quand il s'agissait de tisser une toile élaborée de mensonges. Ce dont je ne tirais d'ailleurs aucune fierté. Surtout à cet instant.

— Tu as dit, avant de partir, que Shawna avait une double mission, hier soir. Donc je me demandais ce qu'il est advenu de la seconde, après son arrestation.

À mon immense soulagement, sa voix était exempte de reproche ou d'accusation. La réponse de Jamie était désinvolte, spontanée, dictée par la curiosité sincère d'un petit ami – pardon, d'un *fiancé* – aimant et attentionné, qui s'efforçait de manifester son intérêt et son soutien, et de montrer qu'il comprenait tous les tenants et aboutissants de cette éprouvante mission de sauvetage en pleine nuit.

Ce qui, on s'en doute, n'a fait qu'alourdir le poids de ma culpabilité.

— Euh... En fait, elle a été arrêtée pendant la seconde inspection, ai-je répondu en refermant les yeux.

Profitant d'un arrêt à un feu rouge, il m'a caressé la joue en me souriant tendrement.

— Tu as l'air fatigué, mon bébé.

Le contact de sa main sur ma peau m'a donné envie de pleurer.

Il ne met pas en doute une seule seconde mon histoire.

Il l'a crue sans sourciller.

Il me fait une confiance aveugle.

La boule qui semblait grossir au creux de mon estomac a commencé à pulser. Je me suis concentrée pour lui ordonner d'arrêter. *Si tu n'y as pas pris plaisir, ce n'est pas tromper,* me disais-je, avec le sentiment d'être plutôt résolue dans ma logique, même si la pulsation refusait de disparaître.

— Je le suis, ai-je répondu après un silence, tandis que Jamie filait le long de Sepulveda Boulevard en direction de la quatre-voies.

— Tu es quoi ?

J'ai tourné la tête vers la vitre pour contempler le ciel gris de novembre.

— Épuisée.

Jamie m'a déposée chez moi pour que je me repose pendant qu'il allait chez lui défaire ses bagages, en me promettant de repasser plus tard, à l'heure du dîner. Sauf que je ne me suis pas reposée. Je n'ai même pas essayé. Je savais que ce serait en pure perte. Sitôt que j'ai eu posé ma valise dans la chambre, j'ai foncé sous la douche, puis j'ai enfilé un jean et un tee-shirt propre qui n'arborait pas le logo du Palazzo, et j'ai attrapé mes clés de voiture. En l'espace de quelques minutes, j'étais ressortie.

Je devais à tout prix m'activer et m'occuper l'esprit. Je craignais qu'en cet instant l'oisiveté ne soit mon pire ennemi. Alors j'ai roulé dans les rues, en m'arrêtant faire des emplettes au hasard de ma course. J'avais besoin de renouveler mon stock de fil dentaire et de papier toilette au drugstore. Peut-être pourrais-je acheter un flacon géant d'Advil, et de l'autobronzant. Ah... et aussi un de ces hachoirs professionnels que j'avais vus à la télé. Et j'étais certaine d'avoir des vêtements à récupérer au pressing. Le vieux Chinois a eu beau m'assurer que j'avais déjà tout pris le vendredi précédent, je lui ai demandé de vérifier. Ensuite, je suis passée au Whole Foods, où, pendant une bonne demi-heure, j'ai erré dans les allées : j'ai pris des produits au hasard sur les rayons et j'ai lu scrupuleusement tout ce qui était écrit sur l'emballage avant de les laisser tomber dans mon panier, sans tenir compte du fait que j'avais prévu ou non de les consommer.

Quand, vers 7 heures du soir, je me suis enfin retrouvée à court d'activités, j'ai regagné mon appartement à contrecœur en priant pour qu'il y ait un programme intéressant à la télé afin de continuer à me distraire de mes pensées jusqu'à l'heure d'aller au lit. Et à ce moment-là, j'étais bien déterminée à avaler un somnifère prescrit uniquement sur ordonnance.

Lorsque j'ai garé ma Lexus au parking et que j'ai vu la Jaguar de Jamie sur mon second emplacement, j'ai bataillé pour recouvrer une respiration régulière.

Ce soir-là, je n'avais guère envie de me retrouver en tête à tête avec lui. Je voulais être seule. Mais en même temps, je savais que me priver de sa présence serait pour moi, littéralement, une souffrance.

Il me semblait que mon esprit était tiraillé entre une centaine de directions différentes. En revanche, j'avais acquis une certitude : j'allais devoir faire un travail sur moi pour passer outre mon malaise. J'allais devoir apprendre à ravaler ma culpabilité, sans risquer de la régurgiter inopinément sous forme d'une confession. Jamie constituait une partie importante de ma vie. Essentielle. Une présence permanente.

Chaque soir, quand je rentrerais chez moi, sa voiture serait garée là. Et ça, je ne pouvais pas passer outre.

J'ai tendu le cou en direction du rétroviseur, et la vue de mes traits tirés par la fatigue m'a arraché un frisson. Main crispée sur les clés de mon appartement, je suis descendue de voiture en me promettant que tout allait s'arranger avec le temps. Oui, le temps allait faire son œuvre, et j'oublierais. Un jour, tout rentrerait dans l'ordre.

Et en attendant ce jour, il me suffirait de me comporter comme si tout était normal. Comme si rien n'avait changé. Car pour Jamie, rien n'avait changé. J'étais toujours la même Jennifer Hunter que celle dont il était tombé amoureux, avant de lui demander sa main.

Il ne me restait donc qu'à faire semblant d'être elle.

Quels que soient les efforts que cela exige.

— Salut ! a lancé Jamie depuis la cuisine en regardant avec étonnement ma moisson d'achats superflus. Où étais-tu passée ?

J'ai traversé la salle à manger en trébuchant à moitié pour déposer mon chargement sur le comptoir.

— J'ai fait quelques courses pour la semaine.

Jamie a plongé la main dans un des sacs et, lorsqu'il en a extrait une mystérieuse brique en carton bleu, il a haussé les sourcils.

— Du lait de chanvre ? J'ai loupé un épisode ?

J'ai haussé les épaules en me refusant obstinément à croiser son regard interrogateur.

— Tout le monde dit que c'est mieux que le lait de soja. Et ça aide les cultivateurs de chanvre. C'est écrit sur la boîte.

— Dis donc, a-t-il repris en m'enlaçant et en m'attirant vers lui. Nous devons fêter quelque chose ce soir.

— Hum hum..., ai-je fait en jouant avec la pointe de son col de chemise. C'est quoi ?

Il a penché la tête vers le couloir qui conduisait à la chambre. J'ai aperçu deux valises et trois petits cartons entreposés le long du mur.

— C'est quoi ?

Jamie m'a regardée avec un grand sourire.

— Je me suis dit que si j'apportais quelques affaires chaque jour, j'aurais entièrement emménagé d'ici la fin de la semaine.

Ah oui, c'est vrai, ai-je songé. *Il s'installe chez moi.*

Comment cela avait-il pu me sortir de la tête ? Pour tout dire, j'avais bien ma petite idée, mais je préférais ne pas y penser.

— L'agent immobilier estime qu'il peut vendre mon appart avec les meubles, ce qui m'éviterait de choisir lesquels garder.

— C'est formidable, ai-je dit avec un sourire forcé.

Jamie m'a attirée tout contre lui en resserrant les bras autour de ma taille, et il m'a embrassée avec fougue. Quelques signes éloquents m'ont laissé soupçonner que nous n'allions pas en rester à un simple baiser. Tout d'un coup, j'ai compris que c'était comme *ça* qu'il comptait « fêter » l'arrivée des cartons et des valises dans le couloir.

J'ai fermé les yeux et essayé de m'imprégner ne serait-ce qu'un peu de son ardeur. Malheureusement, ma jauge de passion semblait coincée sur l'indicateur « frigide ».

Jamie ne s'en est pas rendu compte car déjà ses mains s'aventuraient sous la ceinture de mon jean. En deux temps trois mouvements, il m'a retiré mon tee-shirt pour couvrir mes seins de baisers, en gémissant de plaisir, comme quelqu'un qui dévorerait un chocolat liégeois en plein milieu d'un régime.

— Nous n'avons jamais fini ce que nous avions commencé à Cabo San Lucas, a-t-il roucoulé.

— Jamie, ai-je protesté en le repoussant par les épaules. Je ne sais pas trop si on devrait faire ça…

— … ici ? m'a-t-il interrompue. Oui, tu as raison.

Aussitôt, j'ai senti mes pieds décoller du sol, et Jamie m'a hissée sur son épaule, à la façon d'un pompier, pour me transporter jusque dans la chambre.

Je me suis agrippée à sa chemise en hurlant :

— Jamie ! Arrête ! Lâche-moi !

Et il a obéi. Il m'a lâchée, pile au milieu du lit, et il s'est jeté sur moi en me couvrant de caresses. Mais je ne sentais rien. Enfin... si. Je sentais le contact de ses mains sur ma peau. Mais ce n'étaient pas les mains de Jamie.

C'étaient celles de Benjamin Connors.

Et ces lèvres qui égrenaient des baisers sur mon ventre tout en progressant subrepticement vers la ceinture de mon jean n'appartenaient pas, elles non plus, à Jamie.

Ma respiration s'est accélérée et Jamie, se méprenant sur le sens de ma réaction, a exhalé un soupir étouffé de plaisir contre mon ventre.

Mais les seuls soupirs que j'entendais étaient ceux qui me hantaient depuis la veille. J'avais cru pouvoir les réduire au silence en me distrayant par des achats inutiles et des monologues intérieurs. Mais non : ils étaient toujours là, plus puissants que jamais, me revenant comme en écho des quatre coins de la chambre. C'était comme entendre Benjamin Connors en stéréo. Une voix a chuchoté :

— Tu es tellement sexy...

Ma vie en aurait-elle dépendu, j'aurais été incapable de déterminer à qui appartenait cette voix. Était-ce celle de Jamie ? Était-ce vraiment lui qui disait ça ? Ou bien s'agissait-il d'un flash-back de la nuit du samedi, diffusé en Dolby stéréo ?

— Je n'arrive pas à croire que tu sois sexy à ce point...

Mais qui parle ? Qui ?

Il faut croire que ce qui se passe à Vegas n'y reste pas forcément.

Jamie était en train de déboutonner mon jean tout en m'embrassant en dessous du nombril. J'ai senti mon front se couvrir d'un voile humide et la pièce a commencé à tourner devant mes yeux. Lentement, d'abord, puis beaucoup plus vite. Comme un manège qui aurait pété les plombs.

J'ai baissé les yeux et fixé le sommet de la tête de Jamie. Pour essayer de concentrer mon attention sur l'homme que j'aimais. Et tenter de reprendre le contrôle de la situation. En vain. Ma vision se brouillait de plus en plus et une sorte de brume enveloppait mes pensées.

Jamie a fini par relever la tête. Il m'a regardée. Mais je ne voyais plus son visage.

Le seul visage que je voyais, là, devant moi, était celui de Benjamin Connors.

— Arrête ! ai-je hurlé. Il faut que ça s'arrête !

Dans un mouvement de panique, je l'ai repoussé et j'ai bondi du lit en manquant de lui asséner, au passage, un coup de pied. Je me suis plantée au milieu de la chambre, hagarde, en soutien-gorge, mon jean déboutonné, sans savoir quoi dire, ni où regarder. Alors, j'ai fixé le sol.

Je ne savais plus ce que je faisais. Mon corps m'était devenu étranger, mon esprit semblait s'être enfui à des milliers de kilomètres de moi. Comme si mon sort lui était tout à fait indifférent et qu'il me laissait foncer droit dans le mur.

Quand j'ai enfin trouvé le courage de regarder Jamie et que j'ai vu ses yeux écarquillés, je me suis empressée de détourner les miens. J'étais morte de honte et d'embarras.

Qui était cette fille ? Certainement pas moi.

Aucun de nous n'a rien dit pendant un petit moment. Jamie était trop abasourdi pour parler, et moi j'étais trop secouée. Le manège qui avait pris possession de ma chambre a enfin commencé à ralentir et mon cœur a retrouvé un rythme normal.

— Je suis désolée, ai-je soufflé.

Jamie a plissé le front et s'est passé la main dans les cheveux.

— Hum… C'était quoi, *ça* ?

Le ton laissait entendre le léger agacement de celui qui a épuisé ses réserves de patience.

— Je ne sais pas, ai-je répondu en frissonnant, même si j'étais loin d'avoir froid.

— Tu ne sais pas, a-t-il répété d'une voix sourde en contemplant le plafond.

J'ai secoué la tête et caressé le plancher du bout des orteils.

— Je suis désolée, ai-je répété. Je crois que j'ai un peu perdu les pédales.

— On dirait, oui.

Sitôt que le tremblement qui me secouait s'est atténué et que la sensation d'engourdissement dans mes membres s'est dissipée, mon esprit s'est mis à me harceler. Je devais trouver une excuse, en inventer une, n'importe laquelle. Je ne pouvais pas faire l'économie d'une explication. Je devais redresser la barre.

— Je suis stressée, voilà tout, ai-je fini par lâcher, sans être moi-même convaincue par ma feinte.

Jamie a roulé sur le flanc et s'est dressé sur un coude.

— Stressée ?

De toute évidence, Jamie était tout aussi dubitatif. Mais il était trop tard pour faire marche arrière. J'étais pieds et poings liés par mon mensonge.

— Oui, entre le travail, l'arrestation de Shawna, Katie qui joue à la nounou et le mariage de Sophie dans quinze jours, et tu sais bien qu'elle m'appelle tous les quarts d'heure pour m'annoncer un nouveau drame et…

Je me suis interrompue pour reprendre mon souffle.

Jamie me dévisageait attentivement, l'air de décider s'il allait ou non me croire. J'ai lutté pour ne pas rompre ce contact oculaire. La moindre hésitation, le moindre changement d'attitude m'aurait à coup sûr trahie.

— Et c'est tout ? a-t-il demandé d'un ton sceptique. C'est *juste* le stress ? Ça n'a rien à voir avec autre chose ? Avec mes affaires dans le couloir, par exemple ?

J'ai dégluti péniblement et j'ai secoué la tête.

— Non, bien sûr que non. C'est juste un problème de stress. Je te le promets.

Jamie a soupesé un instant ma réponse, puis il s'est levé. Il est venu vers moi et, d'un geste circonspect, a posé la main sur ma taille. Puis il a déposé un baiser sur mon front et ses lèvres se sont attardées pendant cinq bonnes secondes sur ma peau, comme pour tenter d'aspirer la vérité à sa source, dans mon cerveau.

J'ai fermé les yeux et prié *in petto* pour que la conversation en reste là, et que, jamais plus, je ne doive évoquer cet incident. Quand je les ai rouverts, Jamie avait filé dans la cuisine et s'affairait à la préparation du dîner.

14

Sentence librement consentie

Lorsque j'ai repris le travail, le lundi matin, les cernes bistres sous mes yeux commençaient à évoquer des cavernes aux profondeurs menaçantes. J'avais à peine fermé l'œil de la nuit... une fois de plus. Et le somnifère que j'avais avalé vers 2 heures du matin n'avait guère remédié à la situation. Apparemment, ces cachets ne font effet que sur une conscience sans tache – détail qui, selon moi, devrait être mentionné sur la notice.

On peut donc dire que je n'étais pas dans l'état d'esprit idéal pour affronter le rendez-vous qui m'attendait un quart d'heure plus tard.

Le bourdonnement de l'interphone m'a arraché un sursaut et, aussitôt après, j'ai entendu la voix d'Hadley.

— Ashlyn ? Darcie Connors est ici.

Il n'y aurait même pas de quart d'heure de répit qui tienne.

Que le diable l'emporte ! Elle était en avance. Cela dit, un quart d'heure plus tôt ou plus tard, cela ne changeait pas grand-chose.

— Très bien, faites-la entrer.

Je me suis levée et j'ai rajusté les épaules de ma veste de tailleur, comme si ce simple geste allait m'éviter de me disloquer.

Regard rivé sur la porte, doigts crispés sur le bord de mon bureau, je me suis préparée à affronter l'instant que je redoutais depuis que je m'étais éclipsée de la chambre de Benjamin Connors, moins de deux jours plus tôt.

Annoncer une mauvaise nouvelle à une cliente n'est jamais facile. Cela a même toujours été la phase la plus pénible de ce job. Mais ce jour-là, cette épreuve me semblait plus rude que jamais. Était-ce à cause de la culpabilité qui resterait éternellement pour moi associée à cette mission ? Ou parce que je savais que, d'ici quelques secondes, j'allais devoir annoncer à cette femme que son rêve d'avoir l'enfant qu'elle avait toujours voulu avec l'homme qu'elle avait toujours aimé était désormais brisé ? Je l'ignore. Mais je savais que ce n'était pas une partie de plaisir qui m'attendait.

La porte s'est ouverte. Hadley a annoncé ma visiteuse, avant de s'écarter pour céder le passage à Darcie Connors.

— Bonjour, ai-je chantonné, mains toujours cramponnées à mon bureau. Enchantée de vous revoir.

Mes mots sonnaient affreusement faux – même moi, je m'en rendais compte – et je me suis empressée de masquer cet embarras avec un sourire qui ne valait guère mieux.

Une fois certaine que mes jambes acceptaient de me porter, je me suis lentement avancée vers ma cliente, main tendue. Et quand Darcie Connors l'a serrée, j'ai prié pour qu'elle soit moins glacée et moins moite que la sensation que j'en avais.

— Voulez-vous vous asseoir ? ai-je proposé en montrant le canapé.

Darcie Connors s'est posée du bout des fesses sur le bord du coussin, comme si elle avait peur de s'installer trop confortablement. Je ne pouvais pas l'en blâmer. À l'évidence, j'étais devenue la preuve vivante que *jamais* on ne devrait s'installer trop confortablement. Parce qu'il y a toujours quelque chose qui vous attend au tournant, prêt à mettre votre vie sens dessus dessous.

Je bataillais dur pour garder contenance et offrir un visage détendu. J'avais annoncé beaucoup de mauvaises nouvelles entre ces quatre murs et, ce jour-là, rien n'aurait dû être différent. Au moins cinq fois par semaine, c'était la même scène qui se rejouait dans ce bureau : un numéro bien rodé de sourires rassurants et de regards compatissants, accompagnés de petits gestes de réconfort. C'était là mon quotidien.

Mais ce jour-là n'avait rien d'ordinaire à mes yeux.

Que ce soit moi qui, personnellement, avais prouvé les tendances à l'infidélité de Benjamin Connors n'entrait pas en ligne de compte. Peu importait quelle peau il avait caressée, quelles lèvres discrètement givrées de gloss il avait embrassées, quelle robe courte et provocante il avait essayé de retirer. Ce qui comptait, c'est qu'il avait fait tout ça. Avec une autre que sa femme.

Cette pensée m'a insufflé un fugace regain de force et j'ai décidé de le mettre à profit avant qu'il ne se dissipe et que je ne redevienne la loque qui m'avait dévisagée, plus tôt le matin, dans mon miroir. J'ai croisé les mains sur les genoux et j'ai regardé la femme en face de moi droit dans les yeux, avec une expression grave mais néanmoins débordante d'empathie.

— Je vais être franche avec vous, madame Connors, car je n'aime pas prolonger inutilement ces rendez-vous.

Pour votre santé mentale et *la mienne.*

— Et sachant combien celui-ci est pénible pour vous, je vais aller droit au but.

Darcie Connors a hoché la tête, les yeux écarquillés d'appréhension. Je voyais presque les larmes se rassembler dans l'ourlet de ses paupières, telle une armée qui s'aligne dans les tranchées, prête à se jeter dans la bataille, à se déployer au moindre commandement.

— Ainsi que nous l'avions évoqué, mon associée... (Je me suis interrompue et trémoussée inconfortablement sur mon fauteuil.) ... a procédé à une inspection de fidélité auprès de votre mari, Benjamin Connors, samedi soir, au Palazzo, à Las Vegas.

Mme Connors a pincé les lèvres et, tandis qu'elle attendait impatiemment la suite, le sang a peu à peu reflué de son visage, la délicate pigmentation rose cédant le pas à un teint crayeux et sans vie.

— Votre mari... hélas, a échoué à son inspection.

Darcie Connors a pris une profonde inspiration et a retenu son souffle un long moment. Quand elle l'a relâché, bien qu'étant à quelque distance d'elle, j'ai senti comme un courant tiède balayer mon visage.

— Ô mon Dieu, a-t-elle gémi en laissant tomber sa tête entre ses mains. Ô mon Dieu...

C'est là tout ce qu'elle a réussi à sortir avant d'être secouée de sanglots.

En général, je sais exactement quoi répondre dans ce genre de situation : je suis une vraie banque de données et je peux égrener des phrases toutes faites de compassion, de réconfort et d'encouragement, que je complète machinalement par tout un catalogue de gestes et d'expressions appropriés. Mais ce jour-là, j'étais si déboussolée que je n'ai rien trouvé à dire. Aucune des phrases qui me venaient à l'esprit ne faisait sens. À croire qu'elles étaient toutes écrites dans une langue étrangère et que mon logiciel de traduction avait bugué.

Ma vie en aurait-elle dépendu, j'aurais été incapable de réconforter Darcie Connors. J'étais frappée d'aphasie et ne parvenais qu'à fixer son corps secoué de sanglots. Au bout d'un moment, cependant, mes mains sont revenues à la vie et mon cerveau a fonctionné assez longtemps pour me commander de lui tendre la boîte de Kleenex posée sur la table.

Darcie a relevé la tête et extrait un mouchoir. Elle s'est mouchée bruyamment puis s'est tamponné les paupières d'un geste délicat.

— Je ne rêve pas, n'est-ce pas ? Mon pire cauchemar. Il est devenu réalité.

Ne sachant trop quoi répondre à cela non plus, je me suis contentée d'étendre le bras pour lui toucher le genou. Ce geste a semblé lui procurer un certain réconfort. Qu'il me réconforte moi aussi était en revanche plus curieux.

— Excusez-moi, je suis effondrée. (Elle s'est mouchée à nouveau.) Vous comprenez, il y a quinze jours à peine, j'avais tout ce que j'ai toujours voulu dans la vie. Un mari qui m'aime, et la possibilité d'avoir un bébé. Là, en cinq minutes, j'ai l'impression d'avoir perdu toute ma famille. (Elle a lâché un petit rire nerveux.) Ça en devient presque drôle, quand on le dit à voix haute.

J'ai hoché la tête, désemparée. J'avais toujours considéré que la nouvelle d'un échec à une inspection enclenchait un processus en deux étapes, qui permettrait de convertir la douleur de l'instant présent en espoir d'un avenir plus radieux. Mais à présent, je ne savais plus trop. Toute cette souffrance, cette douleur... Le jeu en valait-il la chandelle ? Non seulement pour elle, mais aussi pour moi ?

— Croyez-moi, je suis navrée de ce qui s'est passé, ai-je marmonné en contemplant mes mains.

Et navrée, je l'étais. Sincèrement. J'étais navrée que ce crétin de garçon d'honneur ait éprouvé le besoin d'accuser à tort Shawna de prostitution. Navrée d'avoir pu embarquer en pleine nuit sur ce vol à destination de Las Vegas. Navrée d'avoir été contrainte de sentir les lèvres de Benjamin Connors sur les miennes.

Darcie agrippait si fort les anses de son sac à main que ses articulations commençaient elles aussi à devenir exsangues.

— Bon, ce qui est fait est fait. Une fois qu'on sait, on ne peut pas vraiment revenir en arrière, n'est-ce pas ? Si forte que soit l'envie qu'on en ait.

Une fois de plus, je n'ai réussi qu'à hocher la tête. Je ne pouvais pas acquiescer de vive voix à sa remarque car j'aurais eu l'impression de trahir Jamie une seconde fois.

Mais c'est à croire que cet assentiment muet lui suffisait puisque Darcie s'est levée, avec raideur.

— Vous m'excuserez, j'en suis sûre, d'écourter ce rendez-vous, a-t-elle lancé d'une voix éraillée mais étonnamment courtoise. Je dois contacter sans tarder l'avocat chargé du dossier d'adoption.

Elle a extrait quelques mouchoirs en papier de la boîte à titre de provision et a immédiatement pris congé.

Je me suis avachie dans le fauteuil, bras ballants dans le vide. Depuis dix minutes, c'était comme si un train fonçait droit sur moi et que j'étais incapable de bouger pour l'éviter. Paralysée au milieu des voies, je l'attendais, bras ouverts.

Une des phrases de Darcie Connors flottait dans ma tête, telle une de ces rengaines agaçantes qui se logent dans l'esprit : ... *on ne peut pas vraiment revenir en arrière, n'est-ce pas ? Si forte que soit l'envie qu'on en ait.*

Mais *voulais-je* vraiment revenir en arrière ? Et si je l'*avais pu*, aurais-je agi différemment ?

La futilité de cette question m'a tout de suite sauté aux yeux. Plus important, j'ai compris combien il serait vain de perdre du temps à me torturer l'esprit pour y répondre. À quoi bon ? Je ne pouvais pas remonter le temps. Ce qui était fait l'était, et je n'y pouvais rien changer.

Cependant, pour une raison que j'ignorais, je *devais* répondre à cette question. Je devais savoir jusqu'à quel point je *regrettais* sincèrement ma décision. Parce que, selon moi, là était la clé de la sentence que j'allais m'auto-infliger. La réponse déterminerait le degré de ma culpabilité, et la durée de ma peine.

Soudain, j'ai été tirée de mes réflexions par la sensation de n'être pas seule dans la pièce. Darcie Connors était revenue sur ses pas et m'observait, l'air pensif et hésitant, depuis le seuil du bureau. Surprise, j'ai sursauté et je me suis redressée.

— Je tenais à vous assurer de ma reconnaissance pour ce que vous avez fait, a-t-elle déclaré sans paraître remarquer l'abattement dans lequel j'avais sombré.

J'ai penché la tête de côté et je l'ai dévisagée avec attention, d'un regard ouvertement dubitatif. Et comme en réponse à cette interrogation muette, elle a ajouté, avec un hochement de tête :

— Oui. De mon *éternelle* reconnaissance. Je... euh... (Elle s'est tue et a contemplé ses pieds, cherchant ses mots.) Il y a quelque chose que je ne vous ai pas dit, lors de notre premier rendez-vous...

J'ai continué à la fixer, un peu ébahie, tout en étudiant son langage corporel, qui exprimait de la timidité et de l'embarras.

— Mes parents ont divorcé lorsque j'avais quinze ans. Ma mère trompait mon père. Ça l'a complètement détruit. Ça nous a tous détruits. Toute notre famille est partie à la dérive. Et je me suis promis que jamais je n'infligerais ça à mes enfants.

Elle s'est interrompue, elle a pincé les lèvres, puis elle a poursuivi :

— J'étais fermement déterminée à tenir cette promesse. Mais il y a quinze jours, j'ai réalisé que je n'étais que la moitié de l'équation. Je pouvais être aussi fidèle qu'un moine bouddhiste jusqu'au jour de ma mort, ce que mon mari faisait, ou pourrait faire, en revanche, échappait à mon contrôle. C'est à ce moment-là que j'ai décidé de m'adresser à vous. C'est le seul moyen que j'ai trouvé pour tenir ma promesse envers mes futurs enfants. Alors merci. Merci à vous... Et à votre associée, a-t-elle conclu après avoir repris une profonde inspiration.

J'ai senti des larmes enfler dans mes yeux. En temps normal, j'aurais lutté pour les retenir, quel qu'en soit le prix. Ne jamais manifester d'émotion devant les clientes. Ne jamais s'investir personnellement. Mais l'aveu de Darcie réveillait trop de souvenirs personnels. La situation critique dans laquelle elle se trouvait m'était que trop familière.

Tous les mots qui auraient pu me venir à l'esprit sont restés coincés dans ma gorge. Mais ça m'était plus ou moins égal, car je savais que, de toute façon, ils n'auraient pas rendu justice à mes sentiments.

Quand Darcie Connors est repartie, cette fois, je ne me suis pas effondrée dans mon fauteuil. Je me suis levée et j'ai marché jusqu'à la fenêtre. Une vibration électrisait mon corps. Une vibration chargée d'énergie, d'énergie vitale. Et, de fait, je me sentais plus vivante que je ne l'avais été depuis bien longtemps.

J'ai repensé à la question qui me taraudait quelques instants plus tôt. Celle dont la réponse promettait de condenser, dans un simple « oui » ou « non », tous mes sentiments, toutes mes émotions, tous mes regrets.

Si on m'avait donné une seconde chance, aurais-je agi différemment ?

Tout en contemplant l'océan et en me répétant les derniers mots de gratitude de Darcie, j'ai su que je tenais ma réponse.

15

Courtoisie d'un autre temps

Arrivé le vendredi, j'étais épuisée, physiquement et mentalement. J'avais consacré la semaine à tenter de réparer les dégâts causés par l'arrestation de Shawna. Un coup de fil à Gracie Katz (la fiancée ou, désormais, l'ex-fiancée de Ken Littrell) m'avait permis d'établir qu'en fait quelqu'un avait grillé la couverture de Shawna. Pendant son enterrement de vie de jeune fille – qui se déroulait le même soir –, Gracie avait bu plus que de raison et raconté à ses copines qu'elle avait contacté l'agence pour tester Ken. Une des demoiselles d'honneur, qui se trouvait être l'épouse du témoin de Ken, s'était empressée d'appeler son mari pour lui transmettre l'information, juste à temps pour qu'il repère Shawna en train de danser avec le futur marié.

Lorsque j'ai rapporté ces informations à l'avocat, il m'a certifié qu'il pourrait faire lever les charges qui pesaient sur mon associée. Et ce d'autant plus facilement qu'en fouinant à droite et à gauche, il avait découvert que le garçon d'honneur de Ken Littrell n'était autre que le fils d'un gros flambeur, excellent « client » du MGM Grand, et que c'était pour cette seule raison que l'on avait pris au sérieux les allégations selon lesquelles Shawna se livrait à du racolage.

Cette affaire était une vraie galère, un scandale, et une source d'exaspération. À la fin de la semaine, la situation était fort heureusement sous contrôle et tout était réglé : les charges contre Shawna avaient été abandonnées, et son casier judiciaire était blanchi.

Quand j'ai appris la nouvelle, j'ai décidé de rentrer chez moi de bonne heure pour m'accorder une récupération bien méritée.

Mais à l'instant où j'émergeais du parking au volant de ma voiture, mon portable a sonné. Et quand j'ai vu que l'appel émanait de Willa Cruz, l'organisatrice de mariages, je me suis dit que je ferais mieux de répondre pour en finir, et espérer profiter d'un week-end peinard. Cela faisait trois jours que je filtrais systématiquement ses appels, dont la fréquence allait croissant.

J'ai appuyé sur la commande Bluetooth de mon volant et grommelé :

— Allô ?

— Jennifer ! a tonné la voix sémillante de Willa dans les haut-parleurs.

J'ai aussitôt pianoté avec frénésie sur le bouton de commande du volume.

— Oui. Bonjour, Willa, ai-je répondu d'un ton nettement moins euphorique.

— Vous savez que j'essaie de vous joindre depuis plusieurs jours, sans succès. Votre téléphone a peut-être un problème ?

— C'est possible, ai-je répondu en me hérissant.

— La raison pour laquelle j'ai insisté..., a commencé Willa.

Son choix de mots a failli m'arracher un éclat de rire. Deux coups de fil, c'est de l'insistance. Dix en trois jours, c'est du harcèlement, ni plus ni moins.

— ... c'est que j'ai trouvé le lieu idéal pour votre mariage estival.

J'avais de la peine à croire que Willa Cruz ait pu dégoter l'endroit idéal pour notre mariage dans la mesure où le questionnaire que j'étais supposée compléter et lui faxer était toujours au fond d'un de mes sacs à main.

— Vraiment ?

Elle a lâché un soupir orgasmique.

— Vous n'imaginez pas le nombre de futures mariées qui seraient prêtes à tuer pour pouvoir louer ce lieu ! Il est réservé des années en avance. Mais je viens de recevoir un coup de téléphone de quelqu'un que je connais dans la place. (Sa voix s'était muée en un murmure de conspiratrice, comme si le présent coup de fil mettait en danger la vie de cet informateur.) Ils ont eu une annulation. Le futur marié se serait mal conduit lors de son dernier voyage d'affaires, si vous voyez ce que je veux dire...

Malheureusement, je ne voyais que trop bien.

— Oui, je pense que j'ai compris.

— C'est une histoire assez scabreuse, a-t-elle poursuivi d'une voix feutrée qui, très honnêtement, commençait à me porter sur les nerfs. Figurez-vous que la future mariée a engagé une agence pour mettre à l'épreuve la fidélité de son promis. Et il a *échoué.*

Une boule s'est formée dans ma gorge et mes doigts se sont crispés sur le volant.

— Non..., ai-je lâché d'une voix éraillée.

Willa, qui était visiblement une grande amatrice de potins prénuptiaux, se régalait.

— *Si.* Cette agence a envoyé une fille jusqu'à Minneapolis, où avait lieu sa réunion de vente. Vous imaginez ?

Je n'écoutais déjà plus que d'une oreille distraite car je venais de me ranger le long du bas-côté pour fouiller dans ma sacoche. J'en ai extrait le dossier que Lauren Ireland m'avait rendu la semaine précédente et que j'avais décidé d'emporter chez moi dans l'espoir de rentrer quelques données dans la base au cours du week-end.

Je l'ai ouvert et la boule qui m'obstruait la gorge a aussitôt doublé de volume. Il me semblait qu'à la prochaine inspiration, elle allait m'étouffer.

C'était bien là. Tout en haut de la page qui relatait la biographie de la cliente. À six lignes du début, aussi clair que le jour.

INFORMATIONS GÉNÉRALES
Dossier n° 2371
Mission confiée à : Lauren Ireland

Nom du sujet : Nathan Charles
Nom de la cliente : Amanda Savant
Relation sujet-cliente : fiancés
Lieu de l'inspection : réunion de vente Google, Minneapolis

Je n'avais pas besoin de demander à Willa de préciser le nom du futur époux. Les agences d'inspection de fidélité ne couraient pas les rues. Je n'en connaissais qu'une : celle que je venais de quitter. Toute coïncidence était exclue.

J'ai soudain pris conscience du silence qui était tombé dans l'habitacle. Willa attendait sans doute une réaction de ma part. Pour écarter tout risque, j'ai pris le parti d'une réponse générique :

— C'est dingue !

— N'est-ce pas ? a-t-elle renchéri d'un ton méditatif. En tout cas, le résultat, c'est que la noce est annulée et que le lieu idéal est désormais libre pour le 4 août. Ce n'est pas perdu pour tout le monde, pas vrai ?

— Non, ai-je répondu sans réfléchir.

Le mot avait fusé presque à mon insu. Sans doute parce que c'était le seul qui eût un sens en cet instant.

Un silence abasourdi s'est abattu à l'autre bout du fil, puis Willa a demandé :

— Comment ça, « non » ? Que voulez-vous dire ?

— Je veux dire que non, je ne veux pas de ce lieu. Ou plutôt, nous ne voulons pas de ce lieu.

— Je ne vous l'ai même pas décrit !

La véhémence de sa protestation laissait entendre combien elle me jugeait déraisonnable. Pour ma part, je tenais juste à me débarrasser au plus vite de cette enquiquineuse. Et ne surtout pas en entendre davantage sur ce lieu idéal qui n'était disponible qu'à cause de moi. Ou plutôt, à cause de mon agence.

— Eh bien, je n'en veux pas. De toute façon, je trouve que le 4 août, c'est un peu précipité.

— Mais..., a commencé à protester Willa.

— Et pour tout dire, je suis occupée, là. Nous en reparlerons plus tard.

— Bon, d'accord, mais je n'ai toujours pas reçu votre questionnaire...

Sans lui laisser le temps d'achever sa phrase, j'ai mis fin à la communication.

Après avoir réduit au silence Willa et sa voix sémillante une bonne fois pour toutes – ou, à tout le moins, provisoirement –, je me suis calée contre l'appui-tête pour essayer de digérer ce qui venait de se passer : mon organisatrice de mariages avait tenté de me refourguer un lieu décommandé par un couple que mon agence avait brisé.

Franchement, d'un point de vue statistique, quelles étaient les chances qu'une telle tuile me tombe dessus ?

Peut-être était-ce un signe. Oui, mais de quoi ? Le signe que nous ne devions pas nous marier le 4 août, si idyllique que soit le lieu que dégoterait Willa ? Que nous ne devions pas nous marier du tout ? Bon, ça, c'était une hypothèse ridicule. À l'évidence, il me fallait plutôt retenir la première. Et de signe, il n'y en avait point : je refusais de me marier dans un lieu maudit par une inspection de fidélité qui avait échoué, menée par une de mes employées, rien de plus. C'était trop tordu de bout en bout.

Et ça dénotait un très mauvais karma, il va sans dire.

Jamie m'a rejointe « à la maison » (je ne m'étais pas encore habituée à entendre cette dénomination dans sa bouche) vers 8 heures. Il était passé chez P. F. Chang's acheter mes rouleaux végétariens préférés, ainsi que de la soupe Hot and Sour et un pack de six bières Tsing-Tao. Nous avons installé notre festin sur la table basse pour dîner devant la télé.

C'était exactement ce dont j'avais besoin : une piqûre de rappel quant aux raisons qui m'avaient poussée à renoncer à la vie tumultueuse et émaillée de drames d'une inspectrice de fidélité. Pour goûter aux joies paisibles d'un dîner exotique à domicile avec l'homme que j'aimais.

Nous avons siroté notre soupe et croqué nos rouleaux de printemps en silence en regardant un épisode du *Banquier*. Le dîner terminé, nous avons poussé les assiettes tout au bout de la table basse et nous nous sommes pelotonnés dans le canapé sous le plaid afghan, bras étroitement noués. Telles deux pièces de puzzle aux découpes parfaites, comme si le corps de Jamie avait été spécifiquement conçu pour s'emboîter dans le mien.

Je pouvais m'imaginer sans problème passant le reste de ma vie ainsi. S'il devait ressembler à ça, je n'aurais pas le sentiment de sacrifier quoi que ce soit. Auprès de Jamie, je me sentais en sécurité. Protégée.

Et bien qu'ils ne fussent pas encore tous déballés, les cartons qui s'accumulaient dans mon couloir depuis cinq jours me rassuraient par leur présence.

Jamie a semblé sentir mon contentement parce qu'il a serré mon bras plus fort, comme pour dire « moi aussi ». Puis il a pris ma main et l'a portée à ses lèvres pour l'embrasser. Il aime bien faire ça – le baisemain. Comme dans ces films en costumes où des hommes en redingote s'inclinent avec respect chaque fois qu'une femme au visage encadré de bouclettes entre dans une pièce dans sa robe longue froufroutante. Tout avait commencé sur le ton de la blague : depuis qu'un soir nous avions loué *Orgueil et Préjugés* en DVD. Jamie disait des petites phrases comme « Mais cela va de soi, my lady » en singeant pitoyablement l'accent britannique, avant de s'incliner et de me faire un baisemain. Par la suite, plus qu'une plaisanterie, c'était devenu une sorte de rituel intime.

Ce geste s'avérait archaïque, et probablement sexiste, mais il agissait sur moi à l'instar d'une formule magique et, lorsque Jamie me baisait la main, je me sentais invariablement belle et... aimée.

J'ai attendu de sentir la pression familière de ses lèvres sur ma peau. Mais quelques secondes se sont écoulées, sans qu'il ne se passe rien. Et lorsque j'ai relevé la tête, j'ai constaté qu'il ne s'apprêtait plus du tout à embrasser ma main : il la maintenait juste à hauteur d'œil, comme s'il inspectait ma peau en quête de taches de vieillesse suspectes.

— Qu'y a-t-il ? ai-je demandé en lui lançant un regard intrigué.

J'ai essayé discrètement de retirer ma main, mais Jamie refusait de la lâcher et il continuait à fixer mes doigts d'un air interrogateur.

— Où est ta bague ? a-t-il enfin demandé.

Je n'avais pas besoin de me regarder dans un miroir pour savoir que j'étais devenue aussi pâle qu'un fantôme. Toute la force que j'avais mobilisée pour tenter de libérer ma main d'entre ses doigts crispés s'est évanouie instantanément, et mon bras est retombé mollement contre sa jambe.

Je me suis remémoré à toute vitesse les différentes étapes de ma journée. En arrivant dans le parking du bureau, j'avais retiré la bague avant de laisser, comme d'habitude, ma voiture au préposé, et je l'avais rangée à sa place attitrée : dans la poche intérieure de ma sacoche. Mon regard s'est aussitôt tourné vers la salle à manger, où, en arrivant, fourbue de fatigue, j'avais abandonné la sacoche sur une chaise.

Merde, merde, merde !

Tout ça, c'était la faute du coup de fil de Willa Cruz. Je réenfilais toujours ma bague en arrivant chez moi, après avoir garé ma voiture au parking. Mais j'imagine qu'à cause du stress qu'avait généré cette épouvantable conversation, ça m'était tout bonnement sorti de la tête.

J'ai tendu le doigt vers la salle à manger.

— Elle est dans ma sacoche, ai-je chevroté. Je vais la chercher.

Je me suis agenouillée sur le canapé et j'ai commencé à me lever, mais la main de Jamie s'est abattue sur mon bras. J'ai eu l'impression que j'étais sommée de ne pas bouger.

— Pourquoi est-elle dans la sacoche plutôt qu'à ton doigt ?

Comment allais-je tourner ça ? Je me suis creusé la tête pour trouver les mots justes. Mais, en même temps, il n'y avait pas trente-six façons de le dire :

— Parce que je la retire... à l'agence.

Un ange est passé. À la télé, l'animatrice a demandé à un candidat – un type obèse – s'il acceptait ou non l'offre du banquier et le public du studio a accueilli la question à grand renfort d'applaudissements et de cris d'encouragement. Jamie s'est emparé vivement de la télécommande pour couper le son. J'aurais de loin préféré supporter la voix de l'animatrice plutôt que le silence éprouvant qui a envahi le salon, et qui m'a semblé durer une éternité.

— Et pourquoi la retires-tu à l'agence ? a finalement demandé Jamie.

J'ai dégluti avec difficulté. Mon cœur était en train de s'emballer et la sensation était presque douloureuse. Je savais que je devais tout lui expliquer. Je ne pouvais pas lui mentir. Une fois de plus.

— Eh bien... Il me semble que ce serait malvenu de ma part de la porter au bureau à cause de ce que je fais. Tu sais bien, les inspections de fidélité... Alors, je la retire quand j'arrive, je la remets dès que je rentre à la maison.

— De toute évidence, ce n'est pas systématique, a-t-il observé assez froidement en désignant ma main gauche d'un mouvement de menton.

— Parfois, j'oublie, ai-je volontiers reconnu. Et si j'ai oublié aujourd'hui, c'est uniquement parce que la journée a été infernale. Je me suis démenée pour faire abandonner les charges contre Shawna et ensuite, alors que je rentrais à la maison, j'ai reçu un coup de fil qui m'a perturbée à propos de...

— Oui, Willa Cruz m'a dit que tu lui avais raccroché au nez.

Quoi ? Willa Cruz lui avait raconté que je lui avais raccroché au nez ? Elle lui avait fait un rapport à la fin de la journée ? J'ai senti une expression de dégoût se propager sur mon visage. Il m'a fallu une minute pour rassembler mes pensées avant de répondre :

— Primo, je ne lui ai pas raccroché au nez. Je lui ai juste dit que je ne voulais pas du lieu qu'elle me proposait et puis je lui ai annoncé que je devais la laisser. Deuzio, pourquoi t'appelle-t-elle après m'avoir parlé ? Comme si tu étais mon boss ?

Jamie a haussé les épaules mais a continué à regarder droit devant lui. La rigidité de son langage corporel trahissait clairement sa contrariété.

— Elle n'a pas compris pourquoi tu refusais un lieu à ce point *idéal* sans même savoir de quoi il s'agissait.

Il était de nouveau là, ce mot. *Idéal.* L'endroit idéal. Le mariage idéal. Willa s'était même débrouillée pour que je l'entende maintenant de la bouche de Jamie. En quoi un lieu qui n'était devenu disponible qu'à cause d'une inspection de fidélité menée par *mon* agence était-il idéal ? Ça, il m'était difficile de l'expliquer à Willa, en revanche, j'allais pouvoir défendre mon argument auprès de Jamie. Je m'apprêtais à le faire quand il a ajouté :

— Elle m'a dit aussi que tu ne lui avais toujours pas faxé ton questionnaire complété.

— Mais il fait dix pages ! me suis-je récriée avec agacement. J'ai une boîte à faire tourner, moi, avec une employée à plein temps de moins, et une autre à qui j'ai essayé d'éviter la prison ! Alors non, je n'ai pas vraiment eu le temps de décrire sur dix pages mon mariage idéal.

— Tu n'as même pas répondu à une seule question lorsqu'on était à son bureau, a-t-il souligné brutalement. Je l'ai bien vu.

Je me suis sentie piégée, impuissante, et en général, c'est un sentiment qui me met sur la défensive. Tout indiquait que ce soir-là ne ferait pas exception.

— Je suis désolée de n'avoir pas planifié mon mariage idéal depuis l'âge de douze ans. Et désolée de ne pas savoir à la minute et sans l'ombre d'un doute que je veux un « thème potager » ! Je n'y connais rien. Je ne suis pas née non plus en sachant quel genre de gâteau de mariage je veux ! Et j'ai essayé de trouver une minute de libre pour me poser et y réfléchir sérieusement, mais cette semaine j'ai été complètement submergée !

— Cette semaine uniquement ?

J'ai pivoté pour le regarder.

— Que veux-tu dire ?

Une fois de plus, il s'est contenté de hausser les épaules. Mais cette fois, son geste était chargé d'agressivité passive.

— Je veux dire que je ne suis pas certain que tu aies envie d'organiser un mariage... tout court.

Son commentaire m'a piquée au vif. Il m'a même laissée sans voix. Que pouvais-je répondre à ça ? Étais-je même supposée répondre à cette attaque ?

— C'est... Ce que... Tu es... C'est dingue ! ai-je finalement réussi à cracher. Parce que je ne remplis pas un questionnaire en une semaine, tu en conclus aussitôt que je ne veux pas me marier ?

Jamie a soupiré sans discrétion et a enfin daigné tourner la tête. Mais quelque chose avait changé dans son regard. Il ne révélait pas la même patience compatissante et compréhensive que d'habitude. Pour l'heure, c'était le regard d'un homme fatigué, et agacé.

— Il ne s'agit pas que du questionnaire, Jen.

— Et de quoi d'autre encore ? ai-je riposté du tac au tac, incapable de comprendre ce qui avait déclenché cette offensive.

Jamie a lentement secoué la tête.

— C'est un tout. C'est l'organisatrice de mariages que tu rembarres. C'est la bague... (D'un mouvement de menton, il a désigné ma main gauche, que je me suis empressée de planquer entre mes jambes.) Et surtout, a-t-il poursuivi avec gravité, c'est... *toi*.

— *Moi* ? Comment ça ?

Jamie m'a dévisagée comme si j'étais devenue folle. Comme s'il ne pouvait pas croire que je ne savais pas exactement ce à quoi il faisait référence.

— Ta petite... crise, l'autre soir, quand on s'apprêtait à faire l'amour.

J'ai baissé la tête.

— Ah, ça...

— Oui, *ça*, a-t-il répété avec une véhémence. Quelque chose a changé en toi depuis ton retour de Las Vegas. Je ne sais pas ce que c'est. Mais le fait est que tu n'es plus la même.

J'ai fermé les yeux. Comment avais-je pu imaginer une seule seconde que je réussirais à le duper ? Que je parviendrais à cacher la vérité au seul homme que j'avais jamais aimé ? C'était dingue. Et complètement ridicule.

Mais même si je brûlais de lui raconter ce qui s'était vraiment produit à Vegas cette nuit-là, mes lèvres sont demeurées scellées.

Face à mon mutisme, Jamie a repris, d'une voix radoucie :

— Écoute, l'agent immobilier m'a annoncé qu'il a eu une offre pour mon loft. Mais avant de l'accepter et de signer la promesse de vente, j'ai besoin d'être sûr de ce que tu veux vraiment. Et pour être franc, je suis un peu inquiet. Je pense que tu as peut-être un problème avec l'engagement.

Ma bouche s'est ouverte d'un coup sous l'effet du choc. Je ne pouvais pas laisser passer ça ! Je devais me défendre.

— Quoi ? me suis-je étranglée, bouche bée. Je n'ai PAS de problème avec l'engagement ! Crois-moi, j'en ai eu *autrefois*, et je sais à quoi ça ressemble ! Et si j'en avais encore, fais-moi confiance, tu ne serais même pas là.

D'un coup d'un seul, Jamie est redevenu l'homme tendre que j'avais toujours connu. La patience qui se lisait sur son visage semblait indiquer qu'il se sentait désolé pour moi. Il a pris mes deux mains entre les siennes.

— Ce n'est pas grave, Jen, a-t-il dit avec douceur. Tu as traversé beaucoup d'épreuves. Je n'attends pas de toi que tu sois parfaite. Entre tes parents, et ton père et...

— Pourquoi parles-tu de mon père ? l'ai-je coupé sèchement. Que vient-il faire dans cette conversation ?

Jamie s'est contenté d'incliner la tête et de me dévisager. De toute évidence, il n'était pas dupe de mon esquive.

— Eh bien... l'as-tu appelé pour lui annoncer nos fiançailles ? Lui as-tu proposé que nous les rencontrions, lui et sa nouvelle femme, pour en parler ?

L'air de rien, il m'avait piégée. Tel un petit lapin naïf et sans défense, j'étais acculée.

Par chance, je connaissais la manœuvre qui me sortirait de ce mauvais pas. Les questions de Jamie n'étaient pas tant un piège qu'une provocation. Cela crevait les yeux. Il me mettait au défi de prendre le téléphone pour lui prouver qu'il avait tort. Et si c'était là le prix à payer pour qu'il me croie, alors j'étais toute disposée à accepter de le relever.

— C'est donc de ça qu'il s'agit ? ai-je lancé en me levant. Tu veux que j'appelle mon père ? Très bien, je le fais. Tout de suite. Je vais l'inviter à dîner, avec sa *troisième* femme. Nous irons tous les quatre ensemble au restaurant. Ce sera une soirée entre couples.

D'un pas décidé, j'ai foncé chercher le téléphone sans fil dans la cuisine, puis je suis revenue me planter devant Jamie en le fixant d'un regard noir, comme si j'étais sur le point de m'engager dans un duel avec, pour arme, le combiné que je tenais à la main.

Jamie s'est hissé sur l'accoudoir du canapé et, sans rien répondre, il m'a étudiée avec curiosité, celle d'un chimiste qui scruterait le liquide bouillonnant dans son éprouvette pour déterminer si, oui ou non, il va finir par exploser.

— Bien, ai-je repris après m'être éclairci la voix. Je le fais. Tout de suite.

J'ai appuyé sur la touche de prise de communication et vérifié que j'avais bien la tonalité. J'espérais à moitié que la ligne soit en dérangement – parce que j'aurais oublié de payer la dernière facture ou parce que le service se serait interrompu dans le quartier.

— J'ai la tonalité, ai-je annoncé comme si Jamie attendait un compte rendu étape par étape.

Il ne me quittait pas des yeux, mais son regard restait indéchiffrable : exprimait-il de l'incrédulité ou simplement de l'inquiétude ? Il m'évoquait celui qu'on pose sur un alcoolique repenti qui vient d'arriver dans un cocktail et découvre à son grand désespoir qu'il ne reste plus d'eau gazeuse.

J'ai commencé à composer le numéro. Comme je me rendais compte que mes doigts se déplaçaient d'une touche à l'autre à une allure d'escargot, j'ai joué la comédie et feint de me creuser la cervelle pour me souvenir du numéro.

Juste avant d'appuyer sur la dernière touche, j'ai relevé la tête. Jamie a vrillé son regard dans le mien et j'ai senti mes doigts devenir moites. *Vas-y, appuie,* me suis-je ordonné. *Appuie sur cette maudite touche !*

— Je crois que c'est 2127, ai-je dit avec un pâle sourire Mais je me demande si ce n'est pas plutôt 2128. Je ne sais pas pourquoi, j'ai un trou de mémoire.

Pourquoi ai-je sorti un truc pareil ? Je savais pertinemment que le dernier chiffre était un 7. N'avais-je pas calé pile au même moment quand, la semaine précédente, j'avais tenté d'appeler mon père ? Je crois que j'espérais plus ou moins qu'à la faveur de cette hésitation prolongée, Jamie dirait avec un haussement d'épaules « C'est pas grave, tu l'appelleras demain », remettrait le son de la télé et que la soirée se poursuivrait comme s'il ne s'était rien passé.

Mais il n'a rien fait de tel. Il a juste continué à me fixer.

— C'est un 7, c'est sûr, ai-je repris avec un petit rire nerveux tout en appuyant sur la touche.

Lentement, j'ai collé le combiné contre mon oreille.

— Ça sonne, ai-je commenté.

Et puis, j'ai entendu la voix de mon père.

— Allô ?

— Salut, papa, ai-je lancé d'un ton enjoué. C'est Jen.

— Jenny ! Comment vas-tu ?

— Bien, ai-je répondu en coulant un regard vers Jamie. Très bien. Je t'appelais pour voir si toi et… et…

Ô mon Dieu ! D'un coup d'un seul, le prénom de la *troisième* épouse m'était sorti de la tête. Il commençait par un S. Suzanne ? Susan ? Summer ? À ma décharge, ce trou de mémoire était excusable, car peu d'occasions m'étaient données de faire usage de ce prénom : en général, je me débrouillais pour éviter de le prononcer, et lui substituer le titre générique de « nouvelle femme ».

— Simone ? a hasardé mon père.

Simone ! Oui ! Au moins je ne m'étais pas trompée d'initiale. Cela me vaudrait forcément quelques points sur la grille d'évaluation en vigueur, quelle qu'elle soit, qui comptabilisait ce genre de choses.

— Oui, Simone, ai-je répété avec indignation, comme si ce rappel était superflu, et quasi offensant. Je me disais que toi, moi, Jamie et Simone pourrions dîner ensemble, un de ces soirs. Bon, quand vous serez libres, rien ne presse. Le mois prochain, ce serait probablement bien pour...

J'ai vu que Jamie commençait à plisser le front.

— Je veux dire, la semaine prochaine, me suis-je empressée de rectifier. Vous seriez libres, la semaine prochaine ?

— Ah bon ? Tu veux qu'on dîne tous les *quatre* ensemble ? a demandé mon père, d'un ton sincèrement surpris.

— Oui ! ai-je confirmé en forçant la note d'enthousiasme dans ma voix. Évidemment ! Tu comprends, je ne l'ai jamais rencontrée et toi, tu ne connais pas Jamie. Je pense qu'il est temps qu'on procède aux présentations. Tu ne crois pas ?

— Oui, certes, mais... Non, non, tu as tout à fait raison, s'est ravisé mon père. Il est grand temps. Laisse-moi juste lui demander. C'est elle qui s'occupe de l'agenda.

Il a lâché un éclat de rire et j'ai essayé d'en faire autant, mais le mien sonnait complètement faux et semblait sortir de la gorge d'un poulet à l'agonie.

J'ai profité de l'interruption de la conversation pour informer Jamie des dernières nouvelles.

— Il demande à sa nouvelle femme... Je veux dire, Simone.

Jamie s'est contenté de hocher la tête. Mon père est revenu en ligne.

— Elle propose mardi soir.

— Génial ! Mardi, c'est noté.

Mentalement, j'étais déjà en train de calculer combien de jours j'allais passer à me ronger les sangs. Quatre, à compter du lendemain. Mais de qui me moquais-je ? Comme si j'allais pouvoir raccrocher et oublier le problème jusqu'au lendemain !

Je n'ai pas pris la peine de vérifier avec Jamie s'il était libre ce soir-là. Je n'avais plus qu'une envie : terminer cette conversation au plus vite. Après tout, c'est lui qui avait insisté pour rencontrer mon père et sa nouvelle femme. Il n'aurait qu'à modifier son emploi du temps en conséquence.

Sitôt que j'ai eu raccroché, une crampe m'a serré l'estomac. Dans quoi venais-je de m'embarquer ? Étais-je devenue folle ? Avais-je perdu l'esprit ? Mon père et mon fiancé, réunis dans la même pièce, pour la toute première fois. Et comme si cela n'était pas assez terrifiant, mon père venait accompagné de sa nouvelle épouse. Je ne supportais même pas de l'entendre parler d'elle lorsque j'étais devant une assiette de calamars frits, alors qu'est-ce qui me faisait penser que je serais capable de la rencontrer en chair et en os ?

— C'est réglé, ai-je annoncé d'une voix triomphale en me laissant choir sur le canapé à côté de Jamie et en reposant le téléphone sur la table basse. Alors, qui a des problèmes, maintenant ?

Jamie a esquivé la question. Il a seulement lâché un rire sans entrain, a secoué la tête, et réactivé le son de la télé.

La voix de l'animatrice a envahi à nouveau le salon et colmaté l'inconfortable silence qui s'était installé entre nous. Jamie a pris ma main gauche et l'a portée à ses lèvres.

Cette fois, il l'a embrassée. Mais le charme était rompu.

16

Modèle dernier cri

J'ai souvent entendu dire que les femmes ont tendance à être attirées par des hommes qui leur rappellent leur père. Ce tropisme serait inhérent à notre constitution biologique, ou quelque chose dans ce genre-là. Freud a même été jusqu'à lui consacrer un complexe – l'équivalent féminin du complexe d'Œdipe – que Jung, plus tard, a baptisé « complexe d'Électre » par référence au mythe grec du personnage éponyme, qui tua sa mère pour venger la mort de son père. Je trouve pour ma part cette théorie confuse et tirée par les cheveux, et je suis bien certaine d'une chose : Freud aurait eu du mal à trouver en moi la moindre molécule d'Électre. Je suis assurément une de ces rares femmes qui peuvent affirmer que, quand je rencontre un homme qui me rappelle mon père, je détale dans la direction opposée.

Enfin... non, ce n'est pas tout à fait exact. Lorsque je procédais à des inspections de fidélité, j'ai croisé pas mal d'hommes qui me rappelaient mon père, et je n'ai pas pu prendre mes jambes à mon cou parce que j'étais payée pour rester.

Mais je suis sûre et archisûre d'une chose : la raison pour laquelle je suis tombée amoureuse de Jamie, c'est qu'il ne ressemblait en rien à mon père.

Ma relation avec mon père est compliquée. D'aussi loin que remontent mes souvenirs, il a toujours trompé ma mère, et cela faisait seulement un an que j'avais renoué avec lui et appris à lui pardonner. Nous n'étions pas pour autant devenus très proches, comme par un coup de baguette magique. Nous ne partagions ni nos pensées ni nos sentiments les plus intimes. Pour tout dire, nous ne partagions pas grand-chose : un dîner de temps à autre, qui servait de cadre à une conversation polie et se terminait par une accolade au moment du départ. Voilà tout. Mais c'était déjà plus que ce que nous partagions deux ans plus tôt. En somme, il s'agissait d'une relation encore en devenir.

Mais dès lors que mon père allait rencontrer Jamie, que j'allais faire la connaissance de ma nouvelle belle-mère et annoncer mon mariage, la relation en devenir connaîtrait un sacré coup d'accélérateur.

Nous avions prévu de nous retrouver au Wilshire, un restaurant situé sur le boulevard du même nom. Je trouvais ce choix d'une banalité affligeante, mais il ne m'était guère resté d'énergie pour chercher un endroit plus agréable, trop occupée que j'étais à ressasser la seule perspective de ce dîner, auquel j'avais consenti un peu trop à la légère.

Je suis arrivée au restaurant avec dix minutes d'avance, après avoir écouté pendant le trajet un CD de méditation que j'avais acheté, plus tôt l'après-midi, dans une de ces boutiques hippy chic de Montana Avenue. J'espérais qu'en m'imprégnant du son apaisant des vagues et des bruissements de roseaux, je mettrais toutes les chances de mon côté pour sortir de cette soirée en un seul morceau. En général, je préfère éviter de quitter un restaurant allongée sur une civière.

— Hunter, quatre personnes, c'est bien ça ? a demandé l'hôtesse lorsque je lui ai indiqué mon nom.

J'ai hoché la tête, même si mon esprit digérait toujours l'implication de sa phrase. Quatre personnes. Pas deux… mais quatre. Ce soir-là, je ne serais pas seule avec mon père. Nous serions quatre. Parce que Jamie serait là, et parce qu'*elle* venait. La *troisième* femme. Celle qui avait remplacé ma mère trois ans et demi après leur divorce. Cela dit, j'étais prête à parier que, compte tenu de la solide réputation de coureur de jupons de mon père, cette femme avait pris la place de ma mère bien avant cette date.

L'hôtesse m'a conduite à notre table et j'ai commandé un verre de chardonnay. J'ai commencé à consulter le menu, mais j'étais trop nerveuse pour me concentrer sur les descriptifs des différents plats.

Mon père avait épousé ma mère en secondes noces, après avoir trompé celle qui l'avait précédée à ce titre. Apparemment, mon père avait de gros problèmes avec l'engagement. Ou plutôt, non : s'engager ne lui posait aucun problème. Après tout, n'avait-il pas réussi à se marier trois fois ? Son problème, c'était plutôt d'honorer son engagement.

Ce que j'avais du mal à comprendre, c'est comment une femme pouvait avoir envie d'épouser un homme tel que lui. Cette Simone, elle devait forcément connaître son passé. Comment aurait-il pu en être autrement ? Jane Seymour, la troisième épouse d'Henri VIII, n'ignorait rien du sort réservé aux deux femmes qui l'avaient précédée : la première avait « été divorcée » de force, puis condamnée à la claustration et à la solitude jusqu'à ce que mort s'ensuive ; la deuxième avait fini sur le billot. Et pourtant, Jane s'était réjouie de devenir la troisième Mme Henry VIII. Et regardez ce qui lui est arrivé : elle a succombé à une fièvre puerpérale un an plus tard. À l'évidence, cette union était maudite dès le départ.

Alors franchement, je ne sais pas trop où cette Simone avait eu la tête. Était-elle persuadée d'être différente ? Spéciale ? De posséder quelque pouvoir magique qui ensorcellerait mon père et lui conserverait son attention plus de quelques minutes ? J'aime mon père, c'est vrai. Il m'a fallu du temps pour réussir à le dire, mais c'est la vérité. Il n'en demeure pas moins que mon père est ce qu'il est. J'ai appris à l'accepter en dépit de ses défauts patents. En revanche, je n'étais pas certaine d'être prête à accepter sa nouvelle femme en dépit des siens.

Jamie m'a appelée pour m'annoncer qu'il aurait un quart d'heure de retard et, sans trop savoir pourquoi, cette nouvelle m'a soulagée. L'idée de rencontrer cette femme sous le regard attentif et analytique de mon fiancé-psy ne faisait qu'accroître ma nervosité. Surtout après tout ce qui s'était passé entre nous. Je ne tenais pas à lui offrir sur un plateau un nouveau motif pour douter de ma capacité à m'engager envers lui.

Ni lui ni moi n'avions reparlé de notre dispute du vendredi soir, mais nous avions décidé, d'un commun accord, qu'il valait mieux différer notre prochain rendez-vous avec Willa Cruz jusqu'à ce que je puisse au moins compléter le fameux questionnaire.

De ma part, il s'agissait là, en grande partie, d'une dérobade : je rechignais à affronter le problème, quel qu'il soit, qu'il y avait entre nous et j'étais persuadée que tout finirait par rentrer spontanément dans l'ordre. J'avais juste besoin d'assez de temps pour prouver à Jamie que mon attachement pour lui était sincère, que je n'avais pas – ainsi qu'il l'avait imaginé à tort – de problèmes avec l'engagement et que je *voulais* l'épouser.

J'espérais que si j'arrivais à survivre à ce dîner sans m'effondrer ensuite nerveusement (du moins pas ouvertement), cette bonne conduite constituerait une avancée, certes infime, dans la démonstration de ma bonne volonté.

Mais plus mon père et sa troisième femme tardaient à arriver, plus cet objectif m'apparaissait irréaliste.

Et puis, à 7 h 05, alors que j'avais lu le menu au moins quatre fois de la première à la dernière ligne – sans rien en retenir –, je les ai aperçus.

Mon père avait emboîté le pas à l'hôtesse. Tandis qu'il traversait la salle, je n'ai réussi à distinguer que des bribes de tissu noir derrière lui mais, lorsqu'il est arrivé à ma hauteur, j'ai vu apparaître une femme vêtue d'une robe moulante et c'est à ce moment que j'ai découvert ma nouvelle belle-mère.

Elle est blonde, ai-je aussitôt noté. *Et jeune.* Ma mère n'était ni l'un ni l'autre. Et le seul accessoire qui lui manquait pour sacrifier complètement au cliché, c'était une paire de seins bonnet D à 10 000 dollars. Jamais, de ma vie, je n'aurais imaginé me réjouir autant de la vue d'une poitrine modeste.

Mon père s'est penché pour m'embrasser.

— Salut, Jenny. Je te présente Simone.

Je me suis levée et j'ai fait un effort surhumain pour la regarder dans les yeux tout en lui tendant une main polie. Mais Simone n'entendait apparemment pas s'en tenir à des salutations polies : elle m'a étreinte contre elle de façon assez maladroite. Je reconnais que cette maladresse découlait de mes réticences et de ma raideur puisque j'ai gardé les bras ballants pendant que ses petits membres musclés en cours de Pilates s'enroulaient étroitement autour de mon buste.

— Quelle joie de te rencontrer enfin ! a-t-elle roucoulé avec des accents de sincérité au creux de mon oreille.

Elle avait une voix douce et voilée. Je n'irai pas jusqu'à dire qu'elle évoquait celle d'une opératrice de téléphone rose, mais pas loin.

Quand elle s'est enfin écartée, j'ai retrouvé l'usage de la parole.

— Enchantée de te rencontrer, ai-je répondu en essayant d'être sincère. Mon père m'a tellement parlé de toi.

Un mensonge éhonté, mais ça, elle n'avait pas besoin de le savoir.

Je me suis rassise et, tout en la regardant s'installer sur sa chaise avec une grâce aérienne, j'ai essayé de deviner son âge en cherchant activement quelque signe susceptible de le trahir – une ride, une patte-d'oie, n'importe quel détail qui pourrait la ranger au moins dans la tranche des trente-cinq/quarante-quatre ans – mais en vain. De toute évidence, Simone jouait fièrement dans ma ligue : celle des vingt-cinq/trente-quatre ans.

— Eh bien, il n'arrête pas non plus de parler de toi, a-t-elle lâché d'une voix essoufflée, comme si ces présentations lui avaient réclamé autant d'efforts qu'un semi-marathon. Il est extrêmement fier.

Ce disant, elle a posé la main sur la jambe de mon père. Mais pas dans la zone neutre et bienséante de son genou ; ça, je l'aurais supporté. Non : elle l'a placée à quelques centimètres de son entrejambe. N'aurait-elle pas pu choisir, pour commencer, le bras, ou l'épaule ? Un geste autorisé pour tous publics, qui m'aurait aidée à aborder cette soirée en douceur ? Elle n'avait qu'à s'asseoir carrément sur ses genoux !

Pense à des sons apaisants. Des vagues qui se brisent sur le rivage. La musique de Mère Nature.

J'ai inspiré profondément et je me suis forcée à sourire.

— C'est gentil.

— Alors, où est ton étalon de petit ami ? a-t-elle demandé en scrutant la salle avec grand intérêt.

J'ai réprimé un haut-le-corps.

— Oh... Il a été un peu retardé. Il sera là d'une minute à l'autre.

En arrivant au bureau ce matin-là, j'avais rangé ma bague de fiançailles dans la poche intérieure de mon sac, et elle s'y trouvait toujours. J'avais prévu d'attendre l'arrivée de Jamie afin que nous puissions annoncer ensemble la nouvelle ; cela fait, je glisserais la bague à mon doigt et laisserais Simone se pâmer d'extase pendant une heure.

En attendant, elle a posé les coudes sur la table et calé le menton dans sa paume.

— Ton père m'a dit que tu dirigeais une agence de placement de nounous ?

J'ai hoché la tête, tout en coulant un regard discret vers la porte.

— Oui. Je place également des gens de maison et des professeurs particuliers.

— C'est passionnant ! Raconte !

Elle écarquillait si démesurément les yeux que j'ai bien cru qu'ils allaient lui sortir de la tête. Ne voulant pour rien au monde louper ça, je me suis forcée à soutenir son regard. Puis j'ai pris un petit pain dans la corbeille et, tout en étalant du beurre, j'ai pensé à Katie, installée chez les Stanton avec ces insupportables jumeaux, contrainte de patienter jusqu'à ce que le maître des lieux tente officiellement un geste à son encontre.

— Il n'y a pas grand-chose à raconter, ai-je répondu en haussant les épaules d'un air modeste. Je m'entretiens avec les familles puis j'essaie de les mettre en contact avec la nounou qui leur correspondra le mieux. Je viens tout juste de placer une de mes filles chez des gens charmants, à Beverly Hills, qui ont des jumeaux de neuf ans, ai-je précisé pour ajouter à ma crédibilité. C'est un âge amusant.

— J'avais une nounou, autrefois, a dit Simone, l'air soudain rêveur. Elle était adorable. Je crois qu'elle était suédoise. Ou norvégienne, peut-être. Une Scandinave, en tous les cas. Et elle fréquentait toujours six ou sept mecs à la fois. Tu vois le genre, n'est-ce pas ?

— Hum hum..., ai-je fait en croquant une énorme bouchée de pain.

Elle n'avait pas plus de trente-deux ans, j'en aurais mis ma main à couper.

— Dis-moi, comment es-tu passée d'une banque d'affaires à une agence de nounous ? C'est un sacré virage professionnel !

J'ai aussitôt débité le petit baratin sur mesure que j'avais concocté à l'intention de mes parents lorsque j'avais décidé de monter The Hawthorne Agency : mon job d'analyste financier devenait trop stressant, l'agence m'offrait des horaires plus réguliers, j'avais le sentiment d'aider les gens, etc.

Simone a hoché la tête d'un air entendu.

— Tu as entièrement raison. Tout le monde est à la recherche de bons employés, n'est-ce pas ?

Mon père lui a souri avec adoration et s'est penché pour embrasser son épaule nue.

— Tout à fait, ma chérie.

Je me suis jetée sur mon petit pain pour essayer de mater la nausée qui, soudain, refluait dans ma gorge.

Qui était cette femme ? Et où diable mon père l'avait-il pêchée ? Il avait cinquante-neuf ans, elle, à peine la trentaine. Cela ne lui posait donc aucun problème qu'elle ait pratiquement mon âge ? Et elle, cela ne lui en posait-il pas de savoir que, lorsqu'elle aurait quarante-cinq ans, il toucherait sa pension de retraite ?

La seule explication que je voyais, c'était l'argent. Mon père en avait beaucoup. Sans être aussi riche que Donald Trump, il pouvait sans aucun doute se permettre de lui offrir plusieurs doses de Botox. Ce qui m'échappait, cependant, c'est qu'il ait été capable d'épouser un tel cliché. Une blonde de trente ans prénommée Simone, dotée d'une voix d'opératrice de téléphone rose. Ne réalisait-il pas qu'il se couvrait de ridicule en paradant à son bras ?

Je devais toutefois reconnaître une chose : comparé aux autres hommes de cinquante ans, mon père était aussi beau que ce maudit James Bond.

— Alors, comment va la vie ? a-t-il demandé en tapotant doucement la table juste devant moi.

Sans doute avait-il remarqué un certain flottement dans mon attention.

— Ça va. Tout va bien. La routine.

J'ai pensé à la bague cachée dans mon sac. Plus vite je la sortirais, plus vite je pourrais filer. Mais je ne pouvais rien leur dire tant que Jamie n'était pas arrivé.

— Et les affaires, ça marche ?

J'ai souri gentiment.

— Super bien. Mieux que jamais. (J'ai bu une longue rasade de vin.) Et toi... je veux dire... et vous deux ? Comment ça se passe ?

— Oh, tu sais..., a commencé mon père en haussant les épaules.

Simone s'est empressée de l'interrompre par un nouvel orgasme verbal.

— Ah ! a-t-elle hoqueté. Merveilleusement bien ! C'est incroyable ! Jack m'a emmenée faire une croisière sublime en Alaska. Naturellement, quand tu entends le mot *croisière*, tu te dis tout de suite « Chic, je vais pouvoir mettre mon nouveau bikini ! » et c'est comme ça que je me suis retrouvée en *Nouvelle-Écosse* avec une pleine valise de sarongs et de shorts et... oh là là ! Je me suis gelée ! Heureusement, on a pu faire un peu de shopping à Vancouver et j'ai acheté quelques pulls ravissants. Mais la banquise là-bas, oh là là... !

Je faisais vraiment tout mon possible pour rester objective. Cette fille ignorait manifestement que la Nouvelle-Écosse ne se trouvait pas en Alaska. Et alors ? Peut-être sa nervosité lui brouillait-elle les idées. Tout en l'écoutant parler pour ne rien dire, j'ai essayé de me mettre à sa place. C'était la première fois que nous nous rencontrions et, à l'inverse de moi, sans doute avait-elle à cœur de me faire bonne impression. Peut-être qu'en temps normal, elle n'était pas comme ça. Et qu'une fois qu'on la connaissait mieux, c'était une fille calme et sympathique. Il y a des gens – moi par exemple – que la nervosité rend timides et taciturnes. Peut-être à l'inverse rendait-elle Simone... insupportable ?

J'ai risqué encore un regard vers sa main posée sur la cuisse de mon père. Elle l'avait déplacée encore plus *haut* – ce que je n'aurais pas cru possible – et apparemment, elle ne pouvait s'empêcher de ponctuer chacune de ses phrases d'une pression sur sa cuisse.

Regardons les choses en face : j'étais assise en face du pire cauchemar d'une fille de vingt-neuf ans. Une nouvelle belle-mère, je pouvais le gérer, mais ça, c'était trop. Je voyais assez de situations semblables dans ma vie professionnelle. Je n'avais pas besoin de les retrouver également lors des dîners « de famille ».

C'est tout de même incroyable ! Plus un homme vieillit, plus la femme dont il a besoin pour se sentir reconnu doit être jeune. Regardez Todd Langley : il approchait de la cinquantaine et était impatient d'embarquer une Keira Summers de vingt-cinq ans dans sa chambre d'hôtel.

Et puis, tout en écoutant d'une oreille distraite Simone s'ébaudir de la beauté des glaciers d'Alaska et déplorer les conséquences dramatiques du réchauffement climatique, il m'est venu une pensée vraiment dérangeante. Jamie avait huit ans de plus que moi. Et il avait déjà été marié une fois... avec une femme de son âge. Et lorsqu'il m'avait rencontrée, officiellement parlant, il était encore marié.

Il m'a semblé soudain qu'il faisait un froid de canard dans cette salle de restaurant. J'ai resserré les pans de mon cardigan plus étroitement.

Mes pensées étaient comme une flottille de petits icebergs qui me transperçaient le cerveau. Se pouvait-il que Jamie ait craqué sur moi pour la même raison que mon père sur Simone ?

Depuis un an que je le connaissais, j'avais toujours été convaincue que Jamie ne ressemblait en rien à mon père. Mais si je m'étais trompée ? Si Jamie était exactement comme mon père ? Ou Todd Langley, d'ailleurs.

Qu'est-ce que cela faisait de moi ? Sa *Simone* ?

Je n'ai guère eu le loisir de m'appesantir sur cette idée déplaisante car j'ai aperçu Jamie qui se hâtait vers nous.

— Bonsoir ! Désolé d'être en retard ! J'arrive de Century City et la circulation était cauchemardesque. Ils ont fermé deux voies de Santa Monica Boulevard.

Il a effleuré ma joue d'un baiser rapide et je l'ai présenté à la femme-cliché de mon père (qu'on se rassure, j'ai veillé à la présenter par son prénom), qui s'est empressée de l'envelopper dans une de ces étreintes collées serrées qui étaient, apparemment, sa spécialité. J'ai scruté le visage de Jamie pour y déceler un signe de surprise, ou de désapprobation. Cette situation devait l'agacer, c'est évident. Et comme il allait forcément remarquer l'écart d'âge abyssal entre elle et mon père, son étonnement allait se trahir sur son visage. *Forcément.*

Mais non. Il a souri, avec la même sincérité que d'habitude. Et la poignée de main qu'il a échangée avec mon père témoignait du respect généralement dû à un ambassadeur.

Pour ce que j'en voyais, Jamie n'était pas le moins du monde perturbé par Simone et tout ce qu'elle représentait.

— Alors, tu leur as dit ? a-t-il demandé, le regard pétillant d'excitation.

J'ai souri et secoué la tête.

— Non, pas encore.

Simone a étouffé un hoquet exubérant.

— Nous dire quoi ?

— À toi l'honneur, Jen, a lâché Jamie avec un sourire radieux en prenant ma main dans la sienne.

Les mots étaient là, sur le bout de ma langue, mais impossible de me résoudre à les prononcer. Et si Jamie était *bel et bien* comme mon père ? Si je n'étais que le modèle plus récent, plus jeune et plus sexy qui avait remplacé son ex-épouse ? De la même façon que Simone était le nouveau modèle qui avait pris la place de ma mère ? Et si tel était le cas, pendant combien de temps encore aurais-je ma place au garage avant qu'il ne m'échange à mon tour ?

Mon silence a arraché un éclat de rire à Jamie. Il a tapoté ma main.

— Jen n'est pas encore remise de toute cette histoire.

J'ai affronté les regards impatients et curieux de mon père et de sa troisième femme, puis je suis allée chercher au plus profond de moi la force de dire enfin :

— Nous sommes fiancés.

Dans ma tête, la phrase était ponctuée d'un point d'exclamation. Mais lorsque je me suis entendue la formuler à voix haute, sans que je sache comment, elle s'est retrouvée ponctuée d'un simple point. Dans un moment pareil, j'aurais tant voulu être une de ces filles qui usent et abusent de points d'exclamation. Vous savez, ces filles qui en fourrent dans à peu près toutes les phrases parce que tout, dans la vie, est si excitant : « Voilà le dossier que tu as demandé ! » « Et si on faisait du covoiturage ! » Et, bien entendu : « Nous sommes fiancés !!!!! »

Mais comme apparemment prononcer ces mots était déjà une épreuve pour moi, trouver en plus l'énergie de les accompagner d'un point d'exclamation était mission impossible.

Et là, les cris ont fusé. Enfin, un cri. Et qui émanait de la BMW 7 dernier cri garée en face de moi.

La réaction de mon père a été plus retenue. Néanmoins, jamais je ne lui avais vu l'air aussi heureux. Il s'est levé et a contourné la table pour m'embrasser sur la tête.

— Oh, Jenny, je suis tellement heureux pour toi.

— Où est la bague ? Où est la bague ? a psalmodié Simone.

— Ah oui..., ai-je fait, encore un peu sonnée par le choc de l'annonce.

En me voyant plonger la main dans mon sac, Simone a froncé les sourcils.

— Pourquoi est-elle dans ton sac à main ?

J'ai coulé un regard oblique vers Jamie et la contrariété qui se lisait sur son visage ne m'a pas échappé. À l'instant où je m'apprêtais à plaider ma cause, mon père m'a coupé l'herbe sous le pied.

— Parce qu'elle voulait nous faire la surprise.

— Exactement.

Jamie ne s'est pas départi pour autant de son air réprobateur si douloureux. Mais peut-être me faisais-je des idées. Depuis quelque temps, j'avais l'impression que tout le monde jugeait chacun de mes actes, chacune de mes paroles.

— Si je l'avais eue au doigt lorsque je suis arrivée, vous l'auriez remarquée tout de suite, ai-je poursuivi en regardant Simone – quand, en réalité, l'explication s'adressait seulement à Jamie.

J'ai glissé la bague à mon doigt et, pour mieux la faire admirer, j'ai tendu la main. Simone s'en est emparée avec avidité, m'obligeant presque à m'arc-bouter par-dessus la table. Mon père, lui, s'est avancé vers Jamie et a ouvert grand les bras.

— Bienvenue dans la famille, a-t-il lancé d'une voix grave digne d'un parrain.

Jamie a rigolé et s'est levé.

— Merci, Jack.

Mon père lui a tapoté énergiquement le dos, comme pour toute accolade virile qui se respecte.

— Je pense qu'on peut dire que, désormais, tu es l'un des nôtres.

J'ai ri poliment, et puis j'ai bu une longue rasade de vin en priant en silence pour que mon père ait tout sauf raison.

Le dîner terminé, je suis rentrée chez moi l'esprit embrumé. Était-ce de la paranoïa de ma part, ou bien au contraire un discernement hors pair ? Je n'en savais rien. Mon père était à l'évidence prisonnier d'un schéma de répétition. Il s'était marié une première fois, à vingt ans à peine, avec une femme qu'il avait quittée à trente ans pour épouser ma mère qui, à l'époque, n'en avait que vingt et un. Et lorsque sa fraîcheur à elle aussi avait un peu perdu de son éclat, il avait commencé à la tromper avec ma baby-sitter de vingt ans. Et voilà qu'à cinquante-neuf ans, il se remariait avec une femme qui aurait pu facilement être une de mes anciennes camarades de classe. C'était un peu comme s'il souffrait d'un trouble du déficit de l'attention, pour ce qui était des relations sentimentales. Il était incapable de se satisfaire d'une femme plus de quelques années d'affilée.

J'ai repensé aux photos de mes parents, à l'époque de leur mariage. Ma mère était alors belle, radieuse... Et jeune. Je veux bien admettre que sa beauté s'était fanée et qu'on pouvait la comparer à une voiture d'occasion ayant perdu son lustre. Mais à un moment donné, c'était *elle* qui avait été le nouveau modèle flambant neuf à la carrosserie étincelante.

Elle aussi correspondait à un cliché.

Et moi dans tout ça, j'étais quoi ?

J'ai monté le volume de mon CD de méditation pour essayer de me calmer en écoutant la mélodie enchanteresse. Mais cette fois, elle me faisait surtout l'impression d'une mélopée lugubre.

Je ne pouvais m'empêcher de penser que le complexe d'Électre était peut-être inévitable. Que nous n'avions effectivement aucun contrôle concernant la personne dont nous tombions amoureux. Et que, d'une certaine façon, en dépit de ces années d'amertume et de ressentiment à l'égard de mon père, je m'étais tout de même débrouillée pour m'enticher d'un homme qui était son portrait craché. Sans même m'en apercevoir.

Je projetais d'aborder le sujet avec Jamie sitôt rentrée à la maison mais, à l'instant où j'ai passé la porte et où je l'ai vu, sur le canapé, en pantalon de survêtement Adidas et tee-shirt blanc, j'ai réalisé à quel point je déraisonnais. Bien sûr que mes craintes étaient dictées par la paranoïa ! C'était Jamie, pour l'amour de Dieu ! Et pas n'importe quel type que j'aurais rencontré la veille dans un bar. C'était l'homme le plus doux, le plus gentil, le plus sincère que j'aie jamais connu. Lui, il ne souffrait pas d'un trouble du déficit de l'affection dans les relations amoureuses. Je me suis sentie vraiment idiote d'avoir laissé mes angoisses infondées me convaincre du contraire. Quand rien, dans ses actes, ne me donnait des raisons de douter de lui. Et les actes n'étaient-ils pas plus éloquents que les pensées paranoïaques ?

Toutes ces histoires de *troisième* femme avaient fini par avoir raison de mon bon sens. Elles avaient réveillé en moi des suspicions dont j'ignorais jusqu'à l'existence. Simone était l'équivalent d'une décapotable flambant neuve, que mon père échangerait probablement dans quelques années contre un modèle plus récent. Et alors ? Quelle importance ? Aux yeux de Jamie, j'étais un classique. Un de ces modèles de collection qui, dans les expositions de véhicules anciens, créent des attroupements d'amateurs béats d'admiration et prodigues en félicitations à l'égard du propriétaire qui l'entretient si bien. Personne n'échange ces voitures-là contre des modèles plus récents. Et ce, pour la bonne raison que leur valeur croît avec les années.

Oui, moi, j'étais un de ces modèles de collection. Cette comparaison m'allait comme un gant. Quelque grand âge que j'atteigne, jamais Jamie ne pourrait se résoudre à se débarrasser de moi.

Ce soir-là, lorsque nous nous sommes couchés, je m'étais persuadée que tout ce dont j'avais besoin, c'était d'une bonne nuit de sommeil pour me remettre les idées en place. Le matin, je voyais toujours les choses d'un œil neuf. Des perspectives nouvelles, et bien mieux fondées, semblaient toujours se matérialiser comme par magie au milieu du cycle de sommeil paradoxal.

Je ne doutais pas un instant que, le lendemain matin, toutes ces craintes insensées se seraient dissipées. Et que Jamie redeviendrait l'homme que j'avais accepté d'épouser. Un homme qui ne ressemblait ni de près ni de loin à mon père.

17

Demoiselle de déshonneur

Mais ça ne s'est pas exactement passé de cette façon.

Je me suis réveillée au milieu de la nuit, en proie à une crise de panique. Ma poitrine et ma nuque étaient moites de transpiration. Il me semblait qu'à chaque respiration mes poumons cognaient violemment contre mes côtes, luttant pour se libérer de cette cellule qui les emprisonnait depuis la naissance.

J'ai regardé Jamie. Il était plongé dans un sommeil profond. Son torse se soulevait avec régularité. On aurait dit que sa respiration lente et sereine me narguait.

J'ai porté la main à ma poitrine avec une grimace de douleur. Sentant Jamie remuer à côté de moi, j'ai décidé d'émigrer dans le salon. La dernière chose dont j'avais envie, c'était de le réveiller et de lui expliquer pourquoi mes poumons essayaient de prendre la poudre d'escampette. D'autant que je n'étais en fait pas capable de me l'expliquer à moi-même.

Délicatement, j'ai repoussé les couvertures et je me suis levée. Les lattes ont craqué sous mes pieds et j'ai maudit le jour où j'avais décrété qu'un parquet était plus élégant et sophistiqué que de la moquette. Élégant, sans nul doute. Mais fonctionnel, lorsque vous cherchez à vous éclipser à l'anglaise d'une chambre, sans réveiller un fiancé endormi ? Pas vraiment.

Jamie a remué à nouveau et, cette fois, j'ai gagné franchement la porte, que j'ai refermée doucement derrière moi, avant de détaler dans le couloir en slalomant entre les piles de cartons qui ne cessaient de croître. Une fois en sécurité dans la cuisine, j'ai fait chauffer une tasse d'eau dans le micro-ondes. J'ai préparé une infusion de camomille puis je suis allée m'effondrer sur le canapé. J'ai tenu la tasse à quelques centimètres de mon visage en priant pour que la vapeur qui réchauffait mon visage pénètre ma peau et calme mon cœur emballé.

Hélas, ça n'avait pas l'air de marcher. Ma respiration restait saccadée, ma nuque était toujours moite et glacée à la fois.

Mais qu'est-ce qui m'arrive ?

J'étais incapable de répondre à cette question. Ou je ne le voulais pas. La vie s'avère bien plus simple quand on néglige de répondre à ce genre de questions. Lorsqu'on se contente de les ignorer, de faire comme si elles n'existaient pas, et n'étaient que des fantômes de mots qui tourbillonnent dans votre tête et qui, par quelque obscure opération, s'assemblent à votre insu pour former une phrase complète.

J'ai siroté mon infusion, les yeux fermés, en essayant de respirer lentement et profondément. Et puis, en désespoir de cause, j'ai allumé la télé. Je suis tombée sur un téléfilm, dont j'ai coupé le son. Tandis que je fixais ces images muettes qui défilaient sur l'écran, ma respiration a commencé à ralentir. J'ai reposé la tasse, j'ai fermé les yeux et je me suis laissé bercer par ma respiration enfin stabilisée.

Lorsque j'ai émergé, Jamie était en train de me secouer pour me réveiller. J'ai cligné des yeux, éblouie par la lumière vive qui inondait le salon.

— Quelle heure est-il ?

— 8 heures et quart.

Je me suis assise et j'ai entendu un craquement dans ma nuque.

— Ah.

Jamie a regardé l'empreinte de mon corps sur les coussins du canapé.

— Que s'est-il passé ?

J'ai bâillé et je me suis étirée.

— Comme je n'arrivais pas à dormir, je me suis préparé une infusion et j'ai regardé la télé. J'ai dû m'endormir.

Jamie a hoché la tête, l'air satisfait de mon explication. Je ne voyais vraiment aucune raison de lui raconter que j'avais eu la sensation que ma poitrine implosait. D'autant que, pour l'heure, mes poumons semblaient tout à fait heureux à la place qui était la leur.

— Tout va bien ? a insisté Jamie.

Je me suis levée et me suis dirigée vers la salle de bains.

— Oui. Je crois qu'une longue douche bien chaude me fera le plus grand bien, ai-je répondu en espérant que mon ton était convaincant.

— Dans ce cas, je te dis au revoir maintenant. Je serai peut-être parti quand tu en sortiras. J'ai rendez-vous avec des clients de bonne heure.

J'ai pivoté et rebroussé chemin pour lui planter un baiser sur les lèvres.

— Bon, d'accord. Salut.

Au cours des quelques jours qui ont suivi, Jamie et moi ne nous sommes pas beaucoup vus. Étant toute la semaine à l'entière disposition de Sophie, je n'ai guère traîné chez moi. Qui aurait cru que je serais à ce point reconnaissante de devenir la demoiselle d'honneur de Sophie ? Le fait est que j'avais besoin de passer un peu de temps loin de Jamie pour démêler ce sac de nœuds que j'avais créé dans ma tête, et tirer mes pensées au clair. Notre relation avait pris un tour étrange, c'était le moins qu'on puisse dire, et mon esprit brassait un tel kaléidoscope de perspectives que je ne savais plus sur laquelle me concentrer.

Le mariage de Sophie, avec tous les détails de dernière minute à régler, tombait à point nommé pour me changer les idées.

La sœur du marié était, Dieu merci, revenue à la raison et ses cheveux avaient retrouvé leur couleur marron terne d'origine (ou du moins une teinte que Sophie avait trouvée « suffisamment proche »), et le traiteur, en dépit de ses menaces incessantes, n'avait toujours pas rendu son tablier. Néanmoins, au cours des quelques derniers jours qui ont précédé le jour J, Sophie s'est débrouillée pour inventer tout un tas de nouveaux problèmes à résoudre d'urgence.

Le vendredi soir, après le dîner de famille, le rythme a semblé ralentir et, pour la première fois de ma vie, j'ai vu Sophie détendue. Zoé, John et moi avions investi sa suite nuptiale pour célébrer sa dernière nuit de célibataire par une pyjama party.

— Elle a l'air calme, ai-je observé comme si ma meilleure amie n'était pas assise à côté de moi sur le grand lit, genoux repliés sous le menton. Trop calme.

John, installé sur une chaise, a hoché la tête.

— Ouais, tu lui as filé quoi ? Du Valium ? Un Zoloft ? Il t'en reste ?

Sophie a levé les yeux au ciel et s'est moquée de nous.

— Personne ne m'a rien filé. Je suis calme, c'est tout. (Elle a haussé les épaules et étreint plus étroitement ses genoux.) Ça m'arrive d'être calme, vous savez.

— Ah ouais ? Depuis quand ? a raillé John.

Tandis que Sophie empoignait un oreiller pour le frapper, Zoé, installée sur le canapé, a laissé échapper un étrange borborygme. Je me suis tournée vers elle et c'est là que j'ai remarqué, au creux de sa main, le téléphone, qu'elle fixait d'un air transi.

— Zoé ? Qu'est-ce que tu fabriques ? ai-je demandé d'un ton accusateur.

Elle a redressé la tête et nous a regardés, l'air coupable.

— Rien, rien, s'est-elle défendue en essayant de planquer discrètement le téléphone entre les coussins du canapé.

Mais on ne me la faisait pas. J'avais reconnu les symptômes sur-le-champ.

— Serais-tu en train d'échanger des mots doux ? ai-je demandé d'un ton amusé.

Zoé m'a décoché un regard franchement agacé.

— Mais non, a-t-elle bougonné. Je lisais un mail. Un truc de boulot.

— Menteuse ! s'est écriée Sophie d'une voix stridente. Tu as raison, Jen ! Regarde sa tête. Elle envoyait des mots doux, c'est sûr.

— Je ne vois même pas ce dont vous voulez parler.

Sophie et moi avons échangé un regard de scepticisme partagé et, après un signe de tête discret et entendu, nous sommes passées à l'action : Sophie a bondi vers Zoé et atterri sur ses genoux puis elle s'est allongée en travers du canapé pour maintenir les bras de notre amie pendant que je récupérais le téléphone enfoui entre les coussins. Zoé s'est débattue mais John s'est empressé de nous prêter main-forte pour contenir notre prisonnière, qui se débattait comme un beau diable.

— Arrêtez ! Jen ! s'est-elle écriée en voyant que je tenais son portable. Non ! S'il te plaît ! Rends-le-moi.

Étaient-ce les deux bouteilles de champagne que nous avions bues, ou bien mon désir ardent de penser, pour changer, aux histoires de quelqu'un d'autre ? Tout d'un coup, j'étais investie d'une mission. Restant sourde aux protestations de Zoé, j'ai fait défiler la liste des derniers SMS qu'elle avait reçus. Soit quinze en tout au cours de la dernière heure. Et toutes émanant du même numéro.

— Oh, oh ! me suis-je exclamée d'un ton théâtral. Quelqu'un n'a pas chômé. (J'ai ouvert un message choisi au hasard dans la liste.) « Si tu savais comme il me tarde de t'enlever ta ridicule robe rose de demoiselle d'honneur », ai-je lu à voix haute.

John et moi avons lâché simultanément une exclamation d'exultation mais Sophie, elle, s'est vexée.

— Mes robes ne sont pas roses ! Et elles ne sont pas ridicules ! J'ai tout fait justement pour choisir des modèles qui ne le soient pas !

Zoé, qui avait réussi à se libérer, m'a arraché le téléphone des mains.

— Rends-le-moi !

— Et de qui provenait ce message ? s'est enquis John d'un ton impérieux.

Zoé a essayé de se tirer d'affaire en levant les yeux au ciel avec un agacement démonstratif.

— Personne.

— C'est le mec trop bien pour assister à mon mariage ? a demandé Sophie.

— Il ne peut pas venir. Il est en voyage d'affaires.

— Ouais, c'est ça, a lâché Sophie, visiblement contrariée par le commentaire à propos de la robe. Arrête ton char ! Tu ne le lui as même pas proposé.

Je me suis laissée tomber à la renverse sur le lit avant de me redresser sur les coudes.

— Bon, c'est quoi, tous ces mystères, Zo ? Pourquoi refuses-tu de nous parler de lui ?

Mon amie a ouvert la pince qui retenait ses longs cheveux blonds et a secoué ses boucles.

— Je ne suis pas prête à parler de lui, a-t-elle répondu d'un ton neutre.

Sophie a replié les jambes sous ses fesses et s'est pelotonnée dans le canapé à côté de John.

— Dis-nous au moins son nom.

Mais Zoé a secoué obstinément la tête.

— Tu peux toujours courir.

Sophie s'est tournée vers moi.

— Le message était signé ?

J'ai réprimé un éclat de rire tout en regardant Zoé qui m'a menacée d'un regard noir signifiant explicitement : « Ne t'avise pas de répondre. » Avertissement dont je me suis bien gardée de tenir compte.

— Si on veut... C'est signé Footlong[1].

John et Sophie ont explosé de rire.

— QUOI ? a piaillé John. Tu te fiches de nous ?

J'ai secoué la tête.

— Pas le moins du monde. C'est ce qui est écrit.

1. Un pied mesure 30,48 cm.

— Jen, je ne t'aurais jamais crue capable de ça, a asséné Zoé avec mépris. Il n'y a donc rien de sacré pour toi ?

Je n'ai pas pu m'empêcher de rire.

— Je suis désolée, Zoé, je ne vois pas ce qu'il y a de sacré dans un surnom comme Footlong.

— Il fait référence à la taille de ses sandwichs préférés chez Subway ? Ou à autre chose ? a demandé John d'un air faussement innocent.

— C'est peut-être un amateur de cigares, ai-je hasardé.

John a opiné du chef, se prêtant au jeu.

— Oui, Jen, je pense que tu as raison. Encore que, si c'est le cas, on se demande qui le fume, le cigare...

La suggestion a déclenché une nouvelle vague d'hilarité. À laquelle Zoé n'a pas pris part, on s'en doute. Elle s'est laissée tomber à la renverse sur le lit en écrasant un oreiller sur son visage.

— Vous êtes contents ? a-t-elle râlé d'une voix étouffée. Vous les avez, vos détails croustillants ? Eh bien oui, son sexe est vraiment énorme. (Elle a écarté l'oreiller de son visage et m'a fusillée du regard.) Maintenant, lâchez-moi.

C'est ce que nous avons fait... Après deux bonnes heures de vannes supplémentaires, il va de soi.

La cérémonie devait avoir lieu dans une vieille église de Redondo Beach. Ni Éric ni Sophie n'étaient particulièrement dévots mais, pour la mère du marié, catholique fervente, un mariage religieux en bonne et due forme était le seul point non négociable.

Zoé et John, chargés de passer acheter une bombe de laque dans un drugstore pour parer à toute urgence, étaient partis en éclaireurs. J'étais donc seule avec Sophie dans la limousine qui nous conduisait à l'église. Son calme inhabituel de la veille semblait s'être évanoui dans la nuit car, à présent, elle avait du mal à rester tranquille, en dépit de la banquette en cuir très confortable de la limousine et, tout en contemplant distraitement le paysage, elle bataillait pour respirer à fond. J'ai posé la main sur son genou.

— Détends-toi, lui ai-je conseillé d'un ton empreint de patience. Tout va se passer à la perfection.

C'est à ce moment-là que je l'ai vraiment regardée. Bien sûr, je l'avais déjà vue, dans la chambre d'hôtel pendant qu'elle se faisait coiffer, maquiller et qu'elle enfilait sa robe. Je l'avais vue lorsque nous avions traversé le hall de l'hôtel, et que tous les regards s'étaient tournés vers elle. Mais je crois que je ne l'avais pas vraiment *regardée* avant cet instant.

Sa coiffure était spectaculaire. Ses cheveux châtains étaient rassemblés en un chignon sophistiqué, retenu par une pince ornée d'un diamant. Son maquillage était discret mais néanmoins féminin et l'ombre à paupières rose pâle assortie au gloss éclairait son regard. Sa silhouette menue était drapée dans les superpositions d'étoffes de la jupe de sa robe bustier, dont la traîne inondait littéralement le plancher de la limousine d'une écume immaculée.

Jamais je ne l'avais vue aussi belle.

Et pourtant, tout en la détaillant, ma poitrine s'est serrée. Quelque chose clochait. Clochait pour de bon. Dans ma tête, j'ai passé en revue la liste de mes tâches de demoiselle d'honneur. Pour en arriver à la conclusion que non, je n'avais rien oublié.

Alors, de quoi s'agissait-il ? Pourquoi mon cœur battait-il si vite ? Et pourquoi n'arrivais-je pas à chasser cette sensation de terreur qui pulsait dans mes veines ?

Sophie a remarqué mon malaise.

— Jen ? Quelque chose ne va pas ?

Je me suis arrachée à ma transe et je me suis forcée à sourire.

— Non ! Tout va bien ! J'ai simplement du mal à croire que tu te maries.

Sophie a souri et, avec un soupir théâtral, elle a posé la main sur son ventre qui, j'en suis certaine, était noué à force de nervosité.

— Je sais. C'est dingue. Mais tu sais ce qui est encore plus dingue ?

Je lui ai souri avec affection.

— Que tu ne te sois pas encore provoqué une crise cardiaque ?

Elle a hoché la tête en lâchant un petit rire.

— Oui, ça aussi. Mais le plus dingue... (Elle a marqué une pause et m'a dévisagée de haut en bas, un peu comme si elle aussi me considérait pour la première fois.) ... c'est que la prochaine fois, c'est ton tour.

L'église, une vieille bâtisse en pierre, était magnifiquement décorée de brassées de lilas et d'arums et pavoisée de longues banderoles de satin blanc. Lorsque je me suis avancée dans l'allée centrale, j'ai tout de suite repéré Jamie, sur un banc du troisième rang. Le visage illuminé d'un immense sourire, il me mitraillait avec une frénésie de paparazzi. Je ne lui ai accordé qu'un bref sourire avant de tourner la tête vers l'autel. Je m'efforçais de progresser au coude à coude avec le plus jeune frère d'Éric, et je me concentrais de mon mieux pour marcher droit, sans trébucher sur l'ourlet de ma robe. Il n'aurait plus manqué que je me retrouve sur YouTube sous l'intitulé « Demoiselle de déshonneur ». Si je m'étalais de tout mon long au beau milieu de l'allée, Sophie ne me le pardonnerait jamais.

Le frère d'Éric m'a escortée à droite de l'autel avant de prendre place sur la gauche. L'orgue a entonné la marche nuptiale et toute l'assistance s'est levée. J'ai observé Sophie en train d'avancer vers moi, l'air radieux et lumineux. Franchement, jamais je ne l'avais vue aussi heureuse. Et c'était bien dans l'ordre des choses. Votre mariage devait être le jour le plus heureux de votre vie.

Je suppose que tout ce stress pour trouver le lieu idéal, choisir la plus belle robe de mariage et sélectionner le bon thème décoratif vaut, au final, le coup. Peut-être devais-je arrêter de tergiverser et me lancer. Rappeler Willa Cruz et caler un rendez-vous. Prendre un stylo et remplir ce maudit questionnaire. Qu'attendais-je, au juste ?

Le prêtre a prononcé quelques mots d'introduction avant d'annoncer :

— Sophie et Éric ont décidé d'écrire eux-mêmes leurs serments. Sophie, voulez-vous dire le vôtre à Éric ?

Je me suis redressée, soudain tout ouïe. Cela faisait un mois entier que Sophie était stressée par la rédaction de son serment. Et même si je l'avais entendu au moins cinquante fois et que j'aurais probablement été capable de le réciter moi-même par cœur, je savais que je ne voulais pas manquer cette part de la cérémonie. C'est celle qu'on retient. La plus importante. Les alliances, le baiser, le cierge de l'union, ce sont de simples formalités. On les retrouve à chaque mariage. Mais les serments, eux, sont uniques. Ils viennent du cœur.

— Éric, quand je t'ai rencontré, j'errais telle une âme en peine. J'ignorais où me portaient mes pas, mais je savais qu'ils me portaient quelque part. Aujourd'hui, je sais que ce quelque part, c'était toi. Tu es le phare qui me guide dans la nuit. Tu es l'eau, la lumière et le soleil qui me nourrissent et me font grandir.

J'ai jeté un regard à la dérobée en direction de Jamie. J'aurais pu jurer voir un voile d'humidité devant ses yeux. Était-il en train de pleurer ? Mais ce n'était même pas notre mariage ! Ni mon serment. Ensuite, j'ai regardé, derrière lui, cette rangée de visages que je voyais pour la première fois. Et cette autre au rang suivant. Et cette autre encore...

Qui étaient tous ces gens ? D'où sortaient-ils ? Comment m'étais-je débrouillée, alors que je connaissais Sophie depuis presque toujours, pour n'en avoir jamais rencontré ne serait-ce que la moitié ? Qui étaient-ils ? Des parents perdus de vue ? Des amis de la famille ? Des parasites ?

J'ai reporté mon attention sur la mariée.

— Mon vœu le plus cher, c'est de passer ma vie à tes côtés. De me réveiller chaque matin et de m'endormir chaque soir auprès de toi. Je t'aime plus que tu ne le sauras jamais, parce que je t'aime plus que je ne saurais le dire.

J'ai coulé une nouvelle fois un regard en douce en direction des bancs et, soudain, j'ai mesuré la solennité de cette déclaration : ce serment, Sophie ne le prononçait pas simplement devant Éric, mais devant chaque personne présente dans cette église. Elle s'engageait devant tous les gens qu'elle connaissait, et vraisemblablement aussi quelques-uns qu'elle ne connaissait pas.

C'est à peine si j'arrivais à annoncer à mon père et à sa troisième femme que j'étais fiancée. Comment diable serais-je capable d'annoncer à une assemblée de gens que je ne connaissais pas que Jamie était le phare qui guidait mes pas dans la nuit ?

Le prêtre avait repris la parole.

— Sophie, voulez-vous répéter après moi : moi, Sophie, je te prends toi, Éric, pour époux...

Sophie s'est exécutée.

— ... et m'engage à partager avec toi les peines comme les joies...

J'ai senti des perles de transpiration poindre sur mon front. *Il fait chaud ici ?* me suis-je demandé. *Ou bien est-ce juste moi ?*

J'ai regardé à la dérobée la mère de Sophie au premier rang. Elle était enveloppée dans un châle en pashmina qu'elle serrait étroitement contre elle.

Bon, d'accord, le problème doit venir de moi. Ou plutôt de tous ces spots. On se croirait sur une scène !

Mais lorsque j'ai levé les yeux, je n'ai vu que la lumière du soleil qui filtrait par les vitraux de la vieille église. Alors, d'où provenait cette chaleur ?

— ... je promets de te chérir et de me dévouer entièrement à toi, était en train de répéter Sophie.

La voix de mon amie semblait à des années-lumière de moi, voire même appartenir à une autre dimension. J'ai reporté mon attention vers l'autel. C'était le jour le plus important dans la vie de ma meilleure amie et j'étais distraite par l'absence de spots dans l'église. N'étais-je pas la pire des demoiselles d'honneur qui ait jamais existé ?

— Je promets de ne jamais te mentir et de te demeurer toujours fidèle, a répété Sophie avec diligence.

Ne jamais te mentir et te demeurer fidèle. Ce « jamais » et ce « toujours »... Étaient-ils à prendre au pied de la lettre ? me suis-je demandé. Il devait exister des dérogations, non ? Qui peut s'astreindre à tant de rigidité ? Mais j'imagine que si le prêtre avait demandé à Sophie de ne *presque jamais* mentir à Éric, l'effet n'aurait pas été tout à fait le même, n'est-ce pas ? Il n'empêche, et c'est un fait établi, que certaines choses échappent à notre contrôle. Et que d'autres, quand on les énonce, paraissent cent fois pires qu'elles ne le sont en réalité.

N'est-ce pas ?

Soudain, il m'a semblé que ma vision se brouillait. Et plus j'essayais de me concentrer sur le dos de la belle robe rebrodée de perles de Sophie, plus le flou s'accentuait. J'ai cligné des yeux très fort en me disant que c'était simplement la transpiration qui dégoulinait de mon front. Mais ça n'a rien changé au problème. Les paroles de Sophie me sont revenues en écho : *La prochaine fois, c'est ton tour. La prochaine fois, c'est ton tour. La prochaine fois, c'est ton tour.*

Je sais bien que, pour elle, ces paroles n'avaient rien d'une menace. Bien au contraire. Elle les avait prononcées avec amour et affection, mais moi, en les passant à la moulinette du filtre mental déformé, je les avais entendues comme un malade du cancer en phase terminale reçoit l'annonce de sa fin imminente.

La prochaine fois, c'est ton tour.

Mon tour d'enfiler la robe blanche. De grimper dans une limousine de location pour me rendre à la cérémonie. Mon tour de me demander si le tilapia est frais ou surgelé. *Mon tour !*

Mais étais-je vraiment prête à le prendre ? Étais-je même taillée pour le vouloir ?

— Sophie, promettez-vous aujourd'hui devant Notre Seigneur d'aimer Éric...

Ah, super ! On en est déjà là. Je vais pouvoir bientôt filer aux toilettes pour m'asperger le visage d'eau froide.

— ... de le chérir et de le soigner, de l'honorer et...

Pourquoi ce prêtre parle-t-il encore ? Pourquoi cet échange de serments est-il à ce point interminable ?

Pourquoi Sophie ne se contentait-elle pas de dire : « Oui, je promets tout ce qui est écrit dans ce petit livre à reliure de cuir et maintenant, allons manger le gâteau. »

J'ai coulé un regard vers Zoé, debout à côté de moi. Elle en faisait une drôle de tête, avec ses sourcils froncés ! Pourquoi au juste me dévisageait-elle comme si j'étais une clocharde vautrée sur un trottoir, abrutie par l'alcool ? Mais sans doute ma vision brouillée me jouait-elle un tour. Zoé devait être tout bêtement en train de sourire.

Et puis, j'ai vu ses lèvres remuer.

« Ça va ? » a-t-elle articulé silencieusement en me regardant.

Je n'ai pas eu le loisir de lui répondre car, soudain, tout a chaviré et s'est mis à tourner autour de moi en même temps qu'un curieux bourdonnement envahissait mes oreilles, et semblait s'amplifier à chaque seconde qui passait.

— ... de rester fidèle aussi longtemps que vous vivrez ?

Je n'ai pas entendu Sophie prononcer le « oui » fatidique. Un voile sombre venait de tomber sur ma vision périphérique et le bourdonnement est devenu plus assourdissant que jamais. Je n'entendais plus que lui et, avant même que je puisse comprendre ce qui m'arrivait, tout est devenu noir d'un coup, et je me suis effondrée.

Je ne peux que supposer qu'elle a bien répondu oui.

18

Un véritable détecteur de mensonges

Si vous pensiez que trébucher sur le chemin de l'autel est la pire gaffe qu'une demoiselle d'honneur puisse commettre au mariage de sa meilleure amie, vous aviez tout faux : tomber dans les pommes devant l'autel s'avère cent fois pire.

Quand j'ai repris connaissance, on avait fait évacuer toute l'église, à l'exception de quelques personnes. On m'avait allongée sur un banc et c'est d'abord le contact dur et froid du bois que j'ai senti lorsque je suis revenue à moi. Puis, en rouvrant les yeux, j'ai vu les chevrons de la nef, ce qui m'a d'abord complètement déroutée car j'avais oublié où j'étais, et pourquoi. Un mystérieux martèlement s'acharnait sur ma tempe gauche, comme si quelqu'un l'avait molestée à coups de marteau.

Ensuite, j'ai vu apparaître le beau visage d'un homme à la peau d'ébène. Penché au-dessus de moi, il me scrutait, l'air inquiet.

— Jennifer ? Jennifer, vous m'entendez ?

Oh merde ! ai-je songé. *Je suis amnésique ! Est-ce que c'est mon petit ami, dont je ne me rappelle ni le nom ni le visage ? Vais-je devoir réapprendre à marcher, à écrire, à lire ? Franchement, je n'ai pas que ça à faire !*

Mais aussitôt après, à mon immense soulagement, une autre tête est entrée dans mon champ de vision, que j'ai reconnue. Jamie. Et lui, je savais qu'il était mon petit ami. Mais alors, qui était l'autre type ?

— Bébé, ça va ?

J'ai tenté de hocher la tête.

— Je suis où ? Que s'est-il passé ?

— Tu t'es évanouie à mon mariage ! a piaillé la voix de Sophie, quelque part derrière moi.

— Chuuut ! a fait une autre voix. Ne la contrarie pas maintenant, chérie.

C'est là que tout m'est revenu en bloc : l'église, la cérémonie, les bourdonnements. J'étais tombée dans les pommes au beau milieu du mariage de Sophie.

Elle va me tuer.

L'homme à la peau d'ébène a réapparu et a braqué une lampe électrique dans mes pupilles.

— Qui êtes-vous ? ai-je demandé en clignant des yeux.

— Je m'appelle Gary et je suis infirmier urgentiste.

— Quoi ? Vous avez appelé une ambulance ? me suis-je récriée.

J'ai voulu me redresser pour m'asseoir, ce qui a eu pour effet immédiat d'intensifier le martèlement sur ma tempe. Je me suis rallongée, sonnée, en grimaçant de douleur.

— Hou la, doucement ! s'est exclamé Gary en posant doucement la main sur mon épaule. N'essayez pas de vous lever. Vous souffrez peut-être d'une commotion cérébrale. Vous vous êtes cogné la tête très fort en tombant.

— Sur quoi ? ai-je demandé, hébétée.

— Sur les marches de mon autel ! s'est lamentée Sophie et, une fois de plus, quelqu'un lui a demandé de se taire.

— Eh bien quoi ? s'est-elle défendue à mi-voix. Elle va bien, non ? Elle est réveillée, et elle parle. Et il y a cent cinquante personnes qui poireautent dehors et se demandent ce qui se passe ici.

— Soph, je suis désolée. Je ne sais pas ce qui m'est arrivé. Soudain, tout est devenu noir.

— Tout va bien, m'a rassurée Jamie en serrant ma main. Personne n'est en colère contre toi.

L'infirmier urgentiste a pris mon poignet pour vérifier mon pouls.

— Vous avez une idée de ce qui a pu provoquer ce malaise ?

— Elle est peut-être enceinte ! a piaillé quelqu'un.

Zoé. Qui d'autre ?

J'ai vu Jamie froncer les sourcils, l'air plutôt inquiet.

— Je ne suis pas enceinte, l'ai-je rassuré.

Enfin... pas à ma connaissance, du moins. Car, c'est sûr, cela aurait expliqué pas mal de choses.

— Elle est peut-être anorexique, a hasardé quelqu'un d'autre.

John, en l'occurrence. J'ai lâché un soupir exaspéré.

— Je ne suis pas anorexique non plus. Je ne sais pas ce qui s'est passé, d'accord ? La dernière chose dont je me souviens, c'est que Sophie était en train de prononcer son serment et ensuite, tout a commencé à tourner autour de moi. Et puis je me suis réveillée allongée sur ce banc.

Était-ce la paranoïa qui parlait, ou bien le coup que j'avais reçu sur la tête qui avait altéré mon jugement ? Mais j'aurais pu jurer qu'à cet instant précis, Jamie a relâché la pression de sa main sur la mienne. D'ailleurs, quand j'ai tourné la tête pour croiser son regard, il avait détourné le sien.

— On va vous emmener à l'hôpital, a tranché Gary. Un médecin vous examinera. On doit s'assurer que vous n'avez pas de commotion cérébrale.

— Mais... et la réception ? a gémi Sophie.

Mais avant que je puisse renouveler des excuses hébétées, on m'a hissée sur une civière et c'est poussée sur un brancard à roulettes que j'ai quitté l'église.

Les médecins ont rapidement diagnostiqué que je ne souffrais pas de commotion cérébrale, et ils ont été tout aussi prompts à me chapitrer sur les dangers des régimes et des jeûnes. Pour leur rendre justice, je me dois de préciser que, s'ils ont cru que j'étais une de ces filles qui s'affament au point de tomber dans les pommes, c'est parce que je leur ai plus ou moins raconté que j'avais voulu perdre du poids pour entrer dans ma robe de demoiselle d'honneur. Je me disais que c'était une excuse vraisemblable : lorsqu'il y a une robe près du corps dans l'équation, les femmes ont tendance à faire des choses insensées. Aussi, quand les médecins m'avaient pressée de questions pour déterminer la cause de mon évanouissement alors que rien ne clochait physiquement chez moi, je n'avais eu d'autre choix que mentir. Et ce d'autant plus que Jamie était présent à mes côtés dans la salle d'examen. Comment aurais-je pu admettre que mon malaise, au beau milieu de la cérémonie de mariage de ma meilleure amie, n'avait été provoqué que par la perspective de prononcer mon propre serment – perspective qui m'avait littéralement fait perdre conscience ?

Les docteurs m'ont libérée le dimanche après-midi et, lorsque je suis arrivée chez moi, deux bonnes douzaines de messages m'y attendaient : la veille au soir, Sophie avait appelé tous les quarts d'heure pour m'informer des progrès de la réception. C'était une attention adorable de sa part. Chaque nouveau message laissait deviner les progrès de son ébriété, jusqu'au tout dernier, enregistré à 3 heures moins le quart, laissé par une Sophie ivre morte, qui braillait dans le combiné et s'excusait, des sanglots dans la voix, de m'avoir engueulée parce que j'avais eu un malaise.

J'ai soudain eu envie de pleurer à mon tour. J'avais raté le mariage de ma meilleure amie. Et c'était là une chose irrattrapable. Sophie (avec un peu de chance) ne se marierait qu'une fois dans sa vie, et j'avais brillé par mon absence. Je ne l'avais pas vue couper le gâteau, ni ouvrir le bal avec Éric, ni boire trop de champagne et se ridiculiser sur la piste de danse – encore que, concernant ce dernier point, Sophie étant coutumière du fait, je n'avais sans doute pas loupé grand-chose.

Lorsque j'ai eu écouté tous ses messages, j'ai pris bonne note de trouver un moyen de me faire pardonner à son retour de lune de miel. Je n'étais pas certaine qu'il existe une façon de racheter son absence à un mariage, mais je me devais au moins d'essayer.

Pendant les quelques jours qui ont suivi cet incident, j'ai eu mal à la tête, et j'avais une sacrée bosse au-dessus de l'oreille gauche, là où mon crâne était entré en contact avec les marches de l'église, mais dans l'ensemble, j'allais bien. On m'avait prescrit des antalgiques – qui se résumaient à une version plus forte de l'aspirine – en me recommandant le plus grand repos pendant au moins deux jours. J'ai donc appelé Hadley en lui demandant d'annuler mes rendez-vous du lundi et du mardi, et de décaler la réunion d'équipe hebdomadaire au mercredi. Mais arrivé le mardi après-midi, je souffrais d'une sévère crise de claustrophobie. J'avais regardé toutes les émissions disponibles sur le service de VOD, et plus de la moitié de ma collection de DVD. J'avais dévoré tous les magazines people que Jamie avait pu dénicher au supermarché, plus quelques anciens numéros de *Fortune* que j'avais découverts dans l'un des cartons qui étaient toujours entassés dans le couloir. Inutile de dire que je commençais à devenir zinzin.

Aussi, ce soir-là, lorsque Jamie a réapparu dans le salon en costume bleu marine superchic et en arborant les boutons de manchettes, griffés d'un grand créateur, que je lui avais offerts à Noël, mon espoir d'échapper à la prison de mon appartement a aussitôt repris des couleurs.

Pensant que la flatterie était le chemin le plus court pour m'éloigner de ce canapé, j'ai lâché un long sifflement admiratif et demandé :

— Où vas-tu, habillé aussi sexy ?

Jamie s'est planté en face du miroir de la porte d'entrée pour arranger son nœud de cravate.

— Je dîne avec un nouveau client potentiel. Le P-DG de Chandler Cosmetics.

— Jamais entendu parler de cette marque, ai-je dit en plissant le front.

— C'est précisément pour ça qu'ils nous ont contactés. Ils veulent repositionner leur marque, lui donner un coup de jeune. Tu es pile poil dans le cœur de cible.

J'ai pincé les lèvres et pris l'air songeur. Je tenais ma chance.

— Dans ce cas, je devrais t'accompagner.

— Non, je ne pense pas, a-t-il répondu en venant déposer un baiser sur ma tête. Tu as besoin de te reposer.

— Absolument pas. J'ai eu tout le temps de me reposer.

J'ai repoussé le plaid et je me suis extirpée du canapé. Sans doute un peu trop vite, car aussitôt, tout a vacillé dans mon champ de vision. Mais je me suis bien gardée de la montrer. M'évanouir une seconde fois n'aurait guère servi ma cause. Jamie m'a décoché un regard dubitatif.

— Je ne sais pas. Les médecins ont dit que...

— Je vais très bien, ai-je insisté, résolue à couper court à tout argument commençant par « les médecins ont dit que... » car ils sont toujours incroyablement difficiles à réfuter. J'ai besoin de sortir d'ici. Je pourrais faire la potiche. Une jolie femme est un argument efficace de négociation, tu sais.

— Tu es sûre que tu te sens d'attaque pour ça ? a-t-il insisté, l'air inquiet. Le dîner risque de s'éterniser et...

— Ça ira très bien. Laisse-moi dix minutes, le temps d'enfiler quelque chose.

Avant même qu'il ait eu le temps de tergiverser, j'étais déjà dans le couloir en train de passer mentalement en revue tout le contenu de mon dressing pour choisir la tenue la plus appropriée à ma liberté conditionnelle.

Nous n'avons guère parlé pendant le trajet jusqu'à Beverly Hills. Il y avait sans conteste un malaise entre nous. Il était palpable à la superficialité des quelques phrases insignifiantes que nous avons échangées. À mon avis, Jamie n'avait pas cru un mot de ce régime prétexte que j'avais allégué auprès du corps médical. J'avais bien vu comment il m'avait regardée lorsque les médecins avaient annoncé que les résultats de mes tests étaient tous négatifs et que ma perte de connaissance ne pouvait être attribuée ni à une tumeur au cerveau ni à une autre défaillance d'ordre physiologique.

C'est à croire qu'il aurait souhaité que je souffre de quelque maladie pour le dispenser d'affronter la suspicion grandissante que tous les récents événements étaient, d'une manière ou d'une autre, liés. Pour tout dire, je n'étais pas loin de le souhaiter moi-même. N'aurait-ce pas été bien plus simple ?

Sitôt que nous sommes arrivés au restaurant, tout est, comme par magie, redevenu normal entre nous. Jamie s'est montré à nouveau tendre, affectueux, prévenant. Nous avons joué à la perfection les rôles de la future mariée rougissante et du fiancé gâteux et, tout bien pesé, c'était très agréable de vivre pendant quelques heures dans un état de béatitude innocente. Même si la conversation autour de la table était férocement ennuyeuse, ça valait mieux que de végéter sur le canapé pour la troisième soirée d'affilée.

— Très franchement, je crois que notre offre englobe tout ce dont votre société a besoin pour faire décoller cette nouvelle ligne de produits, était en train de dire Jamie en reposant ses couverts. Avec la campagne de visibilité que nous vous suggérons, vous pourrez difficilement mieux faire.

Hank – l'homme qu'on m'avait présenté comme le P-DG de Chandler Cosmetics – tapotait la table de son petit doigt, l'air pensif, et je n'ai pas pu m'empêcher de remarquer l'énorme chevalière en or qui l'ornait.

— Je conviens que votre offre est alléchante, a-t-il répondu. Mais je dois vous avouer que nous avons sollicité d'autres agences et que l'une d'elles nous propose un package également très séduisant. À un tarif significativement compétitif.

J'étais comme hypnotisée par le pianotement de son petit doigt. *Quel homme d'affaires respectable arbore une chevalière à son petit doigt ? Pas étonnant que sa marque ne parle pas aux jeunes femmes !*

Après un examen plus attentif, j'ai remarqué que le chaton s'ornait du blason d'une confrérie étudiante, et j'ai essayé de distinguer le nom de la fac et l'année qui y étaient gravés en bleu. Notez bien que je me fichais pas mal de ces informations ; j'avais surtout besoin de me distraire.

— Vous comprendrez donc que c'est très difficile pour moi de signer avec vous quand j'ai une offre aussi tentante dans la balance, a poursuivi Hank.

J'ai penché la tête pour avoir un meilleur angle de vue sur la chevalière. *On dirait qu'il est écrit 1975. À moins que ce ne soit 1976 ? Si seulement il arrêtait d'agiter son petit doigt, je pourrais mieux lire.*

— Je vois, a répondu Jamie, l'air songeur. Eh bien, si vous me disiez précisément à combien s'élève l'offre de notre concurrent, je pourrais peut-être faire mieux ou, au moins, aussi bien.

Le petit doigt de Hank pianotait de plus belle sur la table et je n'ai plus vu danser devant mes yeux qu'un magma doré et bleu. J'ai renoncé à déchiffrer la date exacte – c'était d'évidence une cause perdue – et, à l'instant précis où je cherchais à inventer une nouvelle distraction de deux minutes, je l'ai entendu rétorquer :

— Vos confrères nous proposent les mêmes services, les mêmes prestations en termes de création et de plate-forme de marketing pour 375 000 dollars. Et ce montant inclut leurs honoraires.

Jamie a inspiré avec nervosité. À l'évidence, la somme annoncée n'était pas partie pour améliorer l'ambiance autour de la table.

Cependant, ce n'était pas tant la réaction de Jamie qui me préoccupait que celle de l'homme assis en face de moi. J'ai détaché les yeux de son petit doigt pour étudier son visage. Et sans doute le dévisageais-je avec un peu trop d'instance car lorsque Hank m'a regardée à son tour, il s'est dandiné sur sa chaise. Mais c'était le cadet de mes soucis. Il était en train de se passer quelque chose. Un signal lumineux s'était mis à clignoter dans ma tête, accompagné d'un bruit de klaxon odieusement puissant. C'était comme une de ces alertes rouges qu'on voit dans les films juste avant que toute la base secrète souterraine ne soit entièrement bouclée.

Ces sensations n'avaient rien de nouveau pour moi. Je les avais éprouvées bien des fois, au cours des trois années précédentes. Mais, la plupart du temps, cela s'était produit lors de mes tête-à-tête avec des maris infidèles. C'était l'avertissement, reconnaissable entre mille, qui accompagnait ma fameuse faculté de pénétration. Et en cet instant, ce superpouvoir sous-utilisé me disait une chose : Hank Chandler mentait.

J'ai continué à scruter son visage tandis qu'il expliquait, d'une voix monocorde, combien c'était dur de signer avec une agence dont les tarifs n'étaient pas les plus compétitifs du secteur. Et puis j'ai regardé Jamie. Avait-il lui aussi compris que Hank se jouait de lui ? Apparemment pas. Lèvres pincées, il se contentait de hocher la tête.

J'ai regardé le BlackBerry de Jamie, posé en évidence sur la table, et je me suis excusée. Sitôt engouffrée dans le couloir qui menait aux toilettes, j'ai sorti mon téléphone portable et composé le numéro de Jamie. Téléphone collé contre l'oreille, j'ai tendu le cou pour observer discrètement ce qui se passait à la table que je venais de quitter. Le BlackBerry a vibré sur la nappe et son écran s'est éclairé. Jamie a incliné la tête pour voir qui l'appelait. Une expression déconcertée s'est d'abord peinte sur son visage, puis il a levé un doigt pour interrompre Hank et il a répondu.

— Tout va bien ?

— Oui. Écoute-moi bien, ai-je dit d'un ton grave. Je t'expliquerai tout plus tard mais, pour l'instant, tu dois juste jouer le jeu. Tu vas dire à Hank que c'est un de tes associés senior qui t'appelle pour savoir comment se passe la négociation.

Il y a eu un silence, lourd d'hésitations, et j'ai un instant craint qu'il ne refuse de suivre mon plan. Qu'il pense que le coup que j'avais reçu sur la tête avait laissé des stigmates permanents. Mais finalement, je l'ai vu écarter le téléphone de son oreille et poser la main sur le micro.

— C'est mon associé, l'ai-je entendu lâcher d'une voix étouffée. Il veut savoir comment se passent nos négociations. Tout va bien, Carl, a-t-il poursuivi en s'adressant à moi. Hank et moi sommes en train de passer en revue les termes du contrat.

— Bien, très bien, l'ai-je encouragé doucement. (J'avais l'impression d'être une espionne qui tente de sauver son coéquipier des griffes d'une bande de terroristes russes.) Maintenant, quoi que tu fasses, ne baisse pas ton offre. Il bluffe.

— Comment ça ?

— Il ment. Il n'a pas reçu de meilleure offre. Et je suis prête à parier qu'il n'y a pas non plus d'autre agence en compétition.

— Hum hum..., a fait Jamie en dodelinant pensivement de la tête. Oui, je vois. C'est indéniablement une conclusion intéressante. Il me tarde d'entendre le détail de ton raisonnement.

J'ai posé la main en coupe sur le téléphone et chuchoté :

— Je ne peux pas te l'expliquer tout de suite mais je *sais*, d'accord ? Tu dois me faire confiance. Maintenant, tu vas m'annoncer que Hank est en pourparlers avec une autre agence et, ensuite, tu vas me demander si on dispose d'une marge de négociation.

Depuis mon poste d'observation à l'abri des regards, j'ai vu Jamie se masser la nuque d'un geste nerveux. Puis il s'est éclairci la voix et a accepté d'entrer dans mon jeu, à contrecœur.

— Ton coup de fil tombe à pic parce que M. Chandler et moi discutions justement de quelques options de notre proposition et je me demandais si, par hasard, nous ne pourrions pas négocier un meilleur prix pour lui. Un de nos concurrents lui a semble-t-il fait une offre plus attractive.

J'ai observé la réaction de Hank. Il semblait très content de lui.

— Bien, ai-je repris. Maintenant, je sais que tu n'es pas un grand acteur, mais tu dois faire de ton mieux : prends l'air déçu à cause de la réponse de ton associé.

J'ai observé le visage de Jamie mimer la déception.

— Hoche la tête d'un air compréhensif, lui ai-je ordonné.

Il s'est exécuté.

— Oui, Carl, je comprends.

— Bien, maintenant, tu vas dire : « Merci, je vais faire part de cela à Hank », puis tu vas raccrocher et annoncer au client que, malheureusement, l'agence ne peut pas descendre en deçà de l'offre actuelle.

Le regard rivé sur la table, Jamie n'a rien répondu. Son hésitation était palpable.

— S'il te plaît, fais-moi confiance.

— Bon, j'espère que tu as raison, a-t-il dit finalement.

— J'ai raison.

Il a hoché la tête une nouvelle fois et ajouté :

— Merci, Carl. Je fais part de tout cela à Hank.

Il a raccroché et, sans quitter ma cachette, je l'ai regardé relayer mon message. Je ne pouvais pas entendre la conversation mais, en revanche, j'ai vu l'expression de Hank changer du tout au tout. Cette fois, il avait la tête du type à qui on annonce que son ticket de loto gagnant était un faux et qui voit s'évanouir en fumée la promesse de quarante millions de dollars.

Au vu de l'échange qui a suivi, sans haussement de voix mais néanmoins tendu, j'ai supposé que Jamie était en train, une fois de plus, d'essayer de convaincre Hank que leur offre finale valait chaque sou investi et qu'ils étaient sans conteste l'agence la mieux armée pour exécuter cette mission.

J'ai arpenté avec impatience le couloir quelques minutes de plus avant de regagner la table.

— Qu'ai-je raté ? ai-je demandé en me glissant sur ma chaise.

Jamie s'est tourné vers moi, l'air incrédule.

— Eh bien, pas mal de choses, en fait. M. Chandler vient d'accepter notre offre.

— C'est génial ! me suis-je exclamée avant de boire une gorgée d'eau. Félicitations à vous deux.

Jamie avait du mal à dissimuler l'étrange combinaison d'allégresse et de perplexité qui était la sienne tandis que Hank, le bluffeur bluffé, s'efforçait de cacher son embarras.

Quant à moi, je me contentais de savourer ma victoire.

— Comment as-tu fait ? a demandé Jamie sitôt que j'ai eu refermé la portière.

— Ça ? Facile ! ai-je répondu d'un ton joueur. J'ai tiré, et ça s'est refermé. Tu veux que je te le refasse au ralenti ?

— Ha ha ha. Bon, maintenant, explique-moi comment tu as su qu'il mentait.

J'ai haussé les épaules.

— Ça crevait les yeux.

— Pas les miens ! J'étais à deux doigts de lui offrir un rabais de 50 000 dollars.

Je me suis reculée contre le dossier du siège en savourant cette attention dont j'étais l'objet. Jamie semblait à la fois admiratif et troublé.

— Ce dont tu te mordrais les doigts, maintenant, n'est-ce pas ?

Il a poussé un lourd soupir et a arrondi les épaules. Il avait l'air si abattu que j'ai répondu moi-même à la question :

— Bon, d'accord. Je ne sais pas comment, mais je l'ai compris. Pour moi, c'était évident. Quand il parlait de la proposition de cette autre agence, tout me disait que c'était un bobard.

— Ah ouais ? a fait Jamie d'un ton qui manquait cruellement de conviction. Donc, c'était juste une intuition ?

— Pas du tout ! Ça n'a rien à voir avec une intuition. Je *savais* qu'il bluffait.

— Alors c'est donc vrai ? Tu as vraiment un superpouvoir pour lire dans la tête des hommes ?

— Faut croire..., ai-je dit en haussant les épaules. C'est comme ça que je sais si le sujet d'une inspection de fidélité est un mari infidèle.

— Tu veux dire que c'est comme ça que tu *savais* que le sujet était un mari infidèle, a-t-il corrigé d'une voix sans timbre après un silence.

D'un coup d'un seul, j'ai senti la température chuter de dix degrés. J'ai frictionné mes bras qui s'étaient hérissés de chair de poule.

— Exact, ai-je acquiescé avec un faible sourire. C'est comme ça que je le *savais*. C'est exactement ce que je voulais dire.

Jamie m'a dévisagée un long instant, sans rien dire, mais d'un regard éloquent, puis il a enfin démarré et s'est engagé dans les rues de Beverly Hills. Les yeux rivés sur le paysage qui défilait à ma droite, je me suis tenue coite. Je sentais Jamie qui me scrutait. De temps en temps, il tournait la tête vers moi, tel un flic qui surveille un suspect et n'attend qu'un faux pas de sa part pour lui passer les menottes.

Et, en ce qui me concerne, me soumettre à un interrogatoire en règle.

19

Émotions calibrées

Ayant passé officiellement trois jours alitée, j'étais impatiente de retourner travailler le mercredi matin. À mes yeux, c'était un retour à la normalité. Une occasion pour moi de prendre un nouveau départ, d'effacer tout ce qui s'était passé au cours des quelques semaines précédentes. Renouer avec la routine des réunions d'équipe, écouter mes associés annoncer leur verdict et leur assigner leurs missions pour la semaine, tout cela m'apporterait réconfort et soulagement.

Ce matin-là, nous n'étions que cinq dans la salle de réunion, et non pas six comme d'habitude, puisque Katie était toujours en poste chez les Stanton : d'après ses e-mails bihebdomadaires, aucun développement ne permettait encore de conclure à la loyauté ou la déloyauté du maître de maison à l'égard de son épouse. Au bout de deux semaines et demie, je commençais à me dire qu'il était peut-être temps d'en finir. Je n'aimais pas l'idée de voir grossir en pure perte la note de Melissa Stanton. Compte tenu des circonstances inhabituelles, j'avais revu nos honoraires à la baisse mais, de fil en aiguille, le total serait néanmoins important. Aussi, une fois la réunion terminée et avant que mon premier rendez-vous n'arrive, j'ai décidé d'appeler Katie sur son portable pour une mise à jour.

— Est-ce que tu peux parler ? lui ai-je demandé sitôt qu'elle a décroché.

Elle a semblé surprise de m'entendre, sans doute parce que nous avions convenu de ne communiquer que par e-mails afin de protéger sa couverture. Cependant, pour m'assurer que j'allais prendre la bonne décision, j'avais besoin d'entendre les détails de vive voix.

— Salut, oui, je peux parler. M. Stanton est parti en voyage d'affaires et Mme Stanton est sortie. Elle organise une levée de fonds pour une organisation caritative.

— Ah bon ? Et où sont les gamins ? ai-je demandé, inquiète.

Katie a gémi.

— En train de s'entretuer dans le jardin. Mais ne t'inquiète pas pour eux. Ils n'écoutent pas un mot de ce que je dis, de toute façon.

J'ai rigolé.

— Je suis juste surprise que tu sois seule avec eux. Mme Stanton m'a assurée que tu n'aurais pas à les surveiller. N'a-t-elle pas tenu parole sur ce point ?

— Techniquement parlant, si, a répliqué Katie avec amertume. Juanita, la femme de ménage, est là la plupart du temps, mais elle ne parle pas un mot d'anglais. Les gamins le savent et ils n'en font qu'à leur tête. Et comme elle est toujours débordée, entre la lessive, le ménage et tout le reste, c'est en général moi qui surveille les petits monstres.

Je n'étais pas ravie de l'apprendre, mais j'ai préféré ne pas relever : ignorant le temps dont je disposais pour cette conversation, je voulais en venir au point qui me préoccupait.

— Katie, je t'appelle pour discuter avec toi de ce cas. Y a-t-il du nouveau depuis ton dernier e-mail ?

— Non, je le crains, a-t-elle répondu précipitamment, et aussitôt après, j'ai entendu des cris étouffés – sans doute par sa main posée en coupe sur le combiné. Cooper ! Henry ! Ne touchez pas à ça ! Vous allez vous brûler, nom d'un chien ! Excuse-moi, Ashlyn. Donc je disais... non, rien de nouveau. Mais comme il est en voyage d'affaires depuis quelques jours, c'est difficile de se prononcer.

— J'ai pensé que...

— Ashlyn, excuse-moi, ne quitte pas...

Cette fois, j'ai entendu le téléphone heurter une surface dure et puis, au loin, la voix de Katie a tonné :

— Henry ! Ne braque pas ce truc sur ton frère ! Pose ce pistolet. Tout de suite ! Tu veux aller au piquet ?

Quand elle a repris le téléphone, elle était essoufflée et agacée.

— Désolée. Ils adorent jouer avec les pistolets à eau, même si Mme Stanton le désapprouve. Elle ne tolère pas la violence dans cette maison. Mais il faut croire qu'à l'extérieur, c'est permis.

J'ai étouffé un éclat de rire. N'était-ce pas incroyablement drôle que cette fille qui excellait dans l'art de manœuvrer n'importe quel homme par son intelligence et son esprit ait trouvé son maître en la personne de deux jumeaux de neuf ans ?

— Que disais-tu ? a demandé Katie d'une voix essoufflée.

— Ça fait presque trois semaines que tu es chez eux et si aucun signe patent n'indique, à ce jour, une tendance à l'infidélité, je me dis qu'il est peut-être temps de conclure qu'il a réussi le test et de t'exfiltrer. Nous aurions bien besoin de ton aide à l'agence, et je suis certaine que Melissa Stanton ne veut pas payer pour...

— Non ! s'est récriée Katie avec une véhémence qui, un instant, m'a laissée penser qu'elle s'adressait à nouveau aux enfants. Je veux dire : je crois que je devrais rester encore un peu.

— Mais tu viens de dire qu'il n'y avait rien de nouveau, ai-je souligné, déroutée.

— Oui... Enfin, non... Plus ou moins, a-t-elle bafouillé.

— « Plus ou moins », ai-je répété, dubitative.

Elle a soupiré, comme si elle était en train de perdre patience.

— Tu vois, il flirte un peu... quand sa femme n'est pas dans les parages. Ce qui me conduit à penser que si on lui en laisse le temps, il pourrait pousser plus loin. Donc, je... J'hésite à partir maintenant. Ou, du moins, avant son retour, s'est-elle empressée d'ajouter.

J'ai griffonné quelques notes sur mon bloc puis j'ai tapoté le stylo contre la table, pensive.

— En clair, tu es en train de dire que, s'il a bel et bien eu des comportements inappropriés avec les précédentes nounous, il prend son temps pour parvenir à ses fins.

— Hum... oui, c'est ça.

À entendre sa voix distante, Katie avait à l'évidence la tête ailleurs. Sans doute était-elle préoccupée par les deux petits bagarreurs qui s'entretuaient avec leurs pistolets à eau dans le jardin.

— Et quand il a flirté avec toi, comment as-tu réagi ?

Il y a eu un silence et puis finalement Katie a répondu, d'une voix précipitée.

— Bien... Je veux dire... je me suis montrée réceptive, comme d'habitude.

— Bon, d'accord, ai-je conclu en reposant mon stylo. On va se donner une semaine de plus pour voir si la situation évolue.

— Super, a soufflé Katie. Écoute, je dois te laisser. Je t'envoie une mise à jour très vite.

Et elle a raccroché.

Julie Bleeker était une jeune femme qui approchait de la trentaine, blonde, avec un balayage et une coupe au carré stylée. Le genre de fille, ai-je immédiatement pensé, qui était capitaine de l'équipe de majorettes de son lycée : mignonne, pétillante et rieuse, qui préfère sourire plutôt que froncer les sourcils.

Enfin, en général, du moins.

Sitôt qu'Hadley l'a eu introduite dans mon bureau, elle s'est installée sur le canapé et a glissé ses mains sous ses jambes, comme pour les tenir au chaud.

— Puis-je vous offrir un café ou un thé ? ai-je demandé sans pouvoir m'empêcher de regarder ses poignets.

Elle a secoué la tête.

— Non merci, ça va.

J'ai attrapé mon bloc-notes et me suis assise en face d'elle.

— Dites-moi ce qui vous a amenée à contacter notre agence, ai-je commencé de mon habituel ton avenant.

Elle a pris une vive inspiration.

— Quelqu'un m'a conseillé de m'adresser à vous. Une vieille amie.

J'ai souri.

— Puis-je vous demander son nom ?

La jeune femme a hésité et s'est tortillée, mal à l'aise. J'étais habituée à ce que les nouvelles clientes se montrent avares de détails quant à leur vie privée. Aussi lui ai-je épargné cette épreuve en enchaînant :

— Ça n'a aucune importance. Dites-moi simplement pourquoi vous êtes ici.

Elle m'a semblé reconnaissante de ce changement de direction.

— C'est à cause de mon mari. Ryan.

— Hum hum..., ai-je marmonné tout en commençant à prendre des notes. Depuis combien de temps êtes-vous mariés ?

— Trois ans.

J'ai noté l'information et enchaîné :

— Et quelle est votre principale inquiétude concernant Ryan ?

Julie Bleeker a glissé une mèche derrière l'oreille avant de la laisser retomber.

— Il me semble moins investi dans notre relation. Il est devenu distant. Quand je lui laisse un message, il ne me rappelle pas. Il me dit qu'au bureau il est complètement débordé.

Tout en notant ces informations, j'ai hoché la tête.

— J'ai découvert par expérience que l'intuition féminine est l'une des forces les plus puissantes de la planète, et qu'on est toujours bien avisée de l'écouter et de la vérifier, ai-je renchéri.

J'ai enchaîné avec mon répertoire habituel de questions – sur sa relation de couple, sur les goûts et les dégoûts de son mari, ses hobbies – avant de lui demander si, dans un futur proche, un événement particulier serait susceptible de fournir un cadre à l'inspection.

— Mercredi prochain, il doit boire un verre avec un ami de passage à L.A. au W Hotel, à Westwood, a-t-elle indiqué en se frottant la paume des mains sur sa jupe.

La date mentionnée m'a arraché un froncement de sourcils et je me suis retournée pour attraper mon iPhone sur le bureau.

— Je suis navrée, ai-je répondu en consultant l'agenda électronique. J'ai bien peur que mercredi ce ne soit pas possible. Une de mes associées n'est pas disponible en ce moment et le reste de mon équipe est déjà pris pour la semaine à venir. Mais si votre mari habite à Los Angeles, je suis sûre que nous pourrons trouver un autre lieu convenable pour cette mission lorsque...

Julie a levé une main timide pour m'interrompre.

— Pour tout vous dire, j'espérais que *vous* pourriez vous charger de cette inspection.

J'ai écarquillé les yeux.

— Moi ?

— Oui, mon amie m'a dit d'insister pour que ce soit vous. Elle m'a dit que c'était vous qui vous étiez chargée de l'inspection de son mari et...

J'ai lâché un petit gloussement nerveux.

— Je suis désolée, cela fait plus d'un an que je n'ai pas mené d'inspection moi-même. Mais je peux vous assurer, madame Bleeker, que toutes mes associées sont très compétentes.

Julie a secoué la tête.

— Franchement, je ne me sentirais pas rassurée si c'était quelqu'un d'autre, a-t-elle insisté. Cette démarche est très inaccoutumée pour moi. Vous devez le comprendre. (Ses yeux se sont voilés d'humidité.) Et lorsque mon amie m'a raconté comment vous aviez redonné un nouveau souffle à sa vie, pour la première fois depuis bien longtemps, j'ai senti renaître l'espoir. Il faut que vous fassiez la même chose pour moi.

Ne sachant pas trop que répondre, je n'ai rien dit du tout. Pendant trente bonnes secondes, je me suis contentée de dévisager avec des yeux ronds le visage de cette femme sur lequel l'espoir et l'affliction se livraient à de fascinants pas de tango.

Après tout ce qui s'était passé ces derniers temps, je savais que je ne pouvais pas accéder à sa requête, mais j'ignore pourquoi je ne pouvais pas non plus me résoudre à lui opposer une fin de non-recevoir. Je savais également que quelque chose, chez cette femme et dans sa requête insensée, me mettait extrêmement mal à l'aise et que je devais à tout prix écourter ce rendez-vous.

Car oui, tout était insensé et complètement ridicule.

— Il va falloir que j'y réfléchisse un peu, ai-je fini par concéder en me levant et en mettant quasiment ma visiteuse à la porte.

— Bon, d'accord, a-t-elle répondu d'un ton méfiant. Vous me donnerez votre réponse le plus tôt possible, j'imagine.

— Oui, oui, je vous appellerai.

J'ai posé ma main sur ses reins et je l'ai poussée doucement dehors. Elle a franchi la porte avec hésitation, et moi, je l'ai refermée derrière elle avec détermination, sans même prendre la peine de lui indiquer son chemin. C'était une fille intelligente, elle saurait bien le retrouver toute seule.

Je savais que je devais m'ingénier par tous les moyens à faire diversion. Me distraire jusqu'à ce que cette sensation dérangeante au creux de mon estomac se dissipe. Aussi ai-je décidé de m'attaquer à la montagne de données à entrer dans la base informatique et qui s'entassaient depuis plusieurs semaines.

Lorsqu'une mission était terminée, une fois le dossier actualisé et le rapport de l'associé rendu, il m'incombait la tâche peu enviable d'entrer tous les détails de l'inspection dans une base de données sécurisée et ultraconfidentielle sur notre serveur. C'était moi qui répertoriais personnellement chaque information concernant la cliente et le sujet, et ces renseignements étaient protégés par un login et un mot de passe que moi seule connaissais. En matière de maintenance, c'était on ne peut plus rébarbatif, mais ces informations s'avéraient bien trop sensibles et secrètes pour que je confie à quelqu'un d'autre ce travail de saisie. Donc c'était moi qui assumais ce boulot, seule.

Impatiente de m'absorber dans une occupation qui m'empêcherait de me repasser en boucle les mots de Julie Bleeker, j'ai cliqué, sur le bureau de mon ordinateur, sur l'icone de la base de données. J'ai entré mon login, ouvert un nouveau dossier et puis j'ai extrait de ma sacoche un tas de dossiers. J'ai repris mon souffle, ouvert le premier qui se présentait et commencé à compléter les champs libres sur l'écran.

Dossier n° 2378
Mission confiée à : Lauren Ireland
Nom du sujet : Jarrod Cunning
Profession : programmateur de jeux vidéo
Lieu : Seattle (État de Washington)
Nom de la cliente : Lisa Bailey
Relation sujet-cliente : en couple, depuis deux ans
Principale inquiétude justifiant l'inspection : d'après la cliente, le sujet montre une obsession malsaine pour les jeux vidéo (en ce moment, sa préférence va à Intergalactic Battle Quest) et la cliente s'inquiète de ce que cette obsession pourrait déboucher sur une infidélité si le sujet rencontrait une joueuse partageant une passion similaire.
Lieu(x) de l'inspection : en ligne et à Seattle
Résultat : échec
Remarques : l'associée s'est fait passer pour une joueuse de Seattle et a engagé une partie en ligne avec le sujet. Un contact avec ce dernier s'est rapidement noué, via la messagerie instantanée du jeu, et quelques e-mails occasionnels. Après une semaine d'échanges, le sujet a demandé à rencontrer sa partenaire de jeu dans un cybercafé en ville et l'associée s'est déplacée à Seattle à cet effet. Le sujet a invité l'associée chez lui et a ensuite initié un contact physique.

Enregistrer. Suivant. Nouvelle entrée. Je sentais la distraction porter déjà ses fruits. M'engourdir l'esprit. Réduire mes pensées au mutisme.

Dossier n° 2380
Mission confiée à : Cameron Kelly
Nom du sujet : Jocelyn Sandover
Profession : mère au foyer
Lieu : Santa Monica (Californie)
Nom du client : Richard Sandover
Relation sujet-client : mari et femme, depuis neuf ans
Principale inquiétude justifiant l'inspection : le client indique que leur couple traverse une période tumultueuse depuis quelques mois et qu'ils consultent actuellement un thérapeute. Le client, cependant, craint que le sujet ne cherche une consolation supplémentaire auprès d'un représentant du sexe opposé.
Lieu(x) de l'inspection : école primaire de Rockwell ; domicile du sujet
Résultat : échec
Remarques : l'associé s'est fait passer pour un parent d'élève en butte à des difficultés conjugales et a lié connaissance avec le sujet devant l'école. Le sujet a invité l'associé dans une cafétéria et ensuite chez elle, où elle a initié un contact physique.

Chaque fois que je m'attaquais à cet aspect de mon travail, je m'émerveillais de son étrangeté. N'était-ce pas étonnant que les détails les plus intimes d'une vie – l'histoire d'un couple et sa déréliction – puissent tenir en neuf rubriques préformatées ?

Pour mon clavier, ce n'étaient jamais que des noms, des villes, des séries de lettres et d'espaces dénués de sens. Mais pour les gens concernés, ils témoignaient de la réalité de leur vie. Et ces cœurs brisés, ces rêves de bonheur éternel qui s'étaient mués en cauchemars finissaient sous forme de bribes d'informations stockées dans le ventre d'une machine géante, dans une pièce chichement éclairée, remplie de serveurs informatiques, quelque part dans une ville dont personne ne se souciait de retenir le nom. D'un simple clic de souris, trahisons et cœurs brisés se retrouvaient immortalisés en une simple séquence de 1 et de 0.

Je reconnais que ce n'était pas l'expérience la plus exaltante du monde, mais quelqu'un devait faire ce travail. Et j'étais reconnaissante de la distraction qu'il m'offrait.

Deux heures, quinze conjoints infidèles et un époux loyal plus tard, j'ai enfin ouvert le dernier dossier de la pile. À force de rester assise, les yeux rivés à l'écran, j'avais les jambes engourdies et la nuque douloureuse. J'ai tourné la tête d'un côté puis de l'autre, en étirant le cou, pour soulager la raideur de mes épaules et je me suis obligée à continuer.

Plus qu'un.

J'ai inspiré profondément, j'ai ouvert ce dernier dossier et j'ai commencé à taper.

Dossier n° 2383
Nom du sujet : Benjamin Connors
Mission confiée à : Shawna Miller

Ma cadence de frappe s'est aussitôt ralentie et mes doigts se sont immobilisés juste après avoir tapé la dernière lettre. J'ai fixé le dossier ouvert devant moi, saisie par la familiarité de toutes les informations qui semblaient jaillir de la page et assaillir mes yeux fatigués et injectés. Et pour cause : pour la première fois en plus d'un an, ce dossier que je m'apprêtais à archiver pour l'éternité dans les abysses du cyberespace était le mien.

Les remarques étaient écrites de *mon* point de vue. Les détails étaient gravés dans *mes* souvenirs. Appartenaient à *mon* passé.

La route de Benjamin Connors avait, irrévocablement, croisé la mienne. Et cette seule nuit, cette unique rencontre apparemment fortuite, avait laissé une empreinte indélébile sur sa vie comme sur la mienne.

Pour Benjamin Connors, ce rapport et son ensemble de données menaient à une conclusion manifeste : comme pour tous les autres sujets mentionnés dans ces dossiers, il signifiait la fin de son couple, la perte d'une épouse, d'un enfant. Il sonnait le glas des projets qu'il avait pu faire.

En ce qui concernait mes propres projets d'avenir, en revanche, je n'avais pas encore découvert quel serait le sens de ce dossier et ses conséquences.

Parce que, jusque-là, mon esprit s'était désespérément accroché à l'image de Darcie Connors, sur le seuil de cette même pièce, m'exprimant sa gratitude éternelle. Pour ce que j'avais fait. Ce que j'avais été en mesure de lui donner. Et cette gratitude avait généré en moi une sensation impossible à dissiper. Une sensation rare d'accomplissement. Comme si on avait réveillé une part de moi qui ignorait s'être assoupie. Et je n'avais plus éprouvé cette sensation depuis longtemps : depuis que je n'avais plus *personnellement* démasqué un mari infidèle.

Tandis que je fixais le nom écrit sur la page en me délectant à nouveau de ce goût que laissait une mission accomplie, j'ai soudain compris que c'était *ça* qui m'avait tant manqué depuis un an. Que c'était *ça* que j'avais, par tous les moyens, essayé de remplacer. D'abord en créant cette agence, puis en acceptant de témoigner à titre d'expert. J'avais besoin de sentir que j'intervenais activement pour faire une différence dans la vie des gens. Que je continuais à mettre mon superpouvoir au service du Bien. Ces substituts dérisoires s'étaient hélas révélés insuffisants. Le subterfuge ne marchait pas si bien que ça. J'avais l'impression d'être une toxicomane repentie qui ignorait à quelle drogue elle avait été accro jusqu'à ce que quelqu'un, par accident, ne la lui injecte à nouveau dans le bras.

Mais maintenant que j'avais identifié la nature de mon manque, comment allais-je trouver la force de continuer à résister à la tentation ? Surtout quand je savais exactement comment et où me procurer la drogue en question.

Surtout... quand celle-ci venait tout juste de quitter mon bureau, moins de trois heures plus tôt.

— Non ! me suis-je écriée tout haut en forçant cette pensée à sortir de ma tête.

Je devais me concentrer sur la tâche qui m'occupait, et la terminer. En finir avec la saisie de ces données. De ces tristes, stupides et fastidieuses données.

J'ai baissé les yeux et contemplé le dossier ouvert sur mon bureau. Il me fallait l'envisager comme un simple dossier, qui ne différait en rien des autres. Ce n'était qu'un rapport de plus. Rien d'autre.

Je savais que je tenais là l'occasion ou jamais de tirer un trait définitif sur toute cette histoire. Une fois les données saisies et enregistrées, jamais plus je ne les reverrais. L'original du dossier irait droit dans le destructeur de documents, et l'original du souvenir, avec un peu de chance, serait lui aussi détruit par quelque processus mental.

J'ai méticuleusement recopié le contenu du dossier, mot pour mot, de mes doigts tremblants. Je n'ai pas changé un seul détail – pas un terme, pas un nom, pas même une virgule. Et même si le rapport ne donnait pas une représentation exacte de ce qui s'était passé ce soir-là, c'était la seule que je voulais voir stockée pour la nuit des temps.

Profession : publicitaire

Lieu : Sherman Oaks (Californie)

Nom de la cliente : Darcie Connors

Relation sujet-cliente : mari et femme

Principale inquiétude justifiant l'inspection : la cliente ayant eu vent d'une conduite inappropriée du sujet lors d'une fête chez des voisins, elle craint qu'il puisse avoir des tendances à l'infidélité. La cliente souhaite voir confirmer ou infirmer ses soupçons avant de donner suite à un projet d'adoption.

Lieu(x) de l'inspection : Casino et Hotel Palazzo, Las Vegas (Nevada)

Résultat : échec

Remarques : l'associée a rencontré le sujet à la table de craps, au Palazzo, et a laissé celui-ci lui prodiguer des conseils de jeu. En quittant la table, le sujet a invité l'associée à boire un verre, puis à l'accompagner dans sa chambre d'hôtel, où le sujet a prouvé son intention de se livrer à des activités de nature intime.

Enregistrer. Quitter. Fini.

Postée à côté du destructeur de documents, j'ai regardé solennellement la machine électrique avaler avec voracité le dossier. Ses lames découpaient adroitement les pages en des lanières si fines que même l'agent le plus talentueux de la CIA n'aurait pu les réassembler. Les serpentins flottaient gracieusement dans le conteneur en plastique transparent, comme des paillettes dans une boule de neige.

Il y avait quelque chose de définitif dans le processus. C'était terminé. Et j'ai prié pour qu'à présent je puisse enfin mettre toute cette histoire derrière moi. Prié pour que tous les sentiments ambigus que j'associais au nom de Benjamin Connors reposent quelque part dans ce fatras de papier déchiqueté.

Mais au retour de ma pause déjeuner, lorsque je me suis rassise à mon bureau, résolue à m'attaquer à la préparation des missions de la semaine suivante, mes yeux étaient sans cesse attirés vers le destructeur de documents. À un moment donné, j'ai distingué, sur une mince bande de papier collée à la paroi transparente du conteneur, la lettre C. Il était impossible de déterminer si ce C correspondait à l'initiale de Connors, ou à un mot inoffensif, tel que « café » ou « carte de crédit ». Mais peu importe. Ce qui comptait, c'était la présence de cette lettre : elle me narguait.

Cédant à une soudaine exaspération, j'ai bondi de mon fauteuil, j'ai arraché sans ménagement le conteneur de son logement et j'ai foncé dans le couloir. En me voyant apparaître, Hadley s'est aussitôt levée.

— Je vais vous le vider ! s'est-elle exclamée en regardant le conteneur.

— C'est bon, je m'en occupe, ai-je soufflé en essayant de ne rien laisser transparaître, dans ma voix, de mes émotions à fleur de peau. J'ai besoin de me dégourdir les jambes.

Quand les portes de l'ascenseur se sont ouvertes, la cabine était déjà bondée. Je me suis engouffrée tout au fond en serrant le conteneur dans mes bras, d'un geste protecteur. Une fois au rez-de-chaussée, j'ai senti des regards interloqués peser sur moi tandis que je me dirigeais droit vers le comptoir de la sécurité. Un garde en uniforme s'est levé.

— Où sont les bennes à ordures ?

L'homme a tendu la main avec un sourire aimable.

— Je vais m'en occuper, madame.

— Non, merci, ai-je répondu en serrant le conteneur plus étroitement contre ma poitrine. J'ai besoin de faire ça.

L'homme m'a dévisagée avec appréhension et je jure que je l'ai vu couler un regard vers son téléphone. Mais finalement, il a désigné une porte à l'arrière du hall.

— Elles se trouvent dans la ruelle, derrière le bâtiment.

— Merci, ai-je dit avec un sourire gracieux.

Sitôt au pied des grosses bennes bleues, j'ai vidé le contenu de ma corbeille en la secouant et en tapant énergiquement sur ses flancs pour m'assurer que chaque fragment de papier, jusqu'au dernier, irait exactement là où il devait aller. J'ai observé ces milliers de rubans de papier en train de voleter vers les abysses en priant pour que ce soit là le point final de toute cette histoire. Et que cet acte me donne la force de remonter décrocher mon téléphone pour annoncer à Julie Bleeker, sans la moindre hésitation dans la voix, que je ne pouvais, en aucune circonstance, m'occuper en personne de son cas.

Malheureusement, alors que j'étais là, plantée dans la ruelle, le conteneur vide dans les mains, j'ai revu le visage de cette femme. Dans ma tête, j'ai réentendu ses supplications, et cette voix pétrie d'affliction a commencé à grignoter ma résolution – ou plutôt, à la dévorer, avec une avidité que je n'arrivais pas à combattre.

Et j'ai compris que, en fin de compte, j'allais devoir accepter le fait que ma résolution n'était peut-être pas aussi solide que ça.

20

La voix de la raison

Tu n'es plus cette personne.

Voilà la première pensée qui m'a traversé l'esprit lorsque, le mercredi soir suivant, j'ai pénétré avec hésitation dans le hall du W Hotel à Westwood. Plus qu'une pensée, c'était un reproche que m'adressait mon cerveau hyperactif. Cela faisait une semaine qu'il fonctionnait en surrégime. Et franchement, j'étais étonnée qu'il n'ait pas encore renoncé à force d'épuisement.

Tu devrais repartir.

Encore un conseil que je me suis empressée d'étouffer. Je commençais à devenir bonne à ce petit jeu : ignorer ma propre autorité.

Car le fait est que je n'ai pas tourné les talons. Je me suis enfoncée dans l'hôtel, j'ai continué à marcher au-devant de la soirée sans précédent qui m'attendait, avec l'impression d'être enveloppée d'un inquiétant halo lumineux, comme dans un mauvais film d'horreur.

C'était la voix de cette femme, dont l'écho rôdait dans ma tête, qui me poussait à avancer. Elle agissait sur moi comme l'essence dont on asperge un feu mourant pour en raviver les flammes. Chaque fois que mon esprit essayait de me communiquer un de ses ordres catégoriques – *remonte dans ta voiture, rentre chez toi et enferme-toi à double tour* –, le son de sa voix saturée de désespoir noyait jusqu'à la dernière once de mon bon sens.

C'était une bataille épique. Légendaire. C'était la bataille que livre chaque être sur cette terre, dans tous les pays, à n'importe quelle heure. Le Bien contre le Mal. L'ange et le démon, juchés de part et d'autre sur mes épaules, prêchant chacun infatigablement sa cause. C'était l'éternel combat entre ce que je *voulais* faire et ce que je *savais devoir* faire. Ou, dans ce cas, *savais devoir ne pas* faire.

Je *voulais* aider cette femme. Comme j'en avais aidé tant d'autres avant elle. Je voulais une fois de plus goûter cette éphémère sensation de plénitude qui m'envahissait lorsque je révélais la vérité à quelqu'un en sachant, sans l'ombre d'un doute, que cette information allait apporter une amélioration radicale dans sa vie. C'était une expérience semblable à celle que procurent les montagnes russes – une poussée d'adrénaline impossible à décrire, et dont l'effet se dissipe trop vite. Chaque jour j'en ressentais le manque. Bien plus que je n'aurais su le formuler. Et voilà qu'elle m'attendait dans cet hôtel. Servie sur un plateau d'argent.

Et puis, il y avait ce que je *devais* faire. En plus d'avoir fait des promesses, celle que, depuis un an, je me démenais pour devenir, avait promis de les honorer.

Une fois de plus, le combat opposait Ashlyn à Jennifer, celle que j'étais à celle qu'il me fallait incarner, et l'affrontement amorçait un tournant critique. Il y aurait un vainqueur, et un vaincu. Il ne pouvait en être autrement. Quand j'ai repéré l'entrée du bar, à quelques pas à peine devant moi, j'ai eu le sentiment de savoir sur qui placer mon pari.

Rentre à la maison ! a ordonné ma raison. *Tu es en train de te fourvoyer du tout au tout !*

J'ai continué à avancer un essayant de faire taire ma conscience par trop intrusive. J'ai pensé à Julie Bleeker. À son regard triste et las. À sa voix chevrotante. À la nervosité de ses mains. Elle avait besoin de moi. Elle avait besoin que je sois là où j'étais en cet instant.

Je l'avais rappelée le jour même de notre entrevue. J'aurais dû savoir qu'il était vain de lutter. Que jamais je ne parviendrais à lui donner une autre réponse que « oui ».

La photo de Ryan Bleeker qu'elle m'avait communiquée était rangée dans une pochette intérieure de mon sac. Je l'avais sortie du dossier avant de partir, à titre d'assurance : si jamais j'avais du mal à identifier le sujet, je pourrais m'y référer. Exception faite de mon inspection impromptue auprès de Benjamin Connors quelques semaines plus tôt, cela faisait longtemps que je ne m'étais pas exercée à faire coïncider un visage de chair et d'os dans un bar d'hôtel aux éclairages tamisés avec celui d'une photo.

À la seule évocation de Benjamin Connors, ma raison a sauté sur l'occasion de me rallier à sa cause.

Oui, Benjamin Connors ! Tu te souviens de ce qui s'est passé ensuite ? Tu te souviens de ce qui s'est passé lorsque tu es rentrée à la maison ? Et ce n'était même pas planifié !

C'était vrai. Ce dernier détail, du moins. Benjamin Connors n'était pas prévu. Ç'avait été une décision de dernière minute, prise dans l'urgence. Alors que ce que je m'apprêtais à faire était entièrement prémédité et résultait du débat intérieur qui m'avait torturée. Et qui, apparemment, était loin d'être clos.

Mais ma décision était prise. Ma raison allait devoir la boucler et faire avec. Elle avait été vaincue. Il était temps pour elle de capituler avec dignité.

— Que désirez-vous boire ?

J'ai levé les yeux et vu le barman qui disposait en souriant une petite serviette devant moi. Mes pas m'avaient déjà portée jusque devant le comptoir. Les dés étaient jetés. L'attente allait commencer.

Il n'est pas trop tard, tu sais ? Tu peux encore changer d'avis. Tu peux encore t'en aller.

J'ai hoché la tête.

— Une Heineken, s'il vous plaît.

D'après sa femme, il s'agissait de la bière favorite de Ryan Bleeker. Et, non sans ironie, c'était aussi la préférée de Jamie. Mais j'ai mis un point d'honneur à ne pas m'appesantir sur cette idée. N'aurait-ce pas été idiot de donner de mon plein gré des munitions à mon ennemi ?

Je me suis perchée sur un tabouret, puis j'ai pivoté pour faire face à la salle. Pour un mercredi soir, le W Hotel bruissait d'animation. La clientèle qui ne cessait d'affluer allait me compliquer la tâche pour repérer Ryan Bleeker. Je devrais redoubler d'attention. J'ai ouvert mon sac et jeté un coup d'œil au visage souriant de Ryan Bleeker qui me dévisageait. Pour la centième fois de la semaine, je me suis efforcée de graver ses traits dans ma mémoire. Ou bien voulais-je juste m'assurer que la photo était toujours là, que tout ça était bien réel ?

Avant de refermer le sac, j'ai effleuré l'écran de mon téléphone pour l'éclairer. Je n'avais aucun nouveau message.

Une part de moi – la part rationnelle, qui essayait de me dicter ce que j'aurais dû faire – voulait que Jamie appelle. Comme si entendre sa voix serait, en quelque sorte, le signe que je ne devrais pas pousser plus loin cette entreprise.

Au cours de la semaine écoulée, une certaine étrangeté s'était installée dans notre relation. On aurait dit que nous vivions en parallèle, que nous agissions machinalement. « Tu as passé une bonne journée ? », « Que veux-tu manger pour dîner ? », « Tu vas te coucher ? »...

Des questions vides, appelant des réponses plus vides encore.

Nous n'avions plus fait l'amour – ni même *commencé* – depuis mon retour de Las Vegas. Et ni lui ni moi n'avions évoqué cette absence d'intimité physique. À vrai dire, nous n'avions pas évoqué grand-chose ces derniers temps.

Le dimanche soir, lorsque Jamie m'avait annoncé qu'il devait se rendre quelques jours à Phoenix pour son travail, ce qui m'avait quelque peu soulagée. Et lorsqu'il était parti ce matin-là, quelque chose s'était allégé dans l'appartement. Un peu comme si un gros nuage menaçant s'était dissipé et que, pendant un bref instant, je pouvais enfin respirer sans crainte.

Pour être honnête, son absence n'avait fait que faciliter ma décision d'accepter cette mission. Parce que je savais que je n'aurais pas à mentir...

Mais si, tu devras tout de même lui mentir.

Certes. Mais pas effrontément.

Deux hommes sont entrés dans le bar et j'ai scruté leurs visages. Je savais que Ryan Bleeker avait trente-deux ans, qu'il mesurait un mètre quatre-vingt-trois pour quatre-vingt-dix kilos. Je savais également que l'ami qu'il venait retrouver avait à peu près le même âge et la même taille que lui, mais qu'il était un peu plus corpulent. Les deux arrivants étaient bien trop jeunes pour correspondre à cette description.

J'ai bu une gorgée de bière et coulé un autre regard à la photo cachée dans mon sac. Ce faisant, mon doigt a glissé *accidentellement* sur l'écran du téléphone, qui s'est obligeamment éclairé. Il n'avait néanmoins toujours aucune information à me délivrer.

Pourquoi vérifies-tu ta messagerie sans arrêt, si tu as déjà pris ta décision ?

C'était une question pertinente. Pour laquelle je n'avais aucune réponse pertinente. J'ai donc décidé de la laisser en suspens.

Un autre groupe a pénétré dans le bar, mais Ryan Bleeker ne figurait toujours pas parmi eux. La nervosité a commencé à me gagner. Je ne tenais plus en place sur mon tabouret. J'ai songé à me lever pour faire quelques pas dans le hall de l'hôtel, ou peut-être même pousser jusqu'à la piscine pour prendre l'air, mais je ne voulais pas manquer l'arrivée du sujet.

J'étais venue jusqu'ici. Je n'allais pas laisser tomber Julie Bleeker à cause d'une stupide inattention.

Elle était venue me demander de l'aide. Demander *mon* aide, spécifiquement. Comment aurais-je pu la lui refuser ?

Pile à cet instant, comme en réponse à cette question, le téléphone a vibré dans mon sac. J'ai sursauté et bien failli dégringoler du tabouret.

Et si c'était lui ? Si c'était Jamie ? Qu'allais-je faire ? Répondre, et mentir quant au lieu où je me trouvais et ce que j'y faisais ? Ou bien simplement laisser sonner et régler ce problème plus tard ?

Ou bien encore laisser sonner parce que tu sais que tu ne devrais pas être ici ?

Ça recommençait. Ce que je *devais* faire. Ce que je n'*aurais pas dû* faire. Ça me suivait à chacun de mes pas, comme un démarcheur insistant. Pourquoi n'étais-je pas capable de prendre une décision et de m'y tenir ? Pourquoi devais-je me laisser hanter par le fantôme d'une supposée moralité ?

Parce que tu sais, au fond de toi, que tu as pris la mauvaise décision.

Cette dernière pensée s'est logée dans ma tête avec une ténacité qui m'a contrainte à lui accorder un instant de considération. J'ai regardé la bouteille de bière dans ma main, et puis la foule dans le bar. Elle avait presque doublé depuis mon arrivée. Les hommes discutaient, les femmes riaient, il y avait de la musique. Je savais qu'il devait régner un certain brouhaha, mais je n'entendais rien.

Brusquement, j'ai eu l'impression d'être dans un film muet. Je voyais des lèvres se mouvoir, mais aucun son n'en sortait.

Bien, ai-je fini par concéder à mon autre moitié. *Si c'est Jamie qui appelle, je pars immédiatement. Je m'en vais, sans regarder en arrière. Mais si ce n'est pas lui...*

Je n'ai pas complété ma pensée. À quoi bon ? La part rationnelle et franche en moi en était arrivée à l'essentiel. Et elle se résolvait tranquillement à céder à un compromis acceptable.

D'un coup d'un seul, le brouhaha de la salle est revenu avec force. Mon téléphone avait déjà cessé de vibrer et, lorsque j'ai passé la bandoulière de mon sac à l'épaule, j'ai senti une ultime vibration me signalant la réception d'un nouveau message. Je me suis empressée de gagner le hall. S'il émanait de Jamie, je voulais pouvoir l'écouter dans un endroit calme.

Et tu tiens également à te rapprocher de la sortie.

Le silence relatif qui régnait dans le hall offrait un contraste saisissant, et bienvenu, avec l'animation du bar. Toute cette foule commençait à me rendre agoraphobe.

J'ai inspiré vivement et retenu mon souffle. En dégageant la bandoulière de mon sac de l'épaule, il m'a semblé sentir le poids du marchandage auquel je venais de me livrer. Si l'appel provenait de Jamie, cette soirée se terminerait avant même d'avoir commencé et il me faudrait annoncer à Julie Bleeker que, finalement, je n'avais pas été en mesure de l'aider.

Mais si l'appel émanait de quelqu'un d'autre, alors je retournerais dans ce bar et poursuivrais ma mission, sans remords.

J'ai relâché mon souffle et extrait le téléphone. Je savais que, quel qu'il soit, le nom qui allait s'afficher sur la liste des appels manqués me donnerait des palpitations. J'ai regardé l'écran et, comme prévu, mon cœur s'est emballé.

Mais pas parce que je devais partir... Non : parce que je devais rester. Et que ma raison était à court d'arguments convaincants pour me persuader du contraire. Elle avait perdu son pari et, maintenant, tout était terminé.

L'écran de mon iPhone n'était pas grand, mais voir le nom de mon père s'y afficher l'a fait paraître plus immense qu'un terrain de foot.

Quel à-propos ! Papa allait me permettre de remporter ce pari. J'ai bien failli éclater de rire.

Failli.

Je savais pourquoi il m'appelait. Il voulait avoir, suite à notre dîner, cette conversation à laquelle je ne pourrais pas couper. Celle où j'allais être forcée de « commenter » sa troisième femme comme s'il s'agissait du nouveau roman très attendu d'un auteur à succès, et que j'étais moi, le critique littéraire du *New York Times* réputé pour avoir la dent dure.

Franchement, ce n'était pas le moment. J'avais une mission à accomplir. Et maintenant que la guerre qui faisait rage dans ma tête avait été gagnée, l'heure n'était plus aux doutes. Aux critiques a posteriori. Il était temps pour moi de regagner le bar d'un pas décidé et de faire ce que j'étais venue y faire.

J'ai glissé le sac sur mon épaule et j'ai rebroussé chemin. Dans peu de temps, Ryan Bleeker allait entrer dans ce bar et je serais prête à le rencontrer.

Mais avant d'avoir accompli un demi-tour complet, j'ai aperçu quelqu'un qui pénétrait dans le hall et se dirigeait droit sur moi. J'ai tourné vivement la tête et j'ai fixé l'arrivant, éberluée, en battant frénétiquement des paupières pour m'assurer que ma vue ne s'était pas subitement dégradée.

L'air a cessé d'affluer dans mes poumons. Mon sang s'est figé. Je suis restée pétrifiée.

Je n'avais pas besoin de regarder la photo cachée dans mon sac pour en avoir le cœur net. L'homme qui se tenait devant moi n'était absolument pas celui que j'étais venue rencontrer.

Mais celui auquel j'allais faire faux bond.

21

Les grands espaces

Le monde autour de moi s'est figé d'un coup. Comme si quelqu'un avait appuyé sur la touche « pause », et que Jamie et moi étions les deux seules personnes, dans ce hall d'hôtel, à nous mouvoir encore. Mais nous n'avons ni l'un ni l'autre tressailli. On s'est simplement dévisagés. Ma respiration saccadée était le seul bruit perceptible à des centaines de kilomètres alentour.

Nous nous sommes mesurés du regard avec dureté, tels deux rivaux prêts à croiser le fer. Chacun attendait que l'autre fasse le premier pas et dégaine son arme.

J'ai eu beau chercher une signification à la fixité de son regard, ses yeux n'ouvraient que sur du vide. Ils m'évoquaient deux grands porches à la profondeur prometteuse et qui, pourtant, ne menaient nulle part.

Je me suis approchée prudemment et, lorsque je suis arrivée à sa portée, pour la première fois, j'ai baissé la tête, vers le sol.

C'est Jamie qui a parlé le premier.

— Tu cherches quelqu'un ?

Une pensée, soudain, m'est venue. *Il ne sait pas pourquoi je suis ici.* Comment aurait-il pu le savoir ? Je pouvais sans peine trouver une explication plausible à ma présence en ces lieux : une de mes associées était en difficulté et j'étais venue lui prêter main forte. Zoé venait de rompre avec son mystérieux amant et m'avait demandé de la retrouver ici pour boire un verre. Une amie que je n'avais pas vue depuis longtemps était de passage en ville. Les excuses innocentes étaient légion, je n'avais que l'embarras du choix. Il me suffisait d'en choisir une et de m'y tenir. Ryan Bleeker n'était toujours pas arrivé. Je pouvais m'en aller et faire comme si tout ça n'avait jamais eu lieu. Comme si je n'avais jamais accepté de venir.

Bien sûr, mon plan en apparence brillant comportait une faille : il ne prenait pas en compte la raison pour laquelle *Jamie* était ici.

Et cette évidence a semé un branle-bas de combat dans mes pensées. Il était censé se trouver à Phoenix ce soir-là. Que fichait-il ici ?

Mon cœur a chaviré lorsque j'ai enfin compris que je n'étais peut-être pas la seule à cacher quelque chose. J'ai dégluti péniblement et essayé de répondre à sa question avec un haussement d'épaules qui n'engageait à rien.

— Une amie, ai-je répondu avec désinvolture en regardant autour de moi.

— Hum hum..., a fait Jamie, l'air pensif. (Il a balayé des yeux le hall.) Je la connais ?

Je me trouvais à une intersection dangereuse. Je n'arrivais pas à déterminer ce qui importait le plus dans l'immédiat : prendre Jamie en flagrant délit de mensonge ou brouiller les pistes quant aux raisons de ma présence dans cet hôtel. J'ai secoué la tête.

— Non, je ne pense pas. C'est une vieille amie, qui est de passage en ville. Elle m'a appelée pour me proposer de prendre un verre.

Je m'apprêtais à lui retourner sa question, à lui demander qui il cherchait *lui*, ce qu'il faisait là et, surtout, pourquoi il n'était pas à Phoenix comme il me l'avait annoncé, mais je n'en ai pas eu le temps. Parce qu'à l'instant où j'allais ouvrir la bouche, il a dit :

— Ton amie, elle ne s'appellerait pas Ryan Bleeker, par hasard ?

J'ai rameuté toutes mes forces pour demeurer impassible, pour ne rien trahir du choc que je venais d'encaisser – en pure perte : j'ai senti que l'épouvante se lisait dans mes yeux et un hoquet dont l'écho s'est répercuté dans le hall m'a échappé. J'étais piégée.

C'est à cet instant que j'ai compris que mon mensonge et le sien ne faisaient qu'un. Qu'ils étaient inextricablement liés.

— Comment connais-tu ce nom ? ai-je chuchoté.

Ma gorge était si nouée que c'était difficile d'en extraire quelque mot que ce soit.

— Eh bien, a commencé Jamie d'une voix calme – trop calme, limite glaciale. Ryan est mon second prénom et Bleeker, le nom de jeune fille de ma mère.

Des larmes ont enflé dans mes yeux. J'ai réussi à en chasser quelques-unes d'un battement de paupières mais d'autres, rebelles, ont ruisselé sur mes joues. J'ai fermé les yeux, en vain. Rien ne pouvait arrêter le flot.

— C'est toi qui l'as envoyée. C'est toi qui as envoyé Julie Bleeker à l'agence.

— Oui. C'est une de nos réceptionnistes. Elle veut devenir actrice. Je l'ai payée.

Il avait parlé sans élever la voix, sur le ton de la conversation ordinaire, mais ses mots ont commencé à résonner dans ma tête en un écho assourdissant. Une aspirante actrice ? Un leurre ? Une actrice confirmée, oui ! Elle méritait un Oscar pour la crédibilité de ses émotions.

À moins… à moins qu'elles n'aient été crédibles que parce que je voulais les croire à tout prix ? C'était là une chose cruelle à réaliser. Je me suis repassé mentalement la scène, pour la énième fois depuis une semaine, mais en insérant ce coup-ci une fausse Julie Bleeker dans l'équation. *« Mon amie m'a dit d'insister pour que ce soit vous. »*

Voilà la réplique que m'avait servie Julie Bleeker mais, techniquement, ce n'étaient pas ses mots à *elle*. C'étaient ceux de Jamie. Comment ne l'avais-je pas compris plus tôt ? Le soir de nos fiançailles, ne m'avait-il pas demandé à brûle-pourpoint : « Et si jamais la cliente ne veut pas que la mission soit confiée à une de tes associées ? Si c'est toi qu'elle veut ? »

Évidemment qu'il s'agissait d'un coup monté ! Tous les signes étaient là, devant mes yeux. Et pourtant, comme à chaque fois qu'on m'avait demandé de tester un sujet, j'avais été trop aveuglée par ce que je voulais *voir* pour discerner ce qu'il en était vraiment.

— Tu me testais, ai-je murmuré.

— Et tu as échoué.

J'ai secoué la tête, tandis que le chagrin prenait petit à petit possession de tout mon corps.

— Tu ne comprends pas...

— Oh si, je comprends très bien, m'a interrompue Jamie d'un ton que je ne lui avais jamais entendu auparavant.

Un ton qui me donnait l'impression d'être reléguée au statut d'étrangère, d'inconnue qu'il venait de croiser dans la rue et dont, avait-il tranché à l'emporte-pièce, il n'avait strictement rien à fiche. Mais le problème, c'est que Jamie était toujours plutôt gentil avec les inconnus. Même ceux dont il se foutait complètement. Ce qui faisait de moi quelque chose d'autre. Quelque chose de bien pire.

— Je comprends que tu aies sacrifié notre couple pour *ça*.

Il a accompagné son sarcasme d'un geste circulaire, comme si ce hall d'hôtel quelconque représentait tout ce que j'avais abandonné pour lui. Symbolisait celle que j'étais autrefois. Et tout ce qui m'avait, un temps, définie.

Et je suppose que d'une façon triste, pathétique... c'était le cas.

— Non, l'ai-je imploré. Ça ne s'est pas passé comme ça.

— Pourquoi, Jen ? a-t-il insisté sur ce ton dur que je ne lui connaissais pas. Pourquoi as-tu fait ça ? Nous avions un accord. Tu m'as fait une promesse. Plus de missions. Plus de maris infidèles. Mais, manifestement, c'était au-dessus de tes forces de la tenir. Il faut croire c'était trop difficile pour toi d'abandonner ce style de vie.

Je pleurais à présent à chaudes larmes. Elles étaient incontrôlables et, pour la première fois, j'ai remarqué que des gens nous dévisageaient. J'ai posé la main sur le bras de Jamie dans un geste de désespoir et je l'ai tiré doucement.

— S'il te plaît, pas ici. Allons quelque part où on pourra discuter tranquillement.

Son bras s'est raidi et sa mâchoire s'est contractée.

— Inutile de discuter, Jen. J'ai compris où sont tes priorités. Et je me réjouis de l'avoir compris avant de nous marier.

Sans rien ajouter, il a tourné les talons et franchi la porte. Sans une hésitation. Sans se retourner pour contempler une dernière fois avec regret mon visage strié de larmes. Il n'a même pas ralenti le pas. Il est juste parti.

Et il n'est pas revenu.

Je suis restée plantée là, au milieu du hall, pauvre petite chose sans défense. Peu à peu, la douleur a cédé le pas à l'humiliation lorsque j'ai réalisé que plusieurs paires d'yeux me fixaient : les réceptionnistes derrière leur comptoir, les employés de l'hôtel, les clients. Ce soir-là, le hall de cet établissement à la mode de Westwood grouillait de monde et j'étais la principale attraction.

— Tout va bien, madame ?

Une main tiède s'est posée sur mon bras. J'ai tourné la tête d'un mouvement brusque. Un homme en costume sombre s'était approché, et son badge m'a appris qu'il était le manager de nuit de l'hôtel. Sa sollicitude était sans nul doute dictée moins par une inquiétude sincère que par son désir d'éviter tout incident pendant son service.

— Oui, ça va, ai-je répondu avec froideur en essuyant mes larmes d'un revers de main. Je m'en vais.

Je ne suis pas tout de suite rentrée directement chez moi. J'ai roulé interminablement et sans but dans les rues de Westwood, le corps parcouru de frissons et secoué de sanglots douloureux. Je reconnais que ce n'était pas l'état idéal pour conduire, mais ça ne m'a pas empêchée de le faire.

Deux heures plus tard, je me suis enfin décidée à rentrer. Ma porte s'est ouverte de bonne grâce, comme pour m'accueillir à bras ouverts au bercail. Pourtant, j'ai eu l'impression de ne pas y être à ma place. Pour tout dire, je n'aurais su dire où elle se trouvait, en cet instant.

Depuis l'entrée, j'ai contemplé mon bel appartement. À ma gauche, le salon spacieux et cosy, à ma droite, la salle à manger contemporaine, élégante, et la cuisine ouverte dans son prolongement. Cela faisait presque trois ans que je vivais ici et, pour la première fois depuis le jour de mon emménagement, j'ai eu l'impression de pénétrer chez une inconnue.

J'avais la sensation d'être une étrangère dans ma propre maison.

Une intruse.

Mais je n'y étais pas seule.

J'ai entendu des bruits dans la chambre, puis Jamie a émergé du couloir pour apparaître en pleine lumière dans le salon. Nous nous sommes dévisagés un instant, d'un regard sans expression. Quand il s'est décidé à parler, sa voix était calme et posée, mais toujours dépourvue de son habituelle chaleur.

— Dis-moi juste depuis quand ça dure. Combien d'autres missions as-tu effectuées ?

J'ai secoué la tête, lentement.

— Une, rien qu'une, ai-je murmuré. Je te le jure. Ce n'est arrivé qu'une seule fois.

Il a baissé la tête et un rire cynique s'est échappé d'entre ses lèvres.

— Évidemment, a-t-il marmonné comme pour lui-même, en regardant ses pieds. Vegas. Shawna n'a pas été arrêtée pendant sa seconde mission, n'est-ce pas ? Eh bien, a-t-il repris en voyant que je ne répondais rien. Voilà qui explique pas mal de choses.

— Je n'avais pas le choix, l'ai-je imploré, assaillie par ce sentiment d'urgence qui me comprimait la poitrine. La cliente allait adopter un enfant la semaine suivante. Elle avait besoin de savoir...

— On a *toujours* le choix, Jen. Dans ce cas, c'était elle ou moi. Et c'est elle que tu as choisie. Et chaque jour où tu as gardé ce secret, tu as continué à faire passer ton travail avant moi. Tu ne comprends donc pas ? Tu préfères dévoiler au grand jour l'infidélité d'un homme plutôt que de me rester fidèle. Ne vois-tu pas à quel point ça gâche tout ?

Soudain, je pleurais à nouveau, sans pour autant sentir mes larmes couler. Après toutes celles qu'ils avaient déjà versées, mes yeux étaient endoloris et irrités à force de les avoir essuyées. Mais je savais qu'elles étaient là.

— Je te jure que c'était la seule et unique fois, ai-je gémi en m'accrochant à cet argument comme s'il pouvait me sauver. La seule.

— Jusqu'à ce soir, a-t-il souligné avec méchanceté.

J'étais acculée. Je ne pouvais rien ajouter de plus. Jamie m'avait tendu un piège et j'y étais tombée à pieds joints. Je n'avais plus d'excuses.

— Tu ne peux pas résister, c'est plus fort que toi, n'est-ce pas ? (Sa voix avait soudain changé. Il chuchotait presque et on aurait dit qu'il se sentait désolé pour moi.) Tu ne parviens pas à renoncer à celle que tu étais autrefois. La fille qui démasque les infidèles. Et l'ironie de la chose, tu vois, c'est que c'est précisément cette obsession qui a fait de toi, à ton tour, une infidèle.

En entendant ces mots, mon chagrin s'est instantanément métamorphosé en colère. Je me suis essuyé les joues d'un geste rageur.

— Je ne suis pas infidèle ! Ce n'est pas la même chose !

— Si, c'est *exactement* la même chose, a-t-il riposté du tac au tac, l'air surpris par mon brusque revirement d'attitude. Tu as retiré ta bague de fiançailles, tu as embrassé un autre homme et ensuite tu m'as menti. Effrontément. Comme s'il s'agissait d'un détail sans importance. Comme si la duplicité était tout simplement inscrite dans ton ADN. Et après tout ce qui s'est passé avec ton père, on n'est peut-être pas très loin de la vérité. Tu ne le vois donc pas, Jen ? Tu es juste aussi nulle que tous ces types.

Tout mon corps s'est raidi et j'ai serré les poings, fort.

— Ce n'est pas vrai, ai-je affirmé entre mes dents. Et j'ai du mal à croire que tu me compares à ces types. Oui, j'ai menti. Oui, j'ai manqué à ma promesse. Et je vais devoir vivre avec ça. Mais au moins, je sais que ce que j'ai fait, je l'ai fait pour une bonne cause. Pour aider quelqu'un.

Je sentais la fureur me consumer, sans trop savoir si elle m'était inspirée par un sentiment de légitime défense ou si elle n'était qu'une combinaison douteuse de culpabilité et d'impuissance qui, mélangées dans les bonnes proportions, peuvent déchaîner un courroux infondé. Comme le moment était mal choisi pour trancher, j'ai foncé dans le couloir d'un pas raide, bousculant rageusement Jamie au passage, fin prête à claquer la porte de la chambre derrière moi.

Mais je ne suis pas arrivée jusque-là. Je me suis arrêtée à mi-chemin en remarquant que quelque chose manquait. Quelque chose dont jamais je n'aurais imaginé déplorer la disparition.

Les cartons de Jamie. Ceux-là mêmes qui, depuis trois semaines, encombraient le couloir. Ils avaient disparu. Comme par enchantement. L'accablement qui pesait déjà sur ma poitrine s'est aussitôt propagé dans tout mon corps. J'ai senti mes genoux, mes jambes se dérober tandis que je contemplais fixement le mur, dégagé de ces empilements qui, la veille encore, semaient la pagaille, m'inspiraient un sentiment de claustrophobie et transformaient le trajet du salon à la chambre en course d'obstacles. À présent qu'ils n'étaient plus là, je me sentais perdue dans tant d'espace superflu. Je me suis même demandé pourquoi les architectes concevaient des couloirs si spacieux quand, à l'évidence, la moitié de la largeur suffirait amplement.

Il avait fallu à Jamie une semaine entière pour apporter ses affaires, mais quelques heures à peine semblait-il pour m'en débarrasser. Je n'aurais pas cru un tel exploit possible. J'imagine que c'est simplement un de ces étranges phénomènes liés aux ruptures et que les lois de la physique échouent à expliquer.

Je me suis retournée vers Jamie qui n'avait pas bougé d'un pouce.

— Où sont tes affaires ? ai-je demandé avec circonspection.

J'ai alors prié pour qu'il se contente de me répondre, avec un haussement d'épaules, qu'il s'était enfin décidé à les déplacer dans la chambre d'amis.

Mais il n'a pas répondu. Il a continué à regarder droit devant lui. Et ce silence m'a donné toutes les réponses dont j'avais besoin. Tout s'éclairait, soudain.

— Tu n'as pas vendu ton loft, n'est-ce pas ? Tu n'as jamais accepté cette offre.

Jamie a secoué la tête si imperceptiblement qu'un spectateur qui aurait tout ignoré de la situation aurait pu confondre ce geste avec un tic innocent. Mais moi, il m'a semblé sentir le courant d'air que ce mouvement provoquait, et sa violence a bien failli m'assommer.

Tout est devenu très clair à ce moment-là. Jamie avait perdu foi en moi. Bien avant de décider de me piéger. Bien avant de m'envoyer une femme se faisant passer pour Julie Bleeker. Quelque part dans un coin de sa tête, quelque chose lui disait que je lui ferais faux bond. Et il s'était organisé en conséquence.

Découvrir que l'être aimé a souscrit une assurance sur votre relation, c'est comme recevoir un coup bas dans les tripes. C'est tout aussi brutal et inattendu, et l'impact vous sèche sur place.

— D'accord, ai-je repris posément tandis que Jamie s'obstinait à ne pas me regarder. Si c'est ça que tu veux...

Lentement, j'ai tourné les talons et, à grandes enjambées, j'ai parcouru en zigzag la distance qui me séparait de ma chambre en veillant à couvrir l'espace entre chaque mur du couloir, comme pour me prouver à moi-même que ces cartons n'allaient pas me manquer et que j'avais effectivement besoin du moindre centimètre carré alloué par le plan d'origine. Même si, au fond de moi, je savais que c'était un mensonge.

J'ai refermé la porte derrière moi. Je me suis laissée glisser par terre, j'ai ramené étroitement les genoux contre ma poitrine et je me suis mise à sangloter de manière incontrôlable.

Quand, une heure plus tard, je me suis enfin décollée du sol et que j'ai regagné le salon sur la pointe des pieds, la mort dans l'âme, Jamie était parti.

Et son absence, tout comme celle des cartons dans le couloir, dégageait un espace bien trop vaste pour une seule personne.

22

Attentes minables

Le jeudi matin, quand je ne me suis pas montrée à l'agence, mon téléphone a commencé à sonner. Mais je n'ai pas répondu et pour finir, arrivé le soir, j'ai carrément coupé la sonnerie. Je savais que j'avais rendez-vous avec tout un tas de clients et clientes en attente du verdict qui scellerait le destin de leur couple, mais je m'en fichais. À ce stade, j'avais un mal fou à m'intéresser à quoi que ce soit. Et ce d'autant plus que le destin de mon propre couple était sinistre et pitoyable.

En plus, je n'arrivais pas à m'extraire de mon canapé. Alors j'ai passé trois jours d'affilée allongée là, la tête sur mon oreiller, le cœur brisé en des milliers de pièces éparpillées sur le plancher. De temps en temps, je regardais la télé, mais la plupart du temps, je me contentais de fixer le mur ou le plafond, anesthésiée.

Une fois de plus, j'étais seule.

Ce qui, non sans ironie, était exactement la façon dont j'avais toujours imaginé passer ma vie avant de le rencontrer. Seule, mais jamais esseulée. Célibataire, mais jamais désespérée, ni malheureuse.

Et puisque je me retrouvais désormais accablée par un sentiment de solitude, de désespoir, de malheur, j'ai fini par me convaincre qu'il aurait mieux valu que jamais je ne rencontre Jamie. Que j'aurais dû continuer à mener ma vie de la façon dont j'avais toujours pensé la vivre.

Arrivé le samedi, après quatre jours entiers sans aucun contact avec le monde extérieur, j'étais au fond du trou. J'avais vidé mon réfrigérateur et mangé tout ce qui pouvait l'être. Ou, du moins, avais-je essayé. Les preuves, entamées puis abandonnées, de ces tentatives avortées pour me nourrir étaient éparpillées dans le salon. Je savais que des colonies de moisissures étaient en train de se développer sur les plus périssables de ces denrées mais la seule pensée d'entreprendre le ménage me donnait envie de faire une autre sieste. Ce qui est exactement ce que j'ai fait.

Le samedi, vers 7 heures du soir, j'ai entendu une clé tourner dans la serrure.

— Doux Jésus.

Telle a été la réaction horrifiée de John en découvrant la nouvelle décoration de mon salon. Aussitôt après, il a lancé à tue-tête par-dessus son épaule :

— Elle est vivante !

À peine ai-je daigné tourner la tête que John, Zoé et Sophie ont envahi l'appartement grâce au double de ma clé que détenait Sophie.

Cette dernière venait tout juste de passer la porte qu'elle a laissé libre cours à son indignation.

— D'abord, tu tombes dans les pommes à mon mariage ; ensuite, tu oublies de me téléphoner au retour de ma lune de miel pour me souhaiter un bon retour et, pour finir, je t'appelle depuis trois jours sans obtenir de réponse. Je te croyais morte, Jen. Franchement ! Je pensais que la bosse sur ton crâne s'était infectée et que tu avais succombé à une pneumonie pendant ton sommeil.

J'ai levé les yeux au ciel et enfoncé ma nuque dans l'oreiller.

— Allez-vous-en, ai-je marmonné.

— Qu'est-ce qui t'arrive ? a demandé Sophie, qui ne démordait pas de sa colère, en regardant mon apparence débraillée.

John est venu s'asseoir sur le canapé, pour aussitôt regretter sa décision.

— Beurk ! Mais tu pues ! s'est-il écrié en se pinçant démonstrativement le nez, comme s'il passait à proximité d'un tas de fumier.

Zoé a regardé autour d'elle : elle a remarqué les Kleenex usagés, les assiettes sales incrustées de reliefs de nourriture et le champ de bataille qu'était devenu mon salon.

— Et cet appart est dégueulasse ! a-t-elle renchéri. La femme de ménage t'a plantée ou quoi ?

J'ai attrapé un cousin par terre, que j'ai écrasé sur mon visage.

— Elle, non, ai-je marmonné d'une voix étouffée. Jamie, si.

Mes amis ont mis dix bonnes secondes à comprendre ce que je venais de leur dire. Je ne pouvais pas voir leurs visages puisque le mien était toujours enfoncé dans le coussin mais j'ai reconnu la première réaction de Sophie : un étrange borborygme, à mi-chemin entre le hoquet et le cri étranglé.

— Putain ! Mais de quoi tu parles ?

Ça, c'était Zoé. John a été le dernier à réagir.

— Il t'a *larguée ?*

J'ai écarté le coussin.

— Oui, OK ? Il est parti. C'est fini. Plus de fiançailles. Plus rien de rien.

Sophie s'est précipitée vers moi et, dans un geste bizarre, elle a pris ma tête entre ses bras.

— Ô mon Dieu ! Jen ! Raconte-moi ce qui s'est passé.

J'étais incapable de regarder mes amis dans les yeux. Mais entre Sophie assise à ma gauche, Zoé qui rôdait autour du canapé à ma droite et John enraciné à mes pieds, je ne pouvais regarder nulle part ailleurs qu'en l'air. Le plafond, donc. Un paysage qui m'était devenu familier depuis quelques jours.

— J'ai failli à la promesse que je lui avais faite, ai-je dit d'un ton absent. J'ai accepté une mission. Enfin, deux – techniquement parlant – mais la seconde s'est avérée un traquenard.

Sophie a grimacé, l'air franchement perdu.

— Un traquenard ? Que veux-tu dire ?

— Je veux dire qu'il suspectait que j'allais recommencer à accepter des missions, alors il a envoyé une femme à l'agence, qui a demandé une inspection et insisté pour que ce soit moi qui la conduise personnellement. J'imagine qu'il a pensé que je serais incapable de laisser passer une occasion de renouer avec l'action. Et apparemment il avait raison, puisque j'ai dit oui et que j'y suis allée. Et il m'attendait là-bas.

— Mais c'est de l'incitation au crime ! s'est récriée Zoé.

Je me suis contentée de hausser les épaules. Pas un jour ne passait sans que quelqu'un n'accuse mon agence d'inciter au crime. Ce que je m'époumonais à nier, invariablement. La vérité, c'est que, incitation au crime ou pas, je n'avais pas moins failli à ma promesse. Et que je devais maintenant en supporter les conséquences. Fin de l'histoire.

— Mais pourquoi l'as-tu fait ? a demandé Sophie d'une voix étranglée, perturbée même.

J'ai tourné la tête et j'ai vu à son regard combien elle était déchirée. Elle voulait, de toutes ses forces, prendre mon parti. Me soutenir dans l'épreuve parce qu'en tant que meilleure amie, c'était ça qu'on attendait d'elle. Mais son effarement indiquait clairement que ça n'avait rien d'une tâche facile.

Je me suis lancée dans des explications : Vegas, l'arrestation de Shawna et l'inspection de Benjamin Connors. J'ai raconté mon rendez-vous avec Darcie Connors, rapporté ses propos, expliqué combien sa gratitude m'avait redonné un sentiment de plénitude. Et précisé que c'est pile à ce moment-là que la fausse Julie Bleeker était venue me voir.

Et puis je me suis tue. Pour laisser mes mots faire leur chemin. Non seulement dans la tête de mes amis, mais aussi dans la mienne. À dérouler le récit de ces différents événements par ordre chronologique, tout semblait limpide et paraissait montrer que tel était mon destin d'être vautrée sur ce canapé, tandis que Jamie avait disparu de ma vie et que mes amis faisaient de leur mieux pour me consoler. Comme si cet enchaînement d'événements avait été, d'une manière ou d'une autre, inévitable.

— Je ne sais pas ai-je murmuré en réponse à une question que personne n'avait posée. Tout ce que j'ai toujours voulu, c'est aider les gens. Leur offrir la vérité. J'imagine que je n'étais pas capable de laisser quelqu'un d'autre s'en charger à ma place. J'imagine que ça ne me suffisait pas.

J'ai regardé Sophie en essayant de jauger sa réaction. Mais elle se refusait obstinément à croiser mon regard. J'avais répondu à sa question, sans pour autant lui faciliter la tâche de me consoler.

Sa déception ne faisait aucun doute, et elle était palpable. À ses yeux, j'avais toujours été au-dessus de ça. Mon histoire personnelle, mon passé et tout ce que j'avais vu dans ma vie m'avaient valu d'être hissée sur une sorte de piédestal moral. Dont je venais de dégringoler.

Non. Pis : dont je venais de sauter.

Et puis j'ai regardé John et Zoé qui, Dieu merci, semblaient toujours solidaires.

— Qu'a-t-il dit lorsque tu lui as expliqué tout ça ? a demandé Zoé en se perchant sur le dossier du canapé, au-dessus de moi.

J'ai secoué la tête et fermé les yeux pour bloquer la douleur qui allait de pair avec les souvenirs de cette soirée. Malheureusement, l'obscurité ne les rendait que plus vifs, plus prégnants. J'ai revu la scène défiler à l'intérieur de mes paupières, comme sur un écran blanc dans une salle obscure.

— Il a dit qu'entre lui et mon boulot, j'avais choisi mon boulot. Que je préférais démasquer l'infidélité d'un autre homme plutôt que de lui rester fidèle *à lui*.

Sitôt que ces mots ont fusé d'entre mes lèvres, j'ai compris que j'attendais que quelqu'un les réfute. Proteste en clamant que c'était idiot, ridicule, totalement faux. Peut-être pas Sophie, mais John, ou tout au moins Zoé. Quelqu'un allait forcément prendre ma défense. Mon parti.

Mais aucun des trois n'a rien dit. Ils se sont regardés, sans voix. J'imagine que leur silence était éloquent.

J'ai rassemblé jusqu'à la dernière miette de force qu'il me restait pour me hisser contre le bras du canapé.

— C'est ce que vous pensez, vous aussi, n'est-ce pas ? ai-je lancé d'un ton accusateur en les assassinant du regard les uns après les autres. Vous pensez que j'ai sacrifié mon couple pour mon travail.

Zoé a été la première à se jeter à l'eau.

— Ben, c'est un peu le cas, Jen, a-t-elle répondu avec une douceur qui ne lui ressemblait pas du tout.

Abasourdie, j'ai aussitôt interrogé John et Sophie du regard. Qui ont l'un et l'autre acquiescé d'un mouvement de la tête.

— Tu as trahi la promesse que tu avais faite à Jamie pour aider une cliente, a dit Sophie. Existe-t-il vraiment une autre façon de voir les choses ?

J'ai aussitôt voulu protester, mais aucun son n'est sorti de ma bouche. J'avais beau vouloir démentir cette accusation jusqu'à en perdre le souffle, je n'étais apparemment pas capable de trouver un seul argument pertinent pour la réfuter.

Peut-être avaient-ils tous raison. Jamie, mes amis. Peut-être avais-je bel et bien préféré mon agence à mon couple. Après tout, n'avais-je pas réussi à me convaincre que manquer à ma promesse importait moins que tenir celle que j'avais faite à Darcie Connors ? Ou à la prétendue Julie Bleeker ?

Lors de cette soirée fatidique à Vegas, quand j'avais dû choisir entre donner à Darcie Connors les réponses qu'elle cherchait et tenir ma promesse envers Jamie, j'avais penché pour Darcie. Et en dépit de la culpabilité qui m'avait aussitôt submergée, j'avais vite compris l'importance incroyable du cadeau que j'étais capable de lui offrir. Cela fait, jamais je n'avais regardé en arrière.

Et le pire de tout, c'est que j'étais plus que prête à tout recommencer.

Alors, qu'est-ce que cela signifiait ? Et quel genre de personne cela faisait-il de moi ?

Trois ans plus tôt, j'avais fait le serment d'aider les gens. Et j'avais renoncé à tout pour le tenir. Mais ensuite, un jour, j'avais décidé que je ne voulais plus de cette vie. Que je désirais être Jennifer Hunter, et personne d'autre. Alors j'ai fait un autre serment. À quelqu'un d'autre, cette fois. À quelqu'un que j'aimais. Mais le moment venu, j'ai trahi cette dernière promesse au profit de la première.

Jamais le titre d'épouse ne m'avait été destiné. À l'instar de ces assiettes sales et de ces reliefs de nourriture éparpillés dans mon salon, je n'avais jamais pu le digérer entièrement. Mon destin avait toujours été d'être une inspectrice de fidélité. Et jamais les rôles ne pourraient coexister.

Je n'avais pas besoin d'un diplôme de droit pour voir que toutes les preuves accumulées à ce jour menaient à une unique conclusion. Une conclusion que j'avais toujours refusé d'affronter, mais à laquelle Jamie avait néanmoins fini par arriver.

— Je n'ai jamais voulu me marier, ai-je dit à voix haute – non parce que j'avais besoin que mes amis l'entendent, mais pour que *moi* je l'entende, car je savais que cette vérité, je ne serais pas capable de l'accepter entièrement tant que je ne l'aurais pas libérée des profondeurs de mon subconscient.

J'ai surpris autour de moi un échange de regards inquiets.

— Tu ne penses pas ce que tu dis, a protesté Sophie en s'emparant de ma main pour la serrer avec anxiété dans la sienne.

— Si. (Je l'ai regardée droit dans les yeux et vu combien elle était paniquée.) Je n'ai jamais été comme toi, Sophie. Mes rêves de bonheur n'ont jamais ressemblé aux tiens. J'ai toujours été satisfaite d'être seule. Et je le serai à nouveau. Une fois que je me serai remise de cette histoire, tout ira bien.

Sophie a secoué la tête, inflexible.

— Non, a-t-elle insisté. Où est ta bague ?

J'ai soupiré.

— Je l'ai rangée dans le tiroir de ma commode avant de partir pour cette dernière mission. Elle y est toujours. J'aurai passé plus de temps à la planquer qu'à la porter.

— Tout va finir par s'arranger entre vous. Je le sais. Tu vas t'excuser, il va te pardonner et vous serez fiancés à nouveau.

Les yeux de Sophie ont commencé à s'ourler de larmes et elle me fixait avec une telle intensité que j'ai commencé à craindre qu'elle ne mette plus de temps à faire son deuil de cette rupture que moi. Je lui ai souri avec douceur et j'ai pressé sa main.

— Non, je ne crois pas, Soph.

— Tu dis ça parce que tu es bouleversée !

J'ai secoué la tête, lentement.

— Non, c'est vous qui avez raison. Complètement raison. J'ai bel et bien choisi mon travail au détriment de Jamie. Parce qu'il a toujours été plus qu'un travail. C'est l'œuvre de ma vie. Ma quête. Et, manifestement, je ne l'ai pas encore menée à bien.

23

Reprise de service

Ce sont ces belles paroles qui, finalement, ont réussi à m'extraire de mon canapé et à me renvoyer au bureau le lundi matin. Je n'y suis pas allée à reculons, je n'étais pas abattue, je n'avais pas les yeux bouffis, ni même le nez rouge. Loin s'en faut : lorsque j'ai franchi d'un pas guilleret la porte vitrée de l'agence – *mon* agence, que j'avais *fondée* et dans laquelle j'avais investi tout mon cœur et toute mon âme –, j'ai senti en moi un regain d'enthousiasme et de vitalité. Comme si on m'avait libérée d'un poids. Qu'on avait levé un barrage sur ma route. Après une année passée à multiplier les détours, à faire fausse route et à essayer de me convaincre que la surface accidentée du chemin était normale, je reprenais enfin la voie que j'étais censée emprunter.

Hadley s'est levée d'un bond à l'instant où elle m'a vue, l'air surpris et même quelque peu ébahi.

— Ashlyn ! Vous voilà ! Ô mon Dieu, vous allez bien ? Je ne savais pas où vous étiez. Ni comment vous joindre. Je n'ai que votre numéro de portable et il était éteint pendant quatre jours. J'étais prête à aller signaler votre disparition à la police, mais Lauren m'a dit qu'Ashlyn n'était même pas votre vrai nom.

— C'est exact. Et je suis désolée de tout ça. Je n'avais pas l'intention de vous faire peur. J'ai dû régler une petite urgence d'ordre personnel. J'aurais dû vous appeler. Je vous présente mes excuses.

Hadley continuait à me contempler bouche bée, comme si elle doutait encore que c'était vraiment moi, et non un robot ayant endossé mes vêtements et qui s'exprimait d'une voix étonnamment humaine.

— Je suppose qu'il y a eu des messages en mon absence ?

Hadley est sortie de son état de transe et a réagi au quart de tour. Elle a rassemblé des tas de petites notes roses sur son bureau et les a soigneusement empilées.

— Quand je ne vous ai pas vue arriver, jeudi, j'étais prête à annuler tous les rendez-vous parce que je ne savais pas quand... ni même si vous alliez revenir. Mais Lauren a plus ou moins pris les choses en main en votre absence. Elle m'a dit de ne rien annuler, qu'elle allait recevoir les clients à votre place jusqu'à votre retour.

— Parfait.

J'étais fière de l'initiative de mon associée. C'était bon de savoir que mes collaborateurs étaient loyaux, dignes de confiance, responsables. Que je pouvais m'effondrer sans que tout, à l'agence, ne parte à vau-l'eau.

— Vous pouvez l'appeler et lui dire que je suis revenue ?

Hadley m'a jeté un regard anxieux puis elle a tourné le regard en direction de mon bureau.

— En fait, elle est dans votre bureau en ce moment. Vous pouvez le lui annoncer vous-même. Ou si vous préférez, a-t-elle ajouté précipitamment, je la préviens par l'interphone !

Tant d'empressement était touchant. J'ai rigolé.

— Ça ira, Hadley, je peux le lui dire moi-même. Et merci pour ça, ai-je ajouté en brandissant le tas de messages.

— De rien, a-t-elle répondu après un instant de silence ébahi, comme si elle avait encore du mal à croire à mon retour. Euh, au fait..., a-t-elle bafouillé avec timidité à l'instant où je m'éloignais. C'est quoi, votre vrai nom ?

Mais je me suis contentée de sourire et de gagner mon bureau.

Lauren a semblé bien moins surprise de me voir. Quand je suis entrée, elle m'a décoché un sourire entendu. À croire qu'elle savait qu'il me suffirait de quelques jours pour régler le problème, quel qu'il soit, qui me retenait loin du bureau.

— Contente que tu sois de retour, a-t-elle lancé en se levant pour me laisser mon fauteuil.

— Merci, ai-je répondu en m'asseyant.

Lauren a sorti son agenda électronique et a entrepris de m'informer de tout ce que j'avais raté.

— Une gamine du nom de Lexi Garrett n'a pas arrêté d'appeler. Hadley dit qu'elle veut que tu testes son père mais que tu as refusé.

— Oui. Elle téléphone environ une fois par semaine pour voir si j'ai changé d'avis.

— Eh bien maintenant, elle est passée à trois coups de fil par semaine.

— Génial, ai-je grogné.

Lauren a tapoté sur son écran avec un stylet.

— Katie a appelé ce matin. Elle a conclu sa mission chez les Stanton vendredi soir.

— Je suppose donc que Dean Stanton a finalement raté son inspection.

— On dirait, a confirmé Lauren avec un hochement de tête. Mais Katie n'était pas disposée à en dire plus au téléphone. Elle m'a assuré qu'elle nous donnerait tous les détails croustillants à la réunion d'équipe demain.

J'ai levé les yeux au ciel.

— Ils ont intérêt à l'être, au bout de presque un mois.

Lauren a rigolé puis elle a posé la main sur une pile de dossiers écarlates.

— Tu trouveras ici les bios des nouvelles clientes que j'ai reçues la semaine dernière. Je m'apprêtais à travailler sur les détails des ordres de missions mais, puisque tu es de retour, j'imagine que tu peux t'en charger.

— D'accord, ai-je répondu, impressionnée par sa diligence.

— Et là, a poursuivi Lauren en indiquant une autre pile de dossiers, ce sont les clients auxquels nous avons déjà communiqué les résultats, et qui sont prêts à être entrés dans la base de données.

— Parfait, ai-je dit avec un soupir d'aise.

— Bon, a conclu Lauren en tapant dans ses mains. Je crois que c'est tout.

— Merci. Tu as fait un travail formidable. J'apprécie énormément.

— Mais je t'en prie.

Dans ma tête, je m'étais préparée à la perspective d'une semaine de travail acharné pour rattraper le temps perdu. J'avais imaginé les dizaines de coups de fil qu'il me faudrait passer pour m'excuser auprès des clients et la montagne de paperasse en retard à trier. C'était un vrai soulagement de découvrir une telle organisation. Cela n'a fait que renforcer mon enthousiasme et mon impatience quant à ma décision de revenir dans l'arène pour continuer à faire ce que j'aimais le plus. Et, à présent, l'agence comptait dans ses rangs une associée de plus à temps plein.

Après le déjeuner, je me suis enfin décidée à écouter les messages qui s'étaient accumulés sur la messagerie de mon portable pendant les quatre jours où il était resté éteint. Il y en avait sept de Sophie, dix de Hadley, trois ou quatre de John et de Zoé me demandant de rappeler Sophie (pour qu'elle arrête de les harceler afin de savoir si je les avais appelés), deux de Willa Cruz et un de mon père. C'était le message qu'il m'avait laissé le soir où je me trouvais au W Hotel, et que je n'avais pas encore eu l'occasion d'écouter.

Il me demandait de le rappeler pour que nous puissions « bavarder ». Je ne savais pas trop ce qu'il entendait par là, mais je savais en revanche que je n'étais guère d'humeur à « bavarder ». Et ce d'autant moins qu'à un moment donné dans la conversation, il me faudrait mentionner que Jamie ne faisait plus partie du paysage – nouvelle qui, à n'en pas douter, me vaudrait dans les dix minutes suivantes un coup de fil affolé de ma mère, me demandant si c'était une blague de mauvais goût.

En sortant de l'agence, je me suis rendue directement chez Sophie. Elle m'avait proposé de passer voir les photos de sa lune de miel et j'avais accepté son invitation avec plaisir.

Non parce qu'il me tardait d'entendre mon amie commenter pendant cinq bonnes minutes chacun des 3 000 clichés qu'elle avait rapportés (depuis l'invention des appareils photo numériques et des cartes mémoire de deux gigas, les diaporamas de Sophie étaient devenus des expériences particulièrement violentes), mais parce que l'idée de rentrer chez moi dans une maison vide me donnait des crampes d'estomac.

— Salut, a lancé Sophie d'un ton circonspect en ouvrant grand sa porte. Comment te sens-tu ?

J'ai haussé les épaules.

— Bien mieux depuis que j'ai repris le boulot.

Ma réponse a semblé la décevoir. Je suis presque sûre qu'elle espérait découvrir un cas désespéré sur son seuil.

— Tu sais, tu ne peux pas te contenter de te distraire jusqu'à ce que la douleur se dissipe, m'a-t-elle prévenue d'un ton maternel. Tôt ou tard, il te faudra l'affronter en face.

J'ai levé les yeux au ciel et me suis avancée dans son salon.

— Mais je l'affronte.

— Peut-être, a-t-elle concédé avec une moue. Mais pas d'une façon très saine.

Je me suis laissée choir sur le canapé et j'ai croisé les bras.

— On pourrait juste regarder les photos ?

Sophie s'est assise à côté de moi et m'a lancé un regard lourd de désapprobation.

— Si tu veux. J'ai aussi quelques tirages du mariage à te montrer. Les photos qu'on a prises pendant le coucher de soleil rendent super bien et elles pourraient même te faire changer...

Elle s'est interrompue brutalement à mi-phrase, comme si cette dernière remarque lui avait échappé.

— Me faire changer de quoi ? D'avis ? ai-je hasardé.

Le hasard, cependant, n'avait pas grand-chose à voir dans ma question : ce n'était jamais bien difficile de percer à jour les intentions de Sophie. Je parie qu'elle avait passé la journée entière à imaginer qu'en faisant étalage de son beau mariage et de ses photos de lune de miel, je repartirais de chez elle métamorphosée, comme par un coup de baguette magique, en une fille dont le vœu le plus cher est de se marier et de partir à son tour en lune de miel.

— Tu sais, Sophie, j'ai très envie de voir les photos de ton mariage, mais je ne vais pas changer d'avis quant à ce que je veux dans ma vie simplement à cause de quelques images montrant un beau coucher de soleil. N'y compte pas trop.

Sophie a arrondi les épaules.

— Comme tu veux. Mais je sais que tu finiras par y venir. (Elle s'est levée et s'est dirigée vers la cuisine.) Un verre de vin ?

J'ai hoché la tête avec enthousiasme.

— Oui, avec plaisir.

C'était la perspective la plus alléchante depuis que j'avais passé sa porte. Pendant que Sophie s'affairait dans la cuisine, j'ai regardé autour de moi et remarqué quelques nouveautés en matière de décoration ainsi que les cadeaux de mariage qui s'étaient matérialisés depuis ma dernière visite.

— Où est Éric ? ai-je demandé à tue-tête.

— Il est de garde à l'hôpital, a répondu Sophie en réapparaissant avec deux verres et une bouteille de merlot, qu'elle a brandie vers moi. Du rouge, ça te va ?

— Ouais, c'est parfait.

Elle a rempli les verres à ras bord et m'en a tendu un. Puis elle s'est assise par terre et a allumé l'appareil photo, relié par câble à la télévision.

— Bon, tu vas *adorer* ces photos.

Un portrait de Sophie et Éric est apparu sur l'écran. Ils posaient devant une porte d'embarquement, à LAX, au-dessous d'un panneau indiquant la destination : Athènes.

— John a dit qu'il passerait peut-être plus tard, m'a informée Sophie. Mais je ne voulais pas l'attendre. On repassera le diaporama quand il sera là.

J'ai bu une gorgée de vin dont j'avais grand besoin et j'ai souri.

— Et Zoé ? Elle vient ?

— Non, a grogné Sophie en secouant la tête. Elle est encore avec son mystérieux amant. Ce n'est pas elle qui me l'a dit, tu t'en doutes. C'est la conclusion que j'en ai tirée lorsqu'elle m'a raconté qu'elle allait voir un ballet. Zoé, au ballet ! Tu parles d'une excuse ! Je te jure que, depuis qu'elle sort avec ce mec, elle se comporte vraiment bizarrement.

— Ouais. Mais je suis sûre qu'elle nous parlera de lui en temps voulu.

— J'imagine... (Sophie a haussé les épaules puis, en apercevant la photo sur l'écran de la télévision, son esprit est passé du coq à l'âne.) Alors ça, c'est nous à l'embarquement..., a-t-elle expliqué avec un enthousiasme plein de fougue qui contrastait comiquement avec la réprobation transparente que lui inspirait un instant plus tôt la conduite de Zoé.) Le vol jusqu'à Athènes était superlong et chiant, a-t-elle continué avec animation. C'est une drôle d'histoire, en fait. Quand nous sommes arrivés à l'aéroport...

Trois quarts d'heure plus tard, nous étions venus à bout des photos de la deuxième journée (d'un séjour qui en comptait douze) et j'en étais déjà à mon troisième verre de vin. John était arrivé peu après moi et nous contemplions à présent un postérieur d'âne (grandeur nature) tout en écoutant une Sophie à bout de souffle nous raconter tous les périls encourus lors d'un trek – à dos d'âne, de toute évidence.

À la dixième image d'affilée d'une maison qui évoquait un carré de sucre, John a finalement craqué.

— C'est l'heure de la pause ! Qui veut du vin ?

Il s'est levé d'un bond pour aller chercher une autre bouteille dans la cuisine. Et pendant qu'il nous resservait, il a essayé de parler de la pluie et du beau temps.

— Comment s'est passée ta reprise au boulot ?

J'ai haussé les épaules.

— C'était assez calme. Je pensais que je n'allais plus savoir où donner de la tête mais, en mon absence, une de mes associées a pris les choses en main et a fait un boulot épatant.

— Hum hum... c'est cool. Alors, quelles sont les dernières nouvelles ? Raconte-moi tous les ragots croustillants.

Je suis restée de marbre.

— Il n'y a pas de ragots croustillants.

John n'en a pas cru un mot.

— Dans ton créneau, il y en a forcément.

J'ai capitulé avec un soupir.

— Que veux-tu savoir ?

John a réfléchi laborieusement à ma question, comme si sa réponse allait décider du sort d'une nation.

— Hum, hum... Raconte-moi juste la mission la plus croustillante que tu as vu passer ces derniers temps. Mis à part celle où Jamie s'est pointé.

— John ! est intervenue Sophie en lui lançant un regard lourd d'avertissements. De toute façon, je n'ai pas envie d'entendre parler de maris infidèles. Ça me déprime.

— À qui le dis-tu, ai-je acquiescé avec un regard compréhensif.

Mais John a frappé du pied, comme un enfant irascible.

— Allez ! Tu sais que je vis par procuration à travers toi.

J'ai renversé la tête contre le canapé et j'ai éclaté de rire.

— Très bien. Katie sort d'une mission où elle s'est fait passer pour une nounou à domicile, parce que la cliente était certaine que son mari avait couché avec toutes leurs nounous précédentes. C'est assez croustillant pour toi ?

John a pris l'air scandalisé avant de boire une gorgée de vin.

— Excellent. Katie, c'est la jolie blonde, c'est ça ?

— Oui.

— D'accord. Continue, m'a-t-il pressée.

— Franchement, il n'y a pas grand-chose d'autre à raconter, ai-je répondu en haussant les épaules.

John a grogné, agacé.

— Des *détails*, Jen. Je veux des détails ! Il a échoué ?

— Oui, ai-je admis à contrecœur. Il a échoué. Et je ne connaîtrai les détails que demain matin.

— Ah ! a exulté John. Je le savais. Ils échouent *toujours*.

— Mais c'est affreux, a gémi Sophie. John, ce sont de vraies gens. Pas des séries télévisées. À l'heure qu'il est, sa femme est effondrée. Montre un peu de respect.

— Ben quoi ? s'est rebiffé John en feignant l'innocence. Ce n'est pas comme si je la connaissais. Je la connais ? a-t-il enchaîné en tournant la tête vers moi.

J'ai secoué la tête et bu une gorgée de vin.

— Non, probablement pas. Mais *lui*, peut-être. Apparemment, il est un peu connu.

J'ai aussitôt regretté d'avoir donné cette précision. Autant se taillader un doigt devant un requin affamé. John, électrisé par la curiosité, a sauté à genoux sur le canapé et s'est penché vers moi, l'air menaçant.

— Ô mon Dieu ! Tu dois absolument me dire qui c'est ! Je ne le répéterai à personne, promis. Je te le jure devant Dieu, Krishna, Bouddha, qui tu veux !

— Pas question.

— Jenny ! m'a-t-il suppliée sans vergogne. *S'il te plaît !*

— Non.

Sophie a gloussé.

— Bon, maintenant, moi aussi je suis un peu curieuse.

— Tu vois ? a insisté John en désignant Sophie. Même sainte Sophie veut savoir.

J'ai reposé mon verre sur la table et j'ai croisé les bras.

— D'accord. Mais si je te dis son nom, John, tu ne dois en parler à PERSONNE.

Il s'est signé.

— Croix de bois, croix de fer, si je mens je vais en enfer.

— Ni à ta mère, ni à ton psy, ni à ton amant de la semaine. À personne.

— Pigé, a-t-il confirmé en hochant la tête.

J'ai soupiré.

— Il s'appelle Dean Stanton, ai-je soupiré. C'est le grand patron de New Edge Cinema. Et apparemment, il couche avec les nounous.

Je m'attendais plus ou moins à ce que John explose d'exultation. Or, réaction inhabituelle chez lui, il n'a rien dit et il est devenu pensif.

— Tu es déçu ? me suis-je moquée. Ce n'est pas la grande célébrité que tu espérais ? Désolée que ce ne soit pas Brad Pitt. La prochaine fois, je ferai un effort pour t'impressionner.

Mais il s'est contenté de secouer la tête distraitement, le regard perdu dans le vague, et sur le visage, une expression que je n'ai su déchiffrer.

— Quand a-t-il échoué à son inspection ? a-t-il demandé finalement d'une voix sérieuse.

— Vendredi, ai-je indiqué en surveillant sa réaction. Pourquoi ?

Mais il a simplement haussé les épaules.

— Pour rien.

— John ! ai-je insisté d'un ton d'avertissement. Qu'est-ce qui se passe ?

Il a ricané doucement et m'a regardée comme si j'étais folle.

— Rien, je te dis.

— Quoi qu'il en soit, tu vas tenir ta promesse. (Mon ton indiquait plus une menace qu'une affirmation.) Parce que si cette histoire finit dans la presse à scandale la semaine prochaine, je te *tue*, compris ?

Il a rigolé.

— Je sais tenir ma langue. Détends-toi. (Et là, avant que je puisse pousser plus avant mes investigations, il s'est tourné vers Sophie.) Bon alors, on finit de regarder les photos de ta lune de miel, ou quoi ?

Sophie ne s'est pas fait prier et s'est immédiatement lancée dans le compte rendu du troisième jour de l'opération lune de miel. Mais j'avais un mal fou à me concentrer sur les photos qui défilaient à l'écran ou sur les commentaires prolixes qui les accompagnaient. Discrètement, je surveillais John du coin de l'œil en essayant de comprendre ce qui se passait dans son petit cerveau d'intrigant. Tout en sachant que c'était une vaine entreprise.

D'ailleurs, j'ai fini par déclarer forfait, j'ai vidé mon verre et je me suis promptement resservie tandis que Sophie attaquait le récit de sa quatrième journée. Je n'ai pas tardé à vider ce nouveau verre et, lorsque la vue panoramique d'Athènes, qui concluait le diaporama, est apparue à l'écran, j'étais complètement ivre et plus du tout en état de conduire.

John et Sophie m'ont aidée à retirer ma tenue de travail et à enfiler un tee-shirt prêté par Sophie, en même temps qu'un vieux pantalon de survêtement qu'elle traînait depuis la fac.

John est rentré chez lui, en marmonnant qu'il avait des trucs à faire, puis Sophie m'a installée avec un oreiller et une couverture sur le canapé. Elle m'a embrassée tendrement sur le front comme si elle bordait un enfant qui s'était dépensé sans compter sur le terrain de jeu et qui était maintenant complètement épuisé et incapable de s'exprimer de façon cohérente.

Ce soir-là, je me suis endormie comme une masse et c'était un vrai soulagement. Je n'avais plus la tolérance à l'alcool d'un buveur professionnel de whisky et tant mieux. Un an plus tôt, jamais tous ces verres de vin ne m'auraient assommée ainsi. De telles petites faveurs m'emplissaient de reconnaissance.

Je savais que jamais je n'arriverais à admettre que j'avais délibérément forcé sur la dose d'alcool. Mais j'étais contente néanmoins de dormir sur le canapé de quelqu'un d'autre, pour changer.

24

La petite pilule bleue

— Bien. Avant toute chose, ai-je commencé en prenant place en bout de table dans la salle de réunion le lendemain matin, je voudrais souhaiter la bienvenue à Katie, qui est enfin de retour de son mandat prolongé chez les Stanton.

Katie a fait claquer sans discrétion son chewing-gum et un parfum un brin nostalgique de fraise a flotté dans l'air.

— Merci, patronne. C'est bon d'être de retour. Je t'ai manqué ?

J'ai ri poliment.

— Beaucoup. Et maintenant, si tu nous racontais ce qui s'est passé chez les Stanton ? Je suppose que tout s'est déroulé sans encombre depuis notre dernière conversation au téléphone.

— Oui, a confirmé Katie avec assurance. La nounou a officiellement plié bagage.

J'ai souri.

— Parfait. Que s'est-il passé au juste ?

Sans se faire prier, Katie s'est lancée dans un compte rendu haut en couleurs. Elle était intarissable de détails à propos des « monstres » qui lui en avaient fait voir de toutes les couleurs, et catégorique quant à l'éducation qu'il *ne fallait pas* donner à ses enfants.

— Donc avant-hier soir, Mme Stanton est allée à une soirée caritative et Dean a prétendu qu'il se sentait un peu vanné et qu'il préférait rester à la maison. Après avoir mis les deux monstres au lit et satisfait à toutes leurs exigences – les verres d'eau, les veilleuses, les figurines, les allers-retours aux toilettes –, alors que je me dirigeais vers ma chambre, Dean m'a proposé de regarder le nouveau film disponible sur le service de VOD. Bien évidemment, j'ai accepté l'invitation et je l'ai rejoint sur le canapé en priant pour qu'il se décide enfin à passer à l'action, histoire de débarrasser le plancher avant le réveil des monstres. Il faut croire que mes prières ont été entendues parce qu'au bout d'un quart d'heure de... Je tiens à préciser que c'était un film indépendant vraiment nul et que tous les possesseurs de caméscopes ne sont pas des cinéastes... (Katie s'est interrompue pour grimacer au souvenir de son expérience cinématographique, puis elle a repoussé sa chevelure blonde mi-longue.) Bref. Au bout d'un quart d'heure, j'ai remarqué qu'il commençait mine de rien à se rapprocher de moi. Et j'ai dû faire des efforts surhumains pour ne pas rire parce que, croyez-moi, on se serait cru à l'école primaire. Et puis, d'un coup d'un seul, il s'est penché et il m'a embrassée. Et la minute d'après, il m'a carrément sauté dessus.

J'ai hoché patiemment la tête tout en prenant des notes au fur et à mesure afin de pouvoir rapporter toute l'histoire à Melissa Stanton lorsqu'elle me rendrait visite dans le courant de la semaine.

— Bien. Comment as-tu mis un terme à tout ça ?

Katie a haussé les épaules.

— Je n'ai pas eu besoin de le faire. Elle s'en est chargée pour moi.

J'ai arrêté d'écrire et relevé la tête.

— Comment ça, *elle* s'en est chargée pour toi ?

— Mme Stanton est rentrée et nous a surpris en flagrant délit.

J'ai aussitôt posé mon stylo. Apparemment, je serais dispensée de rendre compte des détails de la soirée. La cliente s'était occupée d'affronter seule la dure vérité.

— C'est vrai ?

Katie a mâchonné énergiquement son chewing-gum et a remonté les genoux devant sa poitrine.

— Si je te le dis. Je pense qu'elle n'est jamais allée à cette soirée caritative. À mon avis, elle en avait marre de payer pour m'avoir dans les pattes alors que ça crève les yeux que je ne connais rien au dressage des enfants, et tout ça juste pour donner à son mari l'occasion de faire ce qu'elle savait, dès le départ, qu'il ferait. Je suis sûre qu'elle attendait dehors devant la fenêtre. C'est un peu glauque, quand on y pense, mais bon, le client est roi, pas vrai ?

J'ai regardé les autres associés. Tous étaient suspendus aux lèvres de Katie. Même Teresa avait posé le dernier numéro de *Vogue* pour l'écouter.

— Et ensuite ? Que s'est-il passé ? s'est enquis Cameron, complètement captivé.

Je me suis retournée vers Katie.

— Je suppose que tu as plié bagage et que tu es partie ?

Katie a souri avec malice.

— Oui, et je n'ai pas été la seule.

— Elle l'a fichu à la porte ? s'est exclamée Lauren.

Le compte rendu de Katie s'était métamorphosé en une sorte de divertissement interactif. Mon associée a hoché la tête, on ne peut plus ravie d'être au centre de l'attention générale.

— Tout à fait. À l'heure qu'il est, il est installé au Château Marmont. Et si je connais ce dernier détail, a-t-elle poursuivi en se tournant vers moi, c'est parce qu'il me l'a chuchoté au moment où je passais la porte, comme si ça pouvait m'intéresser de l'y rejoindre. Je continue à penser qu'il ne se doute pas d'être tombé dans un piège.

— Bon, je suppose qu'on peut en rester là. (J'ai pris un des dossiers de la pile pour le tendre à Katie.) Voici une nouvelle mission pour toi.

— Laisse-moi deviner, a-t-elle dit d'un ton sarcastique. Tu m'as trouvé un job de promeneuse de chien pour les six prochaines semaines.

— Désolée de te décevoir, ai-je répondu en souriant. C'est juste ton tour de subir l'épreuve de l'happy-hour. Adam

Bennett aime bien sortir avec ses collègues après le boulot, passer un moment entre hommes, au lieu de rentrer à la maison retrouver sa femme et ses enfants. Croise-le ce soir dans leur bar préféré pour voir en quoi consistent ces prétendues réunions entre collègues.

Katie a poussé un soupir de soulagement.

— Dieu merci ! Une mission normale, pour changer.

J'ai poursuivi mon tour de table en prenant des notes détaillées sur les issues de toutes les missions précédentes, puis j'ai distribué les dossiers contenant les détails de celles à venir : pour Shawna, l'enterrement de vie de garçon d'un analyste financier d'Arizona, Graham Hawkins, qui venait fêter ce week-end-là sa dernière nuit de célibataire à Hollywood avec ses meilleurs amis. Pour Lauren, une mission à Toronto. Pour Teresa, un déplacement dans les Hamptons. Quant à Cameron, je l'avais inscrit au même cours de yoga que l'épouse de Nick Warren – la femme au foyer qui dépérissait d'ennui.

À la fin de la réunion, tous les dossiers avaient été attribués... À l'exception de deux qui se trouvaient toujours devant moi.

Les deux que je m'étais réservés.

Lorsque tout le monde a eu quitté la salle et que je suis restée seule, j'ai caressé du pouce le carton lisse et doux des chemises, puis j'ai pris les dossiers dans ma main.

— C'est mon choix, ai-je dit doucement, pour moi-même. C'est ça que je veux faire. Que j'ai toujours voulu faire.

Je me suis attardée un instant, immobile, sereine, en sentant le poids de ma décision dans ma main puis je me suis levée, j'ai rassemblé mes affaires et je me suis dirigée vers mon bureau.

— Euh, Ashlyn... ? (Je me suis retournée et j'ai vu Hadley qui me courait après dans le couloir.) Il y a quelqu'un qui vous attend.

— Dans mon bureau ?

— Non, à l'accueil. (D'un mouvement de menton, elle a indiqué son comptoir.) Elle n'a pas de rendez-vous, alors je lui ai dit de patienter là.

J'ai rebroussé chemin, sincèrement intriguée car en passant par la réception une seconde plus tôt, je n'avais vu personne d'autre qu'Hadley. Je n'ai pas tardé à comprendre pourquoi. Ma visiteuse était loin d'avoir la taille de celles qui pénétraient d'ordinaire dans cette agence. Sa tête dépassait à peine du comptoir de la réception.

— Lexi Garrett, ai-je soupiré lorsqu'elle s'est levée pour me saluer. Quel plaisir de te revoir.

Je n'avais pas fait le moindre effort pour injecter un tant soit peu de sincérité dans mes mots.

La fillette a rajusté son sac à dos sur les épaules.

— Vous savez que vous mentez drôlement mal ?

J'ai hoché la tête.

— Oui. Il paraît. Que fais-tu ici ?

Elle a brandi un petit carré de plastique bleu, pas plus grand qu'un médiator.

— Je vous ai dit que je reviendrais quand j'aurais une preuve.

— Un morceau de plastique.

Elle a levé les yeux au ciel et lâché un soupir d'impatience.

— C'est une carte mémoire. Je l'ai volée dans le portable de mon père. Enfin, après avoir transféré son emploi du temps du week-end. (Elle semblait très fière de ses prouesses de détective en herbe.) Mon plan, c'était de retrouver tous les SMS scabreux qu'il échange au milieu de la nuit, mais il est malin, il les a effacés. Par contre, ce week-end, il fait une « excursion golf » à Palm Springs avec ses copains.

Elle avait prononcé ces mots – *« excursion golf »* – sur un ton tellement sceptique qu'on aurait dit qu'elle allait jusqu'à douter que « golf » et « excursion » figurent dans le dictionnaire.

Elle a fait glisser une des bretelles de son sac à dos pour ouvrir la poche extérieure et en extraire une feuille de papier, qu'elle a posée avec détermination sur la pile de documents que j'avais déjà dans les mains.

— J'en ai imprimé une copie pour vous. C'est l'endroit idéal pour le soumettre à une inspection.

Hadley, de derrière son comptoir, observait cet échange avec un intérêt non dissimulé. Mais quand j'ai tourné le regard vers elle, elle s'est empressée de baisser la tête en feignant d'être absorbée par quelque tâche administrative.

Avec tendresse, j'ai posé la main sur l'épaule de ma visiteuse.

— Ma puce, je ne vais pas envoyer quelqu'un tester ton père. Je suis désolée. Si tu te fais vraiment du souci pour sa conduite, tu devrais en parler à ta mère.

— Je ne sortirai pas d'ici tant que vous n'aurez pas accepté mon dossier, a-t-elle grommelé en allant se réinstaller sur un des fauteuils de la salle d'attente.

J'ai haussé les sourcils.

— Et que se passera-t-il lorsque ta mère ne te verra pas rentrer à la maison pour dîner ? Elle ne va pas s'inquiéter ?

Lexi a grogné et elle a croisé les bras pour bien montrer sa détermination. Un peu comme si elle participait à un *sitting* pour les droits des gays et des lesbiennes, par exemple.

Cette fois, je me suis contentée de soupirer et j'ai regagné mon bureau. Si ma nièce Hannah, qui avait quatorze ans, m'avait appris quelque chose, c'est bien que les ados ont – Dieu merci – une faculté d'attention de courte durée. Lexi aurait décampé à l'heure du déjeuner, c'était couru d'avance.

Ce qui l'était bien moins en revanche – et que je n'aurais jamais pu prédire en dépit de mon talent pour les prédictions –, c'est que Jamie m'appelle. Quand mon portable a sonné cet après-midi-là, à 3 heures moins le quart, et que j'ai vu son nom s'afficher, j'ai contemplé l'écran pendant cinq bonnes secondes, paralysée, ne sachant pas si j'étais supposée répondre ou laisser la messagerie vocale se mettre en route. J'avais déjà pris la décision de passer à autre chose. Pour moi, c'était une affaire réglée. Mais je n'en voulais pas moins connaître à tout prix la raison de son appel. Et s'il voulait s'excuser ? Et si jamais il jugeait que sa réaction avait été exagérée et qu'il souhaitait faire machine arrière ? Qu'allais-je répondre à ça ? Désirais-je seulement faire machine arrière ?

Finalement, ma curiosité a pris le dessus et j'ai décidé de répondre. Mais le temps de passer à l'acte, le téléphone avait arrêté de sonner. Et quelques instants plus tard, un signal m'a prévenue que j'avais un message. Que j'ai écouté sur-le-champ.

Ma première préoccupation a été d'identifier son ton de voix. Hésitant : je n'ai pas trouvé d'autre qualificatif susceptible de convenir.

— Salut. C'est, euh... c'est moi. Jamie. Je voulais juste te prévenir que je passerais chez toi dans l'après-midi, vers 4 heures.

Mon cœur s'est accéléré et ma main s'est contractée si fort sur le téléphone que j'aurais pu jurer que mes doigts étaient en train de saigner. J'ai même collé l'appareil plus près de mon oreille en inspirant.

— Il me reste quelques affaires à récupérer, a continué la voix *hésitante* de Jamie. Des vêtements dans le placard et euh... Quelques bricoles dans la salle de bains. Je me suis dit que ce serait plus facile si je passais les chercher pendant que tu es au bureau. Rappelle-moi si ça te pose un problème. Sinon j'en conclurai que c'est OK. Ah oui, et je laisserai la clé en partant. Bon, eh bien... Salut. Prends soin de toi, a-t-il ajouté après une pause bizarre, comme si ce « Bon, eh bien, salut » n'était pas assez douloureux. Et puis il a raccroché.

Booooon... Pour ce qui était de savoir s'il voulait ou pas faire machine arrière, j'imagine que j'avais la réponse.

Quand on a vécu en couple pendant plus d'un an, les affaires de l'autre commencent automatiquement à s'accumuler dans la maison – et ce, la plupart du temps, sans que vous y preniez garde. C'est un DVD posé sur la télévision, quelques bouquins sur une étagère, des tasses à café dans le placard de la cuisine. Ces objets ne vous sautent pas nécessairement aux yeux comme étant des intrus n'ayant pas leur place chez vous. D'une certaine façon, ils s'assimilent naturellement à l'environnement et, le temps aidant, s'intègrent si bien que vous finissez par oublier qui était leur propriétaire initial.

Voilà pourquoi je ne *voyais* même pas les affaires auxquelles il faisait référence. Une fois les cartons débarrassés du couloir et ses vêtements disparus de mon placard, il ne restait rien qui, à mes yeux, se distinguait comme lui appartenant spécifiquement. Cependant, je savais que ce soir-là, sitôt que j'aurais franchi ma porte, l'absence de ces objets clignoterait comme un spot dans une pièce obscure et attirerait mon attention sur tous ces vides qui avaient naguère abrité les preuves qu'un jour, j'avais vécu une vie de couple. Et je savais que ces béances n'auraient de cesse de m'interpeller, m'obligeant à reconnaître le fait que, quels que soient mes efforts pour remplir ces vides, jamais je ne pourrais remplacer ce qui les comblait autrefois.

La voix synthétique m'a demandé ce que je voulais faire du message. Apparemment, il n'y avait que deux options. L'effacer ou le conserver pour le réécouter plus tard. Comme je n'ai pas répondu tout de suite, la voix a répété sa question. Et tout en sachant que cette voix, produite par un programme informatique, n'avait pas changé, elle m'a tout de même semblé plus insistante la seconde fois. Et soudain, j'ai eu le sentiment qu'elle ne me demandait pas seulement si je voulais effacer le message.

Une vague puissante et bouillonnante d'émotions contradictoires qui oscillaient entre la tristesse et la colère m'a frappée de plein fouet. Et ces émotions semblaient si résolument distinctes que j'étais bien en peine d'identifier celle que je ressentais à un moment donné. Mon visage était baigné de larmes, mais j'étais bien certaine qu'une fumée de rage s'échappait de mes oreilles. Le contraste devait être saisissant. Existait-il un moyen d'effacer tout ça d'un coup ? Un remède susceptible d'atténuer l'une et l'autre émotion ? Une pilule magique qui les engloutirait quelque part, me permettant de ne plus les sentir ?

J'ai embrassé mon bureau du regard et cela m'a immédiatement rappelé le but de ma présence ici. La raison même pour laquelle le mariage n'était pas pour moi. Soyons honnête : on ne peut pas œuvrer à la désunion des couples dans la journée et essayer d'en construire un le soir venu. Il arrive forcément un moment où ça donne... *ça*. Et puis mes yeux se sont posés sur quelque chose qui se trouvait dans la corbeille sous mon bureau. C'était le document que Lexi Garrett m'avait donné plus tôt ce matin-là. L'emploi du temps de son père pendant son séjour à Palm Springs, que je m'étais empressée de jeter.

Avant de laisser à mon esprit le loisir d'entreprendre une de ses dissections par le menu, je suis passée à l'action : j'ai effacé le message de Jamie, j'ai écouté la voix synthétique me donner confirmation de ma décision puis j'ai appelé Hadley par l'interphone et j'ai demandé, sans préambule :

— Est-ce que Lexi Garrett est toujours là ?

Hadley a soupiré.

— Oui. J'ai essayé de lui faire entendre raison mais elle refuse de partir.

— C'est bon, c'est bon. Voulez-vous la faire entrer, s'il vous plaît ?

Après un bref silence, Hadley a demandé :

— Dans votre bureau ?

— Oui. Dites-lui que j'ai changé d'avis.

Hadley n'a pas répondu tout de suite et j'ai eu le sentiment qu'elle prenait le temps de formuler sa réponse ou peut-être bien de préparer une série de questions qui lui permettraient de vérifier ma santé mentale. Ne voulant pas risquer de revenir sur ma décision en écoutant son discours, je me suis empressée d'ajouter :

— Et dites-lui que je me chargerai personnellement de l'inspection de son père.

J'ai coupé l'interphone, j'ai empoigné une bouteille à moitié pleine d'eau vitaminée qui traînait sur mon bureau et je l'ai vidée d'un trait, avec avidité. En priant de toutes mes forces pour que la pilule imaginaire que je venais d'avaler soit assez puissante pour remplir son office.

25

L'intuition d'une gamine de douze ans

Je n'avais pas spécialement envie de tester le père de Lexi Garrett. J'ai beaucoup tergiversé avant de prendre la décision d'accepter cette mission. Mais j'ai fini par me convaincre qu'il n'y avait pas de mal à découvrir la vérité sur les intentions de Dustin Garrett. S'il réussissait l'inspection, l'histoire en resterait là, et je serais parvenue à dissiper les craintes de cette gamine en lui apportant la preuve que son père était un mari dévoué, aimant et loyal. J'aurais bien aimé qu'on en fasse autant pour moi, à douze ans. Et même plus tard, d'ailleurs. D'un autre côté, si jamais il échouait, je pourrais toujours offrir à sa femme de précieuses informations sur des choses que, sans moi, elle aurait continué à ignorer.

C'est comme ça qu'après de longues délibérations et un vol de trois quarts d'heure à destination du désert, je me suis retrouvée à Palm Springs devant un miroir de salle de bains, dans ma chambre du Hyatt Grand Champions Resort. Le même hôtel que celui où étaient descendus Dustin Garrett et ses copains pour un innocent week-end golf-Martini-cigares. Du moins d'après ce qu'il avait dit à sa femme et à ses deux enfants.

Je supposais que mon verdict, au terme du week-end, allait concerner le bien-fondé du qualificatif « innocent ».

J'ai appliqué un trait d'eye-liner noir à l'intérieur de ma paupière inférieure et j'ai retouché mon mascara. Ce soir-là, je portais une robe bustier gris fumée juste au-dessus du genou et des escarpins noirs à brides. Je m'étais fait un chignon très sophistiqué et j'ai vérifié que les épingles qui le retenaient étaient bien en place puis, après un dernier regard dans le miroir, j'ai attrapé la clé de ma chambre et mon sac, puis j'ai gagné la porte.

Tout en marchant vers l'ascenseur, je me sentais pleine d'assurance et de confiance en moi. Mes jambes avançaient sans hésitation, comme si elles savaient exactement où aller, quoi faire, à quel endroit traverser. Ce soir-là, j'allais effectuer la mission qui marquait officiellement la fin de ma retraite. J'étais redevenue inspectrice de fidélité à plein temps, sans attaches sentimentales. Mais à la façon dont mon corps se mouvait, dont mes idées restaient claires et concentrées, j'avais l'impression de n'avoir jamais arrêté. Je venais de passer presque une année assise derrière un bureau à regarder mes cinq associés, en qui j'avais entière confiance, enchaîner mission sur mission et j'avais réussi à me convaincre qu'avec la vie que je m'étais choisie, j'avais gagné au change. J'avais cru en toute sincérité avoir tiré un trait définitif sur ce style de vie. Quand, en réalité, il ne s'agissait que d'une interruption momentanée. Un congé sabbatique. Une diversion de courte durée qui m'avait été offerte dans le seul but de me permettre de comprendre qui j'étais vraiment et accepter enfin mon destin.

Lorsque les portes de l'ascenseur ont coulissé et que je suis entrée dans la cabine, une sensation familière s'est emparée de moi. C'était comme si j'entrais en scène et que j'endossais le rôle pour lequel on m'avait embauchée. Un rôle écrit sur mesure pour Dustin Garrett.

Ce soir-là, je ne serais plus Jennifer Hunter, mais Ashlyn, une assistante de direction surmenée qui accompagnait son patron en déplacement et s'était échappée pour s'accorder quelques heures de détente et un Martini bien tassé.

Tout semblait naturel. Instinctif, presque. Et nullement forcé ou artificiel comme tant d'autres émotions que j'avais ressenties avec Jamie au cours des deux ou trois derniers mois. Je savais que j'étais faite pour ça, pour rentrer dans ce bar d'hôtel, pour laisser Dustin Garrett mener la danse jusqu'à ce que je sois parvenue à une solide conclusion à son sujet.

En sortant de l'ascenseur, je me suis avancée dans le hall tout en cherchant à repérer une bande de quadragénaires en goguette, libérés, le temps d'un week-end, de leur femme de tous les jours... Je veux dire de leur *vie* de tous les jours. Lexi m'avait envoyé par mail une photo de son père mais j'ignorais complètement à quoi ressemblait le reste de sa bande.

Ayant échoué à les repérer sur-le-champ, j'ai décidé de m'installer au bar. Ce serait un poste d'observation plus pratique, et qui éveillerait moins de suspicion. Lexi m'avait juré qu'elle avait surpris un échange téléphonique et entendu son père dire qu'ils avaient réservé au restaurant pour 8 heures mais qu'avant, ils boiraient un verre à l'hôtel. J'ai regardé ma montre. Il était presque 7 heures et demie. Cela étant, je tenais mes seules pistes d'une gamine qui, comme tous ceux de sa génération, considérait Facebook comme une source fiable d'information. J'ai décidé de patienter jusqu'à l'heure du dîner avant de revoir ma stratégie.

Il y avait pas mal de monde dans le bar. Après avoir commandé, j'ai pivoté sur mon tabouret afin de mieux observer la clientèle. J'ai bu une petite gorgée de mon Martini, consciente que j'allais devoir y aller doucement si jamais je devais passer la nuit à boire avec une bande de golfeurs quadragénaires. Peut-être était-il temps que je recommence à muscler ma tolérance à l'alcool.

Tout en sirotant mon verre, j'ai passé en revue méthodiquement chacune des tables de la salle en les numérotant mentalement de gauche à droite et en prenant des notes dans ma tête. C'était un jeu auquel j'aimais bien me livrer en attendant que le sujet se montre.

Table 1 : couple entre deux âges. Mariés. Probablement en train de fêter quelque date marquante. Leur quinzième anniversaire de mariage. Leur vingtième, peut-être.

Table 2 : deux jeunes hommes approchant de la trentaine. L'un hétéro, l'autre faisant semblant de l'être. Le type de droite ne soupçonne absolument pas que son ami est gay. Et encore moins qu'il est prêt à tout pour l'attirer dans son lit.

Table 3 : soirée entre filles. Six au total. Peut-être un enterrement de vie de jeune fille. Mais sans confirmation visuelle (un voile blanc ou autre signe identifiant la mariée), difficile de se prononcer avec certitude.

Table 4 : un jeune quadragénaire en compagnie d'une femme plus jeune ; beaucoup plus jeune. Comme elle me tourne le dos, je ne peux que deviner son âge. Mais compte tenu de sa coiffure (cheveux longs et blonds), de sa robe (moulante et rose) et de sa silhouette (mince et harmonieuse), je dirais qu'elle a vingt-cinq ou vingt-huit ans.

Table 5 : une mère et sa fille en train de bavarder...

Hé, minute !

Mon regard a fait marche arrière jusqu'à la table 4. Il a glissé sur la blonde en robe rose moulante pour se concentrer sur l'homme qui se trouvait avec elle. Élégante chemise grise, pantalon noir, un verre de vin à moitié vide devant lui. Pourquoi me semblait-il si familier ? L'avais-je déjà rencontré quelque...

Bon sang de bonsoir.

J'ai écarquillé les yeux et je crois bien que je suis restée bouche bée. Je ne peux qu'imaginer l'image que j'offrais à fixer ainsi, éberluée, un parfait étranger.

Oui, mais justement, cet homme n'avait rien d'un étranger. Je savais précisément de qui il s'agissait. Dustin Garrett ! J'en étais certaine. Et si je ne l'avais pas reconnu tout de suite, c'est parce que je pensais le trouver en compagnie de quadragénaires bedonnants en culottes de golf. Ce qui était loin d'être le cas, n'est-ce pas ?

Il était avec une femme. Et très jeune, apparemment.

Bon, me suis-je dit en me forçant à prendre un air impassible. *Peut-être est-ce juste une amie. Ou une collègue. Ou la responsable de l'hôtel, qui l'assure qu'elle va tout faire pour le dédommager de l'état lamentable dans lequel il a trouvé sa chambre.*

Ce n'est pas parce qu'un homme est attablé avec une blonde qui a près de quinze ans de moins que lui que cela signifie automatiquement qu'il...

Pile à cet instant, Dustin s'est penché vers la fille. Il a posé la main sur sa cuisse tout en lui murmurant quelque chose à l'oreille. La fille a gloussé avec coquetterie et a renversé la tête en arrière pour laisser ses longs cheveux blonds retomber en cascade dans son dos et quand Dustin s'est reculé, il a laissé, par jeu, ses lèvres glisser le long de sa nuque. La fille a alors pris le visage de Dustin entre ses mains et l'a attiré vers elle pour l'embrasser avec fougue. Quand ils se sont enfin séparés, elle a essuyé une trace de gloss sur la lèvre inférieure de Dustin Garrett d'un geste de séductrice...

Bon, voilà qui a le mérite d'être clair.

Il était tout bonnement impossible que Dustin Garrett soit ici, à Palm Springs, avec ses copains de golf. C'était, à l'évidence, une ruse pour partir de chez lui. Ces deux-là étaient venus ensemble. Et à en juger par sa robe sexy et l'attache d'un porte-jarretelles qui se devinait sous l'ourlet, la demoiselle avait fait sa valise en conséquence. Il ne s'agissait pas d'une rencontre fortuite dans un bar. Cette fille ne m'avait pas coiffée au poteau de quelques minutes. Mais de quelques semaines. Voire davantage.

J'ai pivoté sur mon tabouret pour refaire face au comptoir et j'ai bu une gorgée de Martini, bien plus franche et généreuse cette fois. L'amertume du liquide glacé m'a arraché une grimace. Lexi avait donc vu juste. Et bien plus qu'elle ne s'en doutait. Elle avait eu l'impression qu'il se tramait quelque chose, que quelque chose ne tournait pas rond et elle avait conclu que son père serait susceptible de tromper sa mère. Il s'est avéré qu'il y avait déjà eu passage à l'acte. Et Dieu sait depuis combien de temps.

Je me suis émerveillée une fois de plus de la finesse de cette gamine. Comment avait-elle pu le deviner ? Voir ce qui échappait à sa mère depuis un certain temps ? Lexi aurait plutôt dû s'intéresser aux fringues, aux potins et aux *boys-bands* dépoitraillés. Elle n'était pas censée se miner pour des histoires de cette nature. Elle n'était même pas supposée en connaître l'existence !

Désormais, elle le saurait. Je n'aurais d'autre choix que de le lui dire puisque, après tout, elle était ma cliente. Certes, je n'avais pas accepté, en dépit de son insistance, l'argent qu'elle me proposait. Mais elle s'était adressée à moi pour obtenir une réponse. J'étais donc tenue de la lui donner.

J'ai bu une autre gorgée de Martini et une idée a surgi : *Et si elle n'avait pas besoin de le savoir ?*

Et si je refusais de lui livrer les conclusions de ma mission, pour en informer directement Mme Garrett ? Ne serait-ce pas la seule façon responsable de gérer cette situation ? Cette gamine avait peut-être autant de maturité qu'une femme de quatre-vingt-dix ans, mais il était tout simplement inenvisageable qu'elle soit au courant *avant* sa mère de la liaison de son père. Ou pis, que ce soit à elle qu'incombe la lourde tâche d'annoncer à sa mère ce qu'elle avait appris. Je savais – et c'était une expérience de première main – que ce n'était absolument pas une responsabilité à faire porter à un enfant.

Je devais cependant reconnaître une chose : toute sûre de moi que j'avais été en entrant dans ce bar, ce soir-là, j'étais en fait tout à fait soulagée de ne pas avoir à donner de ma personne pour conclure cette inspection. L'intention de tromper était apparemment confirmée, et ce depuis bien avant mon entrée en scène.

J'ai vidé mon verre et j'ai posé un billet de vingt dollars sur le comptoir. Au moins allais-je pouvoir profiter d'une soirée de détente toute à moi. J'allais me commander à dîner au service d'étage, prendre un bain bien chaud, m'envelopper dans un peignoir moelleux et passer la soirée à regarder des films en VOD. Sur le moment, rien ne me semblait plus attirant.

J'ai pivoté sur le tabouret, rajusté ma robe et je me suis levée. Dustin Garrett ne saurait jamais rien de ma présence en ces lieux, et pourtant elle allait sans aucun doute changer à jamais le cours de sa vie.

Lorsque je suis passée à côté de leur table, j'ai jeté un dernier regard sur le couple. Eux aussi se préparaient à quitter les lieux. J'ai consulté ma montre. 8 h 05. Sans doute allaient-ils se diriger vers le restaurant où leur table était réservée, comme l'avait entendu Lexi. Si elle avait été un peu plus attentive, elle aurait pu s'apercevoir que la réservation n'était que pour deux personnes.

La blonde en robe rose s'est levée sans se presser et, lorsqu'elle s'est retournée pour prendre son pashmina crème sur le dossier, j'ai enfin découvert son visage. Et le hasard a fait qu'à cet instant, elle a elle aussi regardé dans ma direction.

Nos regards se sont croisés et, elle comme moi, nous nous sommes instantanément figées. Le châle a glissé d'entre ses doigts et a voleté gracieusement par terre.

Sentant mes jambes se dérober, j'ai tendu la main et cherché appui sur la première chose qu'elle rencontrerait. L'épaulette d'un costume noir, en l'occurrence. Son propriétaire m'a lancé un regard interrogateur, mais je n'ai pas retiré ma main. J'avais trop peur de tomber à la renverse.

D'éventuels spectateurs auraient pu nous prendre pour des ennemies jurées. Des ennemies de longue date, qui se seraient un jour partagé un territoire en parts égales et bien distinctes, en stipulant bien qu'aucune ne devait marcher sur les plates-bandes de l'autre, et qui découvraient maintenant que l'une avait rompu ce contrat et envahi le territoire de l'autre.

Mais on était bien loin de la vérité.

Parce que cette fille en face de moi dans sa petite robe de satin rose, cette fille qui s'apprêtait à partir dîner en tête à tête avec l'homme qu'on m'avait demandé de tester n'était pas mon ennemie. Mais ma meilleure amie.

Qui, à l'évidence, m'avait caché un bien noir secret.

26

Le pavillon de l'amitié est en berne

— Zoé ? ai-je enfin réussi à articuler lorsque mes paupières ont cessé de battre frénétiquement.

J'étais abasourdie et, s'il y avait une interrogation dans ma voix, elle ne visait pas à m'assurer que c'était bien elle. Je savais que c'était elle. Je l'avais devant les yeux. Et en dépit du fait que Zoé ne portait jamais de rose, ni ne possédait de robe pareille, même de loin, à celle qu'elle avait sur le dos, je l'avais immédiatement reconnue. L'interrogation concernait plutôt la raison de sa présence ici. Dans ce bar d'hôtel. Avec cet homme.

Mon sujet.

— Jen ? a-t-elle demandé à son tour en plaçant manifestement la même intention dans sa ponctuation. Que fais-tu ici ?

Je lui ai renvoyé aussi sec la question.

— Non : qu'est-ce que *toi* tu fais ici ?

À son regard inquiet qui sautait de Dustin à moi, j'ai compris qu'elle cherchait à deviner ce que je savais afin d'évaluer l'étendue de ce qu'elle pouvait divulguer.

— Je suis avec... euh... mon... mon petit ami, a-t-elle bafouillé.

— Celui dont tu refusais de nous parler ?

Elle s'est balancée d'un pied sur l'autre.

— Euh... oui.

— Et je comprends maintenant pourquoi, ai-je dit d'un ton accusateur.

Zoé a hésité et coulé un regard discret en direction de Dustin.

— Je ne suis pas certaine de te suivre...

Je n'étais pas d'humeur à jouer au plus fin. Alors je lui ai empoigné le coude et je l'ai attirée dans un coin. Zoé a lancé un regard d'excuse à Dustin et articulé silencieusement : « Je reviens. »

— Je suis en mission, ai-je sifflé entre mes dents, sitôt que nous avons été hors de portée d'oreille.

Zoé a continué à prendre l'air évasif de celle qui ne comprend pas.

— C'est vrai ? Quelle coïncidence !

J'ai levé les yeux au ciel puis désigné Dustin.

— Et c'est *lui* le sujet.

Vu le choc qui s'est peint sur son visage, Zoé est sincèrement tombée des nues, et j'ai compris qu'elle n'avait pas cherché à jouer au plus fin.

— Dustin ? a-t-elle demandé, incrédule.

— Oui ! ai-je lâché dans un hoquet.

Le visage de Zoé est devenu d'un coup plus pâle qu'un linge. Pour la deuxième fois de la soirée, je voyais sur elle une couleur inhabituelle.

— Ô mon Dieu, a-t-elle soufflé d'une voix soudain nouée par la panique. C'est Alice qui t'a embauchée ? C'est elle qui t'a envoyée ici ?

Cette fois, c'est moi qui me suis mise à danser d'un pied sur l'autre.

— Non, pas tout à fait.

— Comment ça, « pas tout à fait » ?

— En fait, ai-je commencé d'une voix hésitante, c'est Lexi qui m'a embauchée. C'est elle qui est venue à l'agence.

Zoé a froncé les sourcils.

— Lexi ? Tu veux dire... la fille de Dustin ?

J'ai hoché la tête.

— Elle a senti qu'il se passait quelque chose du côté de son père, et j'imagine qu'une de ses copines a entendu parler de l'agence en écoutant aux portes et, de fil en aiguille, Lexi s'est dit que peut-être son père trompait sa mère.

— Tu as accepté une mission pour le compte d'une môme de douze ans ? Tu n'as donc pas de limites, Jen ?

J'ai choisi d'ignorer la pique.

— En tous les cas, elle a eu du nez, ai-je répondu en désignant d'un geste vague le bar.

— Là n'est pas le problème. Jamais je n'aurais cru que tu tomberais aussi bas, au point d'accepter de l'argent d'une gamine pour... ça !

À voir Zoé s'ingénier à détourner la conversation de son vrai sujet, j'ai commencé à perdre patience.

— Pour commencer, j'ai refusé son argent, ai-je dit avec sévérité. Je fais ça bénévolement. Et, second point, bien plus important, peu importe qui m'a embauchée. Ce qui compte ici, c'est qu'elle avait raison. Son père est un homme déloyal.

Zoé a posé les mains sur ses hanches.

— Tu y vas un peu fort, non ? C'est un mot très dur avec beaucoup de connotations négatives. Je n'irais pas jusqu'à le taxer de déloyal.

— Ah non ? Et tu le taxerais de quoi ? Il est marié. Il a des gamins. Et toi tu es là en train de roucouler avec lui dans un hôtel de Palm Springs quand il est censé passer le week-end avec ses copains de golf. En quoi la déloyauté ne s'applique-t-elle pas ici ? Quel est l'élément qui ne fait pas de toi l'autre femme ? *La maîtresse ?*

Il faut croire que ce mot ne lui plaisait pas davantage parce qu'elle a étréci les yeux et je jure que j'ai presque vu de la fumée sortir de ses narines.

— Parce que c'est différent, a-t-elle insisté. Il n'aime plus sa femme. Il est amoureux de moi. Et il va lui parler de nous.

J'ai lâché le grognement le plus audible, le plus agacé que j'étais capable de produire.

— Arrête ! Tu t'entends ? Tu es pitoyable. Ai-je seulement besoin de te dire qu'il te mène en bateau ? Franchement, je te croyais plus maligne.

— Je sais que ça paraît idiot ! s'est-elle aussitôt rebiffée. Mais je le crois. Vraiment. Il se passe quelque chose de fort entre nous. Quelque chose que je n'ai jamais senti auparavant. Je m'habille en rose, putain ! Et si je ne vous en ai jamais parlé avant, c'est parce que...

— Parce que tu savais que j'allais démonter ta belle histoire ? l'ai-je interrompue en haussant le ton.

J'ai lancé un regard par-dessus son épaule et aperçu Dustin, à l'entrée du bar, l'air assez mal à l'aise et nerveux. Notre conversation s'étant échauffée, sans doute en avait-il surpris quelques bribes.

— Franchement, Zoé, j'ai du mal à croire qu'après tout ce que j'ai traversé dans ma vie et *tout* ce que j'ai vu au cours de ma carrière, tu puisses sortir avec un homme marié. Comment peux-tu me faire ça ?

Zoé a croisé les bras.

— *Toi, toi, toi !* Mais cette histoire ne te concerne pas, Jen. Elle ne concerne que moi. C'est ma vie, et je sors avec qui je veux. Je te promets que j'allais t'en parler une fois qu'il aurait quitté sa femme. Une fois que nous n'aurions plus eu à nous cacher.

— Eh bien, ce jour pourrait arriver plus tôt que tu ne le penses. Encore qu'à mon avis, c'est sans doute elle qui va le quitter.

Zoé a écarquillé les yeux.

— Tu vas aller tout raconter à Lexi ?

J'ai secoué la tête.

— Non. Ce serait un peu déplacé. Mais je vais en parler à sa mère, oui.

Le langage corporel de Zoé s'est aussitôt modifié et la colère a cédé le pas à l'imploration.

— Jen, non ! Tu ne peux pas faire ça !

— Et pourquoi ? ai-je demandé d'un ton distant.

— S'il te plaît, ne le fais pas. Tu vas tout gâcher.

— Comment pourrais-je tout gâcher puisqu'il a déjà prévu de tout lui dire ? ai-je protesté en levant les mains au ciel. Je veux simplement veiller à ce que sa femme soit informée de la situation par une source digne de confiance.

— Non ! s'est récriée Zoé, l'œil humide de désespoir. Il doit le faire au bon moment. Il a tout planifié.

— Bon sang ! ai-je grogné. On croirait entendre un cliché. C'est trop pour moi.

J'ai commencé à tourner les talons mais Zoé m'a retenue par le bras.

— Ne va pas le lui dire. S'il te plaît. Je t'en supplie.

Je me suis dégagée avec brusquerie.

— C'est mon devoir de rendre compte à ma cliente de ce que j'ai découvert et si c'est *ça*... (J'ai toisé Zoé d'un regard révulsé.) ... que j'ai trouvé, et bien, c'est ça que je lui dirai.

À ces mots, Zoé est immédiatement remontée sur ses grands chevaux.

— Donc tu ne vas pas hésiter à trahir notre amitié ? D'un coup ? Sans aucune considération pour moi, pour ce que je désire, pour ce que je ressens ? Et tout ça à cause d'une conne de cliente !

Nous nous sommes mesurées du regard. Le sien étincelait de rage, et moi, j'avais les pupilles dilatées de colère. Mais quand j'ai ouvert la bouche, ma voix était aussi posée que celle d'un moine bouddhiste.

— Oui.

— Comment oses-tu ? a-t-elle lancé d'un ton accusateur. Comment oses-tu me dire en face que ma vie est un mensonge après la façon magistrale dont tu as bousillé la tienne en... eh bien, en *mentant*, justement !

Un frisson m'a secoué l'échine. Sa remarque touchait un nerf sensible, mais je n'ai pas répondu. Je me suis contentée de lui décocher un autre regard noir.

Zoé a reniflé avec dégoût, puis elle m'a bousculée et s'est éloignée d'un pas rageur.

— Très bien, a-t-elle repris par-dessus son épaule, attirant ainsi l'attention de tout le bar – ou plutôt de la moitié des clients qui n'avaient pas encore commencé à épier notre algarade. Dis-lui. Qu'est-ce que j'en ai à foutre ? Si ça peut te rendre heureuse. Si savoir que tu as vendu ta meilleure amie pour une étrangère ne t'empêche pas de dormir la nuit !

Sur ce, elle a empoigné le bras de Dustin, très nerveux et curieux, puis elle a quitté les lieux, mettant ainsi un point final à notre première dispute en dix ans d'amitié sans nuage.

Inutile de dire que je n'ai guère profité de la soirée de détente que j'avais prévue. Au lieu de ça, j'ai passé le reste de la soirée à bouillir de rage. Je me repassais la dispute en boucle dans ma tête et, tandis que je ressassais ses paroles, ma colère allait croissant.

Zoé *savait* ce que l'infidélité signifiait pour moi. Elle *savait* que toute ma vie s'était construite sur les fondations croulantes et instables que mon père avait laissées dans le sillage de ses aventures égoïstes et de ses sentiments tièdes pour ma mère. Et pourtant, elle s'était entêtée à justifier sa décision d'infliger exactement la même chose à une autre pauvre gamine sans défense.

J'avais renoncé à tout pour ce travail. Absolument à *tout*, pour m'assurer que ce qui m'était arrivé n'arriverait pas à d'autres. À d'autres femmes, à d'autres enfants comme Lexi Garrett et sa mère. Ou encore Darcie Connors et l'enfant qu'elle n'avait pas adopté. Et ça, Zoé le savait. Elle savait ce que j'avais sacrifié pour apporter ma contribution à ce monde. Et on aurait dit qu'elle s'en fichait comme d'une guigne. Qu'elle ne voulait pas que je l'*ennuie* avec ça. Au nom de son idylle, elle était trop égoïste et aveuglée par des prétextes bidons pour ne serait-ce que voir ce qu'elle était en train de faire.

Ce n'aurait pas été pire si elle avait fiché un pic à glace dans mon cœur, avant d'enjamber mon corps ensanglanté sans rien de plus qu'un haussement d'épaules et un « Bonne chance, Jen » indifférent, avant de disparaître dans la nuit afin d'honorer sa réservation au restaurant avec son amant marié.

J'ai tenté de me distraire avec les films proposés en VOD et un plein chariot de plats bien gras commandés au service d'étage, mais j'avais perdu tout appétit. Et ce qui m'a finalement calmée et empêchée de creuser des sillons dans la moquette à force de l'arpenter, ce n'est pas un bain moussant ni le peignoir moelleux fourni par l'hôtel, mais la conviction, au final, que ma brouille avec Zoé ne serait que temporaire.

Il y a deux choses que toute femme sait (ou, du moins, devrait savoir) concernant les hommes : 1) ils ne changent jamais ; 2) ils ne quittent jamais leur femme. Bien évidemment, comme pour toute règle, il existe des exceptions. Il se trouve néanmoins que je bosse dans un créneau qui prouve à l'envi que les exceptions sont insignifiantes dans le grand ordre des choses. Quand un statisticien étudie un ensemble de données, il néglige systématiquement les anomalies, parce qu'elles s'avèrent sans incidence. Ce qui compte, c'est tout ce qui se trouve au milieu. La majorité. Ce segment de la courbe qui inclut quatre-vingt-dix-neuf virgule quatre-vingt-dix-neuf pour cent de la population.

Et on ne peut pas vivre toute sa vie en espérant se ranger dans cette exception de zéro virgule un pour cent.

Zoé allait l'apprendre à ses dépens, c'était évident. Le lendemain, lorsque j'annoncerais la vérité à la mère de Lexi, Zoé serait aux premières loges pour découvrir quel genre d'homme était vraiment Dustin Garrett. Et quand elle changerait d'avis et réaliserait la gravité de son erreur, je serais là à l'attendre, bras ouverts, pour la consoler. Parce qu'elle était mon amie et que c'est ainsi que ça se passe en amitié. On pardonne à l'autre ses erreurs. Zoé pourrait m'accuser de l'avoir laissée tomber, d'avoir trahi notre amitié, tout ce qui lui ferait plaisir. Mais moi, je savais la vérité. Je lui rendais service.

27

Comme on fait son lit…

Le lendemain matin, j'ai repris l'avion pour Los Angeles résolue et déterminée. Zoé se berçait d'illusions. Et il y avait de grandes chances pour qu'Alice Garrett, l'épouse de Dustin, se fourvoie, elle aussi. Je tenais là l'occasion de faire d'une pierre deux coups.

C'est pourquoi, au lieu de rentrer directement chez moi depuis l'aéroport, j'ai ouvert le dossier de Dustin Garrett et entré l'adresse de Lexi dans mon GPS. Je savais que contacter Mme Garrett par l'intermédiaire de Lexi aurait été trop compliqué. La fillette aurait voulu connaître au préalable le résultat de l'inspection et ça, c'était hors de question : je me refusais à confier la délivrance d'une information de cette nature à une gamine qui se targuait avec fierté d'avoir « presque treize ans ». Je savais aussi que convaincre Alice de passer me voir à l'agence sans lui dire qui j'étais ni pourquoi je souhaitais lui parler serait impossible. J'ai donc décidé que cette visite inopinée, bien qu'elle n'eût rien d'orthodoxe, constituerait l'approche la plus simple, la plus propre.

Autrefois, je me déplaçais systématiquement au domicile des clientes. À l'époque où j'exerçais ce métier en solo et que je ne disposais pas d'un bureau où les recevoir. Je leur rendais visite une fois avant la mission et une fois après. Et si j'avais arrêté d'aller chez les gens, c'était pour une très bonne raison : je ne supportais plus de pénétrer dans leur intimité. Quand on a *presque* couché avec le mari d'une autre femme, la dernière chose dont on a envie, c'est de franchir le seuil de son foyer pour contempler de ses propres yeux ce qu'on vient potentiellement de détruire.

On a beau se répéter un nombre incalculable de fois que ce qu'on a fait, on l'a fait pour une bonne cause, il n'en reste pas moins qu'on n'a pas besoin de voir certaines choses. C'est précisément pour cette raison que, maintenant, les clientes venaient à moi.

Enfin, sauf ce jour-là. Sauf quand la cliente avait douze ans.

Vingt minutes plus tard, je me suis garée devant un petit cottage pittoresque de Cheviot Hills. C'était une maison de plain-pied, bien entretenue, modeste, qui n'avait rien de commun avec les demeures à un million de dollars dans lesquelles j'étais entrée dans le passé. La pelouse aux reflets satinés était impeccablement tondue et m'évoquait la coupe stricte d'un marine. Des massifs de tulipes longeaient l'allée pavée de briques. On voyait que c'était un jardin entretenu avec amour.

Mon téléphone a sonné à l'instant où je débouclais ma ceinture et rassemblais mes affaires. J'ai regardé l'écran et lâché un grognement exaspéré. C'était John. Il m'avait appelé toutes les vingt minutes depuis 6 heures du matin, et moi, je faisais la sourde oreille depuis tout aussi longtemps. Je me doutais qu'il avait reçu un coup de fil de Zoé, tard la veille ou très tôt dans la matinée, et qu'il me harcelait pour connaître ma version de l'histoire. Cette fois encore, je n'ai pas répondu et j'ai éteint mon téléphone.

En me dirigeant vers la porte d'entrée, j'ai senti ma poitrine se serrer et ma respiration s'accélérer. La nervosité s'installait. Non parce que c'était ma première visite à domicile depuis un an. Mais parce que – regardons les choses en face – celle-ci n'avait rien d'ordinaire.

Frapper à la porte de quelqu'un qui vous attend, qui est impatient depuis plus de quarante-huit heures de connaître les nouvelles que vous allez lui apporter, c'est une chose. Lorsque la personne qui va ouvrir cette porte n'a aucune idée de votre identité, c'en est une autre. Et les nouvelles dont j'étais la messagère ne seraient en aucun cas les bienvenues. Pour tout dire, je m'étais préparée à l'éventualité de passer pour une menteuse.

J'ai pris une longue inspiration et j'ai sonné. Des chiens ont aboyé et une voix leur a intimé avec sévérité l'ordre de se taire et de s'asseoir. Lorsque les aboiements se sont tus, j'ai entendu une dernière salve de « Sages ! Assis ! C'est bien ! » et la porte s'est enfin ouverte sur le visage juvénile de Lexi Garrett.

J'ai bien vu qu'elle essayait de me remettre. Non pas qu'elle ne me reconnaissait pas. Au contraire. Simplement, elle ne me reconnaissait pas *là*, sur le perron de la maison de ses parents, tandis que sa mère se trouvait dans la pièce voisine, du moins je l'espérais.

— Ashlyn ? Que faites-vous ici ? a-t-elle fini par articuler après un instant de silence abasourdi.

Et puis, avant même que je puisse répondre, elle a écarquillé les yeux, comme si elle venait de comprendre la raison de ma présence.

— Ô mon Dieu ! Il a échoué, c'est ça ? C'est pour ça que vous être là. Pour me le dire en personne.

J'ai souri avec patience et incliné la tête de côté.

— Est-ce que ta mère est là ? ai-je demandé en esquivant délibérément sa question.

— Je le savais ! J'en étais sûre !

— Lexi, ai-je repris avec douceur, mais avec un avertissement dans la voix. Ce n'est pas forcément pour cela que je suis venue. J'aimerais parler à ta mère. En privé.

La gamine m'a lancé un regard interloqué.

— Je ne comprends pas. Pourquoi ne pouvez-vous pas juste me dire s'il...

Elle s'est interrompue à mi-phrase. Son corps s'est figé et sa main s'est crispée sur le bouton de porte.

— Lexi ? a appelé une voix quelque part dans la maison.

Une voix tendre. Chaleureuse.

Dénuée de soupçon.

Moi aussi je me suis pétrifiée. Depuis le temps que je faisais ce métier, que j'étais la messagère des mauvaises nouvelles, on aurait pu croire que j'avais tout vu. Mais non. Ça, c'était nouveau. Différent. Et cela faisait battre mon cœur de façon anarchique. Comme s'il battait pour la toute première fois et qu'il essayait de comprendre comment s'y prendre.

Un visage est apparu. Des traits doux, féminins, encadrés par des cheveux mi-longs auburn. Les yeux étaient doux, innocents. Les pires yeux au monde pour affronter ce genre de situation.

À l'instant où j'ai découvert Alice Garrett, j'ai été bouleversée par le contraste criant qui existait entre elle… et Zoé. Je dis souvent que l'herbe est plus verte chez le voisin. Surtout en matière d'infidélité. Dans ce cas, ça n'aurait pas pu être plus vrai.

Zoé était caustique, grande gueule, capricieuse, et elle soulignait ces traits de sa personnalité par ses tenues hardies et son maquillage spectaculaire. Cette femme, à l'inverse, était le naturel et la discrétion incarnés, et il émanait d'elle une énergie apaisante, saine. C'était le genre de personne qui n'a que des a priori favorables sur les gens qu'elle rencontre, même quand elle se heurte à leur dédain.

Elles étaient le jour et la nuit.

— Qui est-ce ? s'est enquise Alice en regardant sa fille avec adoration.

Pour la première fois depuis qu'elle s'était présentée dans mon bureau, Lexi est restée muette. Sans doute cela a-t-il également surpris sa mère car elle a lâché un rire velouté. La truffe humide d'un labrador noir a cherché à se frayer un passage jusqu'à la porte ouverte, suivi de peu par celle d'un terrier. Mme Garrett les a écartés d'un petit mouvement de jambe avant de se tourner vers moi :

— Que puis-je pour vous ?

— Bonjour, ai-je dit d'une voix vibrante de nervosité. Je suis une amie de Lexi. Plus exactement, il y a quelques semaines de ça, elle est venue me demander de l'aide et j'espérais pouvoir en parler avec vous.

Alice Garrett a regardé sa fille, intriguée, pour qu'elle confirme mes dires. Lexi a baissé la tête pour fuir le regard maternel, puis a hoché la tête.

— Eh bien, oui... bien sûr, a répondu Alice s'efforçant de ne rien montrer de sa curiosité bien légitime. Entrez, je vous en prie.

— Merci.

J'ai franchi le seuil avec circonspection en me préparant à affronter ce qui m'attendait de l'autre côté. Lexi nous a emboîté le pas sans un mot jusque dans le salon et s'est assise tout au bout du canapé.

— Lexi, ai-je dit gentiment, je crois qu'il vaut mieux que tu nous laisses seules, ta mère et moi.

Lexi s'est avachie dans les coussins en croisant les bras.

— Mais...

— Lex..., a lancé sa mère d'un ton d'avertissement.

Apparemment, le ton était assez éloquent car la fillette s'est exécutée, quoiqu'à contrecœur. Me doutant qu'elle n'avait pas disparu bien loin et qu'elle allait essayer d'écouter aux portes, je me suis rapprochée d'Alice et j'ai veillé à parler à voix basse.

— Tout cela est un peu difficile pour moi, ai-je reconnu avec franchise en joignant les mains sur mes genoux.

J'étais sidérée de constater que les rôles, soudain, s'étaient inversés. En général, en pareilles circonstances, c'était moi qui étais calme et avais les cartes en main et la personne en face qui, dans mon bureau ou chez elle, ne tenait pas en place. Mais, nervosité ou pas, je devais rester professionnelle avant tout. Malgré l'aspect pénible de cette situation et sans tenir compte du fait que celle qui se trouvait la veille avec le mari de cette femme était ma meilleure amie.

— C'est une situation un peu étrange pour moi, ai-je poursuivi.

Alice a penché la tête de côté et m'a dévisagée.

— Vous disiez que Lexi était venue vous demander de l'aide.

J'ai hoché la tête. Oui, c'était un bon début.

— C'est exact.

— Quel genre d'aide ?

J'ai inspiré un grand coup, et je me suis lancée, avec appréhension :

— Voyez-vous, madame Garrett, je dirige une agence d'un genre assez spécial. Et qui s'adresse à une clientèle très particulière qui, en aucun cas, n'a... le profil de Lexi.

Bon sang ! On croirait entendre une mère maquerelle qui fait l'article de son bordel haut de gamme...

Je ne partais décidément pas du bon pied. Alice était perdue, je le voyais bien. J'ai décidé de me jeter à l'eau, sans tergiverser, et de répondre plus tard aux questions qui se présenteraient.

— Je dirige une agence qui propose des inspections de fidélité à des épouses, ou des époux, qui ont perdu confiance en leur conjoint. C'est un peu comme une agence de détectives privés, si vous voulez, mais spécialisée dans l'infidélité.

Alice a hoché la tête, comme si elle comprenait, mais son regard dérouté l'a trahie. Alors j'ai repris :

— Lexi s'est présentée à mon bureau parce qu'elle était inquiète au sujet de son père...

— Attendez. Lexi s'est rendue dans une agence de détectives privés ?

J'ai hoché la tête, prudemment.

— Oui. Apparemment, elle a appris l'existence de mon agence par une de ses amies, qui elle-même avait surpris sa mère en train d'en parler. C'est du moins ce qu'elle m'a raconté.

J'ai bien vu que Mme Garrett commençait à piger de quoi il retournait. C'est du moins ce que suggéraient les rides de contrariété qui étaient en train de se creuser autour de sa bouche et sur son front.

— Elle s'est adressée à vous parce qu'elle a peur que son père me trompe ?

Ce résumé, pour le moins expéditif, m'a donné du fil à retordre.

— Non, pas exactement. Lexi nous a embauchés, enfin, elle m'a embauchée *moi*, pour tester son père et savoir si son père – votre mari – *serait susceptible* de vous tromper.

À présent, tout était clair pour elle. Bien trop clair. Alice s'est levée comme un ressort et m'a décoché un regard d'une telle noirceur que j'ai dû détourner la tête.

— Vous avez accepté de l'argent d'une gamine de douze ans pour échafauder un coup monté contre *mon* mari ?

Bon... présenté comme ça, il faut avouer que ça paraissait un peu tordu. J'ai immédiatement levé la main pour plaider ma cause.

— Non, madame Garrett, je n'ai pas accepté l'argent de Lexi. Je lui ai dit que je traiterais son dossier gratuitement parce qu'elle avait peur que...

Mme Garrett ne m'a pas laissée achever.

— Mais pour qui vous prenez-vous, espèce de tarée ? (Le dégoût jaillissait de sa bouche comme du vomi.) Mêler une enfant aux histoires de couple de ses parents ? À leur vie privée ? Qui vous regarde encore moins qu'elle ! Il faut être complètement cinglée pour faire des saloperies pareilles !

Comme s'ils avaient humé la soudaine animation de leur maîtresse, les deux chiens, jusque-là couchés à nos pieds avec indifférence, ont relevé la tête d'un air inquisiteur.

Je voyais bien que cette conversation était en train de déraper. Je n'avais pas encore eu la possibilité de lui parler de Zoé (ou plutôt de l'inconnue sans nom à laquelle j'allais faire référence) que déjà elle avait dégainé les injures. Et quelque chose me soufflait qu'Alice Garrett n'était pas du genre à insulter ses interlocuteurs. Même les chiens en étaient tout retournés. Si je voulais trouver l'occasion de lui délivrer l'information que j'étais venue lui révéler, j'allais devoir calmer le jeu.

— Madame Garrett, s'il vous plaît, calmez-vous, pour que nous puissions discuter comme deux personnes raisonnables. Je n'ai pas dit que j'avais mené cette inspection.

Ce qui était la stricte vérité – quoiqu'un peu déformée.

Il faut croire que j'avais choisi la bonne tactique car après un bref instant de délibération intérieure, elle s'est rassise.

— Excusez-moi, s'est-elle forcée à dire, sans toutefois desserrer les dents.

— Je comprends à quel point tout cela est bouleversant. J'étais moi-même toute retournée lorsque Lexi est venue me trouver à mon bureau. Vous vous doutez bien qu'en matière de cliente, elle sort de mon ordinaire.

J'ai lâché un petit rire dans l'espoir d'alléger un peu l'atmosphère. Mais Alice a continué à me fusiller du regard, poings serrés. Je me suis éclairci la voix et j'ai poursuivi :

— La raison pour laquelle j'ai insisté pour vous parler en tête à tête, c'est que vous avez entièrement raison. Tout cela ne regarde pas Lexi. Ça ne concerne que vous. Et c'est pour ça que je suis ici.

Alice m'a regardée d'un air sceptique. Je voyais ses narines palpiter, et elle inspirait avec avidité. Mais elle n'a rien dit. J'imagine que j'aurais dû lui être reconnaissante de son silence. Franchement, je n'avais pas envie de me faire traiter de tarée à nouveau.

— Voyez-vous, lorsque j'ai pris l'avion pour Palm Springs, ce week-end, pour mener à bien l'inspection... (J'ai marqué une pause pour amener en douceur ce qui allait suivre.) ... j'ai remarqué que M. Garrett ne se trouvait pas avec le groupe d'amis en compagnie duquel il était censé être.

J'ai attendu de voir si Alice réagissait mais non, son visage est resté de marbre. Elle avait dépassé le stade où elle allait laisser mes mots l'affecter. Du moins ouvertement. Ses yeux, en revanche, racontaient une tout autre histoire. Alors j'ai poursuivi :

— Lexi m'avait informée qu'il partait jouer au golf avec quelques amis. Mais en réalité, je l'ai trouvé avec... une femme.

Alice continuait à me fusiller du regard. Je voyais sa rage frémir à fleur de peau et j'étais bien certaine que ce que je m'apprêtais à ajouter allait l'amener au point d'ébullition. Mais je devais le dire. Quand bien même il s'agissait des derniers mots que je prononçais dans cette pièce, ils étaient les plus importants.

— Il a été évident pour moi, dès que je les ai vus, que M. Garrett et cette femme avaient une relation *intime*. (Je me suis interrompue pour chercher sur son visage un signe susceptible de m'indiquer si je devais poursuivre ou m'arrêter là. En vain.) Je voulais vous en informer de vive voix, car je suis fermement convaincue que c'est la meilleure chose à faire. Que vous méritez de le savoir. C'est pour cela que j'ai fondé cette agence, pour aider les gens à...

La gifle m'a arrêtée net dans mon élan et mon cou a pivoté si violemment que j'ai failli perdre l'équilibre. La main d'Alice avait laissé comme une brûlure sur ma joue. Tout s'est brouillé dans ma tête, je n'arrivais plus à renouer le fil de mes pensées. Non pas que je pensais beaucoup, en cet instant. Machinalement, j'ai appuyé la main sur mon visage meurtri tout en essayant de comprendre ce qui venait de se passer.

Mais je n'en ai pas eu le loisir.

— Dehors.

La voix était inflexible et s'efforçait de rester impassible. Mais un léger tremblement suggérait que c'était une bataille perdue d'avance.

J'ai relevé la tête, lentement, malgré les protestations de mes cervicales meurtries.

— Madame Garrett...

— Sortez de ma maison. TOUT DE SUITE.

Un des chiens a lâché un aboiement, comme en écho à la colère froide mais effrayante de sa maîtresse.

Il était en effet grand temps pour moi de partir. Et ce n'était pas ma joue rouge et endolorie qui allait dire le contraire. Je me suis levée précipitamment et j'ai attrapé mon sac.

— Si c'est ce que vous voulez.

— Ce que je veux ? a-t-elle répété d'un ton révulsé mais sans élever la voix, comme s'il s'agissait d'une conversation anodine – et la combinaison des deux était extraordinairement intimidante. Vous croyez que j'ai souhaité ce qui se passe ici ?

J'ai levé les deux mains, paumes ouvertes, en espérant que ce serait interprété comme un geste de paix.

— Ce n'est pas ce que je voulais dire. Je suis désolée. Je sais que cette nouvelle est un choc pour vous...

— Non, a-t-elle riposté d'une voix ferme en avançant vers moi, menaçante. (Son sang-froid s'amenuisait à vitesse grand V.) Ce qui me choque, c'est que vous, une parfaite inconnue, puissiez penser que c'est votre rôle de débarquer dans ma vie, de tout foutre en l'air et de vous comporter comme si vous me rendiez service. Voilà ce qui me choque. Si vous voulez mon avis, vous avez grand besoin de mettre un instant en veilleuse votre arrogance et votre suffisance pour regarder en face *votre* vie, parce que le bien que vous vous imaginez faire ici est une illusion. Une illusion qu'à l'évidence vous avez créée de toutes pièces pour vous aider à gérer *vos* problèmes. Vous n'aidez pas les gens. Vous les détruisez. Vous vous mêlez de ce qui ne vous regarde pas. Et tout ça pour essayer de colmater une faille si bien ancrée en vous que vous ne savez même plus la localiser.

À ce stade de son laïus, elle m'avait obligée à reculer jusqu'à la porte d'entrée. J'ai senti le métal froid du bouton de porte buter contre ma colonne vertébrale. Mais Alice continuait de m'acculer et chacun de ses pas, menaçant, réduisait un peu plus l'espace entre nous. Avec son regard embrasé de fureur, elle était méconnaissable. Ce n'était plus la femme charmante et innocente qui m'avait fait entrer quelques instants plus tôt à peine. Elle était devenue quelqu'un d'autre. Une créature, presque. Imaginez un loup déguisé en agneau.

Je voyais déjà les gros titres du lendemain : « Une inspectrice de fidélité découpée en morceaux et jetée en pâture aux chiens. »

À tâtons, ma main a trouvé le bouton de porte, et je l'ai tourné de toutes mes forces. Puis j'ai entrouvert le battant, entamant encore plus le minuscule espace qui nous séparait l'une de l'autre.

— Je suis vraiment désolée de vous avoir importunée, madame Garrett, ai-je bafouillé. Je vais... m'en aller.

J'ai réussi à pivoter et à me faufiler à reculons dans l'étroite ouverture apparue dans mon dos. À l'instant où je me suis retrouvée sur le perron, je m'attendais à sentir la porte claquer contre mes fesses. Mais je n'ai rien entendu, ni senti, et tout en me hâtant le long de l'allée bordée de tulipes, j'ai risqué un regard derrière mon épaule.

Alice, debout dans l'encadrement de la porte, me suivait des yeux. Un instant, j'ai craint qu'elle ne mémorise ma plaque minéralogique, la marque et le modèle de ma voiture et que, juste après mon départ, elle appelle un de ses contacts dans la mafia pour lui demander un « service ». À ce stade, je n'étais plus sûre de rien.

J'ai démarré sans demander mon reste. Je n'avais pas besoin de regarder dans mon rétroviseur pour savoir qu'elle n'avait pas bougé, telle une mère ourse qui vient de chasser un prédateur de sa tanière et qui veille à ce qu'il ne revienne pas.

Elle n'avait aucun souci à se faire de ce côté-là. Il était hors de question que je rebrousse chemin.

28

Le grand bazar

Plus tard ce soir-là, lorsque je me suis garée dans mon parking, ma joue me lançait toujours. J'avais passé le reste de la journée à errer dans Brentwood en pressant une tasse de café au caramel glacé contre ma mâchoire pour essayer de soulager la sensation de brûlure.

Toutefois, ce qui me tracassait le plus, ce n'était pas l'impression cuisante que la main d'Alice Garrett avait laissée sur ma joue, mais celle, bien plus douloureuse, que ses paroles avaient imprimée dans mon esprit.

... tout ça pour essayer de colmater une faille si bien ancrée en vous que vous ne savez même plus la localiser.

Certes, ces phrases n'avaient pas été proférées par une personne calme, en possession de toute sa raison, mais par une femme venimeuse à laquelle une parfaite inconnue venait d'asséner le choc de sa vie.

Une parfaite inconnue qu'elle venait de gifler.

Il n'empêche que, comme ma joue meurtrie, ces paroles-là brûlaient. À ce jour, aucun mot ne m'avait infligé de douleur plus cuisante. Et croyez-moi, des insultes, j'en avais eu mon lot depuis trois ans : on m'avait jeté des regards assassins, on m'avait craché dessus, on avait tenté de me soudoyer, on m'avait agressée et même, à plusieurs reprises, vouée aux flammes de l'enfer. Ce sont les risques du métier. Un métier qu'on évite de faire si on ne peut pas se passer de flatteries.

Mais là, c'était néanmoins différent. L'insulte était personnelle. Le coup avait porté. En plein dans le mille.

Les paroles d'Alice Garrett me hantaient encore lorsque j'ai passé ma porte. Je me sentais complètement déboussolée. Cette fille, dont je voyais le reflet dans le miroir, était-elle vraiment la même personne résolue et pleine d'espoir qui avait emménagé trois ans plus tôt dans cet appartement ? La même que celle qui était tombée amoureuse entre ces mêmes murs, en dépit de ses efforts soutenus pour ne pas succomber ? Non, c'était quelqu'un d'autre. Quelqu'un qui s'était égaré sur le chemin dont elle avait toujours cru qu'il la mènerait là où elle voulait aller.

Et puis, il y avait lui.

Il était parti.

Ses affaires avaient disparu.

Même son odeur s'était dissipée, malgré mon refus d'appeler le service d'aide ménagère depuis quinze jours, pour conserver à tout prix son souvenir aussi longtemps que possible.

Mais il se dissipait vite.

J'ai gagné ma chambre et ouvert le premier tiroir de la commode. J'ai pris l'écrin de velours bleu et soulevé son couvercle. Le diamant à l'intérieur étincelait, de son éclat incomparable. C'était étonnant qu'il ne ternisse jamais. Même une fois que l'amour s'était envolé.

J'ai délogé délicatement la bague de l'écrin et, lorsque je l'ai glissée à mon doigt, je m'attendais à moitié à ce que la puissance de son éclat me déséquilibre. Mais ce n'était jamais qu'une bague. Une pierre. Taillée quelque part par un ouvrier sous-payé qui ignorait tout de ma vie.

Peut-être un diamant n'était-il rien d'autre qu'une pierre précieuse. Peut-être ne signifiait-il rien. Quelle valeur accorder à son symbole, si son éclat refusait de se ternir ? Si le diamant était par essence impérissable, quand ce qu'il était censé symboliser, lui, l'était ?

Le vide immense qu'avait laissé le départ de Jamie – non seulement dans mon cœur, mais aussi dans mon appartement – était encore béant. Quelle sotte j'avais été de croire que je pourrais l'ignorer ! Que j'arriverais, *à force de persuasion*, à le rendre impalpable simplement en me répétant que je me portais bien mieux sans lui !

Alice avait peut-être vu juste. Peut-être cherchais-je en effet à colmater un manque affectif qui, sans que j'en aie conscience, me minait. N'était-ce pas affreusement dérangeant de penser qu'une parfaite inconnue m'avait percée à jour avec une telle perspicacité, quand j'étais demeurée opaque à mon propre regard ?

Cette pensée m'a arraché un frisson. J'ai regagné le salon et je me suis enveloppée dans le plaid afghan, aussi étroitement que si j'emmaillotais un nouveau-né, avant de m'affaler sur le canapé, roulée en boule sans grâce.

Tout l'appartement était sens dessus dessous. Du linge sale traînait un peu partout, des tasses de café et des bols de céréales étaient abandonnés sur la table basse, de la poussière s'était accumulée sur les meubles. En temps normal, j'aurais suffoqué à la vue d'un tel spectacle. Mais en cet instant, ce bazar me laissait indifférente. Je le voyais comme le prolongement logique de celui qui régnait dans ma tête.

J'ai resserré mes genoux contre ma poitrine et j'ai enfoui le visage dans l'étoffe douce du plaid.

Et c'est là que je l'ai trouvée.

Son odeur. Le seul endroit qui portait encore la trace de l'odeur de Jamie. Deux semaines et des milliers de larmes versées en secret ne l'avaient pas effacée. Peut-être la laine avait-elle un don exceptionnel pour la résilience. Peut-être retenait-elle les parfums mieux que n'importe quelle matière au monde.

J'ai inspiré à pleins poumons en essayant de ressusciter d'autres souvenirs par cette trace olfactive : son visage, ses mains, ses cheveux, la sensation de ses bras quand il m'étreignait contre lui.

Mais je ne pleurais pas. Comme si cette tristesse était au-delà des larmes. Au-delà de toutes les réactions habituelles à la douleur.

Elle était juste... du vide.

Le lendemain matin, je me suis réveillée en proie à la pire gueule de bois de ma vie. Je n'avais pas bu une seule goutte d'alcool, mais la complaisance avec laquelle j'avais laissé libre cours à mes émotions m'avait donné une migraine atroce et une nausée puissante.

J'ai soulevé la tête pour regarder l'heure sur le décodeur. L'horloge indiquait 9 heures. J'avais dormi douze heures d'affilée.

Je ne voulais pas aller travailler. Pour la première fois de ma vie, je n'en voyais pas l'intérêt. S'il s'agissait juste de colmater un vide dans ma pitoyable existence, à quoi bon détruire la vie d'autres gens dans le processus ? Comme j'avais, apparemment, ruiné celle d'Alice Garrett.

N'était-il pas temps pour moi de regarder les choses en face ? De qui me moquais-je ? Je n'aidais pas les gens. Je ne les « réveillais » pas d'un mauvais rêve. Je les précipitais dans un cauchemar.

Sans moi, Todd et Joy Langley auraient été encore mariés. Darcie Connors aurait serré un bébé dans ses bras et Alice Garrett connaîtrait encore un bonheur sans nuage. Un bonheur résultant certes de sa cécité, mais quel mal y avait-il à être heureux ?

Moi aussi j'avais été heureuse, un jour. Une expérience incroyable. Maintenant, tout n'était que désolation. Voilà ce que je faisais endurer aux autres. Je détruisais leur bonheur.

Je n'avais pas la moindre envie de me rendre à l'agence, mais mon sens du devoir a fini par avoir le dernier mot. J'avais rendez-vous à 10 heures avec une nouvelle cliente potentielle et je devais en recevoir une autre plus tard dans l'après-midi. Deux rendez-vous qui me faisaient l'effet d'épines plantées dans mes flancs. Ou m'évoquaient même les clous de mon cercueil. Bref.

Je pouvais tout annuler et rester terrée chez moi jusqu'à la fin de mes jours, ou bien m'extirper de ce canapé et aller honorer mes engagements.

Je me suis traînée dans ma chambre, où j'ai enfilé un pantalon de survêtement et un tee-shirt d'une propreté douteuse qui traînait par terre, roulé en boule. Je n'ai même pas pris la peine de me doucher, ni de me maquiller. Tout ce qui, d'ordinaire, me motivait pour offrir un visage présentable et élégant, mes pensées dévastatrices l'avaient enseveli sous leurs décombres.

C'est donc dans une tenue plus indiquée pour une pyjama party, et accessoirisée d'une paire de lunettes de soleil *over-sized* destinée à dissimuler l'hématome violet qui commençait à se former autour de mon œil gauche, que j'ai franchi les portes de l'agence, une tasse de café à la main. Lorsque je suis passée sans m'arrêter devant son comptoir en marmonnant un vague bonjour, Hadley n'a pas manqué de détailler avec intérêt mon nouveau « look ». Une fois dans mon bureau, je me suis affalée dans mon fauteuil et, ce faisant, j'ai éclaboussé mon tee-shirt de café. J'ai mollement tenté d'essuyer la tache avant de renoncer avec un haussement d'épaules. J'ai bu une gorgée puis j'ai renversé la tête contre le dossier.

Hadley n'a pas tardé à se matérialiser sur le seuil, l'air franchement inquiet. Elle s'est approchée de moi lentement, presque sur la pointe des pieds, comme si elle craignait que le plus petit mouvement ne me fasse sursauter. Elle n'a pas dit un mot. Lorsqu'elle n'a plus été qu'à quelques pas de moi, j'ai relevé la tête et je l'ai regardée en me demandant ce qu'elle allait faire, ou dire. Que pouvait-on dire à quelqu'un dans mon état ?

J'ai senti qu'elle m'étudiait et j'ai commencé à réfléchir à une explication, si jamais elle faisait allusion à mon état... ou à ma tenue vestimentaire.

Rien. Je n'allais rien dire du tout. Ça ne la regardait pas de toute façon.

Mais apparemment (et sans doute aurais-je dû m'y attendre), elle n'avait pas besoin d'explication.

— Il va revenir.

J'ai fait pivoter mon fauteuil pour lui faire face, d'un mouvement si énergique qu'il aurait décrit un tour complet si je ne m'étais pas rattrapée au bord de mon bureau. Hadley lisait-elle donc dans mes pensées, comme ces drôles de voyantes qui tirent les tarots ? Je ne lui avais jamais dit qu'il était parti. Je ne lui avais même jamais appris son existence. Je l'avais caché à tout le monde. Je n'avais même jamais...

— La bague, a-t-elle ajouté en esquissant un mouvement de menton en direction de ma main gauche.

J'ai regardé ma main, qui agrippait toujours le bord du bureau. Ah oui, c'est vrai... Ma bague de fiançailles. Celle dont l'éclat refusait de se ternir. Celle que j'avais glissée à mon doigt la veille au soir, et oublié de retirer.

Cette même bague que j'avais oublié de remettre avant de rentrer chez moi quelques semaines plus tôt.

— Vous ne la portiez jamais avant, a-t-elle expliqué. Quand vous aviez l'air heureuse.

J'ai laissé échapper un petit rire. Non pas parce que la situation était comique, mais parce qu'elle était si loin de l'être que c'était la seule chose dont je pouvais rire.

— C'est vrai, ai-je répondu avec solennité, en comprenant parfaitement la logique de cette remarque – que tout autre aurait peut-être échoué à saisir.

— Peut-être que si vous l'appeliez...

— Non, me suis-je entêtée. Il ne veut plus de moi.

Hadley a penché la tête de côté, comme pour mimer un point d'interrogation. Elle semblait réfléchir au bien-fondé de mon contre-argument et, du regard, je l'ai suppliée de ne pas insister.

Elle a fini par céder avec un hochement de tête et a fait demi-tour en direction la porte.

— Votre rendez-vous de 10 heures sera là d'une minute à l'autre, m'a-t-elle rappelé en détaillant avec insistance ma tenue.

J'ai refait pivoter le fauteuil face à la fenêtre et j'ai hoché la tête distraitement.

— Je sais.

— Vous voulez que je le reporte ?

— Non.

Hadley a pincé les lèvres, l'air pensif puis elle a finalement fermé la porte derrière elle.

J'ai remonté les jambes contre ma poitrine et je les ai serrées étroitement. Immobile dans le silence de mon bureau, j'ai contemplé les vagues sur le rivage, en contrebas, et la circulation dense du matin sur Ocean Avenue. Vu d'en haut, le monde semblait plus ou moins en ordre.

Mais je savais qu'il n'en était rien.

Zoé avait raison. J'avais franchi la ligne jaune. Cette fois, j'étais allée trop loin. J'avais laissé une gamine de douze ans me convaincre de tester son père. Tout ça parce que j'avais besoin de me prouver à moi-même que j'avais fait le bon choix. Que choisir mon travail au détriment de Jamie était la bonne décision.

Franchement, la situation pouvait-elle se dégrader davantage ?

La sonnerie de l'interphone a interrompu ces pensées.

— Ouais, ai-je lancé en daignant à peine tourner la tête vers le micro.

— Euh… le nouvel associé est ici, a annoncé Hadley, d'un ton perplexe. Il veut vous voir.

— Quel nouvel associé ? ai-je demandé d'une voix engourdie sans détacher les yeux de la fenêtre.

Et là, j'ai entendu comme un bruit de lutte, puis une voix familière a lancé « Passez-moi ce combiné ! » avant d'ajouter, plus posément :

— C'est John ! Il faut que je te parle. C'est super important.

J'ai cru entendre d'autres bruits de lutte, accompagnés de grognements et de sifflements, et puis Hadley a parlé à nouveau :

— Désolée pour cet incident. Il dit que vous l'avez embauché la semaine dernière. Dois-je le laisser entrer ?

J'ai renversé la tête contre le dossier du fauteuil.

— Oui. Très bien. Comme vous voulez.

John a franchi ma porte d'un pas hésitant tout en balayant la pièce du regard. Sitôt qu'il m'a eu localisée, il a foncé droit sur moi, l'œil brillant et l'air déterminé.

— Toi ! a-t-il lancé en brandissant un index menaçant. J'ai deux mots à te dire !

Je n'ai même pas fait l'effort de me retourner.

— Ça m'étonnerait.

— Pourquoi tu ne réponds pas au téléphone ? Pourquoi tu ne rappelles pas ?

Sans bouger la tête, j'ai regardé mon sac. Je me suis souvenue tout d'un coup que, la veille, j'avais éteint mon téléphone avant d'entrer chez Alice Garrett.

— Ah oui, ai-je marmonné, hébétée. J'ai oublié de le rallumer.

John a poussé un soupir théâtral.

— Sympa. Ça fait des plombes que j'essaie de te joindre !

N'entendant pas de réponse, il s'est avancé d'un pas lourd, il a fait pivoter mon fauteuil et il s'est penché vers moi. À en croire son haleine, il sortait du McDonald's.

— Écoute, je suis désolé de débarquer sans crier gare, mais je n'avais pas le choix. Tu as un problème.

J'ai fermé les yeux.

— Je sais.

— Non ! Je veux dire, un problème grave, a-t-il insisté en m'empoignant les épaules pour me secouer.

Je l'ai repoussé et je me suis levée pour filer me réfugier à l'autre bout de la pièce.

— John, je sais, ai-je gémi. Je suis nulle. Jamais je n'aurais dû moucharder le petit copain de Zoé. Jamais je n'aurais dû tromper Jamie. Jamais je n'aurais dû faire quoi que soit. D'accord ? Qu'est-ce que tu veux que je te dise de plus ?

John a froncé les sourcils et m'a lancé un regard perplexe.

— Mais de quoi tu parles ?

J'ai lâché un soupir exaspéré.

— Et toi ? De *quoi* parles-tu ?

— De ton associée. La jolie blonde.

— Katie ? ai-je demandé en le dévisageant avec des yeux ronds.

— Oui. Katie.

— Eh bien quoi, Katie ?

John a soupiré et extrait une enveloppe en kraft de la sacoche vert et blanc qui lui barrait la poitrine. Il l'a ouverte et il a vidé son contenu sur un coin de mon bureau. De là où je me trouvais, j'ai distingué qu'il s'agissait de photos en noir et blanc – des clichés comme ceux que prennent les détectives privés pour prouver que quelqu'un est lié à la mafia. J'ai plissé les yeux pour tenter de discerner d'autres détails.

— Mais c'est quoi, à la fin ? me suis-je impatientée.

— Des photos de Katie, au Château Marmont, a expliqué John d'un ton neutre.

Je me suis approchée et les photos ont gagné en netteté.

— Et elle fait quoi, sur ces photos ? ai-je demandé avec méfiance.

Comme s'il s'attendait à ce que je m'évanouisse à nouveau et qu'il se préparait à me recueillir dans ses bras, John a répondu, en scrutant ma réaction :

— Elle sort de la chambre de Dean Stanton.

29

Un traître dans nos rangs

Immobile, je fixais le petit tas de clichés devant moi sans oser y toucher. Mes yeux essayaient d'enregistrer tout ce qu'ils voyaient pendant que mon cerveau tentait, lui, de traiter l'information. Mais le circuit de transmission ne fonctionnait pas correctement.

Quelles que soient les autres explications que j'essayais de trouver à ce que j'avais sous les yeux, mon esprit en arrivait toujours à la même conclusion. La seule. La femme qui apparaissait sur ces photos était Katie Morgan. Mon associée. Et l'homme qu'elle embrassait devant la porte de la chambre 812 était Dean Stanton. Je n'avais aucun doute là-dessus : j'avais vu son portrait dans le dossier, ainsi que dans plusieurs numéros du magazine *Variety* lors de mes recherches.

Quand ma main a enfin réussi à se mouvoir, j'ai fait glisser la première photo du tas pour découvrir la seconde, presque en tous points similaires : un cliché noir et blanc, pris à distance à l'aide d'un zoom, montrant les deux mêmes personnages, Katie et Dean Stanton, devant la porte de la chambre 812. Mais cette fois, ils ne s'embrassaient pas. Dean avait le visage enfoui dans la nuque de Katie, qui riait.

J'ai fermé les yeux, fort, en essayant de me remémorer les détails que Katie m'avait rapportés, la semaine précédente, à propos de sa mission chez les Stanton. Je pouvais presque jurer l'avoir entendue dire que Melissa Stanton les avait surpris sur le fait, sur le canapé, et qu'ensuite, elle avait rassemblé ses affaires et était partie. Oui, c'était bien ce qu'elle avait raconté. Mais pourquoi le Château Marmont me rappelait-il quelque chose ? J'ai rouvert les yeux et attrapé le bloc-notes sur mon bureau. Je l'ai feuilleté sur une dizaine de pages, jusqu'à retrouver celle que je cherchais, l'ai parcourue des yeux et suis tombée sur ces mots : « Château Marmont ». Lorsque Melissa l'avait flanqué à la porte, Dean avait chuchoté à l'oreille de Katie qu'il se rendait dans cet hôtel et qu'il espérait qu'elle l'y rejoindrait. À ce moment-là, il ignorait qu'il était tombé dans un piège.

Ô mon Dieu !

J'ai regardé les cinq autres photos – toutes du même acabit – et j'ai relevé la tête d'un coup.

— John ? Où t'es-tu procuré ça ?

— C'est moi qui les ai prises, a-t-il indiqué en se rengorgeant – comme si le point qui importait ici tenait à la qualité artistique des photos.

— Quand ?

Il a contourné mon bureau en suivant du doigt le bord du plateau puis il s'est laissé choir dans mon fauteuil.

— Hier matin.

— *Hier matin ?* ai-je répété d'une voix tendue.

— J'ai essayé de t'appeler, s'est-il défendu avec empressement. Mais personne ne répondait.

J'ai été prise de tournis et j'ai bien cru que j'allais tomber dans les pommes à nouveau. Mais non. Je me suis juste effondrée dans le siège que je réservais à mes visiteurs et je me suis agrippée aux accoudoirs.

— Mais comment savais-tu que... Et que faisais-tu là-bas ?

John s'est carré dans mon fauteuil en croisant les mains sur son estomac.

— Il y a une dizaine de jours, j'étais à une soirée au Château Marmont...

— *Une dizaine de jours ?* l'ai-je interrompu. Tu sais ça depuis plus d'une semaine et tu ne m'en as rien dit ?

John a soupiré avec un agacement ostensible.

— Et si tu me laissais terminer ?

Je me suis tassée sur mon siège.

— Très bien. Je t'écoute.

— Donc, j'étais au Château, avec Chad, ce mec canon de la mort que je venais de rencontrer. Ça faisait un mois que j'essayais de me le taper et qu'il se défilait à cause d'un mec à Londres ou quelque part dans le genre. Tu y crois ? Il me bassine avec son histoire de mari qui vit à Pétaouchnoc, quand moi je suis là ! On marche sur la tête, non ?

— John ! ai-je grincé. La suite.

— Oui, oui. Donc, en partant de cette soirée, qui avait lieu dans une suite démente, on a croisé ce couple qui regagnait sa chambre. Un type aux cheveux grisonnants, la quarantaine bien sonnée, et une blondinette. (John a hoché la tête en direction des photos, et mon estomac s'est retourné.) Je me souviens d'avoir pensé qu'on nageait en plein stéréotype hollywoodien – le mec sur le retour, la minette, le Château Marmont... Difficile de faire plus cliché, non ? Bref, ils ont disparu dans la chambre 812 et là, Clad m'a chuchoté « Tu l'as reconnu ? » et, comme ce n'était pas le cas, il m'a dit qu'il s'agissait de Dean Stanton, le boss de New Edge Cinema. Et bien évidemment, je me suis senti con parce que j'aurais dû le reconnaître, vu que mon patron l'a rencontré plus d'une fois. Mais bon, j'étais pas très frais et, de toute façon, là n'est pas la question.

Il s'est tu et j'ai cru un instant que c'était là sa conclusion.

— Et ?

— Et quoi ? a répété John, l'air étonné.

— Et c'est *tout ?* me suis-je écriée, à bout de nerfs. Comment t'es-tu procuré ces putains de photos ?

Le visage de John s'est éclairé.

— Ah oui, pardon ! Quelqu'un s'est levé du pied gauche, à ce qu'on dirait, a-t-il ajouté en me décochant un regard désapprobateur. Bref. Quand j'ai vu la fille la première fois, sa tête me disait quelque chose, mais je n'arrivais pas vraiment à la remettre. Et lorsque j'ai su qui était le mec, j'ai supposé qu'il s'agissait d'une starlette de quatrième zone que j'avais vue dans un téléfilm. Mais ce soir-là, chez Sophie, quand tu m'as dit que ton associée, Katie, était en mission chez Dean Stanton, je me suis souvenu des photos d'identité que tu m'avais montrées l'an dernier avant de l'embaucher, et bon... c'est là que j'ai pigé pourquoi je lui trouvais un air familier.

— Mais... pourquoi n'as-tu rien dit ? ai-je bafouillé.

— Parce que j'en étais pas sûr ! Tu comprends, j'étais vraiment torché en quittant la fête. Tout comme Chad. Ce type qu'on a vu, ç'aurait pu être n'importe qui. Je devais m'en assurer avant de t'en parler. Donc j'ai décidé d'y retourner et de les pister. Tous les soirs en sortant du boulot, je suis allé au Château, mais je ne les ai pas revus pendant une semaine entière. Il n'y avait pas un bruit derrière la porte de la chambre 812 et j'ai pensé qu'ils avaient quitté l'hôtel. Et puis finalement, samedi vers minuit, je suis tombé sur eux dans le hall. Comme je n'aurais pas pu prendre une photo nette sans attirer leur attention, je suis revenu aux aurores le lendemain matin et j'ai fait le pied de grue dans le couloir jusqu'à ce qu'ils sortent de la chambre, vers 7 heures. Et là, bingo !

— Ils t'ont vu les prendre ?

John a secoué la tête, très fier de lui.

— Du tout. La discrétion faite homme. (Il s'est levé et a contourné le bureau pour feuilleter ses travaux pratiques.) Je trouve que le noir et blanc apporte une touche intéressante. Tu n'es pas de cet avis ? Ça fait film noir des années 1940 à mort.

L'étau qui serrait ma poitrine me donnait l'impression d'être à bout de souffle. John l'a remarqué et il s'est précipité pour appuyer avec force ses bras sur mes épaules.

— Respire, Jen. Respire à fond.

— Mais qu'est-ce que ça veut dire ? ai-je crié.

Je me sentais tout à la fois vaincue, trahie, triste et furieuse.

John a laissé échapper un sourire.

— Comment ça : « Qu'est-ce que ça veut dire ? » Ben, ça veut dire qu'elle a enfreint la règle d'or. Elle a couché avec lui.

J'ai passé les doigts dans mes cheveux sales et emmêlés.

— Ouais, ça, j'avais pigé ! Mais ça n'a pas de sens ! Quand elle a fait son rapport, à la réunion d'équipe, elle a dit qu'ils s'étaient pelotés sur le canapé, et puis que sa femme avait déboulé, qu'elle l'avait flanqué à la porte et qu'il était parti à l'hôtel. Pourquoi Katie l'aurait-elle suivi ? Personne n'embrasse bien à ce point.

John a haussé les épaules.

— Facile : ce n'était pas la première fois qu'ils s'embrassaient.

— Quoi ? me suis-je étranglée en écarquillant les yeux.

Je n'avais même pas envisagé cette possibilité.

John a secoué la tête, l'air gentiment moqueur.

— Tu sais, Jen, pour quelqu'un qui gagne sa vie sur le dos de la vie de couple des autres, tu es sacrément bouchée.

Mes pensées étaient réduites à un fatras indescriptible. Maints détails relatifs aux dernières semaines se télescopaient dans ma tête, et je fournissais des efforts démesurés pour tenter de les trier et de les organiser de manière à en tirer une conclusion qui ne me donnerait pas envie de vomir, là, directement dans ma poubelle.

— Tu veux dire qu'elle avait une liaison avec Dean Stanton ?

— Ben, ouais..., a fait John, du ton de l'évidence.

Et peut-être bien que ç'avait été évident. Peut-être que si je n'avais pas été obnubilée par mes propres drames, j'aurais moi aussi été alertée par certains indices. Parce qu'il y en avait forcément eu, non ?

Tout d'un coup, je me suis souvenue d'une conversation que j'avais eue avec Katie pendant sa troisième semaine de mission. Je lui avais dit que je voulais l'exfiltrer de chez les Stanton et considérer que le sujet avait réussi son inspection. Elle avait été prompte à m'en dissuader. Trop prompte, en fait. Elle avait insisté en m'assurant qu'il lui fallait un peu plus de temps.

Se pouvait-il qu'elle ait couché avec lui pendant tout ce temps ? Ce qui aurait expliqué qu'elle ne voulait pas partir ? Parce qu'elle y trouvait plus que son compte ? Alors que Melissa Stanton payait pour sa présence ?

La nausée a repris de plus belle. Et cette fois, je ne pouvais plus la contenir plus longtemps. Je me suis penchée, j'ai empoigné ma corbeille et je me suis soulagée.

Instinctivement, John a reculé de quelques pas et a détourné la tête – par tact, ou pour éviter de vomir à son tour.

L'interphone a sonné pile à ce moment-là, nous faisant sursauter tous les deux.

— Ashlyn ? Votre rendez-vous de 10 heures est arrivé, a annoncé Hadley.

J'ai contemplé le combiné avec épouvante. Il m'était impossible de recevoir une cliente en cet instant. Pas dans cet état. Je me suis tournée vers John, qui a semblé comprendre mon problème puisqu'il s'est approché du micro.

— Euh... Jen ne se sent pas très bien. Je pense que vous devriez reporter le rendez-vous.

— D'accord... a répondu Hadley.

Le ton d'Hadley était quelque peu méfiant, et je ne pouvais pas l'en blâmer. Pour elle, John n'était qu'un inconnu qui avait débarqué sans rendez-vous en se présentant comme un nouvel associé et qui maintenant répondait à ma place.

— Dois-je annuler et reporter tous les rendez-vous de la journée ? a-t-elle ajouté.

John m'a consultée du regard. J'ai hoché la tête, et il a relayé les consignes auprès de mon assistante, puis il a raccroché.

J'ai reculé lourdement contre le dossier du fauteuil et j'ai fermé les yeux. Tout commençait à ressembler à un mauvais rêve. Tout partait en vrille. Toutes les décisions que j'avais prises dans ma vie se révélaient fausses.

J'avais sacrifié tant de choses à ce travail ! À cette agence. À cette vie. Et tous m'avaient trahie. Mes propres employés m'avaient trompée. Car si Katie était capable de ce genre de trahison, qui pouvait affirmer que les autres ne l'étaient pas ? Qu'ils ne m'avaient pas déjà trahie ?

Avec Jamie, je tenais quelque chose de réel. Quelque chose de merveilleux. Et j'y avais renoncé pour *ça*. Un univers de corruption, grouillant de malhonnêteté, de mensonges et surtout... d'infidélités. Quand on le réduisait à sa substance – qu'on retirait les couches, les titres ronflants et les fringues de créateur –, c'est à ça que se résumait ce travail. Un business de traîtres. Rien de plus.

Et j'avais perdu ma seule chance de salut. La seule personne qui avait jamais incarné tout ce que ce monde n'était pas.

Et maintenant, il était trop tard.

30

Recalée au Grand Jeu de l'Univers

— Non, ce n'est pas trop tard, a insisté Sophie en sirotant son lait de soja glacé à la vanille.

Après avoir sombré dans un état semi-comateux dans mon bureau (j'avais divagué pendant dix bonnes minutes et débité des phrases incohérentes en fixant le plafond), John m'avait escortée hors du bâtiment et avait dû pratiquement me porter.

Désemparé, il m'avait lâchée sur le siège avant de sa voiture et m'avait conduite jusqu'au Starbucks le plus proche du bureau de Sophie. C'est donc là que nous nous trouvions et, en dépit du changement de cadre, mon état ne s'était guère amélioré. Certes, j'avais cessé de marmonner des paroles extravagantes, mais j'avais toujours le regard perdu dans le vide. Je devais ressembler à une pensionnaire d'asile psychiatrique à laquelle on a injecté une trop forte dose de tranquillisants.

— Bois ton thé, m'a ordonné John.

J'ai contemplé la tasse fumante posée devant moi et je me suis contentée de jouer avec la ficelle du sachet de thé. John a coulé un regard inquiet vers Sophie.

— Ça fait presque une heure qu'elle est dans cet état.

— Après le coup que tu lui as fait, tu ne peux pas lui en vouloir. Pourquoi est-ce toujours toi qui lui apportes les mauvaises nouvelles ? a demandé Sophie en lui enfonçant l'index entre les côtes.

— Aïe ! a-t-il glapi en se frictionnant le flanc. De quoi tu parles ?

Sophie a fait un discret mouvement de tête dans ma direction.

— L'histoire du site Internet, l'an dernier, a-t-elle chuchoté. Tu te souviens ? C'est toi qui lui as dit qu'elle était en photo sur cet affreux site. Ça a failli la fiche en l'air. Et maintenant, tu récidives !

— Eh bien quoi, c'est pas un crime d'être observateur ! s'est rebiffé John. Tu veux dire que j'aurais dû m'abstenir de lui signaler que son associée lui mentait ?

— Et si vous arrêtiez de parler de moi comme si je n'étais pas là ? ai-je grogné.

Sophie a aussitôt pris l'air enjoué. Elle m'a décoché un grand sourire et s'est empressée de changer de sujet.

— Tu sais, tu peux encore essayer de le récupérer. C'est étonnant les résultats qu'on obtient avec un simple « je suis désolée, j'ai eu tort, s'il te plaît, pardonne-moi ».

— C'est trop tard, ai-je répété, d'une voix atone.

Je crois bien que c'est la phrase que je répétais en boucle quand John m'avait transportée, divagante, jusqu'à sa voiture.

Sophie m'a caressé le bras.

— Tu n'en sais rien. Peut-être qu'à l'heure qu'il est, Jamie est cloîtré chez lui en attendant que le téléphone sonne et en priant pour que ce soit toi qui appelles pour t'excuser.

— Non, il est au boulot, ai-je contré d'un ton neutre.

Sophie a levé les yeux au ciel.

— Bon, chez lui ou au bureau, quelle différence ?

J'ai tenté de secouer la tête, mais le mouvement a été tellement imperceptible que je doute qu'il ait été visible. Donc, j'ai mis les points sur les i :

— Non.

Sophie a froncé les sourcils.

— Mais tu dois au moins essayer ! Tu n'as rien à perdre. Tu as déjà tout perdu !

— Sophie ! a grondé John en lui faisant les gros yeux.

— Désolée, a-t-elle marmonné en baissant la tête pour boire une gorgée de lait. Mais bon, c'est la vérité.

Je l'ai dévisagée avec incrédulité.

— Je ne l'appellerai pas. C'est hors de question.

Le ton était catégorique. Sophie a réfléchi un instant, puis a dit :

— Tu as raison. Ce serait malvenu. Tu dois y passer.

J'ai soupiré.

— Je dois *quoi ?*

— Tu dois passer chez lui, a traduit John. L'appeler, ce serait une forme d'échappatoire. Si tu veux le supplier de revenir, tu dois le faire de vive voix, devant lui.

À partir de là, John et Sophie ont consacré un quart d'heure à échafauder une stratégie détaillée destinée à me ramener Jamie, et à imaginer plusieurs scénarios avec des variantes, selon les réactions de Jamie à chaque repartie qu'ils avaient écrite pour moi. Tout ça commençait à ressembler à un de ces livres dont vous êtes le héros. J'imagine qu'il ne leur avait pas encore effleuré l'esprit que je n'avais pas accepté de marcher dans le plan. Ou alors ils s'en fichaient royalement.

— Voilà, a dit Sophie en retournant vers moi la serviette en papier sur laquelle elle venait de griffonner. C'est ton guide de réconciliation.

Je n'ai même pas daigné baisser les yeux.

— Non. Merci.

Sophie a tapé du poing sur la table.

— Arrête, Jen ! Que comptes-tu faire d'autre ? Te morfondre chez toi jusqu'à ce que t'aies quatre-vingts balais ?

J'ai fait semblant de réfléchir.

— Ben... pourquoi pas ?

— Pas question, a grogné Sophie. On va arranger ça. On va le faire revenir.

— *On ?* ai-je relevé, sceptique.

Elle a hoché la tête, l'air résolu.

— Absolument. Je t'accompagne. On va surveiller son immeuble et attendre qu'il rentre du bureau.

— Ben voyons ! Et ensuite ? Tu vas m'accompagner chez lui pour jouer les chaperons ?

— Non, a-t-elle répondu, vexée par mon sarcasme. Je t'attendrai dans la voiture.

— Tu sais, ai-je repris avec désinvolture en hochant la tête vers la serviette en papier, vu que tu as apparemment toute la conversation bien en tête, on devrait peut-être inverser les rôles : tu montes chez lui, et moi je t'attends dans la voiture. Ou mieux : tu y vas seule pendant que j'attends chez moi. Tu m'enverras un SMS pour me raconter comment ça s'est passé !

Sophie a poussé un soupir de défaite.

— On veut juste que tu sois heureuse, Jen.

J'ai regardé John, qui a confirmé d'un hochement de tête.

— Je sais, ai-je dit, radoucie. Et je vous adore. Mais je ne vais pas aller chez Jamie. Affaire classée.

L'affaire n'était apparemment pas si bien classée que ça puisque, six heures plus tard, j'étais dans la voiture de Sophie, au pied de l'immeuble de Jamie. J'ignore au juste comment elle m'avait finalement convaincue mais, à un moment donné, entre le Starbucks et l'endroit où je me trouvais à présent, j'avais rendu les armes. Le fait d'avoir écouté mon amie, toute la journée, se lamenter, me supplier et débiter des listes interminables de raisons prouvant qu'elle était dans le vrai et que moi j'étais folle n'était certainement pas étranger à cette capitulation. Je vous jure que cette fille devrait travailler pour le gouvernement. Je parie que son opiniâtreté pourrait faire craquer des suspects de terrorisme en moins de dix minutes.

Le plan consistait à attendre que Jamie s'engouffre en voiture dans son parking souterrain pour m'introduire dans l'immeuble en utilisant la clé que je ne lui avais toujours pas rendue. De là, je devais gagner le second étage par les escaliers et patienter dans la cage le temps qu'il émerge de l'ascenseur et rentre chez lui. Et là, je frapperais à sa porte.

À en croire l'horloge du tableau de bord, il n'était pas loin de 8 heures du soir.

— Et si jamais il travaille tard ? ai-je demandé à Sophie.

Elle a haussé les épaules.

— Je n'ai rien de particulier à faire. Et toi ?

Je me suis trémoussée sur mon siège. Je commençais à avoir les fesses ankylosées.

— Mais s'il est en déplacement ? On pourrait se retrouver à poireauter plusieurs jours.

— Non, il n'est pas en déplacement, a affirmé Sophie avec assurance.

— Qu'en sais-tu ?

À travers le pare-brise, elle a pointé du doigt le deuxième étage du bâtiment.

— Ses fenêtres sont là, c'est ça ?

Je me suis penchée en avant pour regarder.

— Et alors ?

— C'est allumé dans sa salle de bains. Quand on sait qu'on va être absent plusieurs jours, on n'oublie pas d'éteindre les lumières.

Je me suis tournée pour dévisager mon amie.

— Tu fais ça souvent ?

Elle a haussé les épaules.

— Disons que ce n'est pas la première fois.

Comment aurais-je pu ne pas sourire ? Mon premier sourire de la journée.

— Pourquoi est-ce que ça ne m'étonne pas ?

Un silence est tombé et Sophie a allumé la radio. Elle a fait défiler une dizaine de stations avant d'arrêter son choix sur « Extreme Chill » – un nom qui reflétait fidèlement sa programmation puisqu'une voix de femme mélodieuse et apaisante a rempli l'habitacle, avec en arrière-fond un rythme de basse langoureux d'inspiration africaine. J'ai senti mon corps qui commençait à se détendre. Je me suis adossée au siège et j'ai appuyé ma tête en poussant un lourd soupir.

— Tu ne m'as rien dit à propos de Zoé, ai-je remarqué.

Sophie n'a pas répondu tout de suite, comme si elle réfléchissait.

— Je sais, a-t-elle enfin rétorqué. Un problème après l'autre.

— Ouais, ai-je fait en hochant la tête.

— En plus, les amitiés résistent mieux que les relations amoureuses. Je sais que Zoé et toi allez trouver le moyen de vous réconcilier. Alors que pour *ça*... (Elle a désigné l'endroit où nous nous trouvions d'un geste circulaire.) Tu as besoin d'aide.

Je n'ai pas pu m'empêcher de rire. Un rire sans joie, mais néanmoins agréable.

— Tu as sans doute raison.

— Mais si tu tiens à savoir ce que je pense...

Sa voix a déraillé. Ce n'était pas une question, elle attendait ma permission pour poursuivre.

— Oui, j'y tiens.

— Eh bien, je pense que vous avez tort toutes les deux.

— Donc, elle t'a tout raconté ?

Sophie a hoché la tête.

— Elle m'a appelée hier. Évidemment, je ne lui pardonne pas de coucher avec un homme marié. Mais je ne te pardonne pas davantage d'avoir accepté cette mission ou d'être allée tout déballer à sa femme. C'est une chose quand on vient expressément te demander cette information, et c'en est une tout autre que tu la donnes sans sollicitation.

— Oui, je sais, ai-je soufflé. Je l'ai appris à mes dépens.

Sophie m'a regardée, surprise de m'entendre acquiescer.

— Tu vas le dire à Zoé ?

— Un jour, oui. Comme tu l'as dit, une chose après l'autre. En outre, si je l'appelle maintenant, je doute qu'elle me réponde. Je pense que je vais lui laisser le temps de se calmer. Nous ne nous sommes pas séparées en très bons termes.

Sophie a éclaté de rire.

— Si tu veux, on pourra aller planquer devant chez elle, une fois qu'on en aura fini ici.

— Pourquoi pas ? ai-je répondu avec une ébauche de sourire.

Nous avons passé l'heure suivante à bavarder tout en écoutant la radio. Sophie m'a raconté d'autres anecdotes de sa lune de miel en Grèce, ainsi que quelques détails du mariage que j'avais loupés puisque j'avais la tête enfoncée dans un scanner. Je voyais bien qu'elle essayait de me distraire du fait qu'il était bientôt 11 heures du soir et que Jamie ne s'était toujours pas montré. Mais ça ne marchait qu'à moitié.

À 11 h 25, enfin, j'ai aperçu une paire de phares à la forme familière apparaître à l'angle de la rue puis j'ai vu la Jaguar de Jamie s'engouffrer dans le parking. Mon pouls s'est aussitôt accéléré.

— C'est le moment, a décrété Sophie avec excitation en me serrant le poignet.

Je n'étais pas certaine d'être capable de faire ce qu'elle attendait de moi. J'avais accepté de venir surveiller son immeuble, mais pas pour autant de monter sonner à sa porte. Et s'il me disait non ? S'il me claquait la porte au nez ?

Et puis j'ai pensé à l'autre possibilité : repartir chez moi sans rien tenter après avoir passé quatre heures à poireauter en bas de chez lui. Se faire refouler à sa porte était bien moins lamentable.

— Bien, a dit Sophie lorsque les portes du parking ont commencé à se refermer. Il est temps d'entrer en scène.

J'ai pris une vive inspiration et posé la main sur la poignée de la portière. Ma gorge était tellement nouée et irritée que je n'étais pas certaine – dans l'hypothèse où j'arriverais à sortir de la voiture pour mettre le plan à exécution – de parvenir à en extraire un seul mot.

— Tu veux le scénario ? a demandé Sophie en me tendant la serviette en papier froissée.

J'ai levé les yeux au ciel.

— Non, je crois que ça va aller.

La respiration saccadée, je suis descendue sur le trottoir et, d'un pas mal assuré, j'ai parcouru lentement les quelques mètres qui me séparaient de la porte d'entrée. Lorsque j'ai glissé délicatement la clé dans la serrure, un instant, j'ai espéré que la porte refuse de s'ouvrir parce que le syndic, pour une raison ou une autre, avait changé la clé. Mais non : la clé a tourné avec docilité, et j'ai poussé la porte.

Je me suis retournée et j'ai vu Sophie qui brandissait ses pouces avec enthousiasme. Je lui ai adressé un petit signe maladroit avant de pénétrer dans le hall et de me diriger vers l'escalier. Son loft n'était qu'à trois niveaux de distance du parking mais, la plupart du temps, Jamie empruntait l'ascenseur, et ce parce qu'en général il trimballait son ordinateur, ou une valise au retour d'un voyage d'affaires, ou encore, jusqu'à une date récente, un sac rempli de vêtements après un séjour prolongé chez moi.

J'ai grimpé les deux volées de marches et patienté dans la cage d'escalier en guettant le passage de Jamie par la petite lucarne qui donnait sur le couloir. Mon cœur battait si fort et si vite qu'il me semblait que mes veines étaient engorgées par un afflux de sang.

Et c'est là que la panique m'a envahie.

Qu'est-ce que je faisais là ? Croyais-je vraiment que ce plan avait une chance de fonctionner ? Que de simples excuses allaient changer le cours des choses ? Mais j'ai pensé ensuite à la chance minuscule, infinitésimale que Jamie accepte de revenir vers moi, de me pardonner. D'une certaine façon, le risque en valait la peine.

Un signal sonore feutré m'a avertie de l'arrivée de l'ascenseur. Instinctivement, j'ai retenu mon souffle. Il me semblait que je ne serais plus capable de respirer normalement tant que tout ça ne serait pas fini. Et que, selon l'issue, jamais plus je ne connaîtrais la satisfaction de respirer normalement.

J'ai entendu un bruit de pas, et puis la voix de Jamie. Sans doute parlait-il au téléphone. Avec son oreillette Bluetooth, comme d'habitude. Je me moquais souvent de lui à ce propos car, parfois, quand il avait besoin d'une bonne coupe et que l'oreillette disparaissait entièrement sous ses épaisses boucles brun clair, on aurait dit qu'il parlait seul. Comme ces gens à l'esprit dérangé qu'on croise sur Hollywood Boulevard.

Cette image m'a arraché un sourire nostalgique. Tout comme le son de sa voix.

Bon sang, qu'est-ce qu'il me manquait !

Tandis que les pas et la voix se rapprochaient, j'ai distingué ce qu'il disait. Il était en train de raconter une de ses blagues vaseuses. Je me souvenais qu'il me l'avait servie lors d'un de nos premiers rendez-vous. Et au cours de l'année passée, je l'avais entendu la raconter de nouveau à des soirées entre amis, à des dîners, à des réceptions professionnelles. Et chaque fois, j'avais fait semblant de l'entendre pour la première fois.

Mais bizarrement, je la trouvais drôle à nouveau. Et lorsque est arrivée la chute, je me suis surprise à rire doucement car je me suis souvenue de l'expression qu'il prenait à ce moment-là : il haussait les sourcils et retroussait les lèvres dans un sourire plein d'attente. Il était adorable et plus encore.

Mais tout d'un coup, j'ai réalisé que je n'étais pas la seule à rire. Tétanisée, j'ai collé l'oreille contre la porte. Si fort que j'ai bien failli l'ouvrir en poussant. Et je l'ai entendu à nouveau. Ce rire.

D'autres pas. Une autre voix. Il n'était pas seul.

Une autre femme, sans aucun doute possible.

J'ai écrasé mon visage contre la lucarne. Et je les ai vus.

Tous les deux. Jamie, et la femme qui l'accompagnait. Je n'ai pas distingué son visage parce que le temps de hisser mes yeux à la hauteur de la lucarne, ils avaient déjà dépassé la cage d'escalier et atteint la porte de Jamie. Mais j'ai aperçu ses cheveux et le dos de sa robe. Et les deux étaient sexy à vous donner la nausée.

J'ai écrasé mon visage contre la vitre en m'efforçant de ne pas les perdre des yeux. Mais, manque de chance, l'appartement de Jamie se trouvait du même côté que la porte derrière laquelle je me tenais, ce qui limitait sérieusement mon champ de vision. La dernière chose que j'ai vue, c'est la main de Jamie se poser sur les reins de la femme pour la guider à l'intérieur.

Soudain, le monde autour de moi a perdu toute sa couleur. Tout avait viré au noir et blanc. J'ai battu frénétiquement des paupières... en pure perte. J'étais devenue comme prisonnière d'un de ces clichés de détective privé que John m'avait apportés le matin au bureau.

Fallait-il vraiment que cela se passe *aujourd'hui ?* Que toutes ces tuiles me tombent dessus le même jour ? L'univers ne pouvait pas me haïr à ce point ! À moins que si ? Peut-être que tout ça n'était qu'un jeu et que j'étais simplement la candidate malchanceuse d'une émission de télé-réalité cosmique. Comme ces gens qui passent des auditions pour participer à la Star Academy en se croyant sincèrement capables de chanter. Sans imaginer que les téléspectateurs hurlent de rire devant leur poste. En cet instant même, Dieu était peut-être en train de se moquer de moi, vautré sur un canapé avec sa bande de potes paradisiaques, tout en sirotant des bières et en tournant en dérision le fait que je m'étais estimée en mesure de survivre dans ce monde, quand, de toute évidence, j'étais loin d'être taillée pour.

J'ai redescendu les escaliers d'un pas chancelant. Je ne sentais plus mes pieds.

— Alors ? Comment ça s'est passé ? a demandé Sophie avant même que je sois complètement installée sur le siège.

— Démarre, ai-je ordonné, anesthésiée, en renversant la tête contre le dossier et en fermant les yeux.

Mais elle n'a pas mis le contact. La voiture n'a pas bougé. Sophie scrutait mon profil.

— Jen, a-t-elle insisté d'un ton sévère, dis-moi ce qui s'est passé. Qu'a-t-il dit ?

— Tu te trompais, ai-je répondu en sentant les larmes qui commençaient à picoter l'arrière de mes paupières. Il est vraiment trop tard.

31

La dernière personne au monde

Tout en me reconduisant chez moi, Sophie s'est démenée pour me consoler. Elle m'a même proposé de revenir dormir sur son canapé pour m'éviter de rester seule. Mais tous ses efforts ne servaient à rien. J'étais inconsolable.

— Laisse-moi au moins dormir chez toi ce soir, a-t-elle insisté en se garant devant mon immeuble.

J'ai secoué la tête.

— Non, Sophie. Ça va aller. Je veux juste être seule.

Mais je mentais. Je ne voulais absolument pas rester seule. Je ne pouvais même pas l'envisager.

D'ailleurs, lorsque Sophie m'a eu laissée, je suis descendue dans mon parking et j'ai pris ma voiture. Sitôt dans la rue, j'ai sorti mon téléphone et fait défiler mon répertoire.

Je n'avais pas eu le cœur d'être tout à fait sincère avec mon amie. La vérité, ce n'est pas que je tenais à rester seule, mais que je ne voulais pas être avec *elle*. Ce n'était pas dirigé contre elle, personnellement. Disons plutôt qu'il n'y avait qu'une personne avec qui je pouvais parler de ce qui se passait. Et franchement, c'est la dernière personne au monde que j'aurais imaginé appeler dans un moment de crise – et de crise sentimentale, de surcroît. Mon interlocuteur a décroché après deux sonneries.

— Allô ?

— Papa ? ai-je soufflé d'une voix si frêle que j'ai aussitôt douté qu'il m'ait entendue.

— Jenny ? a-t-il demandé, inquiet. Que se passe-t-il ? Qu'est-ce qui ne va pas ? C'est ta mère ?

J'ai collé plus étroitement le téléphone contre mon oreille.

— Non, non, maman va bien. Mais j'ai besoin de parler. On peut se retrouver quelque part ?

Le silence à l'autre bout du fil était sans nul doute médusé. Quand, pour la dernière fois, sa fille l'avait-elle appelé à 11 heures et demie du soir pour « parler » ? Ou plutôt, cela s'était-il déjà produit ?

— Bien sûr, a-t-il répondu finalement. Je te retrouve dans le hall de l'hôtel Huntley.

— D'accord, ai-je dit en amorçant aussitôt un demi-tour pour rectifier ma direction. J'y serai dans sept minutes.

J'ai conduit en silence. Pas de radio. Pas de conversation téléphonique. Rien. Il n'y avait pas âme qui vive dans les rues. Et la quiétude de ce paysage nocturne désert renforçait l'irréalité de ce silence inhabituel qui régnait dans ma voiture. On aurait dit que le monde autour de moi s'accordait une pause. Qu'il s'était arrêté de tourner pour marquer le coup, tant la situation était exceptionnelle : Jennifer Hunter, fendant la nuit pour s'ouvrir de ses peines de cœur à ce père dont elle était restée tant de temps éloignée.

Franchement, ça ne se voyait pas tous les jours.

Mais le fait est que mon père s'y connaissait un peu en matière de trahisons amoureuses, de couples détruits, de regrets. En un tel moment, il était la seule personne qui s'imposait.

Qu'est-ce que Sophie, ou Zoé ou même John connaissaient à ces problèmes ? Rien. Donc, ils ne pouvaient pas m'aider. Parce qu'ils n'avaient pas la moindre idée de ce que je ressentais en cet instant. Mes problèmes les dépassaient.

Le Huntley, à Santa Monica, était depuis toujours un de mes hôtels préférés. Situé à deux blocs du front de mer, il fait penser à un joyau caché. Parce que, comme il n'a pas d'accès direct à la plage – à la différence du Loews, du Shutters ou de la Casa del Mar qui ont tant de succès auprès d'une clientèle de passage –, les touristes le prennent pour un établissement légèrement plus haut de gamme, réservé à une clientèle plus sélecte.

J'ai tendu mes clés au voiturier et, sitôt que j'ai pénétré dans le hall à la décoration d'esprit contemporain et minimal, j'ai repéré mon père, installé dans une curieuse position dans un fauteuil de cuir à rayures, dont la forme évoquait un chapeau de champignon évidé. Il a bataillé pour s'en extraire et s'est avancé à ma rencontre.

J'ai bien vu qu'il ne savait pas trop comment m'accueillir. Comme si, face à des circonstances à ce point insolites dans l'histoire de notre relation, il restait à établir un protocole. En ce qui me concerne, je ne me suis pas posé toutes ces questions : je me suis précipitée dans ses bras et j'ai enfoui le visage contre son torse. Mon père m'a aussitôt serrée contre lui, fort.

Je croyais que ce geste d'affection serait gênant, déplacé même. Bien au contraire, il était naturel. Comme si j'avais attendu exactement dix-sept ans pour le faire. Et le plus étrange, c'est que j'avais toujours pensé qu'un tel moment viendrait sceller une réconciliation inattendue entre nous, parce qu'il se serait excusé pour tout ce qu'il avait fait subir à notre famille et juré sur sa vie qu'il avait changé, qu'il était devenu meilleur.

Or, à présent que ce moment était venu, j'ai compris soudain que ce n'était pas lui qui avait changé, mais moi. Et dire que j'avais craint que Jamie puisse être une copie de mon père ! Quand en réalité, c'était moi qui avais menti. C'était moi qui avais trahi ma promesse.

C'était *moi*, la réplique.

En le comprenant, j'avais su que mon père serait la seule personne, dans cette ville, qui ne me jugerait pas. Je me suis mise à pleurer et mes larmes ont commencé à imprégner la chemise de mon père. Il a déposé un tendre baiser sur mon crâne.

— Chuuuut, a-t-il soufflé. Tout va bien. On va s'asseoir et tu vas tout me raconter.

Nous avons gagné un petit salon où il n'y avait pas âme qui vive, à l'exception du barman qui était déjà en train de faire sa caisse et qui a arrondi les épaules en nous apercevant. Mon père l'a rassuré d'un geste.

— On veut juste s'asseoir. Nous n'avons besoin de rien.

Je me suis effondrée sur une banquette, au fond de la salle, pendant que mon père allait chercher des serviettes en papier sur le bar. Il m'en a tendu une et j'ai tamponné mes yeux.

— Merci, ai-je reniflé.

Il a attendu que je me décide à parler, sans me lâcher du regard. Sans même battre une seule fois des paupières, comme s'il avait peur de louper quelque chose.

— C'est Jamie, ai-je fini par articuler.

Mon père a lâché un petit rire.

— Ça, je m'en doutais. Il t'a trompée ? a-t-il demandé avec un regard empreint de tendresse.

J'ai secoué la tête, tout en la gardant obstinément baissée. Je n'arrivais pas à me résoudre à croiser son regard.

— Non, *moi* je l'ai trompé, ai-je chuchoté.

Mon père a pris une vive inspiration et j'ai enfin relevé la tête. J'ai vu, à son expression, qu'il luttait pour demeurer impassible. Le coup était inattendu. Même si je n'avais jamais été capable de lire ce qui passait dans la tête de mon père comme dans celle des autres hommes, ce soir-là, je devinais sans mal où le portaient ses pensées : il pensait y être pour quelque chose.

Mais je savais que j'étais seule responsable de mes actes et que je n'étais pas venue pour me défausser sur lui. J'ai posé la main tendrement sur son épaule.

— Papa, tout ça n'a rien à voir avec toi.

Ma tentative lui a arraché un sourire, pourtant j'ai bien vu qu'il ne me croyait pas. Et tandis que je le regardais droit dans les yeux, j'aurais pu jurer voir poindre des larmes. Mais il les a chassées d'un battement de paupières avant que je puisse en avoir la certitude.

— Tu veux m'en parler ? a-t-il demandé finalement.

J'ai hoché la tête. Oui, je voulais lui en parler. Je voulais lui parler de tout. Toutefois je ne savais pas trop jusqu'à quel point il voulait bien entendre. Jusqu'où il était prêt à entendre.

— Tu veux que je te raconte tout ? ai-je demandé d'une voix éraillée.

— Oui, a-t-il répondu avec détermination. Tout.

Alors j'ai pris mon inspiration et j'ai entrepris de lui rapporter toute l'histoire, depuis le début. Depuis le jour où je l'avais surpris en train de tromper ma mère – ce jour qui semblait toujours m'avoir défini et dicté tous mes choix. Jamais je n'avais parlé à personne de ce qui s'était passé ce soir-là. Ni à ma mère, ni à mes amis, ni même à Jamie. Et encore moins au principal intéressé.

Tout en parlant, je surveillais sa réaction. Et si son visage ne laissait rien paraître, ses yeux, eux, le trahissaient. Ils exprimaient du remords. Et même si ce n'était pas dans ce but que je lui racontais tout, sa réaction me faisait du bien.

Mais ma confession ne s'est pas cantonnée à cet épisode, et quand, dans mon récit, j'en suis arrivée à mes débuts d'inspectrice de fidélité, j'ai vu à son expression qu'il accusait le coup. Il n'a rien dit, pourtant j'ai tout de suite senti qu'il comprenait. Et ne me blâmait nullement de faire ce métier. D'être devenue qui j'étais. Une petite part de lui endossait la responsabilité.

J'ai continué mon récit, jusqu'à son amer dénouement. Au fil des phrases, la parole se libérait et me soulageait. Cette histoire, jamais je ne l'avais racontée d'une traite, du début à la fin, mais toujours par bribes, en délivrant les informations indispensables avec parcimonie, en fonction de mon interlocuteur et du rôle qu'il jouait dans ma vie.

Mais ce soir-là, dans la pénombre de ce salon d'hôtel désert, j'ai vidé tout mon sac devant mon père. C'était exactement ce dont j'avais besoin.

Quand je me suis enfin tue, j'ai pris une longue inspiration et j'ai attendu qu'il parle à son tour. Je n'avais pas la moindre idée de ce qu'il allait dire et, malgré tout, pour la première fois de ma vie, je n'avais pas peur. Je ne redoutais pas sa réaction, comme lorsque j'avais avoué à Jamie, ou à mes amis, comment je gagnais ma vie. Dans leur cas, j'avais redouté le regard qu'ils porteraient sur moi. Redouté de n'être plus jamais la même à leurs yeux.

Mais je ne craignais rien de tel en cet instant.

Je me sentais en sécurité.

Sans rien dire, mon père m'a attirée contre lui et serrée dans ses bras. Je me suis blottie dans son étreinte en acceptant enfin ma vulnérabilité.

Mon père a commencé à se balancer doucement d'avant en arrière, comme s'il berçait un nouveau-né. La comparaison ne manquait pas d'à-propos. J'avais le sentiment que tout était nouveau.

Nous sommes restés ainsi un long moment. Je crois même qu'à un moment donné, je me suis assoupie. La ligne de démarcation entre la veille et le sommeil s'était brouillée, je ne faisais plus la différence entre l'un et l'autre.

Quand cet engourdissement s'est enfin dissipé, quand j'ai repris contact avec mon environnement, j'ai rouvert les yeux et vu le salon désert, les tabourets inoccupés, les bouteilles alignées derrière le bar, la caisse enregistreuse. C'est à cet instant que la bizarrerie de ce cadre m'a frappée.

Pourquoi mon père, qui habitait à Malibu, avait-il proposé que nous nous retrouvions dans cet hôtel qui se situait à quinze kilomètres au moins de chez lui ? Avait-il eu peur de réveiller Simone ? Lorsque je l'avais appelé, j'avais été tellement étourdie par mon chagrin que je n'avais même pas pris la peine de m'étonner de ce lieu de rendez-vous. De chez moi, l'hôtel était à moins de dix minutes de voiture. Mais lorsque j'étais arrivée, mon père m'attendait.

Il était donc déjà là, avant que je l'appelle ? Bon sang ! Était-il ici avec une autre femme ? Il avait une liaison ?

À cette pensée, j'ai eu soudain la nausée. Et j'ai senti mes vieux réflexes se remettre en route.

Si tu ne veux pas le savoir, ne pose pas de question. Évite le sujet. Évite. Évite. Évite.

Mais ce temps-là était révolu. Je venais de raconter l'histoire de ma vie, dans son intégralité, à la seule personne qui, un an plus tôt encore, en ignorait absolument tout. Je pouvais dire, sans trop m'avancer, que nous avions dépassé le stade des stratégies d'évitement. J'ai relevé la tête et demandé, de but en blanc :

— Papa ? Que faisais-tu au Huntley ?

Il a baissé la tête, l'air piteux, et en voyant cette réaction, la nausée m'a repris de plus belle. *Je le savais ! Il est là avec une autre femme. Et Dieu sait ce que j'ai interrompu lorsque j'ai appelé !*

J'ai vraiment bataillé pour ne pas détourner le regard et le garder rivé à son visage. Parce que c'est la réaction que me dictait mon instinct. Ce que j'avais toujours fait.

— C'est fini avec Simone, a-t-il confessé. Elle m'a fichu dehors la semaine dernière. J'ai essayé de t'appeler pour te le dire mais, ces derniers jours, tu ne répondais pas au téléphone. (Il s'est tu et il a désigné d'un mouvement de menton mon visage baigné de larmes.) C'est sûr que tu avais pas mal de problèmes de ton côté.

Mon soulagement a été immédiat. Et suivi de peu par un élan de culpabilité.

— Donc, tu n'es pas ici avec une autre femme ?

Ma question lui a arraché un rire sarcastique.

— Non, je suis tout seul… Cela dit, a-t-il ajouté après une brève hésitation, puisque l'heure est à la sincérité, je devrais sans doute préciser qu'elle m'a fichu dehors parce que je l'ai trompée.

J'ai hoché la tête. Enfin je comprenais. Pourquoi m'avait-il fallu tant de temps pour accepter que mon père ne serait jamais le papa modèle que j'admirais, gamine, dans mes feuilletons préférés ? Qu'il ne serait jamais ce mari aimant et fidèle que j'aurais voulu qu'il soit, celui qui rentre tôt au foyer, avec parfois, en des occasions spéciales, un bouquet de fleurs ?

Mais dans la vie, on n'a qu'un père. Et celui-là, c'était le mien.

Et puis, j'étais mal placée pour lui lancer la première pierre. Surtout quand la maison de verre que j'avais habitée si longtemps était à présent en miettes à mes pieds.

— Et maintenant, que va-t-il se passer ? ai-je demandé en essuyant mon nez avec une serviette froissée. Elle va garder la maison ?

Il a hoché la tête.

— Ouais. C'est le moins que je puisse faire. Elle était effondrée. Et franchement, Jenny, je l'étais aussi. J'étais persuadé que, cette fois, ce serait différent. Je l'aimais différemment. Tout me semblait tomber juste. Mais j'imagine que c'est moi qui n'ai pas changé.

— C'est bon, papa, ai-je dit en lui tapotant l'épaule. (Après la consolation qu'il m'avait apportée pendant une heure, je lui devais au moins ça.) Ne sois pas si dur avec toi.

Il a lâché un rire contrit.

— Tu as raison.

— Tu dois juste arrêter de te marier. Sinon, tu n'auras jamais de domicile permanent.

Ma tentative pour alléger la conversation lui a arraché un sourire. Fugace. Son visage est redevenu grave.

— Justement, il y a autre chose dont je dois te parler.

Son ton m'a arraché un frisson. Pourtant, que pouvait-il m'annoncer de pire, après « j'ai trompé ma troisième femme et elle m'a mis à la porte » ? Mais il faut croire que je me trompais.

— Je pars m'installer à Paris.

— Quoi ? me suis-je étranglée en me sentant aussitôt prise de tournis – juste au moment où je pensais avoir réglé ce problème de vertige. Tu fais *quoi ?*

— Ma boîte veut que je prenne la direction des bureaux que nous ouvrons là-bas. Je l'ai appris le mois dernier, et je n'avais pas l'intention d'accepter. Simone voulait rester ici. Elle envisagerait de se lancer dans une carrière d'actrice, je ne sais pas trop. Mais vu la tournure des événements, je me suis dit pourquoi pas ? Un nouveau départ. À l'étranger. Et puis en France, l'infidélité est un sport national. Je m'y sentirai comme un poisson dans l'eau.

J'ai ri, mais j'étais sacrément ébranlée. Il ne pouvait pas partir ! Il nc pouvait pas aller à Paris ! Pas après ce que nous avions traversé au cours des... quatre-vingt-dix dernières minutes. Nous avions enfin trouvé un terrain de communication. Nous avions enfin atteint le point qui allait jeter les fondations d'une vraie relation. Différente de celle, superficielle, artificielle et distante, qui nous liait depuis un an. Et il voulait partir à l'autre bout du monde ?

— Je sais que ça tombe mal, a repris mon père en réponse à mon silence abasourdi. Mais je pense que c'est mieux ainsi. J'ai besoin de changer d'air. Tu le comprends, n'est-ce pas ?

J'ai hoché la tête. Oui, bien sûr que je comprenais. Plus qu'il ne l'imaginait. Si quelqu'un avait besoin de changer d'air, c'était bien moi. Si quelqu'un avait besoin de prendre un nouveau départ, loin d'ici, c'était moi.

— Et j'espère que tu viendras me voir, était en train de dire mon père. Aussi souvent que tu voudras.

Mais je l'écoutais à peine, trop occupée que j'étais à considérer attentivement les mots qui bouillonnaient en moi, prêts à jaillir de ma bouche sans l'ombre d'un regret, sans penser aux conséquences, et surtout, sans un regard en arrière.

Mais qu'y avait-il à considérer attentivement ? Ça, c'est bon lorsqu'on dispose de plusieurs choix. Qu'on se trouve à un carrefour qui offre plusieurs directions. En ce qui me concernait, il n'y en avait qu'une.

— Je t'accompagne.

32

Faux amis

La seule personne que j'ai appelée avant mon départ, c'est Lauren Ireland. Et ce, uniquement pour l'informer que je fermais l'agence, et lui demander de relayer la nouvelle auprès de l'équipe. Elle m'a suppliée de revenir sur ma décision, mais je suis restée ferme et résolue. Je ne voulais plus entendre parler de ce monde. Il m'avait broyée et rejetée, et il était plus qu'évident que je n'y étais pas la bienvenue. Raison pour laquelle je partais.

Voyant que je refusais de céder à ses suppliques, Lauren m'a proposé de reprendre en charge la direction de l'agence. J'ai accepté sans hésiter. Mes avocats, lui ai-je dit, veilleraient à tout transférer à son nom. Ensuite, je l'ai informée de ce qui se tramait entre Katie et Dean Stanton, et elle a encaissé la nouvelle sans se décontenancer. J'ignore pourquoi, mais cela semblait la contrarier moins que moi. Elle m'a assurée posément qu'elle s'en occuperait.

Qui sait ? Peut-être était-elle mieux armée que moi pour ce job ? Peut-être la traiterait-il mieux qu'il ne m'avait traitée, moi ? Si elle était capable d'endurer la pression, de gérer les drames et les désordres qu'il sème dans la tête, alors peut-être avait-elle une chance de survie. Ou pas. Dans un cas comme dans l'autre, ce n'était plus mon problème. Et ça, ça me procurait un sentiment de libération plus grand que tout ce que j'avais expérimenté.

Après la soirée où j'avais mis mon âme à nu devant mon père, tout s'est enchaîné très vite. Son départ était fixé à moins d'une semaine de là, et j'étais résolue à partir en même temps que lui. À quoi bon m'attarder plus longtemps que nécessaire ? La destinée de l'agence ne dépendait plus de moi. Plus rien ne me retenait à L.A.

J'ai vidé mes comptes épargne et transformé mes économies en traveller's cheques, puis j'ai déniché sur Craigslist un type qui, moyennant cinquante dollars, a débloqué mon iPhone pour que je puisse l'utiliser à l'étranger. Côté bagages, je n'ai pas emporté grand-chose. Quelques basiques, et certains de mes vêtements préférés. Fidèle à mon projet d'un nouveau départ, je voulais que tout soit neuf dans ma vie. Y compris mes vêtements. Tant de choses dans ma garde-robe et parmi les objets que je possédais étaient liées à mon ancienne vie. Je me disais que ce serait contre-productif de trimballer ce passé de l'autre côté de l'océan.

Mis à part le transfert des titres de propriété de l'agence, il ne me restait pas grand-chose à faire. Et le jeudi matin, je me suis envolée pour Paris.

Je n'avais prévenu personne de mon départ parce que je savais que ça n'aurait fait que me compliquer la vie. J'aurais été amenée à douter du bien-fondé de ma décision. Or je ne voulais pas en douter. Je voulais juste m'en aller, sans regarder en arrière. Et pour la toute première fois de ma vie faire un acte imprévisible, spontané. Sans que personne ne cherche à me glisser des bâtons dans les roues.

Car il va de soi que tout le monde aurait essayé de me dissuader. Ma mère, ma nièce Hannah, Sophie, John, et peut-être même Zoé si jamais elle s'était décidée à décrocher son téléphone. Tous et toutes m'auraient dit que c'était une décision prise à la va-vite, que ma réaction était disproportionnée, que je devais prendre le temps de réfléchir à tête reposée avant de m'expatrier. Mais justement : toute ma vie, je l'avais passée à bien réfléchir avant d'agir. Pour une fois, je voulais juste faire quelque chose de spontané. Pour une fois, je tenais à me laisser guider par mes émotions, et non par mon intellect.

Et si je les appelais une fois à Paris, il serait trop tard pour chercher à me convaincre de rester.

Sitôt que nous avons atterri à l'aéroport Charles-de-Gaulle, j'ai été submergée par un sentiment de tristesse et de soulagement mêlés. Paris a toujours été ma ville préférée au monde, et immédiatement, ses monuments, ses bruits, ses odeurs m'ont réconfortée. Ça ne ressemblait *en rien* à Los Angeles – la culture, la langue, le paysage. Tout était différent, étranger. Plus grande était cette différence, mieux c'était pour moi, j'imagine.

Très vite, je me suis installée dans une routine quotidienne. Le matin, une fois mon père parti au travail, je m'habillais et m'installais au bistrot en bas de chez nous pour boire un thé au lait et grignoter une brioche, tout en bavardant avec Pierre, le serveur du matin. Ensuite, je partais me balader, avec mon iPod, en me laissant porter par mes pas. Pas une seule fois je n'ai consulté un plan de la ville. Je marchais, marchais et, quand j'en avais assez, je retrouvais toujours le chemin de la maison. La tour Eiffel était mon repère.

Parfois, ma promenade durait dix minutes, et parfois plusieurs heures. C'est incroyable à quel point cette capitale a le pouvoir de vous absorber. On a l'impression qu'on pourrait y vivre heureux toute sa vie. Je ne connais aucune autre ville dans le monde qui me fasse cet effet-là. Et plus je marchais, plus je commençais à croire qu'un jour, je pourrais être heureuse à nouveau. J'imagine que c'est pour ça qu'on qualifie souvent Paris de ville « magique ».

Les premières semaines ont filé plutôt vite. Presque tous les soirs, mon père et moi dînions dehors et, le week-end, nous partions visiter Versailles, le Mont-Saint-Michel ou les caves sombres et humides de Reims, où les meilleurs champagnes du monde voient le jour. La conversation portait sur des thèmes très divers, de la religion à la politique, de la culture aux relations entre hommes et femmes. Il n'y avait plus de tabous. Plus de sujets minés à éviter à tout prix. Nos échanges étaient ouverts, sincères, authentiques. Je découvrais cette relation père-fille que j'avais tant enviée en observant d'autres familles, sans jamais oser rêver la connaître un jour.

La ville semblait m'accueillir à bras ouverts. Comme si j'étais un soldat blessé au front et en déroute, et que Paris était une douce paysanne au cœur tendre qui me recueillait, m'offrait le gîte et le couvert, et m'aidait à guérir. Sur cette toile de fond animée par des visages inconnus, des bruits de circulation et des concerts de sirènes typiquement français, les souvenirs d'Ashlyn, de l'agence et de tout ce qui s'était passé avant mon départ ont rapidement commencé à s'estomper.

Le problème, cependant, ce n'était pas d'oublier le boulot – ces souvenirs-là se dissipaient sans trop faire d'histoire –, mais Jamie. Il était partout. Sur la route qui menait de l'aéroport. Devant les beaux monuments de pierre que je longeais lors de mes promenades matinales. Il était assis à côté de moi au café, lorsque je prenais mon petit déjeuner. Le souvenir du voyage que nous avions fait ensemble à Paris, un an à peine auparavant, était encore frais dans mon esprit. Aussi frais que s'il datait de la veille. Et revoir ces rues dans lesquelles nous avions flâné tous les deux, ces monuments que nous avions admirés ou visités, ne faisait qu'empirer les choses. Malgré mes progrès pour passer outre tout le reste, les blessures que Jamie avait laissées en moi semblaient se rouvrir chaque jour, à chaque pas. Comme si une main invisible tirait sur les points de suture qui avaient promis de me préserver entière. Et tous les soirs, je me retrouvais à saigner, encore et toujours.

Sophie et moi correspondions assidûment par e-mails, bien qu'elle ait juré de ne jamais me pardonner d'avoir filé à l'anglaise. Dans tous ses courriers, elle me demandait combien de temps je comptais rester à Paris et, chaque fois, je lui faisais la même réponse : « Je ne sais pas, le temps qu'il faudra, j'imagine. »

Les missives de John, elles, consistaient, pour la plupart, en de longs comptes rendus des potins locaux. La grande nouvelle du moment, c'était bien entendu le divorce de Dean Stanton, le puissant patron de New Edge Cinema, qui sortait désormais avec l'ex-nounou de ses enfants – dont la rumeur disait qu'elle figurait dans la distribution de sa prochaine production. J'en ai conclu que Katie n'avait plus besoin de son job à l'agence maintenant qu'elle avait sous la main un type comme Dean Stanton pour l'aider à se lancer dans cette carrière d'actrice dont elle avait toujours rêvé.

Au cours de ces premières semaines, j'ai envoyé d'innombrables mails à Zoé. Je m'y répandais en excuses et multipliais les longs paragraphes introspectifs dans lesquels je décrivais tout ce que j'avais été amenée à réaliser depuis notre dernière conversation (*dispute* serait peut-être plus approprié). Tous étaient restés lettre morte. Je voulais croire qu'elle avait un problème avec sa connexion Internet, ou encore qu'elle avait changé d'adresse et oublié de me le dire, mais je venais d'entrer dans une nouvelle phase de ma vie – une phase d'honnêteté – et je me refusais à mentir à qui que ce soit... et surtout à moi-même. Alors j'ai fini par admettre que Zoé n'avait aucun souci de connexion Internet et qu'elle ne voulait tout simplement pas me répondre.

La seule personne que je n'ai pas essayé de contacter, c'était Jamie. La dernière image que j'avais de lui – en train d'entrer chez lui avec une autre femme – continuait à me hanter. Qu'il n'ait rien tenté de son côté pour me joindre me confortait dans l'idée que, lui aussi, il avait tourné la page. Et qu'il était temps pour moi d'en faire autant.

Parfois, lors de mes déambulations, je m'asseyais sur un banc, dans un jardin public, et j'observais les passants. Paris est le paradis des badauds, parce que les gens passent leur temps dans les rues, vivent dans la rue. Très rapidement après mon arrivée, j'avais remarqué que ma capacité à lire ce qui se passait dans la tête des autres s'était émoussée. Peut-être cela venait-il de la langue – étrangère –, de mon manque de familiarité avec la culture locale ou encore de mon désir ardent de me défaire de tous les liens qui me rattachaient au passé. Toujours est-il que je ne discernais rien de ce qui se passait dans la tête de ces Français que je croisais. Au début, cette opacité me terrifiait. Mais au bout d'un moment, j'ai fini par apprécier le mystère qui entourait ces étrangers, et la sérénité qu'il me procurait. Ce n'en était que plus amusant d'observer les gens. C'était devenu comme un défi. Pour une fois, je n'étais pas assaillie par les problèmes des autres. Du coup, je pouvais me concentrer sur les miens et j'avais bon espoir de m'en défaire. Car Dieu sait que, jusque-là, je n'avais pas beaucoup progressé dans ce sens.

Un jour, j'ai décidé qu'il était temps de me trouver une occupation. Cela faisait un mois pile que j'étais à Paris, j'avais passé quatre semaines à déambuler dans la ville et je commençais à sentir la nécessité de donner une direction à mes journées. Même si mon père payait le loyer de notre logement, je continuais à m'acquitter des traites de mon appartement à Los Angeles, et sans revenu fixe comme du temps où je dirigeais l'agence, je savais que mes ressources finiraient par s'épuiser.

Lorsque j'ai dit à Pierre, le serveur du café où j'avais mes habitudes, que je cherchais un job, il m'a appris que la fille qui travaillait les soirs de la semaine venait de démissionner et que le propriétaire cherchait quelqu'un pour la remplacer.

Sa proposition m'a interpellée. Non seulement à cause de l'aspect pécuniaire, mais aussi pour l'expérience qu'elle pourrait m'offrir. Ma maîtrise du français s'améliorait chaque jour un peu plus, et ce travail ne pourrait que m'aider à progresser. En plus, j'aimais bien l'idée de me lancer dans une activité différente. Une activité que je n'aurais jamais songé pratiquer six mois auparavant.

C'est ainsi que, le lendemain matin, j'ai accepté l'offre de Pierre et rencontré Carlos, le propriétaire du Café Bosquet. Dix minutes plus tard, j'avais décroché le job. Je n'avais pas de permis de travail, mais Carlos semblait plus qu'heureux de me rémunérer au noir, et moi j'étais ravie de retrouver un port d'attache.

J'ai commencé à travailler cinq soirs par semaine. J'arrivais à 6 heures et terminais peu après minuit. Le café n'était jamais surpeuplé. La clientèle du dîner, qui arrivait aux alentours de 8 heures, était partie avant 10 heures et n'était suivie que de quelques clients tardifs. C'était une brasserie plutôt calme, dans une enclave paisible du 7e arrondissement, entre la tour Eiffel et l'École militaire. Le quartier, habité par de nombreux hommes politiques français et ambassadeurs étrangers, était surnommé Washington D.C.-sur-Seine.

Dès le premier jour, Pierre m'a appris les ficelles du métier. Il m'a présentée au personnel, m'a appris à me servir de la machine à café (un monstre de complexité pour lequel, croyez-moi, détenir un doctorat n'est pas de trop) et il corrigeait mon français défaillant lorsque je faisais de comiques fautes de grammaire. Les *faux amis*, comme il les appelait. Tous ces mots anglais qui ressemblent à des termes français mais qu'on ne peut pas traduire littéralement parce que leur sens diffère du tout au tout d'une langue à l'autre. Comme *préservatif*, par exemple, qui, en français, ne désigne *pas du tout* les conservateurs que les viticulteurs californiens introduisent dans le vin rouge pour prolonger sa longévité. Une erreur que je n'ai commise qu'une fois, pas deux.

Serveuse au Café Bosquet n'était un emploi ni glamour ni mirobolant, mais sa simplicité m'apportait une grande satisfaction. Il y avait un commencement, un milieu et une fin à chaque tâche que j'entreprenais. Je servais une consommation, un client la buvait, puis je lavais le verre et le replaçais sur l'étagère jusqu'à l'arrivée du client suivant. Quand le bac à glaçons était vide, j'allais le remplir dans la réserve. Des cycles de petites choses toutes simples. Il n'y avait ni cœurs brisés, ni pleurs, ni trahisons. Ma plus grosse déception, c'était lorsqu'un client oubliait de laisser un pourboire. Mais Pierre m'avait expliqué que la plupart des Français sont pingres.

J'appréciais aussi le côté relationnel de la vie de serveuse. Converser avec une personne différente chaque soir. Plus que servir à boire, c'était d'ailleurs en cela que consistait la majeure partie de mon travail. Et, immanquablement au fil de la conversation, on en venait toujours aux relations sentimentales. Presque chaque client avec lequel je bavardais finissait par parler d'amour : déplorer ses désordres, ses dérobades, sa fin inéluctable.

Mais peut-être cela venait-il de moi. Peut-être les cœurs esseulés devinaient-ils chez moi une compréhension de la nature humaine, liée à mon passé, qui les attirait inexorablement.

Je parlais également beaucoup avec Pierre. Normalement, il ne travaillait que le matin, mais presque chaque soir, après le coup de feu, il passait boire un verre. Il s'installait au comptoir et nous papotions jusqu'à la fermeture.

Je me suis vite habituée à sa compagnie. Je le considérais comme mon premier véritable ami à Paris. Il était gentil, drôle, et de compagnie agréable. Il me faisait rire avec ses mimiques hilarantes et typiquement françaises, et son sens de l'humour décalé. Ça m'a toujours plu de découvrir combien les blagues varient d'un pays à l'autre. Ce qui est drôle en français le sera moins en anglais. La saveur caractéristique de la langue française se perd à la traduction.

J'en suis arrivée au point où j'attendais avec impatience les visites de Pierre. Surtout les soirs où les clients ne se bousculaient pas et où je n'avais pas grand-chose à faire, sinon regarder le café se vider et les gens rentrer chez eux.

Un lundi, au début du mois de décembre, la soirée s'annonçait calme. Il était à peine plus de 9 heures et demie, et j'avais seulement deux clients – deux hommes d'affaires, un Français et un Américain – installés au bout du comptoir. Comme ils discutaient en anglais, je n'avais aucun mal à surprendre de temps à autre des bribes de leur conversation tout en accomplissant les tâches rituelles qui précédent la fermeture : lustrer les verres, astiquer le percolateur, essuyer les reliures en cuir des menus.

Et à en croire ces bribes qui parvenaient à mes oreilles distraites, ces deux hommes étaient en train de négocier une affaire importante. Mais nullement passionnante.

J'ai regardé ma montre, puis la porte. En général, Pierre passait entre 9 heures et demie et 10 heures, et il me tardait qu'il arrive pour me tenir compagnie et égayer cette soirée morose.

En attendant, j'ai observé les deux hommes d'affaires. Le Français portait un costume gris clair, une chemise rose corail et une cravate bleu layette. Il m'avait fallu un certain temps pour m'accoutumer aux codes vestimentaires colorés des Français – surtout ceux qui ont cours dans les milieux d'affaires. Au début, je trouvais que ces types offraient un spectacle vraiment comique. On aurait pu croire qu'ils étaient costumés pour un numéro de cirque, plutôt que pour une journée de travail. A contrario, aux yeux d'un Français, l'uniforme du cadre américain paraît morne et ennuyeux. On dirait que chaque jour de leur vie, nos busisnessmen vont à des funérailles.

Et d'ailleurs, ce soir-là, en regardant cet Américain avec son élégant costume noir, sa chemise blanche amidonnée et sa cravate classique à rayures, j'étais bien forcée de remarquer qu'il semblait... emprunté. Et rasoir.

Le type a vidé son verre de vin et je me suis approchée d'eux avec la bouteille.

— Je vous ressers ?

L'Américain a hoché la tête avec gratitude.

— Très franchement, je suis catégorique, mon client n'acceptera jamais les termes de ce contrat, disait le Français dans un anglais remarquablement maîtrisé. Il n'investira pas un demi-million d'euros en réaménagements dans le cadre d'un bail de cinq ans. Ça ne vaut pas le coup. Rien ne lui garantit que vous le reconduirez à ce terme ou que votre société tiendra seulement le coup jusque-là.

— Nous allons tenir le coup, lui a rétorqué mon compatriote avec cette assurance mâtinée d'arrogance caractéristique des hommes d'affaires américains. Les projections pour le marché européen sont extrêmement solides.

Une fois le verre de l'Américain rempli, j'ai brandi la bouteille devant son convive. Le Français a hoché la tête et m'a désigné son verre. J'ai commencé à le resservir.

— Mais c'est votre premier projet d'implantation hors des États-Unis, a souligné le Français. Et les projections sont ce qu'elles sont : des projections. Elles ne comportent aucune garantie. Si au moins vous acceptiez de signer un bail de dix ans, alors je pourrais repartir avec quelque chose de concret.

L'Américain a secoué la tête, sans se démonter en dépit de l'évidente aversion que lui inspirait cette suggestion.

— Écoutez, nous savons, vous et moi, que ce local est vacant depuis plus de dix-huit mois. Je suis certain que votre client n'est pas ravi d'y aller de sa poche pour les traites du crédit. Il a besoin de liquidités. Et nous pouvons l'aider. Mais s'il n'est pas d'accord avec nos termes, alors nous serons obligés d'établir nos quartiers européens à Bruxelles.

J'ai étouffé un grognement tout en écoutant cet échange. *Quels tas de bobards !* ai-je songé. *Bruxelles ? Et puis quoi encore ?* Cela crevait les yeux que ce type était prêt à tout pour s'installer à Paris.

— Le propriétaire belge est d'accord pour un bail de cinq ans et il accepte de faire des transformations à hauteur de 100 000 euros. Il ne nous reste plus qu'à signer, tout est prêt.

J'ai réprimé un éclat de rire. Il ne manquait pas d'air, ce type-là !

J'attendais que le Français démonte le bluff de l'Américain, mais il n'avait pas l'air parti pour. Son expression demeurait maussade, et il a poussé le soupir frustré d'un vaincu. Par distraction, j'ai continué à le servir, sans remarquer que le verre était presque plein. Ce n'est que lorsque j'ai entendu un hoquet de saisissement et que j'ai baissé les yeux que j'ai vu la mare de vin rouge qui s'était formée sur le comptoir et en débordait. J'ai sursauté et me suis empressée de redresser la bouteille tandis que les deux hommes sautaient de leur tabouret pour essayer de limiter les dégâts.

— Ô mon Dieu ! Je suis désolée ! me suis-je exclamée en épongeant le désastre. J'avais la tête ailleurs.

— Ce n'est pas grave, m'ont-ils assurée de concert avec un sourire – encore que celui du Français ait manqué de sincérité.

Sans doute songeait-il encore à l'ultimatum qu'il venait de recevoir.

L'Américain s'est excusé et a filé aux toilettes et moi, j'ai continué à réparer les dégâts et à me répandre en excuses.

— Je suis *si* désolée.

— Pas de problème, a répété le Français en tamponnant son pantalon avec la serviette que je venais de lui tendre. La discussion tournait mal de toute façon. Ça tombait à pic, en fait.

Je l'ai dévisagé. Il avait vraiment l'air déçu. Il ne savait donc pas que cet homme mentait ? N'était-ce pas évident ?

Soudain, je me suis souvenue du dîner auquel j'avais accompagné Jamie. J'aurais cru que le bluff de Hank Chandler, qui prétendait avoir une proposition d'une autre agence, était la manœuvre la plus transparente au monde, mais Jamie n'y avait vu que du feu.

Depuis mon arrivée à Paris, je trouvais difficile de déchiffrer ce qui se passait dans l'esprit des Français. Mais l'homme qui était parti aux toilettes était américain. Et ses vraies intentions me paraissaient aussi claires que le jour. N'était-ce donc qu'une question de langage ? Le secret de mon talent pour lire dans l'esprit des hommes ne tenait-il donc qu'à la nationalité ?

— Vous savez, ai-je commencé prudemment, en gardant un œil sur la sortie des toilettes. Il n'a rien du tout à Bruxelles.

Le type m'a décoché un regard interloqué.

— De quoi parlez-vous ?

J'ai continué à essuyer le comptoir, lentement et méthodiquement.

— J'ai entendu ce qu'il disait. Quant à établir ses quartiers européens à Bruxelles. (J'ai secoué la tête.) C'est un mensonge. Il n'a pas d'autre choix que de s'installer à Paris.

L'homme m'observait avec une certaine inquiétude à présent.

— Comment le savez-vous ?

J'ai haussé les épaules.

— Aucune idée. Je le sais, c'est tout. Pour moi, un mensonge est aussi évident que la tache de vin sur votre chemise.

Il a baissé les yeux sur son plastron souillé, qu'il a essuyé au petit bonheur la chance avec la serviette. Mais il était bien moins préoccupé par la tache que par l'information suspecte que je venais de lui communiquer.

— Et je suis désolée pour les deux, ai-je ajouté. La tache *et* le mensonge.

Un autre silence abasourdi. Le client ne savait pas trop comment réagir face au tour que prenait cette conversation. Ni même s'il devait accorder foi à mes propos.

— Et que me suggérez-vous ?

J'ai lâché mon torchon imprégné de vin dans un seau d'eau savonneuse à mes pieds.

— Ne cédez pas à ses exigences. Il louera le local, quoi qu'il arrive.

L'Américain a réapparu et a posé un billet de cinquante euros sur le comptoir.

— Allons-y, a-t-il dit. J'attends un appel des bureaux de New York de très bonne heure demain matin.

Le Français a opiné distraitement et lui a emboîté le pas, non sans s'être retourné pour me jeter un dernier regard intrigué. Je lui ai souri, heureuse de lui avoir fait part d'un conseil qui, pour une fois, n'avait pas trait à la vie sentimentale. Ensuite, qu'il le suive ou pas...

Pierre est arrivé quelques instants plus tard et a commandé une Stella Artois. Comme chaque soir, il m'a tenu compagnie jusqu'à l'heure de la fermeture. Cela faisait partie de notre routine. Je me demandais parfois pourquoi il semblait n'avoir rien d'autre à faire que venir ici cinq soirs par semaine boire une bière au comptoir. Mais j'avais toujours supposé qu'il se plaisait en ma compagnie autant que moi en la sienne. Il ne manquait jamais de me raconter des histoires drôles pendant que je faisais le ménage et la caisse. Et quand Carlos tirait les grilles derrière nous, il me proposait en général de me raccompagner au pied de ma porte, ce qui, lui disais-je à chaque fois, était inutile puisque je n'habitais qu'à un pâté de maisons de là. Ensuite, nous échangions deux bises et nos chemins se séparaient.

Il semblait se satisfaire entièrement de notre relation légère et platonique. Jamais il n'avait franchi la ligne, ni suggéré que nous pourrions être autre chose que bons copains.

Ce qui est sans doute la raison pour laquelle je suis tombée des nues lorsqu'il m'a invitée à sortir avec lui.

Encore que, rétrospectivement, j'aurais dû le voir venir. On est en droit de penser qu'une fille qui avait gagné sa vie en flirtant avec des hommes *aurait dû* le voir venir. Mais pour une raison qui m'échappe, la proposition m'a prise de court.

Carlos venait de refermer les grilles derrière nous et j'étais encore en train de boutonner mon manteau quand Pierre a demandé :

— Tu veux qu'on dîne ensemble demain soir ?

Ma main s'est immobilisée et est retombée mollement le long de mon corps. Lentement, j'ai tourné la tête tout en bataillant pour ne rien laisser transparaître de la panique qui venait de m'assaillir.

Je maîtrisais assez bien le français pour savoir ce que la question signifiait. Ce dont j'étais moins certaine, c'était le genre de dîner auquel il faisait allusion. Parce que c'est à l'évidence une chose de manger un sandwich dans un bistrot, et une autre de s'attabler dans un de ces restaurants romantiques éclairés aux chandelles. La nonchalance et le naturel de sa question m'ont également déstabilisée. Se pouvait-il que « dîner » soit un autre de ces faux amis dont la liste ne cessait de s'allonger ? Et que dans ce contexte, le mot signifie « activité éducative excluant toute connotation sexuelle » ?

Mon silence ahuri a fait rire Pierre. Et c'est là que j'ai réalisé que j'avais la bouche ouverte.

— Puis-je prendre ça pour un oui ? a-t-il demandé d'une voix pleine d'espoir.

Je me suis empressée de refermer la bouche.

— Euh... euh..., ai-je bafouillé tout en cherchant en vain mes mots. (En cours de français, on n'apprend pas vraiment à éconduire gentiment quelqu'un.) Je... Non, je ne crois pas.

Réponse éloquente s'il en était.

— Pourquoi pas ? a-t-il aussitôt demandé, l'air profondément déçu.

Les Français n'ont aucun problème à montrer leurs émotions. Ce qui est une qualité admirable. Mais pas pour moi. Pas en cet instant.

Je savais qu'après ce refus, rien ne serait plus pareil entre nous. Il en va toujours ainsi lorsque quelqu'un dévoile des sentiments qui ne sont pas partagés. La pensée de perdre l'amitié de Pierre m'attristait et me frustrait. Parce que je devinais que son obligeance, sa gentillesse et ses histoires drôles n'avaient servi qu'une seule et énorme ruse pour amener notre relation à un autre niveau et, soudain, cela me donnait le sentiment d'une trahison. Comme si c'était lui le *faux ami*.

J'ai terminé de boutonner mon manteau, plus mollement que je n'avais commencé.

— Parce que je pense que ce ne serait pas une bonne idée.

Pierre m'a décoché un regard un peu dérouté.

— Tu as un petit copain ?

J'ai sorti mes gants de la poche.

— Non, ai-je répondu en les enfilant.

— Mais tu en *avais* un, a-t-il spéculé. Il y a encore peu de temps, a-t-il ajouté, fine mouche, en me voyant m'obstiner dans mon silence.

Émotionnellement transparent *et* malin. Quelle combinaison !

— Oui, ai-je acquiescé d'un ton cassant en nouant mon écharpe autour du cou aussi étroitement que si je m'apprêtais à parcourir des kilomètres, et non les cinquante pas qui me séparaient de chez mon père. J'en avais un. Et c'est terminé.

Pierre a penché la tête de côté et a étudié mon visage défait.

— Et c'est pour ça que tu es venue ici, à Paris ? Pas vrai ?

J'ai regardé mes pieds en martelant le trottoir de la pointe de ma chaussure gauche.

— Je suis venue ici pour un tas de raisons.

Pierre a senti mon malaise et a posé doucement la main sur mon épaule.

— Je peux t'aider à l'oublier. Les Français sont doués pour ce genre de choses.

J'ai gloussé poliment. Non parce que sa remarque était drôle. Mais parce que la même idée, très précisément, m'avait traversé la tête à l'instant où il m'avait invitée à dîner. Je savais que Pierre était le genre d'homme capable de me faire oublier Jamie. Ou du moins de me distraire assez longtemps pour que la douleur s'atténue. Et croyez-moi, c'était tentant. Aussi tentant que la vue d'un bateau de sauvetage sur une mer agitée.

J'ai hésité, en jouant avec les franges de mon écharpe en cashmere.

— Je suis désolée, Pierre, ai-je dit, aussi gentiment que possible. Je crois que c'est au-dessus de mes forces.

Je m'attendais à le voir voûter les épaules, baisser la tête d'accablement, enfoncer les mains dans ses poches, l'air amer et déçu. Au lieu de quoi, il m'a décoché un petit sourire entendu, comme s'il savait quelque chose que moi j'ignorais, et il s'est penché pour m'embrasser sur les joues.

— Tu changeras d'avis, tu verras.

Le ton n'était nullement menaçant. En fait, il était même plutôt tendre. Il était sûr de lui, comme s'il lisait dans l'avenir. Je n'ai pas pu m'empêcher de rire.

— C'est oui ? a-t-il aussitôt ajouté avec un grand sourire, se méprenant sur le sens de ma réaction.

J'ai ri à nouveau.

— On verra. Peut-être, ai-je fini par capituler en lui souriant avec timidité.

Et je ne mentais pas. Peut-être allais-je changer d'avis. Peut-être, un jour prochain, allais-je me réveiller sans que ma première pensée concerne Jamie. Et peut-être un soir m'endormirais-je en fantasmant d'être dans les bras de quelqu'un d'autre. Mais je savais que je ne pouvais compter sur personne pour me sauver. Je devais faire cette route-là seule. À mon rythme. Et seule sur mon bateau de sauvetage.

33

Une fenêtre s'ouvre

Ce soir-là, à mon retour, mon père m'a dit qu'une certaine Zoé avait appelé en mon absence sur la ligne fixe. Ma première réaction a été l'incrédulité. Depuis mon arrivée à Paris, plus d'un mois auparavant, Zoé n'avait jamais donné suite à mes coups de fil, n'avait répondu à aucun de mes mails. J'ai considéré mon père d'un regard sceptique.

— Tu es sûr que ce n'était pas plutôt Sophie ?

— Totalement sûr. Elle a dit Zoé, a répondu mon père en pinçant les lèvres. (D'un mouvement de tête, il a désigné un papier sur le comptoir de la cuisine.) J'ai noté le message et je lui ai dit que tu la rappellerais à ton retour.

Une certaine nervosité a commencé à bouillonner dans mon estomac. J'ai regardé ma montre.

— Quelle heure est-il, là-bas ?

Mon père a regardé l'horloge de la chaîne stéréo.

— Un peu plus de 3 heures.

— Merci.

J'ai empoigné le combiné sans fil et j'ai foncé dans ma chambre tout en composant le numéro de mon amie. Elle a décroché après deux sonneries.

— Salut, a-t-elle dit d'une voix grave, sans autre formalité.

— Salut, ai-je répondu sur le même ton, même si mon cœur battait fort. Je suis contente que tu aies appelé. Ça fait tellement longtemps que je veux te parler et...

— Je sais, m'a-t-elle interrompue, peu désireuse apparemment d'en entendre davantage. Il faut que je te dise quelque chose et tu dois m'écouter sans m'interrompre.

La détermination dans sa voix m'a déstabilisée. Ça ne ressemblait guère à Zoé. Elle était bien trop calme, bien trop réservée, et j'ai eu le sentiment que j'allais essuyer un sermon. Que je méritais ; aucun doute là-dessus. Et si l'écouter patiemment décharger son cœur d'un mois entier de frustration était le prix à payer pour retrouver mon amie, j'étais plus que partante.

— D'accord, ai-je acquiescé de bonne grâce.

Zoé a pris une vive inspiration.

— Dustin et moi avons rompu, a-t-elle annoncé posément.

Supposant qu'il s'agissait de la nouvelle que je devais accueillir sans broncher, je me suis tue.

— Après que tu as été voir sa femme, a-t-elle poursuivi d'une voix vibrante d'émotion contenue, tout s'est assez bien passé pendant un petit moment. Nous n'avions plus à nous cacher et il me semblait que notre relation était enfin celle qu'il m'avait promise depuis le début. Mais ensuite, Alice a demandé le divorce. Et là, il a paniqué. Il a essayé de me quitter. En me donnant des explications confuses. Il parlait de ses gosses, de sa maison, de la seule famille qu'il avait jamais connue et qu'il refusait de perdre. J'ai voulu lui rappeler ses promesses, et le fait qu'il avait déjà prévu de la quitter. Car c'est ça qu'il m'avait promis. Et je crois vraiment qu'il était sincère... à ce moment-là... (Sa voix a déraillé, comme si elle essayait de rassembler assez de force pour poursuivre.) Mais sitôt que tout ça est devenu réel, sitôt que c'est elle qui a parlé de le quitter, alors là, soudain, ça ne le tentait plus du tout.

Elle a exhalé un long soupir douloureux.

— Apparemment, Alice lui a dit qu'elle acceptait qu'il revienne s'il me quittait et s'il allait consulter un psy. Et voilà. Fin de l'histoire. Il m'a larguée. Comme une pute qu'il aurait ramassée sur Hollywood Boulevard. Je ne lui étais plus d'aucune utilité.

Il fut un temps, pas si lointain, où j'avais appelé cet instant de tous mes vœux. À l'époque où, dans mes fantasmes, je m'imaginais combien il serait bon quand il surviendrait. J'avais imaginé la satisfaction, le goût du triomphe, du contentement de soi. Mais maintenant, je ne ressentais rien de tout ça. Mon cœur était loin de se réjouir. Il avait mal pour mon amie.

— Oh, Zoé, me suis-je écriée en regrettant de ne pas pouvoir tendre les bras pour la réconforter. Je suis désolée. J'ai du mal à croi... Oh, excuse-moi ! Je peux parler, maintenant ?

Zoé a lâché un rire sans joie.

— Oui. Vas-y.

— J'ai du mal à croire qu'il t'ait fait ça.

— Je ne vois pas pourquoi, a répliqué Zoé d'une voix neutre. Il a fait exactement ce que tu avais prédit.

J'ai courbé la tête, honteuse.

— Je m'excuse pour ce que je t'ai dit, et ce que j'ai fait. Je n'aurais jamais dû te trahir comme ça. J'aurais dû te soutenir. Comme toi tu m'as toujours soutenue quand j'ai commis des erreurs affreuses, pour ne pas dire contraires à l'éthique.

— Je sais, m'a interrompue Zoé pour couper court à un flot d'excuses intarissable. J'ai eu tes mails.

J'ai entendu une ébauche de sourire dans sa voix et j'ai souri à mon tour.

— Oui, évidemment...

— Mais tu avais raison, a-t-elle souligné. Sur toute la ligne. Si tu n'étais pas allée parler à Alice, je serais encore avec lui, et cela n'aurait fait que retarder le moment de cette horrible rupture. Ça aurait pu durer des années. Et je n'arrive même pas à imaginer combien j'aurais souffert.

Zoé avait peut-être décidé de passer l'éponge, mais moi je ne parvenais toujours pas à le faire. Je continuais à sentir le besoin de gagner son pardon.

— Certes, mais j'aurais dû tout de même me ranger de ton côté, ai-je chuchoté.

— C'est sûr. Et moi, te parler de lui dès le début. Mais j'avais peur de ce que tu pourrais dire. Parce que je savais que je n'aurais d'autre choix que le réfuter tout en me doutant, au fond de moi, que tu avais raison.

— Crois-moi, quand je te dis que je ne tire aucune joie de ça, c'est la vérité.

Elle a éclaté de rire.

— Je te crois. Bon, a-t-elle repris avec une courte pause, est-ce qu'on peut oublier toutes ces conneries et passer à des sujets plus intéressants ?

Avec un sourire, j'ai appuyé la tête sur l'oreiller et j'ai entrepris de lui raconter tout ce qu'il était advenu dans ma vie depuis un mois.

J'avais retrouvé ma Zoé.

Le lendemain soir, lorsque je suis arrivée au Café Bosquet pour prendre mon service, Carlos m'a dit que quelqu'un m'attendait au bar.

Un rictus entendu s'est étiré sur mes lèvres tandis que je nouais mon tablier à la taille et traversais la salle. Toute la journée, j'avais été nerveuse à la perspective de revoir Pierre. Je me demandais comment il allait réagir, suite à notre conversation de la veille. Je me demandais même s'il continuerait à passer le soir pour me voir.

Lorsque je suis arrivée au comptoir, j'ai vu que ce n'était pas Pierre qui m'attendait, mais un homme dont le visage ne me disait rien.

— Bonsoir, a-t-il lancé poliment en se levant de son tabouret.

— Bonsoir, ai-je répondu avec circonspection en essayant de comprendre qui était ce type et pourquoi il avait demandé à me voir.

— Je ne sais pas si vous vous souvenez de moi, a-t-il poursuivi dans un anglais parfait, à peine teinté d'accent. Hier soir, j'étais ici avec un Américain. Nous parlions de ses projets d'implantation en Europe.

— Oui ! Bien sûr ! me suis-je écriée en le reconnaissant aussitôt. Le type qui avait l'offre du siècle à Bruxelles, ai-je ajouté d'un ton ouvertement moqueur en me rappelant l'ultimatum bidon que l'Américain avait proféré ; enfin, pour moi il était bidon, mais dans mon souvenir mon interlocuteur, lui, n'avait pas une seule seconde douté de son authenticité.

L'homme a souri.

— Oui, celui-là. Je voulais vous en dire deux mots.

J'ai contourné le bar pour me glisser sous le comptoir rabattable.

— Je vous écoute. Voulez-vous boire quelque chose ?

— Avec plaisir. Un verre de bordeaux, ce serait parfait.

J'ai attrapé un verre sur les étagères et, pendant que je le servais, l'homme s'est rassis.

— Si je peux me permettre, j'aimerais vous demander comment vous avez su qu'il mentait. À propos de la possibilité qu'il avait de s'installer à Bruxelles.

— J'imagine que je suis perspicace... en ce qui concerne les hommes, ai-je répondu en faisant glisser le verre devant lui.

— C'est le moins qu'on puisse dire, a-t-il grogné en buvant une gorgée.

J'ai lâché un petit rire et me suis adossée au comptoir du fond.

— Mais j'ai découvert depuis peu que ma perspicacité marche mieux sur mes compatriotes que sur les hommes d'autres nationalités.

Le type s'est penché en avant, intrigué.

— Donc, vous avez eu l'intuition que ce type mentait ?

— J'imagine qu'on peut le formuler comme ça, ai-je convenu en haussant les épaules.

Je n'avais pas du tout envie d'expliquer à un parfait inconnu qu'il s'agissait d'un peu plus que d'une intuition, et bien plutôt d'un réel talent pour percer à jour ce qui se passait dans la tête des hommes. Malheureusement, ma réponse n'a pas semblé le satisfaire.

— Mais comment saviez-vous que son distributeur français n'accepterait de travailler avec lui que s'ils étaient basés à Paris ?

J'ai grimacé de confusion. Voilà un élément dont je ne me souvenais absolument pas.

— Je ne le savais pas. Je ne sais même pas de quoi vous parlez.

Une expression d'impatience est passée sur son visage.

— Pendant qu'il était aux toilettes, vous m'avez dit qu'il devait absolument installer ses locaux à Paris. Je m'en souviens très bien.

— Ah oui, c'est vrai. (La mémoire me revenait.) Mais je ne savais rien, évidemment, des tenants et des aboutissants. J'ai juste senti qu'il devait impérativement se baser à Paris.

L'homme m'a dévisagée, avec une admiration mâtinée de crainte.

— Oui, mais *comment ?*

J'ai haussé à nouveau les épaules. Son insistance commençait à me mettre mal à l'aise.

— J'en sais rien. Je l'ai senti, c'est tout. Je l'ai vu à son visage, je l'ai entendu à sa voix.

— Mais enfin ! Comment avez-vous pu voir et entendre des choses que moi, je n'ai ni vues ni entendues ?

Il faut croire que j'avais remis en question ses talents de négociateur.

— Peut-être parce que je suis une femme.

Apparemment, il a trouvé l'explication très drôle parce qu'il a éclaté de rire.

— Ouais, vous avez sans doute raison. (Il a bu une longue rasade de vin, sans prendre le temps de humer le bouquet pour s'imprégner des arômes.) Quoi qu'il en soit, je passais juste vous dire que vous avez mis en plein dans le mille. Il mentait bel et bien. Et ce matin, quand je lui ai annoncé que mon client n'accepterait pas ses termes et qu'il ferait mieux de conclure avec le type de Bruxelles, il a capitulé.

J'étais si contente que je n'ai pu retenir un petit rictus d'autosatisfaction. Cela dit, je n'avais pas besoin qu'il revienne m'informer que j'avais vu juste. Mon instinct me trompait rarement.

— Ce n'est qu'après que j'ai découvert que le distributeur français n'acceptait de travailler avec eux que s'ils étaient basés à Paris.

— Tout est bien qui finit bien, ai-je conclu en croisant les bras. Vous avez signé. Félicitations.

Il a secoué la tête, l'air perturbé.

— Oui, mais c'est bien là le problème. Sans vous, je n'aurais pas signé. Et c'est probablement mon client qui aurait fini par céder.

J'ai souri en repensant que j'avais fait économiser 50 000 dollars à la boîte de Jamie exactement de la même façon. Et aussitôt après une crampe m'a serré l'estomac. Jamie. J'ai lutté pour le chasser de mon esprit.

L'homme a terminé son verre. Je lui ai en proposé un autre, qu'il a refusé poliment tout en se levant.

— Je dois rentrer. Ma femme m'attend pour dîner. (Il a sorti un billet de dix euros de son portefeuille, en même temps qu'une carte de visite qu'il a posée sur le comptoir, à côté du billet.) Mais je tiens à vous laisser ma carte.

Je me suis avancée pour faire glisser la carte vers moi. Alain Dumont, y était-il écrit.

— Enchanté, a-t-il dit avec un grand sourire.

— Vous êtes agent immobilier ?

— Oui. Nous travaillons beaucoup avec les sociétés américaines qui viennent s'installer en Europe.

Jean-Luc, un des serveurs de l'équipe du soir, est venu me passer la commande d'une table.

— Une vodka tonic et une Heineken, s'il te plaît.

J'ai souri aimablement et glissé la carte de l'homme d'affaires dans ma poche, avant de me retourner pour préparer les consommations.

— Je veillerai à parler de vous à tous les chefs d'entreprise américains qui passeront ici, ai-je dit.

Ma proposition a semblé l'amuser, mais il a secoué la tête.

— Non, en fait, j'espérais pouvoir vous embaucher.

J'ai failli en lâcher la bouteille de vodka.

— M'embaucher ? Mais pour faire quoi ?

Il m'a regardée comme si la réponse était évidente.

— Eh bien, pour m'aider dans les négociations. En utilisant votre sixième sens, ou quoi que ce soit.

Jean-Luc nous dévisageait à tour de rôle, mal à l'aise, se doutant qu'il avait raté une part décisive de cette conversation. Je me suis hâtée de préparer sa commande, que j'ai posée sur son plateau. Il l'a soulevé et a disparu dans la salle.

Je me suis retournée vers Alain Dumont. Il me dévisageait d'un regard plein d'attente.

— Alors ?

J'ai levé les mains au ciel.

— Alors quoi ?

— Dans quelques jours, j'ai une autre négociation avec une société américaine. Franchement, j'aurais bien besoin de votre aide. Je vous paierai bien. Un pourcentage sur mes honoraires. (Il a embrassé la salle d'un regard circulaire.) Je vous promets que vous gagnerez mieux qu'ici.

Je me suis reculée contre le comptoir du fond, incrédule.

— Vous êtes vraiment prêt à me payer juste pour que je vous dise si un homme ment ?

Il a haussé les épaules à son tour.

— Tout à fait.

J'ai hoché la tête lentement, laissant l'idée faire son chemin. Alain Dumont a senti mon hésitation.

— Écoutez, vous avez ma carte. Prenez votre temps. Réfléchissez, et revenez vers moi.

Il m'a souri et, l'instant d'après, il avait disparu, me laissant abasourdie, en train de me demander ce qui venait de se passer.

Sans me décoller du comptoir, le regard perdu dans le vague, j'ai essayé d'analyser la conversation qui venait d'avoir lieu. Un parfait inconnu venait de m'offrir un boulot. Comme ça. Et je devais reconnaître que c'était une offre intrigante au plus haut point. L'occasion d'utiliser mon superpouvoir sans finir dans une chambre d'hôtel à la fin de la soirée ? Je ne savais même pas qu'un travail pareil existait.

Cela étant, je ne savais pas non plus que les inspectrices de fidélité existaient avant de le devenir.

Donc, je suppose que tout ça se tenait. Et même si l'ampleur de l'offre d'Alain Dumont ne pourrait se révéler que bien plus tard, avec le temps, j'avais le sentiment qu'un changement était sur le point de se produire.

Rétrospectivement, j'imagine que tout ça était assez évident. Je venais de trouver ma nouvelle vocation.

Ou plutôt, c'était elle qui m'avait trouvée.

ÉPILOGUE

Nouveaux départs

Trois mois plus tard...

Je sors sur le balcon de mon deux pièces du Quartier latin. En ce matin de mars, le ciel fait grise mine mais, à l'heure qu'il est, j'ai appris à apprécier les humeurs maussades du temps parisien. Sans ces matins pluvieux et ces après-midi tristounets, Paris ne serait pas Paris. Et je me suis laissé dire que les mois de mai et de juin compensent chaque goutte de pluie de ces interminables hivers.

Je vais dans la cuisine me servir une tasse de thé que je sirote devant mon ordinateur, tout en consultant le nouvel arrivage de mails. Cinq au total. Trois d'ordre privé, et deux relatifs au boulot.

On a encore besoin de mes services, j'imagine.

Depuis que j'ai commencé à collaborer avec Alain Dumont, il y a trois mois de ça, ma nouvelle carrière a décollé et progresse chaque jour un peu plus. Au début, je me contentais d'assister aux négociations et de l'informer discrètement, le cas échéant, d'un défaut de sincérité chez l'autre partie. Mais de fil en aiguille, la pratique a porté ses fruits et j'ai commencé à pouvoir diriger moi-même quelques négociations.

Quand il est devenu évident aux yeux d'Alain Dumont que mon « sixième sens » (comme il dit) n'était pas qu'un coup de chance, il m'a recommandée auprès de ses amis. Et pas seulement auprès de confrères agents immobiliers, mais aussi de responsables de vente, de publicitaires, de consultants, de dirigeants de PME – en gros, à toute personne qui traite des affaires avec des Américains et cherche dans la compétition l'avantage que je suis en mesure de lui fournir.

Qui se serait douté que les négociatrices free lance capables de lire dans la tête des Américains faisaient l'objet d'une si forte demande en Europe ? Presque aussi forte que celle dont les inspectrices de fidélité font l'objet aux États-Unis.

En l'espace de deux mois, mes revenus ont assez augmenté pour me permettre d'être entièrement autonome. J'ai démissionné de mon job de serveuse et signé le bail de cet appartement dans le 5e arrondissement. Non que je n'aimais pas vivre avec mon père. Mais c'est agréable d'avoir à nouveau un endroit tout à moi. Et comme mon appartement à Brentwood est actuellement loué à un jeune couple qui attend son premier enfant, c'est avec le sentiment de m'installer dans une permanence que j'ai signé le bail de mon premier chez-moi parisien.

Je commence par lire et répondre à mes mails personnels. Parce qu'ils sont les plus importants. Au cours des quelques derniers mois, j'ai appris une ou deux choses sur les priorités de la vie. La famille et les amis passent avant tout. Tout le reste peut attendre.

Le premier mail est de Sophie. Je commence à le parcourir, tout en sachant d'avance à quoi il se rapporte. Voilà plusieurs semaines qu'avec Zoé et John, elle prépare un voyage à Paris. La date du départ approchant à grands pas (ils seront là dans moins de quinze jours, maintenant), Sophie me bombarde de questions : que doit-elle mettre dans sa valise ? Où pourra-t-elle changer de l'argent ? Qu'est-ce que je pense des derniers articles sur Paris parus dans *Condé Nast Magazine* ?

Ce sont là les précautions d'usage avant un voyage à l'étranger. Mais évidemment, avec Sophie, tout prend des proportions délirantes.

Aujourd'hui, dans son message, elle part en guerre contre l'effroyable faiblesse du dollar au regard de l'euro. Comme si j'étais personnellement responsable des taux de change et qu'elle formulait officiellement une plainte.

Je secoue la tête, amusée, et tape sans attendre ma réponse avant de passer au message suivant. Qui vient de Zoé. Celui-là est bien plus concis (encore que la moitié de son contenu consiste en des jurons) et elle me raconte que le garçon très sexy qu'elle a rencontré au club de sport n'est ni marié ni père de famille… du moins pour ce qu'elle en sait.

Je lui envoie une réponse enthousiaste et j'ouvre le mail de John. Il s'intitule : « Est-ce que tu as vu ça ??? » (En réalité, il y a une bonne vingtaine de points d'interrogation. Il a dû trafiquer quelque chose pour augmenter le nombre de caractères alloué dans la ligne de titre.) Et tandis que je commence à lire le message, j'ai comme l'impression que je sais à quoi cette ponctuation échevelée fait référence.

Quand je découvre le lien d'un article du *L.A. Times* en ligne, je sais que j'ai vu juste.

Je suis moi-même tombée sur cet article il y a quelques jours, et même si le choc qu'il a provoqué n'est pas encore complètement dissipé, j'ai passé quarante-huit heures à apprivoiser les sentiments qu'il a fait naître.

L'article parle d'une petite entreprise peu connue, The Hawthorne Agency, ayant pour vocation de démasquer des conjoints infidèles, qui, à en croire le journaliste, est partie à la conquête de tout le territoire américain.

Je me souviens de ce que j'ai éprouvé, l'autre matin, lorsque j'ai découvert cette photo couleur plein écran – un portrait de Lauren Ireland (qui est nommée Bella Grace dans l'article), suivi de la légende : La présidente Bella Grace, qui a hérité de la société de son propriétaire précédent resté anonyme, affirme que son entreprise est le nouveau territoire en matière d'investigations privées.

Si j'en crois ce que j'ai lu, pendant que j'essayais de remettre ma vie sur les rails, Lauren (ou plutôt, Bella) s'échinait à faire connaître au grand public l'agence que j'ai fondée. Et cet article est le résultat direct de ses efforts.

Tout en dévorant le papier, j'avais repéré des phrases clés telles que « tester l'intention de tromper », « inspectrice de fidélité », « bon espoir d'ouvrir des bureaux à New York et Chicago cet été ».

Tout en soupirant, je réponds à John que oui, j'ai vu l'article, et que je vais bien.

Ce qui est la vérité. Certes, au début, j'ai été déconcertée en pensant à l'énergie que j'avais déployée pour conserver à l'agence son caractère confidentiel. À l'évidence, je n'avais déployé ces efforts que pour protéger mon identité. Parce que Lauren n'a pas perdu de temps à décider qu'il fallait avoir pignon sur rue, et vous savez quoi ? Ça a marché.

Ça montre juste qu'elle est mieux taillée que moi pour ce poste.

Je consulte le reste de mes mails, puis je file me doucher et m'habiller. Cet après-midi, j'ai rendez-vous avec un nouveau client.

Encore que « nouveau » ne soit pas le qualificatif approprié ici, puisque je le connais depuis toujours. Cela dit, pour être tout à fait honnête, je n'ai eu que récemment l'occasion de le connaître vraiment.

Mon père m'a appelée, il y a deux ou trois jours, pour me demander si je voulais bien l'aider dans une négociation de dernière minute. Un Américain, avec lequel il a déjà été en affaire par le passé, cherche à renouveler leur partenariat.

J'ai deux heures devant moi avant de gagner les bureaux de mon père à la Défense, ce qui me laisse le temps de passer boire un café et manger une brioche dans mon café favori tout en bavardant avec mon serveur français préféré.

Pierre et moi continuons à nous voir, mais plus rarement depuis que je ne travaille plus à la brasserie. Et depuis que j'ai des rendez-vous matinaux avec les clients, je ne peux me livrer qu'une ou deux fois par semaine à mon rituel paresseux du matin.

Régulièrement, Pierre renouvelle son invitation à dîner, et je persiste dans mon refus. Son assurance inaltérable et son insistance inflexible n'ont de cesse de m'impressionner. Chaque fois que je décline son invitation, il me jure qu'un jour je changerai d'avis. Mais pour avoir passé quatre mois à

Paris sans un seul rencard, je suis à peu près certaine que j'ai juste envie de rester seule un petit moment.

Une fois habillée, coiffée, maquillée, je quitte mon bel immeuble en pierre de taille, mallette en main, et je saute dans un taxi. Direction le Café Bosquet, à deux pas de l'École militaire.

J'expédie le petit déjeuner (mon éternel thé au lait accompagné d'une brioche et de quelques blagues délectables de Pierre), puis j'arrête un autre taxi qui va me conduire dans le quartier des affaires.

Lorsque je m'installe à la table de conférence, l'autre parti n'est pas encore arrivé, et mon père me dit :

— Je ne vais sans doute assister qu'aux préliminaires et ensuite, je te laisserai mener les négociations. Je pense qu'elles se passeront plus en douceur si je ne suis pas là pour m'en mêler.

— Pas de problème, lui réponds-je en sortant mon bloc-notes. Je suis rodée.

Mon père se recule dans son fauteuil, très détendu.

— Parfait.

— Redis-moi l'histoire avec ce type ?

Il croise les mains sur ses genoux et explique :

— Nous avons formé une société à responsabilité limitée il y a un an, mais l'affaire s'est compliquée, il m'a reproché de ne pas honorer ma part de contrat, et finalement, notre partenariat a pris fin il y a quelques mois de ça.

— Alors pourquoi sommes-nous là ?

Mon père hausse les épaules.

— Il m'a rappelé il y a quelques jours en me disant qu'il voulait tenter une réconciliation. Revoir les bases de notre arrangement.

Je griffonne quelques notes sur mon bloc.

— Et tu es d'accord ?

— Oui. J'ai toujours pensé que c'est un bon partenaire. Je suis content qu'il s'en soit enfin aperçu lui aussi.

Cette dernière remarque semble beaucoup l'amuser. Un sourire entendu se faufile sur ses lèvres.

Je le regarde avec curiosité.

— Qu'est-ce qu'il y a ?

— Rien, rien, répond-il en secouant la tête, mais sans se départir de son sourire.

— Bon, je souffle. Si tu le dis.

— Cela fait partie de ton vocabulaire sophistiqué de négociatrice ? se moque-t-il.

— Oui, j'imagine, réponds-je en souriant.

Un instant plus tard, la porte s'ouvre, livrant passage à l'assistante de mon père. Elle est française et parle anglais avec un fort accent, qui allonge les syllabes et rend sa diction mélodieuse.

— M. Ree-shaaar est arrivé. Il est aux toilettes.

— Merci, Yvette, lui répond mon père avec un sourire courtois.

Je me penche vers lui.

— Comment il s'appelle ? *Ree-shaaar ?*

Mon père éclate de rire.

— C'est la prononciation à la française. Yvette a un peu de mal avec les noms américains.

Je hoche la tête.

— D'accord. Et en vrai, prononcé à l'américaine, il s'appelle comment ?

— Richard.

Je me renfrogne aussitôt et me rencogne dans mon fauteuil.

— Bouh ! Comme Jamie.

Un autre sourire entendu se faufile sur les lèvres de mon père.

— C'est vrai. J'avais oublié. C'est un nom assez répandu, tu sais.

— Hum..., je grommelle en me mettant à griffonner sur mon bloc-notes.

Quand je relève les yeux, j'étudie plus attentivement le visage de mon père. Je lui trouve une expression bizarre. Une expression de... supériorité, je ne sais pas. Je m'apprête à lui en faire la remarque quand la porte s'entrouvre et livre passage à M. Ree-shaaar, en chair et en os.

Et bien évidemment, il n'y a pas d'homonyme qui tienne ici. Richard est peut-être un patronyme très courant, mais le M. Richard qui vient d'entrer est le seul et l'unique que j'aie jamais connu.

M. Jamie Richard.

Je reste paralysée, ébahie.

Non, je rêve ! Dites-moi que je rêve.

C'est la seule explication. Jamie n'apparaît que dans mes rêves. Ou dans mes fantasmes nocturnes, quand je cherche quelque image sur laquelle m'endormir. Il n'apparaît pas dans ma vraie vie.

Quand nos regards se croisent, je m'attends à voir sur son visage la même expression, sinon effarée, au moins sidérée. Mais non. Il se contente de me sourire – un sourire poli, très professionnel – puis il se tourne vers mon père.

Comme s'il ne m'avait pas reconnue.

Comme s'il me rencontrait pour la première fois.

Il est amnésique ou quoi ? Aurait-il eu un grave accident qui l'aurait privé de tous ses souvenirs ? Voilà qui expliquerait assurément qu'il n'ait pas passé un seul coup de fil, ni envoyé un seul mail en quatre mois.

Mon père passe à l'action. Il se lève, tend la main.

— Salut, Jamie. Heureux de vous revoir.

— Bonjour, Jack. Tout aussi heureux.

Mon père se tourne vers moi :

— Voici mon associée, Jennifer Hunter, qui va prendre part aux négociations.

Je regarde mon père, médusée. *Mais à quoi joue-t-il ?* Est-il amnésique, lui aussi ? Ce type, c'est Jamie. *Jamie !* L'homme qui partageait ma vie. Celui que j'ai accepté d'épouser. Les présentations entre eux deux remontent-elles à si loin dans le temps qu'ils ne sont pas capables de se reconnaître ?

— Enchanté, miss Hunter.

Jamie me tend la main, sans que rien sur son visage ne montre qu'il m'a reconnue.

Je ne serre pas sa main. Je la regarde, tétanisée sur mon siège, bouche bée. Comme s'il s'agissait d'un objet que je vois pour la première fois. Alors qu'en fait, je ne la connais que trop bien, cette main. C'est celle qui autrefois me caressait, me réconfortait.

Mon père me pousse discrètement du coude. Je bats des paupières pour dissiper cet état de transe. Puis prudemment, à contrecœur, je tends une main tremblante, je serre celle qu'on me présente et je sens des milliers de picotements me parcourir le bras.

Jamie s'assied en tirant sur les pans de sa veste.

— Bien, fait-il d'un ton professionnel. Pouvons-nous commencer ?

Mon père, lui, ne reprend pas place autour de la table. Il me regarde et dit :

— Je pense qu'à partir de là, tu peux te débrouiller seule, Jen. J'ai pas mal de pain sur la planche, donc je vous laisse.

Il me tapote le dos d'un geste rassurant.

Jamie sourit, lèvres pincées.

— Ravi de vous avoir revu, Jack.

— Moi de même, Jamie, répond mon père en tendant le doigt vers lui.

Je suis cet échange en ne sachant plus où donner de la tête. Je suis éberluée, j'essaie désespérément de comprendre ce qui se trame et pourquoi je ne suis pas au courant.

— Tu plaisantes ? je lance à mon père.

Ce sont les premiers mots que je prononce (que je *crache*, plutôt) depuis que mon ex-fiancé amnésique est entré dans cette pièce.

Mais mon père me regarde comme s'il ne comprenait pas le sens de mon intervention.

— Quelque chose ne va pas ? Si jamais tu as des questions, je serai dans mon bureau.

Je tourne les yeux vers Jamie, qui esquisse un haussement d'épaules.

Bon, d'accord. Peut-être le problème vient-il de moi. Peut-être est-ce moi qui vis dans l'illusion, moi dont les fonctions mentales sont défectueuses. Peut-être que l'homme assis en face de moi est un parfait inconnu, quelqu'un que je n'ai jamais rencontré, et que tout ça est le fruit de mon imagination. Certes, ce ne serait pas la première fois que j'imagine Jamie revenir sans crier gare dans ma vie mais, en général, lorsque je pense à cette scène, je n'y reste pas bouche bée comme une idiote. Je me précipite dans ses bras et je l'embrasse, passionnément.

En même temps, la scène qui se déroule en ce moment me donne l'impression d'être bien plus réelle que toutes les autres.

— Non, non, tout va bien, je marmonne.

— Bien, conclut mon père avec un sourire. (Il désigne le téléphone au centre de la table.) Si tu as besoin de moi, tu m'appelles.

Sur ce, il quitte la pièce et me laisse seule avec l'homme que je pensais ne jamais revoir. Et surtout pas dans un scénario où il ne semble même pas me reconnaître.

— Bien, commence Jamie d'une voix encore une fois professionnelle et détachée. Je pense que nous devrions commencer par discuter de la dissolution de notre précédent accord afin d'identifier le problème clé et d'essayer de le résoudre dans notre nouvel accord.

Je hoche la tête, timidement, sans répondre – sinon par un son étranglé qui, bien malgré moi, s'échappe du fond de ma gorge.

Sérieusement : il compte pousser cette comédie longtemps ? Parce qu'à l'évidence, c'est un genre de plaisanterie. De farce. De gag.

Mais si tel est le cas, Jamie n'a pas l'air d'être au courant lui non plus puisqu'il entreprend d'extraire de sa mallette un dossier au volume impressionnant. Il le pose bruyamment sur la table, commence à le feuilleter posément et, au bout d'une vingtaine de pages, se met à lire d'une voix impassible, horriblement troublante, tel un robot :

— Au paragraphe 2, alinéa c de notre précédent arrangement, il était stipulé que « par la création de ce partenariat et conformément à l'esprit de tous les partenariats en général, les deux parties conviennent expressément de tenir l'autre partie au courant de tout développement ayant un rapport avec le partenariat susmentionné. »

Il interrompt sa lecture et me regarde droit dans les yeux, avec une expression inébranlable.

— Selon moi, vous (à titre de représentante de votre client) étiez en violation directe de ce paragraphe.

C'est à peine si je comprends un mot de ce qu'il dit. *Quel partenariat ? Quel accord ?* Mon père m'a dit que nous allions rencontrer un type avec lequel il avait essayé de monter une société à responsabilité limitée l'an dernier, et que le partenariat est finalement tombé à l'eau. Mais quand mon père a-t-il commencé à traiter des affaires avec Jamie ? Et pourquoi personne ne m'en a-t-il rien dit ? Ont-ils fait ça derrière mon dos ?

Voyant que je ne réponds rien, Jamie interprète mon silence comme une invitation à poursuivre.

— Passons au paragraphe 4, alinéa f. (Il feuillette le dossier puis reprend sa lecture, du même ton froid, distant.) Dans ce paragraphe, il est établi, en termes explicites, que vous renonceriez à votre précédente activité professionnelle une fois le partenariat signé, dans la mesure où celle-ci entrait directement en conflit avec les buts et objectifs visés par notre accord. (Il s'interrompt pour reprendre son souffle et me regarde à nouveau.) Selon moi, vous étiez également en violation directe de ce paragraphe.

Hé, minute ! Un déclic vient de se produire dans ma tête. *Renonceriez à votre précédente activité professionnelle ?* Pourquoi mon père signerait-il un accord qui lui demande de démissionner de son boulot ? Il l'adore. Jamais il n'aurait accepté pareille clause !

Il y a quelque chose qui cloche, ici. Quelque chose qui ne tourne pas rond.

— Vous convenez que, conformément à l'accord passé, vous n'avez pas renoncé à des activités en conflit ouvert avec notre partenariat ?

— Quoi ? je balbutie, ivre de frustration d'être à ce point larguée. Non, je ne suis pas d'accord. Je ne sais pas de quoi vous parlez. *De quoi tu parles ?* Jamie, que se passe-t-il ?

Il me considère d'un regard interrogateur, sourcils haussés, l'air innocent.

— Donc, vous contestez ce paragraphe en tant que raison valide de la dissolution ?

Il commence à m'exaspérer avec son jargon juridique.

— Tu as fait des affaires avec mon père sans m'en parler ? je demande de but en blanc.

Ma question se heurte à un silence obstiné, ce qui ne fait que décupler ma colère.

— Je veux savoir à quoi on joue ici. Et ne me dis pas que tu n'es pas au courant !

— J'avais cru comprendre, commence-t-il enfin d'une voix patiente mais toujours aussi distante, que le but de cette réunion était de renégocier un partenariat sur des bases neuves et améliorées.

J'étrécis les paupières et je le dévisage intensément en essayant d'extraire ne serait-ce qu'une once de sens de ses propos. Mon superpouvoir n'a jamais marché avec Jamie, mais on pourrait penser que, de l'eau ayant coulé sous les ponts et après tout ce que j'ai enduré pour en arriver à ce stade de ma vie, je serais capable de déchiffrer ne serait-ce qu'une miette de ses pensées. Eh bien non.

Ce n'est qu'à l'instant où je m'apprête à me lever pour protester avec véhémence par une sortie fracassante que je surprends une étincelle dans ses yeux et une ébauche de sourire amusé sur ses lèvres.

Je me repasse les mots qu'il vient de dire, et soudain, tout s'éclaire.

Renonceriez à votre précédente activité professionnelle. Des activités en conflit ouvert avec notre partenariat. Un partenariat sur des bases neuves et améliorées. Ce n'est pas d'un accord entre mon père et lui dont il parle ! Mais de celui qui existait entre lui et moi.

Jamie est venu *négocier* les termes de mon retour.

— N'est-ce pas pour ça qu'on est là ? demande-t-il en m'obligeant à revenir à la conversation.

Je me redresse dans mon fauteuil et je sens une décharge d'électricité me parcourir le corps. J'ai la tête qui tourne, mon cœur s'emballe, mais j'arrive tout de même à me mettre au diapason de son ton professionnel :

— Oui, c'est pour ça que nous sommes ici. Poursuivons.

Il hoche la tête.

— Merci. Donc, contestez-vous, oui ou non, la violation de ces accords, et acceptez-vous d'endosser la responsabilité de la dissolution subséquente du partenariat ?

Comment pourrais-je contester cela ? Comment même pourrais-je le désirer ? Cette responsabilité, je l'accepte entièrement. Cela fait quatre mois qu'elle me tient éveillée la nuit. Qu'elle me suit à la trace dans les rues de Paris, et me fait entrevoir le visage de Jamie partout. C'est moi et moi seule qui ai manqué à ma promesse. C'est moi qui lui ai fait du mal. Et là, je tiens ma chance de le reconnaître. Et de m'excuser.

Je hoche la tête, énergiquement.

— J'endosse l'entière responsabilité de la dissolution de notre précédent partenariat. Et je suis rongée de remords pour les violations de notre accord et mes évidentes erreurs de jugement. Mais je suis entièrement disposée à négocier un nouveau contrat et à prouver que je suis capable de conduire à bien un partenariat.

Jamie acquiesce.

— Bien, mais je me dois d'ajouter que ma partie accepte une responsabilité partielle dans la dissolution. Nous reconnaissons que l'usage de certaines méthodes de test pour analyser la durabilité dudit accord était contestable et erroné dans leur principe. Nous admettons également que des méthodes alternatives, telles que la communication entre les deux parties, auraient dû être mises en œuvre.

Je lutte pour réprimer un sourire.

— Je vous en sais gré.

— Bien. Alors, maintenant, parlons de la réconciliation.

Mon visage demeure de marbre. Il ne laisse rien transparaître, à l'instar de celui de Jamie. Mais en moi, je hurle. Mon pouls bat à sa vitesse maximum. Mon estomac est noué.

— Je pense que la clé de voûte de ce nouveau partenariat sera de trouver un accord entièrement et aisément observable par les deux parties. Un accord qu'elles pourront l'une et l'autre respecter.

— Je n'aurais pas pu mieux dire.

— Parfait, reprend Jamie avec un sérieux imperturbable. J'ai beaucoup réfléchi aux termes de la réconciliation. Et j'en suis arrivé à la conclusion que le problème principal auquel s'est heurté le précédent partenariat se résume finalement à un problème de langage.

— De langage ? ai-je répété, intriguée.

— Oui. Il apparaît que l'exercice de votre précédente activité professionnelle n'était guère compatible avec les termes d'un contrat permanent et *traditionnel*. Et c'est la définition même du *partenariat* qui est devenue problématique.

— Je vois, ai-je rétorqué en hochant pensivement la tête. Et quelle solution au problème proposez-vous ?

Un autre sourire pince-sans-rire.

— Je suis heureux que vous me posiez la question. (Il se penche pour fouiller dans sa mallette, dont il sort une feuille blanche, une seule, qu'il pose devant lui sur la table.) J'ai ici une proposition de nouveau contrat, qui sort largement des formes conventionnelles, et dont j'espère qu'il répondra à vos attentes spécifiques.

Lentement, il fait glisser la feuille vers moi.

— Comme vous pouvez le voir, ajoute-t-il, il est significativement plus concis que le premier.

Je regarde la feuille, la gorge sèche, les nerfs en pelote.

— Allez-y, m'encourage Jamie. Lisez.

D'une main tremblante, je retourne lentement la feuille.

Elle ne comporte qu'une seule ligne, en Arial 12.

Acceptes-tu de ne pas m'épouser ?

C'est la goutte d'eau. Ma contenance se craquelle, et j'éclate de rire. Un rire glorieux, libérateur, exultant.

— Tu ne trouves pas la proposition acceptable ? balbutie Jamie, blanc comme un linge.

Je secoue la tête.

— Si, si. C'est... parfait. (Ma voix se brise, les larmes montent.) Je t'aime, je murmure.

Enfin, la façade froide et professionnelle de Jamie s'effondre. Et laisse place à ce sourire doux et chaleureux que je pensais ne jamais plus revoir. Sauf dans mes souvenirs.

— Moi aussi je t'aime.

Nous nous levons en même temps et parcourons chacun la même distance de part et d'autre de la table de conférence pour nous rejoindre. Ce sont d'abord nos doigts qui se touchent, puis nos paumes, et enfin nos lèvres. C'est le baiser dont je rêve depuis quatre mois.

Jamie m'attire contre lui et je m'abandonne contre son torse. Je sens le battement familier de son cœur, presque aussi emballé que le mien. L'inoubliable chaleur de son corps me fait fondre aussi. J'ai eu si froid à Paris sans lui.

— Comment savais-tu que j'étais là ? ai-je demandé, le visage enfoui dans le revers de sa veste. Comment m'as-tu retrouvée ?

Il dépose un baiser sur le haut de mon crâne. Un baiser déterminé, appuyé.

— J'ai lu un article dans le *L.A. Times*. À propos de l'agence. (Il pose les mains sur mes épaules et m'écarte de lui pour pouvoir me regarder dans les yeux.) Je n'en revenais pas que tu aies abandonné. Je pensais que tu n'arriverais jamais à rompre avec cette vie. J'avais toujours cru que l'agence était ta priorité. C'est pour ça que je suis parti. Mais quand j'ai lu que tu ne la dirigeais plus, je suis allée chez toi, pour te voir. Une femme enceinte que je ne connaissais pas m'a ouvert. Elle m'a annoncé que tu étais partie vivre à Paris. J'ai appelé ta mère pour avoir confirmation, et c'est elle qui m'a expliqué ce que tu faisais ici. Elle m'a dit aussi que tu étais ici avec ton père. Ce qui m'a également laissé sous le choc. J'avais du mal à le croire. C'était comme si tu étais devenue quelqu'un d'autre.

Je ris. Il a entièrement raison. Je suis devenue quelqu'un d'autre. Quelqu'un de mieux.

— Après ton départ, tout a changé, ai-je répliqué d'une petite voix en sentant d'autres larmes affluer. Plus rien n'avait de sens. Et il ne m'a pas fallu longtemps pour comprendre que préférer mon passé à l'avenir avait été un très mauvais choix.

Jamie m'enlace et me serre étroitement contre lui. J'enfouis le visage sous son menton et nous restons comme ça un long moment, rivés l'un à l'autre dans cette étreinte, au milieu de cette sinistre salle de conférence. Je respire son doux parfum et cela m'emplit d'une joie folle parce que je pensais l'avoir perdu à jamais.

Je repense à la scène qui vient de se dérouler, ces vingt dernières minutes. À cette mise en scène. Il a appelé mon père, il a traversé la moitié du globe. Juste pour me demander de revenir. Je sais que c'est un geste que je n'oublierai jamais.

— Je crois que j'ai sous-estimé tes talents de comédien, ai-je plaisanté en enfonçant le doigt dans sa poitrine.

Il glousse.

— Quand le jeu en vaut la chandelle, je suis capable de me surpasser. (Il pousse un lourd soupir.) Je suis très fier de toi, Jen. De celle que tu t'es donné les moyens de devenir.

Je rougis. Jamie a toujours eu l'art de réveiller ma timidité.

— Je suis juste moi. Jennifer, réponds-je doucement.

— La seule et l'unique femme avec laquelle j'ai toujours voulu être.

Je ferme les yeux, fort, pour tenter coûte que coûte d'imprimer de façon indélébile cet instant dans ma mémoire.

Quand je les rouvre, je regarde par la fenêtre et je distingue au loin les bâtiments les plus proéminents de Paris. Le ciel froid et gris de mars ne peut en rien obscurcir mon humeur.

— Ce nouveau partenariat, comme tu dis..., je reprends en me reculant légèrement pour le considérer. Où est-il supposé prendre effet ? Je vis et travaille à Paris, maintenant, et toi, tu es toujours à L.A...

Jamie hausse les épaules, comme si cet unique et insigne détail n'avait jamais constitué un obstacle dans ses plans.

— Je pense que cette partie est négociable.

REMERCIEMENTS

Bien, bien, bien... Nous y voilà. Livre deux. J'ai du mal à le croire. Je n'aurais jamais pensé y arriver pour de bon. Très souvent, en l'écrivant, il me semblait être un cycliste en train de courir le Tour de France... sur un tricycle. Fort heureusement, j'ai une équipe de supporters absolument fantastique, comme le prouvent les pages qui suivent.

Michael et Laura Brody, merci encore et toujours de la foi indéfectible (pour ne pas dire parfois délirante) que vous placez en moi, et qui vous porte à croire que je peux réellement gagner ma vie avec ma folie (d'écrire). Charlie, merci de m'aider à rester (relativement) saine d'esprit, et de me faire rire. Tu es la seule personne qui a le pouvoir de rendre drôle le dénouement d'une telle aventure. Terra, merci encore pour tes conseils avisés en matière de mode.

Je dois une formidable reconnaissance à mon fabuleux agent, Elizabeth Fisher, pour son enthousiasme, son écoute attentive et compatissante et son soutien sans faille. Merci également à Monika Verma, Miek Coccia, Sasha Raskin et à toute l'équipe de Levine Greenberg pour tout le travail qu'ils ont fourni sur mes livres.

Merci à mes deux incroyables éditrices, Jennifer Weis et Hilary Teeman, pour avoir cru en Jennifer/Ashlyn au point de la laisser vivre dans un second roman ! Et merci à toute l'équipe de Saint-Martin pour son efficacité et tout ce qu'elle a fait pour moi : Anne Marie Tallberg, Nadea Mina, Joseph Goldschein, Matthew Shear, Anne Bensson, Kerry Nordling, Jeanette Levy, Brittney Kleinfelter, Ellis Trevor, Christina Harcar, et toutes les autres personnes qui ont travaillé sur mes livres et que je n'ai pas eu le privilège de rencontrer.

Je voudrais aussi remercier tous les éditeurs étrangers grâce à qui mes romans sont aujourd'hui dans des librairies de par le monde, et les gens incroyables avec lesquels j'ai eu l'honneur de travailler : Gillian Green, Hannah Robinson, Katie Johnson, Alex Young, Louise McKee, Liz Marvin, Edward Griffiths, Sarah Bennie, et Caroline Craig chez Ebury Press, au Royaume-Uni ; Deborah Druba, Estelle Revelant, Nicolas Watrin, Nicolas Cauchy, Mathilde Deprez, Céline Gonzalez, Jean-Claude Dubost et François Laurent aux éditions Fleuve Noir en France (Je n'oublierai jamais mon voyage incroyable à Paris !) ; Anne Tente et Ursula C. Sturm chez Heyne, en Allemagne ; Tsiu-lun Liu chez OctA à Taiwan ; et toute l'équipe d'Ast en Russie et de Metafora en République tchèque.

Un très, très grand merci à Marina Grasic, Christina Hodson, Elyse Lawson, Dominie Mahl et à toute l'équipe de Curious Pictures. Merci d'avoir cru à ce concept et de l'avoir conduit bien plus loin, et bien au-delà, de sa version imprimée. Et merci à Margery Walshaw de me les avoir fait rencontrer.

Merci à mon merveilleux et très avisé conseiller juridique, Mark Stankevich. Le seul fait que je remercie ici mon avocat montre à quel point il se démarque du lot (un dénigrement facile de l'ensemble de la profession, je sais, mais irrésistible !).

Il y a tellement d'autres personnes que je souhaite remercier que je ne peux pas m'en tenir là : Jessen Gregory, qui a veillé à ce que mes remarques concernant les procédures de divorce aient un air de vraisemblance. Noémie Demol, qui a tout fait pour que je ne sois pas complètement ridicule devant la presse française. Alyson Noël, qui m'a autant inspirée par sa réussite qu'incitée à la procrastination par ses e-mails hilarants. J'imagine qu'au final, ça se compense. Ella

Gaumer, ma toute première fan (et la plus fervente de toutes), qui a l'art de m'attirer de bonnes nouvelles. Tu auras toujours une place sous mon parapluie.

Une fois encore, je suis immensément redevable à tous ceux qui ont participé à la réalisation de la bande-annonce du roman. Deprise Brescia et Holly Karrol Clark, vous continuez à briller et à irradier en prêtant vos traits à Ashlyn. Carla Holden, ta voix magnifique, ta musique et tes paroles ont hissé cette bande-annonce sur de nouveaux sommets ! Jerry Brunskill, sans toi, la bande-annonce n'aurait jamais existé. Et je le pense vraiment.

Je veux aussi remercier toute l'équipe de Primetime In No Time, chez Yahho – Corey Moss, Frank Nicotero, Jason Fitzpatrick, Michael Bachmann, Kyle Moss et Nick Paschal, qui ont supporté mes bavardages mais m'ont accueillie à bras ouverts dans la bande (même si je n'ai encore jamais été invitée aux parties de poker).

Enfin, je voudrais remercier tous les lecteurs, toutes les lectrices, qui ont pris le temps, en dépit de leurs vies bien remplies par des occupations sérieuses, pour lire *Confidentialité assurée* et *En toute discrétion.* C'est grâce à vos messages sur Facebook et à vos e-mails que je continue à écrire. Mon seul but dans la vie est de vous distraire. J'espère que j'ai réussi.

Composé par Nord Compo Multimédia,
7, rue de Fives, 59650 Villeneuve-d'Ascq

Cet ouvrage a été imprimé en France par

CPI
BUSSIÈRE

à Saint-Amand-Montrond (Cher)
en octobre 2010

FLEUVE NOIR
12, avenue d'Italie
75627 Paris Cedex 13

— N° d'imp. : 103013/1. —
Dépôt légal : novembre 2010.